chocolate

JOANNE HARRIS

Chocolate

Una dulce novela de sabores y afectos

Traducción de Roser Berdagué

grijalbo

grijalbo mondadori

Título original:
CHOCOLAT
Diseño de interiores y cubierta: idee
© Joanne Harris
© 1998 de la edición en castellano para España y América:
          GRIJALBO (Grijalbo Mondadori, S.A.)
          Aragó, 385, Barcelona
© 1998 Roser Berdagué, por la traducción
Primera edición
ISBN: 84-253-3280-X (tela)
          84-253-3296-6 (rústica)
Depósito legal: B. 42.189-1998
Impreso en Hurope, S.L., Lima, 3 bis, Barcelona

En memoria de mi bisabuela
Marie-André Sorin (1892–1968)

Agradecimientos

Doy las gracias de todo corazón a cada uno de los que me han ayudado a hacer este libro posible: a mi familia por su apoyo, servicio de guardería y su incondicional apoyo. A Kevin por encargarse del fastidioso papeleo, a Anouchka por prestarme a *Pantoufle*. Gracias también a mi indomable agente Serafina Clarke y a mi editora Francesca Liversidge, a Jennifer Luithlen y Elisabeth Atkins, así como a mi casa editora, que me han hecho sentirme bienvenida. Finalmente, gracias muy particulares al compañero autor Christopher Fowler por encenderme las luces.

1

11 de febrero
Martes de Carnaval

Llegamos con el viento de carnaval. Un viento cálido para el mes de febrero, impregnado de los aromas grasos y calientes de tortas y salchichas fritas, de gofres espolvoreados con azúcar de lustre que cuecen en una plancha a nuestro lado, junto a la acera, mientras el confeti se nos cuela por el cuello y los puños de la ropa y se arremolina junto al bordillo como un estúpido antídoto del invierno. La multitud que se alinea en la estrecha Rue Principale está presa de una febril excitación. Asoman ávidas cabezas que pugnan por vislumbrar el *char* cubierto de papel crespón, las serpentinas y rosetas de papel que arrastra. Anouk, con ojos como platos y con un globo amarillo en una mano y una trompeta de juguete en la otra, lo observa todo, apostada entre una cesta de la compra y un perro pardo y tristón. Las dos hemos visto otros carnavales, ella y yo: una procesión de doscientas cincuenta carrozas engalanadas el último Martes de Carnaval en París, de ciento ochenta en Nueva York, dos docenas de bandas de música en Viena, payasos con zancos, *Grosses Têtes* balanceando sus cabezotas de *papier-mâché*, deslumbrantes señoritas aporreando tambores y haciendo molinetes con los bastones. Pero el mundo, cuando se tienen seis años, posee un brillo especial. Una carroza de madera, con una improvisada decoración de dorados, crespones y escenas de cuentos de hadas, la cabeza de un dragón en un escudo, Rapunzel con peluca de lana, una sirena con cola de celofán, una casita de pan de jengibre hecha con alcorza y cartones dorados, sin que falte la bruja en la puerta agitando sus uñas verdes y extrañas en dirección a un grupo de niños que miran en silencio... Cuando se tienen seis años se perciben sutilezas que un año más tarde ya no se captan. Detrás del *papier-mâché*, de la alcorza, del plástico, todavía se ve a la bruja de verdad, la magia de verdad. Anouk levanta los ojos y me mira, con esos ojos que tienen el verde azulado de la Tierra cuando se la contempla desde muy alto, un color fulgurante.

—¿Nos quedamos? ¿Nos quedaremos aquí?

Tengo que recordarle que debe hablar en francés.

—Está bien, pero ¿nos quedaremos aquí?

Se me agarra a la manga. Su cabello es algodón de azúcar agitado por el viento.

Reflexiono. Un lugar como otro cualquiera. Lansquenet-sur-Tannes, doscientas almas a lo sumo, población indicada apenas en la rápida carretera que se tiende entre Toulouse y Burdeos. Parpadeas y ni la ves. La Rue Principale, una doble hilera de casas de color parduzco con muros de entramado de madera, apelotonadas como si secreteasen, unas callejas laterales que discurren paralelas, como las púas de un tenedor doblado. Una iglesia, agresivamente encalada, levantándose en una plazoleta rodeada de tiendas. Alquerías diseminadas por la tierra vigilante. Huertas, viñedos, franjas de tierra cercadas y ordenadas según la rígida segregación que impera en las casas de labranza: manzanas aquí, kiwis allá, melones y endibias debajo de su negra envoltura de plástico, viñas que con el débil sol de febrero parecen muertas y agostadas pero que esperan la triunfante resurrección de marzo... Y detrás de todo, el Tannes, humilde tributario del Garona, con sus dedos de agua abriéndose camino entre pastos y marjales. ¿Y la gente? Se parece mucho a la que ya conocemos, quizá más pálida por culpa del sol avariento, un color de piel un poco ceniciento. Los pañuelos atados a la cabeza y las boinas del mismo color que el cabello que cubren: castaño, negro o gris. Las caras están arrugadas como las manzanas del verano pasado, los ojos están hundidos en la carne marchita, igual que canicas incrustadas en pasta rancia. Algunos niños, jirones fugaces de color rojo, verde lima y amarillo, parecen de otra raza. Mientras el *char* avanza pesadamente por la calle detrás del vetusto tractor que lo arrastra veo a una mujer gruesa de rostro cuadrado y desazonado que se ciñe fuertemente al cuerpo un abrigo de lana a cuadros al tiempo que grita algo en el dialecto local, comprensible apenas. En el carro está arrellanado un trasnochado Santa Claus entre hadas, sirenas y gnomos, que arroja caramelos a la multitud con mal refrenada agresividad. Un viejo de facciones contraídas, que en lugar de la boina que se estila en la región lleva un sombrero de fieltro, coge en brazos al perro pardo y tristón que se me ha metido entre las piernas; el hombre me mira como excusándose. Veo sus dedos huesudos y delicados que manosean el pelaje del perro. El animal gimotea. En la expresión del amo se mezcla ahora la preocupación con el afecto y el remordimiento. Nadie nos mira. Igual podríamos ser invisibles, nuestra indumentaria nos clasifica como forasteras, transeúntes. Pero ellos son educados, muy educados; nadie nos observa. La mujer, con los largos cabellos metidos dentro del cuello del abrigo naranja, la larga bufanda de seda que lleva en torno al cuello aleteando con el viento; el niño calzado con botas amarillas de lluvia, el impermeable de plástico azul celeste. Los colores los delatan. Su ropa es exótica, sus caras —¿demasiado pálidas o demasiado oscuras?—, sus cabellos los delatan: son los *otros*, los extranjeros, los poseedores de una indefinible extrañeza. Los habitantes de Lansquenet conocen ese arte de la observación que sabe prescindir del contacto visual. Noto su mirada como un hálito de viento en la nuca; curiosamente no es hostil pero sí frío. Para ellos somos una curiosidad, una parte del carnaval, una vaharada que llega de tierras lejanas. Siento sus ojos clavados en nosotras cuando me vuelvo a comprar una *galette* al vendedor ambulante. El envoltorio de papel está caliente e impregnado de grasa; el bollo de harina oscura tiene los bordes quebradizos pero el corazón consistente y sabroso. Desprendo un trocito y se lo doy a Anouk, le limpio la mantequilla con que se ha embadurnado la barbilla. El vendedor es calvo y rechoncho, lleva gafas de gruesos cristales; los vapores de la plancha le han puesto la cara pringosa. Guiña el ojo a Anouk. Con el otro no se pierde detalle, sabe que ahora vendrán las preguntas.

—¿De vacaciones, *madame*?

El protocolo del pueblo le da derecho a preguntar; detrás de la indiferencia del comerciante descubro una auténtica avidez. Se impone la curiosidad: Agen y Montauban están tan cerca que los turistas son aquí una rareza.

—Sí, de momento.

—¿Son de París?

Lo dirá por la ropa. En esta tierra multicolor la gente tiene un tinte apagado. El color es un lujo, se destiñe fácilmente. Las flores detonantes de las cunetas son hierbajos, una intromisión, una inutilidad.

—No, no, de París no.

El *char* ya está al final de la calle. Una pequeña banda —dos pífanos, dos trompetas, un trombón y un tambor con bordón— le va a la zaga, interpretando una marcha desmayada e inidentificable. Una docena de chavales se afanan detrás, dedicados a recoger los caramelos sobrantes. Algunos van disfrazados: descubro a la Caperucita Roja y a un ser peludo que por las trazas debe de ser el lobo y que pelea, inofensivo, para hacerse con un puñado de serpentinas.

Como colofón una figura negra. A primera vista me figuro que forma parte de la cabalgata —quizá sea el doctor Llaga—, pero cuando lo tengo más cerca reconozco la anticuada *soutane* del cura de pueblo. Tendrá poco más de treinta años aunque, visto a distancia, su rígida apostura lo hace parecer más viejo. Se vuelve hacia mí y me doy cuenta de que también él es forastero; los pómulos marcados y los ojos desvaídos lo hacen hijo del norte, como los largos dedos de pianista asidos a la cruz de plata que lleva colgada del cuello. Quizá sea esto lo que le da derecho a escrutarme de ese modo, su extranjería. Pero en sus ojos claros y fríos no veo cordialidad, sólo la mirada felina y calculadora del que no se siente seguro en su territorio. Le sonrío y desvía los ojos con sobresalto. Hace una seña a los dos niños indicándoles que se acerquen. Con un gesto indica los restos que han quedado esparcidos por la calle. De mala gana la pareja inicia la recogida: serpentinas machucadas, papeles de caramelo, todo transportado manualmente hasta una papelera próxima. Sorprendo al cura mirándome cuando ya me doy la vuelta, una mirada que en otro hombre habría podido ser apreciativa.

En Lansquenet-sur-Tannes no hay comisaría, lo que quiere decir que no hay delitos. Trato de ser como Anouk, ver la verdad que se oculta debajo del disfraz, pero de momento todo está desdibujado.

—¿Nos quedamos? ¿Nos quedamos aquí, *maman*? —me tira con insistencia de la manga—. Me gusta, aquí me gusta. ¿Nos quedamos?

La cojo en brazos y la beso sobre la cabeza. Huele a humo, a tortas fritas y a ropa de cama caliente en las mañanas de invierno. ¿Por qué no? Este es un lugar tan bueno como otro cualquiera.

—Sí, claro —le digo, mi boca entre sus cabellos—. Vamos a quedarnos aquí.

No es una mentira del todo. Esta vez incluso puede ser verdad.

El carnaval ha terminado. Una vez al año el pueblo centellea con pasajero fulgor, pero ya se ha desvanecido el calor, la multitud se ha dispersado. Los vendedores ambulantes recogen las planchas en las que cuecen su mercancía y también los toldos. Los niños dejan a un lado los disfraces y demás alharacas de la fiesta. Subsiste una leve sensación de perplejidad, un cierto desconcierto ante el exceso de ruidos y colores. Como chaparrón veraniego, el agua se evapora, engullida por las grietas de la tierra y las piedras resecas, sin dejar apenas rastro. Dos horas más tarde, Lansquenet-sur-Tannes vuelve a ser invisible, un pueblecillo encantado que hace acto de presencia una sola vez al año. A no ser por el carnaval, nadie habría advertido su existencia.

Tenemos gas, pero electricidad todavía no. En nuestra primera noche he cocido unas tortas para Anouk a la luz de una vela y nos las hemos comido junto a la chimenea, sirviéndonos de una revista atrasada como bandeja, porque hasta mañana no llegarán nuestras pertenencias. La casa había sido en tiempos una panadería y en lo alto de la angosta entrada todavía se conserva grabada la enseña de la gavilla de trigo distintiva del panadero, pero adherida en el suelo hay una gruesa capa de harina y, al entrar, tenemos que abrirnos paso a través de un montón de correo comercial. Acostumbradas como estamos a los precios de la ciudad, el alquiler me parece exiguo. Pese a ello, sorprendo la despierta mirada de desconfianza en los ojos de la empleada de la inmobiliaria cuando cuento los billetes de banco. En el contrato de alquiler figuro como Vianne Rocher, un jeroglifo por firma que podría significar cualquier cosa. A la luz de una vela exploramos el nuevo territorio; los viejos fogones todavía en sorprendente buen estado debajo de una capa de grasa y de hollín, las paredes revestidas de madera de pino, las ennegrecidas baldosas de arcilla. Anouk ha descubierto el antiguo toldo, plegado y arrinconado en un cuarto trasero, y lo hemos sacado a rastras de su escondrijo. Debajo de la apañuscada lona han salido arañas, que se han dispersado y dado a la fuga. La zona habitable está en la parte superior de la tienda, un dormitorio con su cuarto de aseo, un balconcito ridículo por lo minúsculo, una maceta de barro con unos geranios muertos... Anouk se ha quedado muy seria cuando ha visto todo aquello.

—Está muy oscuro, *maman* —su voz suena asustada, insegura al contemplar tanta incuria—. Y huele muy mal.

Tiene razón. Huele a luz de día encerrada desde hace tantos años que se ha vuelto rancia y ácida, huele a excrementos de rata y a fantasmas de cosas olvidadas y no lloradas. Hay ecos, como si estuviéramos en una cueva, y el escaso calor de nuestra presencia no hace más que acentuar las sombras. La pintura, el sol y el jabón podrán eliminar la mugre; eliminar la tristeza, ya es otro cantar, así como esas desoladas resonancias de una casa donde nadie se ha reído desde hace muchos años... Anouk está pálida y tiene los ojos grandes a la luz de la vela; su mano oprime la mía.

—¿Tenemos que dormir aquí? —me pregunta—. A *Pantoufle* no le gusta. Tiene miedo.

Yo le sonrío y le beso la mejilla dorada y solemne.

—*Pantoufle* nos ayudará.

Encendemos una vela en cada habitación, oro, rojo, blanco y naranja. A mí me gusta prepararme yo misma el incienso, pero en momentos de crisis los palitos adquiridos en una tienda solucionan la papeleta: espliego, cedro y limoncillo. Cada una con su vela, Anouk soplando en la trompeta de juguete y yo aporreando con una cuchara una cacerola vieja, nos pasamos diez minutos armando jaleo en todas las habitaciones, desgañitándonos y cantando a grito pelado —«¡Fuera! ¡Fuera! ¡Fuera!»— hasta que retiemblan las paredes y los ultrajados fantasmas optan por marcharse dejando tras de sí una estela que huele levemente a chamusquina y mucho a yeso desprendido. Si miras por detrás de la pintura agrietada y ennegrecida, por detrás de la tristeza de las cosas abandonadas, empiezas a ver desdibujados perfiles, como esa imagen que queda después de apagada la bengala que sostienes en la mano... aquí una pared pintada de oro flamante, allí una butaca un tanto desvencijada pero de un triunfante color naranja, el viejo toldo de repente nuevecito tras conseguir que sus colores ocultos asomen por encima de las capas de mugre. «¡Fuera! ¡Fuera! ¡Fuera!» A medida que Anouk y *Pantoufle* recorren la casa dando patadones y cantando, las desvaídas imágenes van cobrando nitidez... un taburete rojo junto al mostrador de vinilo, una sarta de campanas colgadas de la puerta principal. ¡Claro, sólo es un juego! Sólo son hechizos para consolar a una niña asustada. Habrá que trabajar mucho, trabajar de firme, para que todo se convierta en realidad. De momento basta con saber que la casa nos acoge igual que la acogemos nosotras. Sal gema y pan en la puerta para aplacar a los dioses residentes. Madera de sándalo en la almohada para endulzarnos los sueños.

Anouk me ha dicho después que *Pantoufle* ya no tiene miedo, o sea, que todo va bien. Dormimos juntas y con la ropa puesta, tendidas en el colchón cubierto de harina, todas las velas encendidas en el dormitorio y, así que nos despertamos, vemos que ya ha llegado la mañana.

2

12 de febrero
Miércoles de Ceniza

Las que nos despiertan son las campanas. No sabía que estábamos tan cerca de la iglesia hasta que las he oído, un sonido bajo y resonante que se desmorona en vibrante carillón —*dommm fla-di-dadi dommmm*— en los compases bajos. He mirado el reloj. Son las seis. Por las rotas persianas se filtra una luz entre grisácea y dorada que cae sobre la cama. Me he levantado y he contemplado la plaza, veo que relucen los cantos húmedos. La torre blanca y cuadrada de la iglesia resalta con fuerza a la luz del sol, perfilándose en el hueco de oscuridad que forman las tiendas: una panadería, una floristería, un comercio donde venden toda la parafernalia de los cementerios, lápidas, ángeles de piedra, siempreviva de esmalte... Sobre las discretas fachadas sumidas en sombra, la blanca torre se recorta como un faro; los números romanos del reloj refulgen, rojos, e indican las seis y veinte como para engañar al demonio, mientras la Virgen, etérea y aturdida, observa la plaza como si acabara de darle un mareo. En la cúspide del breve chapitel gira una veleta —de oeste a oeste-noroeste—, es un hombre vestido con una túnica que empuña una guadaña. Desde el balcón con el muerto geranio he visto a las primeras personas que acuden a la misa. He reconocido a la mujer del abrigo escocés que viera en el carnaval. La he saludado con un ademán pero ella ha apretado el paso y no ha correspondido al gesto, al tiempo que se ceñía el cuerpo con el abrigo, como protegiéndose. Más atrás iba el hombre del sombrero de fieltro con

19

el perro pardo y tristón siguiéndole los pasos, que me ha dirigido una tímida sonrisa. Lo he saludado gritando, pero seguramente la etiqueta rural no autoriza este tipo de expansiones porque no me ha correspondido y se ha apresurado a meterse en la iglesia, perro incluido.

Pese a que los he visto pasar a todos sin que nadie mirara a mi balcón y he contado más de sesenta cabezas —bufandas, boinas, sombreros fuertemente sujetos contra un invisible viento—, me he dado cuenta de su fingida y estudiada indiferencia. Sus encorvadas espaldas, sus cabezas gachas me han dicho que tenían asuntos de importancia en que pensar. Arrastraban tristemente los pies por el empedrado como los niños que van remoloneando a la escuela. Éste se había propuesto dejar de fumar a partir de hoy, este otro pensaba renunciar a su visita semanal al café, el de más allá quería privarse de sus manjares favoritos. No es asunto mío, eso por supuesto, pero en aquel momento he pensado que si en el mundo hay un sitio necesitado de un poco de magia... Las costumbres no se abandonan nunca. Y cuando uno se ha metido en el asunto de complacer sus antojos puede decirse que el impulso ya no lo dejará nunca. Y además, persiste el viento, sigue soplando el mismo viento de carnaval y llega con él un leve olor a grasa, a algodón de azúcar y a pólvora, como llega también ese perfume intenso y caliente del cambio de estación que hace que te piquen las manos y acelera los latidos del corazón... Así pues, nos quedaremos un tiempo. Un tiempo. Hasta que cambie el viento.

Compramos pintura en esa tienda donde venden de todo; con ella compramos pinceles, rodillos, jabón y cubos. Comenzamos por el piso de arriba, arrancamos cortinas y molduras rotas, que van a engrosar el montón de trastos que va creciendo en el minúsculo jardín trasero, enjabonamos los suelos y formamos cascadas de espuma en la estrecha y renegrida escalera y más de una vez nos quedamos caladas hasta los huesos. La bruza de Anouk se convierte en submarino, la mía en buque cisterna que lanza ruidosos torpedos de jabón escaleras abajo en dirección a la entrada de la casa. En plena labor, oigo sonar de pronto el estridente timbre de la puerta y, con el jabón en una mano y el cepillo en la otra, levanto los ojos para recorrer con ellos la alta figura del cura.

Ya me había preguntado cuánto tiempo tardaría en venirme a visitar.

Se queda mirándonos un momento con una sonrisa en los labios. Una sonrisa que es precavida, autoritaria y benévola, todo a un tiempo: el amo de la finca da la bienvenida a los inoportunos visitantes. Me doy cuenta en seguida de que se hace cargo del mono sucio y mojado que llevo puesto, de mis cabellos recogidos con un pañuelo rojo, de mis pies calzados solamente con unas sandalias chorreantes.

—Buenos días.

Un riachuelo de agua jabonosa discurre rápido y directo hacia sus zapatos negros y relucientes. Veo que lo observa y que seguidamente desvía la mirada de nuevo hacia mí.

—Francis Reynaud —dice, desplazándose apenas a un lado—. Soy el *curé* de la parroquia.

No he podido por menos de echarme a reír ante la frase.

—¡Ah, sí! —digo con aire malicioso—. Creo que le vi en el carnaval.

Una risita educada: je, je, je.

Le tiendo la mano enguantada de plástico amarillo.

—Vianne Rocher. Y la bombardera que tengo detrás es mi hija Anouk.

Ruidos explosivos de agua jabonosa y de Anouk peleándose con *Pantoufle* en lo alto de la escalera. Percibo la espera del cura ante más detalles referentes al señor Rocher. ¡Cuánto más fácil habría sido tenerlo todo consignado en un trozo de papel, todo oficial... Así nos habríamos evitado aquella conversación incómoda e inconexa...!

—Ya suponía que esta mañana estaría muy ocupada.

Me ha dado lástima de pronto ver que le costaba un esfuerzo tan grande establecer aquel contacto conmigo. Otra vez la sonrisa forzada.

—Sí, tenemos que poner la casa en condiciones lo antes posible. ¡Y va a llevarnos tiempo! De todos modos tampoco habríamos ido a la iglesia esta mañana, *Monsieur le Curé*. No la frecuentamos, ¿sabe usted?

He procurado decírselo con tono amable, sólo para informarle de cuál era el sitio de cada uno, para sacarle de dudas, pese a lo cual me ha parecido que se sobresaltaba, casi como si lo hubiera insultado.

—Ya comprendo.

He sido demasiado directa. Seguramente él habría preferido que nos anduviéramos un poco por las ramas, que nos observáramos dando vueltas uno en torno al otro como hacen los gatos precavidos.

—Pero ha sido muy amable viniendo a darnos la bienvenida —prosigo con viveza—. Quizás incluso pueda ayudarnos a hacer amigos.

Me doy cuenta de que se parece un poco a los gatos, tiene unos ojos huidizos y fríos que no sostienen nunca la mirada, una actitud alerta e inquieta, estudiada y distante.

—Haré lo que pueda —ahora que sabe que no pertenecemos a su rebaño se muestra indiferente, si bien la conciencia lo empuja a dar más de lo que querría—. ¿Puedo hacer algo por usted?

—Pues no nos iría mal un poco de ayuda —apunto—. No me refiero a usted, por supuesto —me apresuro a decir cuando ya se disponía a contestar—, pero quizá conozca a alguien a quien no le iría mal ganarse un dinerito. No sé, un yesero... o alguien que nos ayudara a pintar.

Es evidente que ahora pisamos terreno seguro.

—En este momento no se me ocurre —nunca había visto a una persona tan precavida como esta—. Preguntaré.

Sí, quizá lo haga. Conoce sus deberes con los forasteros. Pero sé también que no encontrará a nadie. No es de los que dispensan favores así como así. Su mirada observa con sobresalto el montoncito de pan y sal que hay junto a la puerta.

—Es para que nos traiga suerte —digo con una sonrisa, pese a que su cara se ha vuelto de piedra.

Se aparta de la ofrenda como de una ofensa.

—¿*Maman*? —por el hueco de la puerta aparece la cabeza de Anouk, el cabello desgreñado y enloquecido—. *Pantoufle* quiere salir fuera a jugar. ¿Nos dejas salir?

Asiento con la cabeza.

—Quedaos en el jardín —le limpio la nariz, que tiene tiznada—. Estás hecha una golfilla —veo la mirada que echa al cura y la cojo a tiempo antes de que suelte una carcajada—. Este señor es monsieur Reynaud, Anouk. ¿No lo saludas?

—¡Hola! —le grita Anouk, ya camino de la puerta—. ¡Adiós!

La mancha del jersey amarillo y de los pantalones rojos se desvanece súbitamente. No es la primera vez que podría jurar que he visto a *Pantoufle* desaparecer detrás de ella, una mancha más oscura destacando contra el oscuro dintel.

—Sólo tiene seis años —digo a modo de explicación.

Reynaud me responde con una sonrisa tensa y ácida, como si esa primera impresión que tiene de mi hija no hiciera sino confirmar todas y cada una de las sospechas que ya tenía sobre mí.

3

Gracias a Dios que ha terminado. Las visitas me fatigan a morir. No me refiero a usted, por supuesto, *mon père;* la visita semanal que le hago es para mí un lujo, puede creer que es casi mi única visita. Espero que le hayan gustado las flores. No son gran cosa, pero huelen a gloria. Se las he dejado aquí, junto a la silla, para que pueda verlas. Hay una buena vista desde aquí: los campos, el Tannes a media distancia y el Garona centelleando a lo lejos. Casi podría imaginar que estamos solos. ¡Oh, no, no me quejo! De veras que no. Pero usted debe de saber qué pesado es ese fardo para un hombre. Tantas mezquindades, insatisfacciones y estupideces, sus mil problemas triviales... El martes fue carnaval. Son como salvajes, todo ese bailoteo, esos gritos... El hijo pequeño de Louis Perrin, Claude, me disparó con una pistola de agua. ¿Y qué dijo su padre? Pues que era su hijo pequeño y que necesitaba jugar. Lo único que quiero es guiarlos, *mon père*, librarlos de sus pecados. Pero se me resisten, son como niños que se niegan a ponerse a dieta y siguen comiendo todo lo que les perjudica. Sé que usted me entiende. Durante cincuenta años llevó esa carga en sus hombros y la soportó con paciencia y fortaleza. Se ganó su afecto. ¿Será posible que hayan cambiado tanto los tiempos? A mí me temen, me respetan... pero lo que se dice quererme, no me quieren. Sus caras son hoscas, me miran con resentimiento. Ayer salieron de la iglesia con ceniza en la frente y una expresión de remordimiento y alivio a un tiempo. Que se queden con sus secretas caídas, con sus vicios solitarios. ¿Es que

25

no lo entienden? El Señor lo ve todo. Yo lo veo todo. Paul-Marie Muscat pega a su mujer. Cada semana descarga sus culpas con diez avemarías después de confesarse y a continuación vuelve a la carga como si tal cosa. Su mujer roba. La semana pasada, sin ir más lejos, fue al mercado y robó bisutería de un tenderete. Guillaume Duplessis quiere saber si los animales tienen alma y rompe a llorar cuando le digo que no la tienen. Charlotte Edouard sospecha que su marido tiene una amiga. Yo sé que tiene tres, pero el secreto de confesión me sella los labios. ¡Son como niños! Sus preguntas me ofenden, hacen que me baile la cabeza. No puedo evitar mostrarles mi debilidad. Las ovejas no son esas criaturas dóciles y amables de los idilios pastoriles. Cualquier campesino puede asesorarte al respecto. Las ovejas son astutas, agresivas, a veces patológicamente estúpidas. Si el pastor es indulgente, puede encontrarse con un rebaño levantisco, rebelde. No puedo permitirme ser indulgente, pero sí esta concesión una vez por semana. La boca de usted, *mon père*, está sellada como en el confesionario. Sus oídos están siempre prestos, su corazón siempre afable. Por espacio de una hora puedo dejar en el suelo la carga. Puedo ser falible.

Tenemos una nueva feligresa. Una tal Vianne Rocher, viuda supongo, con una hija pequeña. ¿Recuerda la panadería del viejo Blaireau? Hace cuatro años que murió y desde entonces la casa se ha ido desmoronando poco a poco. Pues bien, esa mujer la ha alquilado y espera abrir la tienda al final de esta misma semana. No creo que aguante mucho tiempo. Ya tenemos la panadería de Poitou al otro lado de la plaza y, además, esa mujer no se adaptará nunca al pueblo. Una mujer bastante agradable, por cierto, aunque no tenga nada en común con nosotros. Dejemos que pasen dos meses y seguro que se vuelve a la ciudad de donde ha venido. Es curioso, pero no he podido saber de dónde viene. Supongo que de París o a lo mejor del otro lado de la frontera. Tiene un acento muy puro, incluso demasiado puro para ser francesa, habla con las vocales mudas como los del norte, aunque por los ojos se diría que es de ascendencia italiana o portuguesa y tiene una piel... Pero en realidad ni la he visto. Estuvo metida en la panadería trabajando todo el día de ayer y también hoy. Tiene un plástico naranja colgado de la ventana y a veces ella o el arrapiezo de su hija asoman por la puerta para echar un cubo de agua sucia en el canal del bordillo o para enzarzarse en animada conversación con algún trabajador. Tiene una curiosa facilidad para encontrar personas que la ayuden. Aunque yo me ofrecí a echarle una mano, dudaba que encontrase a mucha gente del pueblo dispuesta a hacerlo. Pero esta mañana temprano he visto a Clairmont acercarse a su casa cargado con un haz de leña y, más tarde, a Pourceau con una escalera. Poitou le ha regalado unos muebles. Lo vi llevándole una butaca, atravesó la plaza con el paso furtivo del que no quiere ser visto. Y hasta he visto a Narcisse, ese cotilla cascarrabias que en noviembre se negó en redondo a cavar el cementerio de la iglesia, cargado con las herramientas necesarias para arreglarle el jardín. Esta mañana, a eso de las nueve menos cuarto se ha parado un camión de mudanzas enfrente de la tienda. Duplessis, que pasaba justo en aquel momento por delante de la casa porque había sacado al perro como tiene por costumbre, también le ha echado una mano al pedirle ella que la ayudara a descargar sus cosas. Me he dado cuenta de que la petición lo cogía por sorpresa —por un momento he llegado a creer que se negaría—, al ver que se llevaba la mano al sombrero. Ella entonces ha dicho algo —no sé qué— y he oído su risa retumbar en los cantos de la plaza. Se ríe a menudo, acompañándose de gestos extravagantes y divertidos con los brazos. Otra característica más de la gente de ciudad, diría yo. Nuestra gente es dada a una mayor reserva, aunque supongo que las intenciones de esa mujer son buenas. Llevaba un pañuelo violeta atado a la cabeza al estilo de las gitanas, pero se le escapaban algunos mechones por debajo, manchados de pintura blanca. No parecía importarle. Duplessis no se acordaba después de lo que ella le había dicho pero, con ese aire apocado que lo caracteriza, ha dicho que el trabajo había sido de poca monta, unas pocas cajas, pequeñas pero pesadas, aparte de unos embalajes abiertos con enseres de cocina. No le había preguntado qué contenían las cajas, si bien duda que un cargamento tan exiguo baste para una panadería.

No vaya a figurarse, *mon père*, que me paso el día vigilando la panadería. Ocurre simplemente que se encuentra delante mismo de mi casa, la que un día fuera la suya, *mon père*, dicho sea de paso. Se han pasado día y medio dando martillazos, pintando, encalando y restregando hasta que, pese a que me había propuesto otra cosa muy diferente, no he podido resistir la tentación de comprobar el resultado. Pero en esto no estoy solo, ya que he sorprendido a *madame* Clairmont cuchicheando con unas conocidas delante de la obra que su marido hace a Poitou. Hablaban de «persianas rojas» antes de descubrirme y de quedar sumidas en un disimulado murmullo. Como si a mí me importase un rábano lo que digan. No hay duda, sin embargo, de que la forastera ha dado pábulo al chismorreo, ya que no otra cosa. Esa ventana cubierta de plástico naranja no puede por menos de atraer las miradas en los momentos más inesperados. Parece un enorme caramelo que esperase a que le quiten el envoltorio, una rodaja sobrante del carnaval. Sobresalta por lo llamativo, aparte de que los pliegues del plástico reflejan el sol. Ya tengo ganas de que terminen con las obras de una vez y de que la casa vuelva a convertirse en panadería.

La enfermera busca mi mirada. Teme que lo vaya a fatigar. No entiendo cómo puede soportarlas, con todo ese griterío y esos aires de superioridad. «Ahora nos toca descansar a nosotras», creo que dicen. Esa actitud taimada es insoportable, intolerable. Y en cambio pretende ser amable, los ojos de usted me lo dicen. «Perdónalas, no saben lo que se hacen.» Yo no soy amable. Vengo aquí por mí, no por usted. Y en cambio creo que mis visitas le agradan porque lo mantienen en contacto con un mundo cuyos bordes han perdido consistencia, se han vuelto informes. Una hora de televisión por la noche, cambio de postura cinco veces al día, alimentación a través de un tubo. Hablan de usted como de un objeto —«¿Nos oye? ¿Cree que nos entiende?»—, las opiniones de usted no cuentan, se pasan por alto... Estar apartado de todo y, en cambio, sentir, pensar... Esta es la verdad del infierno, desprovisto de sus estridentes medievalismos. Esa pérdida de contacto. Pese a todo, yo lo miro a usted para que me enseñe a comunicarme. Para que me enseñe a esperar.

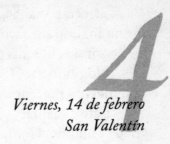

El hombre del perro se llama Guillaume. Ayer me ayudó a descargar mis cosas y esta mañana ha sido mi primer cliente. Lo acompañaba el perro, *Charly*, y me ha saludado con tímida cortesía, casi con galantería.

—Ha quedado estupendo —me dice al tiempo que echa una mirada alrededor—. Se habrá pasado toda la noche en vela para dejarlo así.

Me río.

—Es toda una transformación —ha dicho Guillaume—. Mire, no sabría decirle por qué, pero ya me había hecho a la idea de que esta iba a ser una panadería diferente.

—¿Cómo? ¿Quiere que arruine el negocio del pobre *monsieur* Poitou? De todos modos, estoy segura de que me lo agradecería, teniendo en cuenta cómo le molesta el lumbago, que su mujer no sirve para nada y que él no puede dormir por las noches.

Guillaume se ha agachado para poner en su sitio el collar de *Charly*, pero advierto el parpadeo de sus ojos.

—Veo que ya se conocen —me ha dicho.

—Sí, le pasé mi receta de la *tisane* para dormir mejor.

—Como le funcione, tiene un amigo de por vida.

—Funciona —le aseguro, y después he sacado una cajita de color de rosa con un lacito de plata de debajo del mostrador—. Esto es para usted. Por ser mi primer cliente.

Guillaume me mira desconcertado.

—En serio, *madame*, yo...

—Llámeme Vianne. Y acéptelo... —lo obligo a coger la caja—. Le gustarán. Son sus favoritos.

Se sonríe ante mis palabras.

—¿Cómo lo sabe? —me pregunta mientras se guarda la caja con muchas precauciones en el bolsillo de la chaqueta.

—¡Estoy segura! —le digo con picardía—. Sé lo que gusta a todo el mundo. Confíe en mí. Esto es para usted.

No han terminado el cartel hasta mediodía. Georges Clairmont ha venido personalmente a colgarlo deshaciéndose en excusas por llegar con retraso. Las persianas escarlata quedan muy bien con el blanco de la pared encalada, mientras que Narcisse, refunfuñando por lo bajo contra las últimas heladas, me ha traído de su invernadero unos geranios para que los plante en mis macetas. Me he despedido de ellos con sendas cajitas de san Valentín y con muestras de satisfacción tan profunda como la que ellos me han manifestado a mí. Después de esto y tras ahuyentar a unos cuantos escolares, he tenido algunos visitantes. Son cosas que ocurren cuando se abre una tienda en un pueblecito como este. Hay un código de conducta estricto que rige este tipo de situaciones; la gente se muestra reservada y finge indiferencia aunque por dentro se muera de curiosidad. Una señora de una cierta edad se aventura a entrar, lleva el vestido negro tradicional de las viudas de pueblo. Un hombre de tez oscura ha comprado tres cajas idénticas sin preguntar siquiera qué contenían. Han pasado horas sin que entrara nadie. No esperaba otra cosa, la gente necesita tiempo para adaptarse a los cambios y, pese a que he sorprendido miradas cargadas de interés dirigidas al escaparate, parece que a nadie le ha interesado entrar. Detrás de la estudiada despreocupación he notado, sin embargo, un cierto nerviosismo, comentarios a media voz, cortinas corridas con mano crispada, acopio de decisión antes de entrar. Cuando han entrado por fin, lo han hecho juntas: siete u ocho mujeres, entre ellas Caroline

Clairmont, la esposa del autor del cartel. Una novena, que ha llegado un poco rezagada con respecto al grupo, se ha quedado fuera con el rostro pegado al escaparate, en el que he reconocido a la mujer del abrigo escocés.

Las mujeres lo han curioseado todo, riendo por lo bajo igual que colegialas, titubeantes pero disfrutando de su travesura colectiva.

—¿Usted lo hace todo? —pregunta Cécile, propietaria de la farmacia de la Rue Principale.

—Yo tendría que renunciar a estas cosas en cuaresma —comenta Caroline, una rubia regordeta que lleva un cuello de pieles.

—No se lo diré a nadie —le prometo y después, refiriéndome a la mujer del abrigo escocés que seguía escrutando el escaparate, añado—: ¿No piensan decir a su amiga que pase?

—No, no viene con nosotras —replica Joline Drou, una mujer de facciones duras que trabaja en la escuela local y que ha echado una ojeada a la mujer de rostro cuadrado que miraba el escaparate y me informa—. Es Joséphine Muscat —al pronunciar el nombre, su voz deja traslucir una cierta conmiseración—. Dudo que entre.

He visto que Joséphine, como si hubiera oído sus palabras, se ruborizaba ligeramente y la cabeza se le vencía hacia adelante, inclinada sobre el abrigo escocés. Ha levantado la mano y se la ha llevado al estómago en un gesto extrañamente protector. Veo que su boca, con las comisuras perpetuamente vueltas hacia abajo, se movía ligeramente como si musitase una oración o lanzase una maldición por lo bajo.

He servido a las señoras —una caja blanca, cinta dorada, dos *cornets* de papel, una rosa, un lazo rosado de San Valentín— entre exclamaciones y risas. En la calle, Joséphine Muscat seguía murmurando entre dientes, balanceando el cuerpo y apretándose el estómago con gesto torpe. Después, justo en el momento en que he terminado con la última clienta, ha levantado la cabeza en actitud desafiante y ha entrado. El último pedido había sido prolijo y entretenido. *Madame* quería algo especial, una caja redonda, cintas, flores y corazones dorados y una tarjeta de visita en blanco —cuando lo ha dicho las señoras han puesto los ojos en blanco como en éxtasis pero se han reído con picardía (¡ji, ji, ji, ji!)— o sea que he estado a punto de no darme cuenta. Las manazas, pese a lo grandes, son muy ágiles, manos toscas y rápidas enrojecidas por los trabajos domésticos. Una sigue colocada sobre el estómago, pero la otra revolotea rápida en el aire con un gesto parecido al de un pistolero al desenfundar el arma y de pronto el paquetito plateado con su rosa —cuyo precio son diez francos— ha desaparecido del estante para ir a parar al bolsillo de su abrigo.

¡Buen trabajo!

He hecho como si no lo hubiera visto hasta que las mujeres han salido de la tienda con los paquetes. Así que se ha quedado sola delante del mostrador, Joséphine ha hecho como si examinase las cosas expuestas y hasta ha tocado un par de cajas con dedos cautos pero nerviosos. Cerré los ojos. Las ideas que me transmitía eran complejas, turbadoras. A través de mis pensamientos desfila una rápida sucesión de imágenes: humo, un puñado de rutilantes baratijas, unos nudillos ensangrentados. Y por detrás de ellas, una inquieta contracorriente de desazón.

—*Madame* Muscat, ¿puedo servirla en algo? —lo he dicho con voz suave y afable—. ¿O sólo quiere echar una ojeada?

Farfulla unas palabras inaudibles y se da la vuelta como si se dispusiera a marcharse.

—Creo que tengo una cosa que puede gustarle —meto la mano debajo del mostrador y saco un paquetito envuelto en papel de plata muy parecido al que ella me ha cogido, aunque más grande. Está atado con una cinta blanca que lleva cosidas unas minúsculas florecillas amarillas. La mujer se ha quedado mirándome mientras su boca esbozaba un gesto de inquietud y se torcía en una mueca de pánico. He empujado el paquete sobre el mostrador en dirección hacia ella.

—Invita la casa, Joséphine —le digo en tono amable—. No tiene importancia. Sé que es su golosina favorita.

Joséphine Muscat ha dado media vuelta y ha salido precipitadamente de la tienda.

5

Sábado, 15 de febrero

Sé que no es el día que acostumbro a venir, *mon père*, pero necesitaba hablar. La panadería se abrió ayer. Pero no es una panadería. Cuando me desperté ayer, a las seis de la mañana, ya habían retirado la tela de protección que la cubría, estaban colocados el toldo y los postigos y levantada la persiana arrollable del escaparate. Lo que antes era un caserón corriente y más bien destartalado, como tantos otros de por aquí, se había convertido en una especie de tarta roja y dorada que se recortaba sobre un deslumbrante fondo blanco. En los maceteros de las ventanas hay rutilantes geranios rojos y en torno a las barandillas se retuercen guirnaldas de papel crespón. Y coronándolo todo, un letrero de madera de roble en el que aparece el nombre de la tienda trazado con letra inglesa:

La Céleste Praline
Chocolaterie Artisanale

No puedo decir otra cosa: me parece una ridiculez. Una tienda como esta podría encajar en Marsella o en Burdeos... incluso en Agen, donde el comercio turístico está cada día más pujante. ¡Pero en Lansquenet-sur-Tannes! ¡Y nada menos ahora, al principio de la cuaresma, la época en que por tradición hay que privarse de todo! Parece una perversidad y, encima, deliberada. Esta mañana me he fijado en el escaparate. Hay un estante de mármol blanco, sobre el que se alinean una gran cantidad de cajas, paquetes, cucuruchos de papel de plata y de oro, rositas, campanas, flores, corazones y largas cintas rizadas y multicolores. Hay bandejas y campanas de vidrio llenas de bombones, pralinés, pezones de Venus, trufas, *mendiants*, frutas confitadas, ramos de avellanas, conchas de chocolate, pétalos de rosa confitados, violetas azucaradas... Todo protegido del sol por la persiana entrecerrada que sirve para tamizar la luz y hace que todo brille y reluzca profundamente como un tesoro oculto y recién descubierto, cueva de Aladino llena de deslumbrantes maravillas. Y en medio del escaparate, un magnífico centro: una casa de pan de jengibre con las paredes de *pain d'épices* recubierto de chocolate, con el detalle de sus tuberías de azúcar plateado y dorado que las recorren, sus baldosas de frutos secos bañados de chocolate, cada una con su fruta azucarada, sus curiosas parras de azúcar y chocolate que trepan por los muros y hasta sus pajarillos de mazapán que parecen cantar en árboles de chocolate... Y también la bruja, recubierta de chocolate negro desde la punta del sombrero hasta el borde de la larga capa, montada a horcajadas en el palo de una escoba que en realidad es una gigantesca rama de *guimauve* y con esos largos y retorcidos dulces de malvavisco que se ven colgados en los puestos de golosinas los días de carnaval... Desde la ventana de mi casa veo la suya, como un ojo que me hiciera un guiño con intención de conchabarse astutamente conmigo. Caroline Clairmont se ha saltado la promesa que hizo en cuaresma por culpa de esa tienda y de las cosas que vende. Ayer me dijo en confesión, con esa voz aniñada y jadeante que le sale cuando no cumple sus promesas de enmienda:

—¡Oh, *mon père*, no sabe cuánto lo siento! Pero ¿qué quería usted que hiciese si esa mujer es tan encantadora y tan simpática? Quiero decirle que ni me di cuenta de lo que hacía hasta que ya fue demasiado tarde, aunque si alguien tuviera que privarse de chocolate... quiero decir que si me fijo en cómo se me han puesto las caderas este año pasado o esos dos años pasados me doy cuenta de que estoy como un globo y de veras que quisiera morirme...

—Dos aves.

¡Vaya con la mujer! Observo sus ojos golosos y ávidos a través de la celosía del confesionario. Finge disgusto ante mi brusquedad.

—¡Sí, claro, *mon père*!

—Y recuerde por qué ayunamos en cuaresma. No lo hacemos por vanidad. Ni tampoco para impresionar a nuestros amigos. Ni para lucir las modas lujosas de la próxima temporada.

Me muestro brutal aposta, porque es lo que ella quiere.

—Sí, soy vanidosa, ¿verdad? —oigo un breve sollozo, ahogado delicadamente con la esquina de un pañuelo de batista—. No soy más que una mujer estúpida y vanidosa.

—Acuérdese de Nuestro Señor, de su sacrificio, de su humildad.

Encerrado en la reclusión de la oscuridad capto su perfume, un aroma de flores demasiado intenso. Me pregunto si la tentación será esto. Si lo es, yo soy de piedra.

—Cuatro aves.

Es realmente desesperante. Me desasosiega el alma, me la va erosionando poco a poco de la misma manera que, con los años, el polvo y los granos de arena que vuelan en el aire acaban por arrasar una catedral. Así se va minando mi resolución, mi alegría, mi fe. Lo que a mí me gustaría sería guiarlos a través de la tribulación, a través de ese erial. Y en cambio, esto. Esa larga procesión de embusteros, tramposos y glotones, que se engañan lamentablemente a sí mismos. La batalla del bien y el mal queda reducida al drama de una mujer gorda encandilada delante de unas golosinas de chocolate expuestas en el escaparate de una pastelería mientras va diciendo para sus adentros, lamentablemente indecisa: «Me lo como, no me lo como». El demonio es cobarde, no da la cara. Carece de consistencia, se desmigaja en un millón de partículas que van minando la sangre a través de tortuosos caminos y metiéndose en el alma. Tanto usted como yo nacimos demasiado tarde, *mon père*. El mundo recto y estricto del Antiguo Testamento me llama. En aquel entonces ya sabíamos dónde estábamos. Satanás se paseaba entre nosotros en carne y hueso, tomábamos decisiones difíciles, sacrificábamos a nuestros hijos en nombre del Señor. Amábamos a Dios, pero sobre todo lo temíamos.

No vaya a figurarse que censuro a Vianne Rocher. Casi ni pienso en ella. No es más que una de esas influencias contra las que tengo que luchar todos los días. Pero sólo pensar en aquella tienda, con su toldo carnavalesco, ese guiño contra la negación de uno mismo, contra la fe... Al volverme en la puerta para acoger a la congregación capto un impulso que me sale de dentro. «Pruébame. Saboréame. Cátame.» En un intervalo de silencio entre los versos de un himno oigo el claxon de la furgoneta de reparto que se ha parado delante. Y durante el sermón —¡durante el sermón, *mon père!*—, me paro a media frase porque estoy seguro de que he oído el crujido de unos envoltorios de caramelos...

Esta mañana he predicado con más severidad que de costumbre pese a que la congregación de fieles era reducida. Mañana lo pagarán. Mañana, domingo, cuando estén cerradas las tiendas.

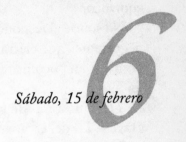

Sábado, 15 de febrero

Hoy la escuela ha terminado pronto. A las doce del mediodía la calle estaba desbordante de vaqueros y de indios con sus anoraks chillones y sus pantalones de sarga, todos llevando a rastras sus carteras de colegio, mientras los mayores daban furtivas caladas a ilícitos cigarrillos y al pasar miraban el escaparate, como indiferentes y de soslayo. Observo a un chico que pasa solo, muy correcto con su abrigo gris y su gorra, y con el *cartable* de la escuela perfectamente encajado entre sus hombros estrechos. Se queda un rato contemplando el escaparate de La Céleste Praline, pero la luz relumbra en el cristal de manera que no me permite ver la expresión de su rostro. Después se para un grupo de cuatro niños de la edad de Anouk y el chico sigue su camino. Dos naricillas se restriegan un momento en el cristal del escaparate, los niños vuelven a agruparse y veo que los cuatro se hurgan los bolsillos y que juntan los recursos de que disponen. Se produce un momento de vacilación antes de decidir quién entrará. Hago como que estoy ocupada en algo detrás del mostrador.

—*¿Madame?*

Una carita tiznada levanta con cierta desconfianza los ojos hacia mí. Reconozco al Lobo de la cabalgata del *Mardi Gras*.

—¡Vaya, pareces un hombrecito de guirlache! —procuro poner cara seria, ya que la compra de golosinas es siempre un asunto muy serio—. Mira, esto está bien de precio, vale para repartirlo, no se derrite en el bolsillo y lo puedes... —separando los brazos le

41

indico la cosa en cuestión—... comprar por cinco francos... ¿Me equivoco?

No sonríe al responder; se limita a asentir con la cabeza, somos negociantes que cierran un trato. Las monedas están calientes y también un poco pegajosas. Coge el paquete con grandes miramientos.

—Lo que a mí me gusta es la casa de jengibre —dice con aire grave—. La del escaparate.

Junto a la entrada los otros tres compañeros asienten con la cabeza en actitud tímida, apretujándose como para infundirse ánimo mutuamente.

—¡Es fabulosa! —pronunció la palabra con aire de desafío, el solo hecho de pronunciarla es como el humo del cigarrillo fumado a escondidas. Sonrío.

—¡Sí, fabulosa de verdad! —admití—. Si quieres, tú y tus amigos estáis invitados cuando la retire del escaparate y así me ayudáis a comerla.

Me miró con ojos como platos.

—¡Fabuloso!

—¡Superfabuloso!

—¿Cuándo?

Me encojo de hombros.

—Diré a Anouk que os avise —les digo—. Anouk es mi hija.

—Ya lo sabemos. La hemos visto. No va a la escuela —ha pronunciado la frase con envidia.

—El lunes empieza. Lástima que todavía no tenga amigos porque podría decirles que vinieran a casa y así me echarían una mano en el escaparate.

Se oyen pies que se arrastran, hay manos pringosas que empujan y pugnan por ser las primeras.

—Nosotros podemos...

—Yo puedo.

—Yo soy Jeannot.

—Claudine.

—Lucie.

Los despido dándoles un ratoncito de azúcar a cada uno y los veo alejarse por la plaza y dispersarse como semillas de diente de león a merced del viento. Un jirón de sol se posa en sus espaldas por orden sucesivo —rojo, naranja, verde, azul— hasta que desaparecen de pronto. Veo al cura, Francis Reynaud, en la sombra del arco de Saint-Jérôme, observándolos con curiosidad y, me parece, con aire de desaprobación. Siento una momentánea sorpresa. ¿A qué viene la desaprobación? Desde la visita de cortesía que nos hizo el primer día no ha vuelto por casa, aunque a menudo he oído hablar de él a otras personas. Guillaume habla de él con respeto, Narcisse con irritación, Caroline con esa picardía que he notado en sus palabras siempre que se refiere a un hombre de menos de cincuenta años. Hablan de él con poca simpatía. No es de aquí, deduzco. Vino del seminario de París, es uno de esos que lo ha aprendido todo en los libros... no conoce esta tierra, ni sus necesidades, ni sus apetencias. Esto lo dijo Narcisse, que tiene un enfrentamiento con el cura que viene de lejos, desde que en la época de la siega se negó a asistir a misa. Con una chispa de humor que veo brillar detrás de sus gafas redondas, Guillaume dice que es un hombre que no aguanta a los tontos, y eso es para referirse a muchos de nosotros, con nuestras costumbres estúpidas y esas rutinas que no hay quien las cambie. Lo dice dando unos golpecitos cariñosos a la cabeza de *Charly*, que le responde con un único y solemne ladrido.

—Piensa que eso de querer a un perro es una tontería —dice Guillaume con tristeza—. Lo piensa pero no lo dice, por educación. Cree que no está bien en un hombre de mi edad.

Antes de que se jubilara, Guillaume era maestro de la escuela local. Ahora hay dos maestros para ocuparse de un número menor de alumnos, aunque muchas de las personas mayores siguen refiriéndose a Guillaume con el nombre de *le maître d'école*. Lo observo rascar suavemente a *Charly* detrás de las orejas y percibo en él aquella tristeza que ya le descubrí el día de carnaval, una mirada furtiva como de remordimiento.

—Un hombre, cualquiera que sea su edad, puede escoger a sus amigos donde le apetezca —lo interrumpo no sin cierta efusión—. A lo mejor *Monsieur le Curé* podría aprender algunas cosas de *Charly*.

Otra vez la misma sonrisa dulce y triste de antes.

—*Monsieur le Curé* hace lo que puede —me responde el hombre con suavidad—. No se puede esperar otra cosa.

No respondo nada. En mi profesión no se tarda en aprender que el proceso de dar no tiene límites. Guillaume sale de La Praline con una bolsita de florentinas en el bolsillo y, antes de doblar la esquina de la Avenue des Francs Bourgeois, veo que se agacha para dar una al perro. Una palmadita, un ladrido, un movimiento del rabo corto y cachigordo. Como he dicho antes, hay personas que para dar algo no tienen que pensárselo dos veces.

Ahora el pueblo me es menos extraño. Lo mismo que sus habitantes. Empiezo a conocer caras, nombres, las primeras hebras secretas de historias que se irán entrelazando hasta formar el cordón umbilical que acabará por unirnos. Es un pueblo más complicado que lo que apunta a primera vista su geografía: la Rue Principale que se ramifica como los dedos de una mano en una serie de callejas secundarias —Avenue des Poètes, Rue des Francs Bourgeois, Ruelle des Frères de la Révolution...—, es evidente que alguno de los urbanistas que lo planificaron podía presumir de veta republicana. La plaza donde vivo, Place Saint-Jérôme, es la culminación de estos dedos que se abren, y en ella destaca la blancura de su iglesia, que se yergue en medio de una pequeña extensión de tilos y el cuadrado de guijarros rojos donde los viejos juegan a la *pétanque* en las tardes de buen tiempo. Más atrás, la colina se derrumba bruscamente sobre una zona que se conoce con el nombre colectivo de Les Marauds. Es el barrio mísero de Lansquenet, donde las chozas de madera se apelotonan de manera inestable apoyándose unas en otras sobre las piedras irregulares que bajan hasta el Tannes. Todavía falta un trecho para que las barracas cedan el paso a los marjales. Algunas se levantan en el mismo río, sustentadas por plataformas de madera podrida, y docenas de ellas flanquean el embarcadero de piedra, mientras la humedad va extendiéndose por sus paredes como dedos que, emergiendo del agua remansada, quisieran alcanzar las pequeñísimas ventanas que se abren en lo alto. En una ciudad como Agen, lo insólito y la rusticidad de esa podredumbre que reina en Les Marauds atraería a los turistas. Los habitantes de Les Marauds son basureros que viven de lo que sacan del río. Muchas casas están abandonadas, en las paredes medio desmoronadas han crecido árboles.

A la hora de comer he cerrado dos horas La Praline y, en compañía de Anouk, me he acercado andando hasta el río. Un par de niños flacuchos chapotean en el limo verde que bordea la orilla y, pese a que estamos en febrero, el aire está impregnado de un hedor dulzón de cloaca y podredumbre. Hace frío pero luce el sol; Anouk, con su abriguito rojo de lana y su gorro, corretea entre las piedras y lanza gritos a *Pantoufle*, que retoza detrás de ella. Estoy tan acostumbrada a *Pantoufle* y a todo el parque zoológico que sigue a Anouk como una rutilante estela que a veces tengo la impresión de que veo realmente a los animales. Veo a *Pantoufle* con sus bigotes grises y sus ojos sabios y me parece que el mundo se ilumina de pronto, como si en virtud de una extraña transferencia yo me hubiera convertido en Anouk, viera por sus ojos y me moviera por donde ella se mueve. En momentos así me doy cuenta de que la quiero tanto que moriría por ella, mi pequeña desconocida. Noto que el corazón se me expande de tal modo que la única salida que tengo es echarme también yo a correr, dejar que el abrigo rojo me golpee las espaldas como si tuviera alas y que el cabello se convierta en la cola de una cometa desplegado en el cielo manchado de azul.

Un gato negro se ha atravesado en mi camino y me he parado para bailar en torno a él en dirección contraria mientras canto la cancioncilla:

Où vas-tu, mistigri?
Passe sans faire de mal ici.

Anouk se ha unido a mí y el gato ha comenzado a ronronear y a revolcarse en el polvo para que lo acaricie. Al agacharme he descubierto a una viejecita pequeña que me observaba llena de curiosidad, apostada en la esquina de una casa. Llevaba una falda negra, abrigo negro y tenía el cabello gris y crespo, trenzado y recogido en un moño pulcro y complicado. Sus ojos eran negros y penetrantes como los de los pájaros. Le he hecho un ademán con la cabeza.

—Usted es la de la *chocolaterie* —me dice.

Pese a su edad —le he echado unos ochenta años o más— tiene una voz viva y un acento muy marcado, con la cadencia áspera del sur.

—Sí —le digo al tiempo que le doy mi nombre.

—Armande Voizin —dice ella a su vez—, y aquella es mi casa —me indica con un gesto de la cabeza una de las casas del río en mejor estado de conservación que las demás, recién encalada y con geranios rojos reventones en los maceteros de las ventanas. Seguidamente, con una sonrisa que llena su cara de muñeca con un millón de arrugas, me dice—: He visto su tienda. Muy bonita, no le digo que no, pero no es para gente como nosotros. Demasiados ringorrangos —no lo dice en tono de desaprobación, pero sí con fatalismo burlón—. Parece que *M'sieur le Curé* ya le ha hecho una visita —ha añadido en tono malicioso—. Supongo que no encuentra bien que en su plaza se haya abierto una tienda donde venden chocolate —me dirige otra de sus miradas burlonas y enigmáticas—. ¿Sabe que es usted bruja? —me ha preguntado.

Bruja, bruja... no es la palabra apropiada pero sé a qué se refiere.

—¿Por qué lo dice?

—¡Salta a la vista! Basta con serlo para reconocerlas, yo diría —se echa a reír y su risa suena a violines enloquecidos—. *M'sieur le Curé* no cree en la magia —dice—. Si quiere que le diga la verdad, ni siquiera estoy segura de que crea en Dios —en su voz hay como un desdén cargado de indulgencia—. Por mucha teología que haya estudiado, a ese hombre le queda mucho por aprender. Le pasa lo que a la tonta de mi hija. A los entendidos en las cosas de la vida no les dan títulos universitarios, ¿verdad?

Le doy la razón y le pregunto si yo conozco a su hija.

—Supongo que sí. Es Caro Clairmont. La mujer con la cabeza más hueca de todo Lansquenet. Mucho hablar pero ni pizca de sentido común.

Al ver mi sonrisa ha movido alegremente la cabeza.

—No se preocupe, cariño, a mi edad ya no hay nada que me ofenda. Y otra cosa le digo, ha salido a su padre. Me queda ese consuelo —me mira de forma extraña—. No hay muchas diversiones por aquí —observa—, y menos si una es vieja —tras una pausa vuelve a escrutarme—. Pero ahora que la tenemos a usted, quizá nos divertiremos un poco más —me ha rozado la mano con la suya y ha sido como si me tocara un viento helado.

Intento penetrar sus pensamientos para ver si se burlaba de mí, pero no veo otra cosa que buen talante y simpatía.

—No es más que una confitería —digo con una sonrisa.

Armande Voizin sofocó una carcajada.

—¿Se figura que nací ayer? —observa.

—Dice usted unas cosas, *madame* Voizin...

—Llámeme Armande —en sus ojos ha brillado una chispa de alegría—. Así me siento joven.

—De acuerdo, pero de veras que no entiendo por qué...

—Sé qué viento ha traído usted —dijo Armande con voz penetrante—. Lo noté incluso. El día de carnaval, *Mardi Gras*. Les Marauds se llenaron de gente de carnaval: gitanos, españoles, hojalateros, *pieds-noirs* y gente de mal vivir. La reconocí al momento, a usted y a su hija. ¿Y cómo se llaman ahora?

—Vianne Rocher —le respondo con una sonrisa—. Y esta es Anouk.

—Anouk —repitió Armande en voz baja—. Y el amiguito gris... ahora ya no tengo la vista de antes... ¿qué es? ¿Un gato? ¿Una ardilla?

Anouk movió negativamente su cabeza cubierta de ricitos.

—Es un conejo —aclara con alegre desdén—. Se llama *Pantoufle*.

—¡Ah, claro, un conejo! ¡Claro! —Armande me hace un guiño de connivencia—. Mire, sé muy bien qué viento ha traído. Lo he notado una o dos veces. Puedo ser vieja, pero no tengo telarañas en los ojos. No hay quien me las ponga.

Asiento.

—Quizá tenga razón —le digo—. Acérquese un día a La Praline. Conozco los gustos de todo el mundo. Le daré una caja grande de lo que le gusta a usted.

Armande se echa a reír.

—Me tienen prohibido el chocolate. Ni Caro ni el idiota del médico me lo autorizan. Ni chocolate ni nada de lo que me gusta —añadió con ironía—. Primero fue el tabaco, después el alcohol y ahora esto... ¡Quién sabe, a lo mejor si dejo de respirar no me muero nunca! —tiene un acceso de risa, aunque fatigosa, y se lleva la mano al pecho en un gesto contenido que, curiosamente, me recuerda a Joséphine Muscat—. No les echo la culpa, eso ni hablar —dice—. No saben hacer otra cosa. Hay que protegerse... contra todo. Contra la vida y contra la muerte —se ríe con ironía, de pronto muy *gamine* pese a las arrugas—. De todos modos, quizá vaya a verla —ha dicho—. Aunque sólo sea para fastidiar al *curé*.

Me quedo un buen rato sopesando esta última observación una vez ha desaparecido detrás de la esquina de la casa encalada. A poca distancia Anouk arrojaba piedras a los bajíos de barro, junto a la orilla del río.

El *curé*. Era como si aquella palabra estuviera siempre en los labios de todos. Me he quedado un momento pensando en Francis Reynaud.

En un sitio como Lansquenet ocurre a veces que una persona, ya sea el maestro de escuela, el dueño de un bar o el cura de la parroquia, se convierte en el eje alrededor del cual gira toda la comunidad. Ese individuo se transforma entonces en el núcleo esencial de toda la maquinaria en torno a la cual se mueven las vidas de todos, la aguja central del mecanismo de un reloj, la que hace que unas ruedecillas pongan en marcha otras ruedecillas, las cuales impulsan unos martillos, los cuales mueven unas agujas que señalan la hora. Si la aguja se desplaza o se avería, el reloj se para. Lansquenet es como ese reloj, con las agujas clavadas a perpetuidad en las doce de la noche menos un minuto, con las ruedecillas y sus dientes girando incansablemente detrás de la imperturbable y desnuda esfera. Para engañar al demonio hay que poner el reloj a deshora, solía decirme mi madre. Sospecho, sin embargo, que en este caso no se ha engañado al demonio.

Ni por un momento.

Mi madre era bruja. Eso afirmaba por lo menos ella, tras haber caído tantas veces en el juego de tragarse lo que decía que al final ya no sabía distinguir la verdad de la mentira. Armande Voizin me la recuerda en algunos aspectos: esos ojos malévolos y chispeantes, esos cabellos largos que en su juventud debieron de ser negros y brillantes, esa mezcla de ingenio y de cinismo. De ella aprendí lo que ha hecho de mí lo que soy. El arte de transformar la mala suerte en buena, de abrir los dedos para desviar los caminos de la desgracia, de hacer una bolsita y coserla, de preparar un brebaje, de creer que una araña trae buena suerte antes de medianoche y mala después... Y lo que ella me infundió por encima de todo fue el amor a sitios nuevos, esa afición al vagabundeo que nos llevó a recorrer toda Europa y seguir incluso más allá, un año en Budapest, otro en Praga, seis meses en Roma, cuatro en Atenas, después el otro lado de los Alpes hasta Mónaco y seguir costa adelante, Cannes, Marsella, Barcelona... Cuando cumplí dieciocho años ya había perdido la cuenta de las ciudades en que habíamos estado, las lenguas que habíamos chapurreado. Y no hablemos de los trabajos que habíamos hecho, que si camarera, que si intérprete, que si mecánica de coches. A veces, para no pagar la cuenta, teníamos que escaparnos por la ventana de hoteles baratos en los que habíamos pasado la noche. Viajábamos sin billete en trenes, falsificábamos permisos de trabajo, atravesábamos fronteras de manera ilícita. En múltiples ocasiones fuimos deportadas. A mi madre la detuvieron dos veces, aunque tuvieron que dejarla en libertad por falta de pruebas. Cambiábamos de nombre a lo largo del viaje, adoptando las variantes locales a tenor de las circunstancias: Yanne, Jeanne, Johanne, Giovanna, Anne, Anouchka... Como ladronas, nos dábamos constantemente a la fuga y convertíamos el pesado lastre de la vida en francos, libras, coronas, dólares, según el viento nos llevase a un sitio o a otro. No es que yo sufriera en lo más mínimo: la vida en aquellos años era una maravillosa aventura. Nos teníamos la una a la otra, mi madre y yo. Jamás sentí la necesidad de padre. Tenía amigos a espuertas. Pese a todo, estoy segura de que a ella la situación debió de afectarla, aquella falta de permanencia, aquella necesidad de tener que ingeniárnoslas. Y a medida que transcurrían los años, más aprisa había que ir, un mes aquí, dos allá a lo sumo y después una huida a la carrera como fugitivas que persiguieran el sol. Tardé años en entender que de lo que huíamos era de la muerte.

Tenía cuarenta años. Era cáncer. Lo sabía desde hacía un tiempo, según me dijo, pero últimamente... No, de hospital nada. No quería saber nada de hospitales, ¿lo había entendido? Le quedaban meses, años quizá y quería ir a América, ver Nueva York, los Everglades de Florida... Ahora cambiábamos de sitio cada día, mi madre echaba las cartas por la noche cuando se figuraba que yo estaba dormida. En Lisboa nos enrolamos en un barco, trabajábamos las dos en las cocinas. Terminábamos de trabajar a las dos o a las tres de la madrugada y nos levantábamos con el alba. Y cada noche las cartas, resbaladizas al tacto debido al paso de los años y al manejo respetuoso, desplegadas a su lado junto a la litera. Murmuraba sus nombres por lo bajo y cada día iba sumiéndose más en la laberíntica confusión que acabaría engulléndola: diez de espadas, muerte; tres de espadas, muerte; dos de espadas, muerte, el Carro, muerte.

Resultó que el Carro fue un taxi de Nueva York que dio cuenta de ella una noche de verano cuando estábamos comprando comida en una ajetreada calle de Chinatown. En cualquier caso, siempre fue mejor que el cáncer.

Cuando nueve meses más tarde nació mi hija, le puse el nombre teniendo en cuenta el de las dos. Era lo adecuado. Su padre no llegó a conocerla... aunque no estoy demasiado segura de cuál de los hombres de la larga guirnalda de encuentros esporádicos podría ser su padre. Pero esto importa poco. Habría bastado con mondar una manzana a las doce en punto de la noche y arrojar la piel por encima del hombro para saber la inicial de su nombre, pero era un asunto que no me interesaba tanto como para caer en ese tipo de cosas. Bastante nos traba los pies el lastre que arrastramos.

Pese a todo... ¿no dejaron de soplar con menos fuerza y con menos frecuencia los vientos desde que dejé Nueva York? ¿No se produjo cada vez que me iba de un sitio algo así como un desgarro, una especie de pesar? Sí, eso creo. Veinticinco años y finalmente la primavera me cansa, igual que mi madre se sintió cansada en los últimos años. Miro el sol y me pregunto qué va a pasar cuando lo vea levantarse en el horizonte dentro de cinco, quizá de diez o de veinte años. Es una reflexión que me da una especie de extraño mareo, una sensación de miedo y de ansiedad. ¿Y Anouk, esa desconocida? Ahora que yo soy la madre, veo bajo una luz diferente la osada aventura que vivimos durante tanto tiempo. Me veo como era entonces, aquella niña morena de cabellos largos y desgreñados, vestida con ropa desechada que nos daban en las casas de beneficencia, aprendiendo aritmética de la manera difícil, aprendiendo geografía de la manera difícil —«¿Cuánto pan dan por dos francos? ¿Hasta dónde se puede llegar con un billete de tren que cuesta cincuenta marcos?»— y no quiero que a mi hija le ocurra lo mismo que a mí. Tal vez por eso nos hemos quedado los últimos cinco años en Francia. Por primera vez en mi vida tengo una cuenta corriente en el banco. Tengo un negocio.

Mi madre habría despreciado esas cosas. Pero quizá también me habría tenido envidia. Me habría dicho: «Olvídate de ti si puedes. Olvídate de quién eres si lo puedes soportar. Pero un día, hija mía, un día te atrapará, lo sé».

Hoy he abierto la tienda como de costumbre. Pero sólo abriré por la mañana, porque esta tarde me concedo medio día de fiesta que pasaré en compañía de Anouk. Lo que ocurre es que esta mañana hay misa y en la plaza habrá mucha gente. Febrero reafirma sus tintes opacos y ahora ha empezado a caer una lluvia helada y resuelta que abrillanta el pavimento y tiñe el cielo del color del peltre antiguo. Anouk está leyendo un libro de poemas infantiles detrás del mostrador y así echa una mirada a la entrada mientras yo preparo una hornada de *mendiants* en la cocina. Son mis dulces favoritos, se llaman así porque hace muchos años que los mercadeaban los mendigos y los gitanos. Tienen el tamaño de las galletas y pueden hacerse con chocolate negro, de leche o blanco, sobre el que se espolvorea corteza de limón, almendras y uvas pasas de Málaga. A Anouk le gustan los *mendiants* blancos, pero yo prefiero los de chocolate negro, hechos con un setenta por ciento de la *couverture* más selecta... Tienen un sabor sutilmente amargo que se diluye en la lengua con sugerencias de trópicos secretos. Mi madre también los habría desdeñado. Y en cambio, también esto es magia.

Desde el viernes he instalado junto al mostrador de La Praline unos cuantos taburetes parecidos a los de las barras de los bares. Son un poco como los de los establecimientos que solíamos frecuentar en Nueva York, con el asiento de cuero rojo y las patas cromadas, de un *kitsch* encantador. Las paredes son de color narciso intenso. La vieja butaca de color naranja de Poitou se balancea alegremente en un rincón. En la parte izquierda hay un letrero escrito a mano y coloreado por Anouk con tonalidades anaranjadas y rojas:

Chocolate caliente 5 F
Tarta de chocolate 10 F (la porción)

Anoche cocí la tarta y en la repisa espera la chocolatera con el chocolate caliente. Aguarda al primer cliente. Estoy segura de que el letrero se ve desde fuera y por eso estoy a la espera.

La misa ha empezado y ha terminado. Observo a los viandantes que caminan, morosos, bajo la llovizna helada. La puerta del establecimiento, ligeramente abierta, deja escapar un aroma caliente de horno y manjares dulces. Sorprendo algunas miradas de avidez dirigidas a la fuente de esos olores, pero seguidas en todos los casos de un chispazo disuasorio, un encogimiento de hombros, una mueca de los labios que igual podría ser una resolución imprevista que un gesto de malhumor y a continuación se produce el alejamiento brusco, se encogen los hombros que hacen frente al viento, como si en la puerta de la tienda hubieran visto un ángel que con su espada flamígera les impidiera el paso.

Se precisa tiempo, digo para mí. Este tipo de cosas requieren tiempo.

Pero siento que me penetra una cierta impaciencia, casi un acceso de ira. ¿Qué le pasa a esta gente? ¿Por qué no entra nadie? Dan las diez de la mañana, dan las once. Veo gente que entra en la panadería de enfrente y que vuelve a salir, todos con sus barras de pan debajo del brazo. Cesa la lluvia, pero el cielo continúa encapotado. Son las once y media. Los pocos que todavía deambulan por la plaza se dirigen a sus casas a preparar la comida del domingo. Un chico con un perro bordea la esquina de la iglesia, evitando con grandes precauciones el goteo de los canalones del tejado. Pasa por delante de la tienda sin dignarse apenas mirarla.

¡Malditos sean! Precisamente ahora que me parecía que empezaba a salir a flote. ¿Por qué no entran? ¿Acaso no tienen ojos, no perciben los olores? ¿Qué otra cosa tengo que hacer?

Anouk, sensible siempre a mis estados de ánimo, se me acerca y me abraza.

—*Maman,* no llores.

No lloro. No he llorado nunca. Los cabellos de Anouk me cosquillean la cara y siento una especie de mareo ante el miedo de perderla un día.

—Tú no tienes la culpa. Lo hemos intentado. No hemos fallado en nada.

Tiene razón. Incluso hemos contorneado la puerta de cintas rojas y hemos colgado bolsitas de cedro y de espliego para repeler las influencias negativas. Le doy un beso en la cabeza. Me noto la cara húmeda. Algo, quizás el aroma agridulce de los vapores del chocolate, me escuece en los ojos.

—Está bien, *chérie.* Lo que ellos hagan no ha de afectarnos en nada. Bebamos algo y así nos animaremos.

Nos encaramamos en los taburetes como si estuviéramos en un bar de Nueva York, cada una con su taza de chocolate, la de Anouk con *crème chantilly* y virutas de chocolate. Yo me tomo la mía caliente y negra, más fuerte que un *espresso.* Cerramos los ojos deleitándonos en la fragancia del aroma y entonces los vemos. Van llegando: dos, tres, una docena, los rostros alegres, se sientan a nuestro lado, sus rostros duros e indiferentes se han dulcificado y lo que expresan ahora es simpatía, bienestar. Abro en seguida los ojos y veo a Anouk junto a la puerta. Por espacio de un segundo atisbo a *Pantoufle* subido en su hombro atusándose los bigotes. Es como si la luz detrás de Anouk se hubiera hecho más cálida, diferente. Es fascinante.

Me pongo en pie de un salto.

—Por favor, no lo hagas.

Anouk me lanza una de sus miradas oscuras.

—Sólo quería ayudar.

—¡Por favor!

Me mira un momento, veo tozudez en su rostro. Como humo dorado aletean hechizos entre las dos. Sería tan fácil, me dice Anouk con los ojos, tan fácil... como dedos invisibles que acariciasen, como inaudibles voces que incitasen a la gente a entrar.

—No podemos, no debemos... —intento explicarle.

Esto nos colocaría en el otro bando. Nos haría diferentes. Si tenemos que quedarnos, debemos procurar ser lo más parecidas posible a ellos. *Pantoufle* me mira con aire expectante, la mancha borrosa de unos bigotes desdibujada entre sombras doradas. Cierro aposta los ojos para no verlo y, al volverlos a abrir, ya ha desaparecido.

—No pasa nada —digo a Anouk con firmeza—, no pasa nada. Podemos esperar.

Y finalmente, a las doce y media, entra alguien.

Anouk es la primera en verlo —«¡Maman!»—, pero yo me pongo de pie al momento. Es Reynaud, que se protege con una mano para que el agua que gotea del toldo no le dé en la cara y titubea un momento antes de ponerla en el pomo de la puerta. Su cara es pálida y serena, pero veo algo en sus ojos... una satisfacción furtiva. En cierto modo ya había percibido que no se trataba de un cliente. La campana de la puerta ha sonado al entrar, pero él no se ha dirigido al mostrador sino que ha permanecido junto a la entrada mientras el viento empujaba los pliegues de su *soutane* hacia el interior de la tienda, como alas de un negro pájaro.

—*Monsieur*... —he visto que miraba con desconfianza las cintas rojas de la puerta—. ¿Puedo servirle en algo? Estoy segura de que sé qué le gusta.

Adopto automáticamente mi faceta de vendedora, pero sé que no digo la verdad. No tengo ni idea de cuáles pueden ser los gustos de este hombre. Para mí es una total incógnita, una sombra oscura en forma de hombre que se perfila en el aire. No detecto en él ningún punto de contacto conmigo y mi sonrisa se estrella contra él como la ola del mar contra una roca. Reynaud me dirige una aviesa mirada de desdén.

—Lo dudo —habla en voz baja y afable, pero detrás del tono profesional percibo desprecio. He recordado las palabras de Armande Voizin: «Parece que *M'sieur le Curé* ya le ha hecho una visita». ¿Por qué? ¿Es la desconfianza instintiva de los incrédulos? ¿O hay algo más? Tengo la mano debajo del mostrador y abro secretamente los dedos en dirección hacia él.

—No creía que abriese hoy la tienda.

Ahora que cree conocernos parece más seguro de sí mismo. Su sonrisa discreta y tensa es como una ostra, de un blanco lechoso en los bordes pero cortante como una navaja.

—Lo dice porque hoy es domingo, ¿verdad? —adopto un aire lo más inocente posible—. Me figuré que así aprovecharía el gentío de la salida de la iglesia.

El humilde venablo no ha dado en el blanco.

—¿El primer domingo de cuaresma? —parece divertido, aunque por detrás de sus palabras asoma el desdén—. Pues no entiendo por qué. La gente de Lansquenet es sencilla, *madame* Rocher —dice—, gente devota —hace hincapié en la palabra de tratamiento en tono cortés y comedido.

—Soy *mademoiselle* Rocher.

La que me he apuntado ha sido una pequeña victoria, aunque bastó para descolocarlo. Sus ojos han saltado a Anouk, que sigue sentada frente al mostrador con el enorme tazón de chocolate en la mano. Se ha ensuciado los labios con la espuma del chocolate y noto dentro otra vez el súbito alfilerazo del secreto temor, pánico, terror irracional de perderla. Pero ¿por culpa de quién? Me sacudo de encima la ira creciente que me ha invadido. ¿Por culpa de él? ¡Que lo intente!

—Sí, claro —replica con voz suave—, *mademoiselle* Rocher. Usted perdone.

Sonrío apenas ante su actitud de desaprobación. Hay algo en mí que persiste en halagarlo, aunque de forma perversa; mi voz, algo más alta de lo normal, cobra un acento confiado de seguridad como para disimular el miedo que siento.

—Es muy agradable encontrar en una zona rural como esta una persona capaz de entenderla a una —le dedico una de mis sonrisas más abiertas y luminosas—. Me refiero a que, en la ciudad donde vivíamos antes, nadie nos hacía el menor caso. Pero aquí... —me esfuerzo en mostrarme contrita e impenitente a un tiempo—. Esto es una maravilla, por supuesto, y la gente es muy agradable, muy... pintoresca. Pero, desde luego, esto no es París, ¿verdad?

Con una sonrisa forzada, Reynaud está de acuerdo conmigo en que, efectivamente, esto no es París.

—Lo que dicen de los pueblos es la pura verdad —prosigo...—. ¡Todo el mundo quiere meter las narices en tus cosas! Será, supongo, porque tienen tan poco que los distraiga... —explico amablemente—. Me refiero a que no hay más que tres tiendas y una iglesia... —callo para soltar una risita ahogada— ...pero, claro, de sobra lo sabe usted.

Reynaud asiente con aire grave.

—Quizá querrá usted explicarme, señorita...

—¡Oh, llámeme Vianne! —lo interrumpo.

—...por qué decidió venirse a vivir aquí, a Lansquenet —el tono de voz deja traslucir un sutil desagrado, sus labios finos se parecen más que nunca a una ostra de cerradas valvas—. Como bien dice usted, Lansquenet es bastante diferente de París —sus ojos revelan que la diferencia se inclina totalmente a favor de Lansquenet—. Una tienda como esta... —el elegante gesto de la mano abarca con lánguida indiferencia tanto el establecimiento como su contenido—. Es evidente que una tienda tan especializada como esta tendría más éxito... sería más apropiada, en una ciudad. Estoy seguro de que en Toulouse o hasta en Agen...

Ahora sé por qué no hay ningún cliente que se haya atrevido a entrar esta mañana. La palabra que ha dicho —«apropiada»— encierra toda la condena glacial de que es capaz la maldición de un profeta.

Vuelvo a abrir los dedos debajo del mostrador, ahora con furia. Reynaud se da un manotazo en la nuca, como si acabara de picarlo un insecto en ese punto.

—Yo creo que las ciudades pueden prescindir de un poco de diversión —le suelto—. Todo el mundo necesita permitirse ciertos lujos, concederse algunas licencias de cuando en cuando.

Reynaud no dice palabra. Supongo que no estaba de acuerdo. Eso me ha parecido percibir.

—Yo diría que esta mañana, en el sermón, ha predicado exactamente lo contrario —tengo la osadía de decirle y después, cuando veo que sigue sin responder, continúo—: De todos modos, estoy segura de que en este pueblo hay espacio suficiente para los dos. Esto es la libre empresa, ¿no le parece?

Me basta observar su expresión para ver que ha captado el desafío. Me quedo un momento sosteniéndole la mirada, porque me he vuelto atrevida, odiosa. Reynaud se encoge ante mi sonrisa, como si acabara de escupirle en la cara.

—Por supuesto —dice con voz suave.

¡Bah, sé a qué tipo de persona pertenece! Nos tropezamos con bastantes como él, mi madre y yo, en nuestra huida a través de Europa. Esas mismas sonrisas corteses, ese mismo desdén, esa misma indiferencia. La moneda que suelta la mano regordeta de una mujer en la puerta de la atestada catedral de Reims, las miradas de reprobación lanzadas por un grupo de monjas cuando una Vianne niña salta para pescarla al vuelo, las rodillas desnudas manchadas por el polvo de la calle. Un hombre de negra vestimenta que se enzarza en malhumorada y grave conversación con mi madre mientras ella, pálida como una muerta, huye de la sombra de la iglesia apretándome la mano con tanta fuerza que me hace daño... Más tarde me entero de que ella había tratado de confesarse con él. ¿Qué debió de incitarla a hacerlo? La soledad quizá, la necesidad de hablar con alguien, de confiarse a un hombre que no fuera un amante. Alguien que supiera mirarla con ojos comprensivos. Pero ¿acaso no lo vio? ¿No vio su rostro, de pronto menos comprensivo, su mueca de malhumorada contrariedad? Aquello era pecado, pecado mortal... Lo que ella debía hacer era dejar a la niña en manos de buena gente. Si la quería un poco, por poco que fuese —¿cómo se llamaba? ¿Anne?—, pues si ella la quería un poco, tenía que hacer este sacrificio. No había más remedio. Él sabía de un convento donde podrían ocuparse de ella. Él lo sabía... Le cogió la mano, le oprimió los dedos. ¿Acaso no quería a su hija? ¿No quería salvarse? ¿No quería? ¿No quería?

Aquella noche mi madre lloró y me acunó en sus brazos, para aquí y para allá, para aquí y para allá.

Salimos de Reims por la mañana, más parecidas a ladronas que nunca, ella llevándome apretada en sus brazos como si yo fuera un tesoro que hubiera robado, mirando a todos lados con ojos ávidos y furtivos.

Me di cuenta de que el hombre estuvo a punto de convencerla de que me abandonara. Después fueron muchas las veces que me preguntó si estaba contenta de vivir con ella, si me gustaría tener amigos, una casa... Pero por mucho que le asegurara que era feliz con ella, por mucho que le dijera que no deseaba otra cosa, por mucho que la besara e insistiera en decirle que no me hacía falta nada, nada más, subsistió siempre aquel poso de veneno que el hombre le había instilado. Pasamos años huyendo del cura, el Hombre Negro, y cuando en los naipes aparecía su rostro de forma repetida quería decir que había llegado el momento de volver a echar a correr, el momento de huir de aquel pozo de oscuridad que él había abierto en el corazón de mi madre.

Y hete aquí que ahora el hombre ha vuelto a aparecer, justo cuando ya me figuraba que Anouk y yo habíamos encontrado finalmente el sitio adecuado. Y está de pie junto a la puerta como el ángel que custodia la entrada.

Bien, juro que esta vez no escaparé corriendo. Que haga lo que quiera. Aunque vuelva a toda la gente de este pueblo contra mí. Su rostro es tan suave y tan irremisible como cuando uno da la vuelta a una carta mala. Y se ha declarado mi enemigo —y yo el suyo— de forma tan absoluta como si nos lo hubiéramos declarado en voz alta.

—¡Qué bien que nos entendamos de manera tan clara! —le digo con voz fría e inequívoca.

—Lo mismo digo.

Algo en sus ojos, un brillo donde un momento antes no lo había, me advierte de que vaya con tiento. Por sorprendente que parezca, él disfruta con esto, esta aproximación de dos enemigos que se aprestan a la batalla. En su acorazada certidumbre no queda sitio para pensar que no vaya a salir vencedor.

Se da la vuelta dispuesto a marcharse, hace la inclinación de cabeza justa que conviene. Ni más ni menos. Un educado desdén. El arma mortífera y envenenada de los que tienen razón.

—¡*M'sieur le Curé!* —se vuelve un segundo y pongo en sus manos un paquetito engalanado con cintas—. ¡Para usted! Invita la casa —mi sonrisa no tolera una negativa, por lo que acepta el paquete con incómoda turbación—. Es un placer para mí.

Frunce ligeramente el entrecejo, como si la simple idea de que aquello pueda producirme placer ya fuese para él motivo de dolor.

—La verdad es que no me gusta...

—¡Bah, tonterías! —lo digo con tono decidido y que no admite vuelta de hoja—. Le gustará. ¡Me recuerdan tanto a usted!

Me ha parecido que, debajo de su imperturbable calma exterior, parece sobresaltado. De pronto desaparece con el blanco paquetito en la mano bajo la lluvia gris. Observo que no corre en busca de refugio, sino que camina con paso mesurado, no indiferente pero con ese aire de quien sabe sacar partido incluso de un contratiempo tan insignificante como este.

Me gusta pensar que va a comerse los bombones. Lo más probable es que obsequie con ellos a alguien, pero me gusta pensar que por lo menos abrirá la caja y los mirará... A buen seguro que no eludirá una mirada, aunque sólo sea por curiosidad.

«¡Me recuerdan tanto a usted!»

Una docena de mis mejores *huîtres de Saint-Mâlo*, pralinés pequeños y planos tan parecidos a ostras obstinadamente cerradas.

Martes, 18 de febrero

Quince clientes ayer. Hoy, treinta y cuatro, Guillaume entre ellos. Ha comprado un cucurucho de florentinas y se ha tomado una taza de chocolate. Lo acompañaba *Charly*, obediente y acurrucado debajo de un taburete mientras Guillaume de vez en cuando le echaba un terroncito de azúcar moreno, que él recogía en sus mandíbulas expectantes e insaciables.

Guillaume me dice que no hay recién llegado a quien no le cueste que lo acepten en Lansquenet. Me dice que el domingo pasado el *curé* Reynaud hizo un sermón tan virulento sobre la abstinencia que la apertura de La Céleste Praline aquella misma mañana no podía parecer otra cosa que una afrenta directa a la iglesia. Caroline Clairmont, que ha empezado otro de sus regímenes, estuvo particularmente hiriente y manifestó con voz estentórea a sus compañeras de la congregación que aquello era «extremadamente desagradable, ni más ni menos que una de esas historias que se cuentan de la decadencia romana, amigas mías, y que si esa mujer se figura que va a meterse el pueblo en el bolsillo como si fuera la reina de Saba... porque no hay más que ver cómo se pavonea con esa hija ilegítima suya como si... ¿y los bombones? pues no son nada del otro jueves y encima, amigas, carísimos...». La conclusión general a la que habían llegado las señoras era que «aquello», lo que fuera, no iba a durar. Dentro de quince días habría desaparecido del pueblo. Sin embargo, desde ayer se ha doblado el número de mis clientes, entre ellos muchas amiguitas de *madame* Clairmont. Entraban con un brillo en los ojos, pero con cierta vergüenza, diciéndose mutuamente que lo hacían por curiosidad, por nada más, que lo único que querían era ver aquello con sus propios ojos.

Yo sé cuáles son sus apetencias. Se trata de un don especial, un secreto profesional como el arte de la quiromántica que lee en la palma de la mano. Mi madre se habría reído de mí viendo cómo desperdiciaba mis facultades, pero yo no quería sondear más allá en sus vidas. No quiero conocer sus secretos ni sus pensamientos más íntimos. Tampoco sus miedos ni su gratitud. Con cariñoso desprecio ella habría dicho de mí que era una alquimista civilizada y que practicaba una magia de andar por casa cuando habría podido hacer maravillas. Pero a mí me gusta esta gente. Me encantan sus pequeñas e íntimas inquietudes. ¡Es tan fácil leer en sus ojos y en sus bocas! Ésta, con esa pizca de amargura, se deleitará con mis roscos de piel de naranja. Esta otra, con su sonrisa dulce, sabrá apreciar mis corazones de albaricoque, de interior blando. A esa chica de cabellos volanderos le gustarían los *mendiants*. Esta mujer alegre y vivaracha sabría saborear los brasiles de chocolate. Para Guillaume las florentinas, que se comerá en un plato en su pulcra casa de soltero. La apetencia de Narcisse por las trufas de chocolate doble demuestran que, debajo de su apariencia de pocos amigos, late un gran corazón. Esta noche Caroline Clairmont soñará con cenizas de *toffee* y se despertará irritada y famélica. Y para los niños... virutas de chocolate, botones blancos con fideos de todos colores, *pain d'épices* de bordes dorados, frutas de mazapán en sus nidos de papel rizado, caramelos duros de cacahuete, racimos, galletas, todo un surtido de múltiples formas en cajas de medio kilo... Vendo sueños, pequeños consuelos, dulces e inofensivas tentaciones que provocan toda una multitud de santos machacamientos entre avellanas y turrones...

¿Qué tiene de malo?

Por lo visto el *curé* Reynaud cree que algo de malo tendrá.

—¡Ven aquí, *Charly*! ¡Ven!

La voz de Guillaume adquiere un tono cálido cuando habla con su perro, pero también un matiz de tristeza. Se compró el perro cuando murió su padre, según me ha contado. Ocurrió hace dieciocho años. Pero la vida de un perro es más corta que la de un hombre, dice, y por esto han envejecido los dos a un tiempo.

—Lo tiene aquí —me indica una protuberancia debajo de la barbilla de *Charly*, más o menos del tamaño de un huevo de gallina—. Va creciendo —hace una pausa durante la cual el perro se despereza sensualmente mientras mueve una pata y deja que su amo le rasque la barriga—. El veterinario dice que no hay nada que hacer.

He empezado a comprender esa mirada de pena y de cariño que veo en los ojos de Guillaume.

—Uno no sacrificaría a un anciano —me dice lleno de excitación— si todavía tuviera... —lucha por encontrar las palabras justas—... una cierta calidad de vida. *Charly* no sufre. De veras que no —asiento con la cabeza, consciente de que quiere convencerme—. Los medicamentos mantienen a raya la enfermedad.

«De momento.» He oído las palabras aunque no las haya pronunciado.

—Cuando llegue la hora, sé qué tengo que hacer —su mirada es dulce pero se ha llenado de pánico—. Sabré qué debo hacer. No tendré miedo.

Le vuelvo a llenar el tazón de chocolate sin decir palabra y espolvoreo la espuma con cacao en polvo, pero Guillaume está tan absorto en el perro que no se da cuenta siquiera. *Charly* sigue retozando panza arriba y mueve la cabeza de un lado a otro.

—*M'sieur le Curé* dice que los animales no tienen alma —dice Guillaume con voz suave—. Dice que yo debería librar de penas a *Charly*.

—Todo tiene alma —le respondo—. Eso me decía mi madre. Todo.

Guillaume asiente con la cabeza, solo en su círculo de miedos y pesares.

—¿Qué haría yo sin él? —pregunta con la cabeza vuelta hacia el perro, lo que hace que me percate de que se ha olvidado de mi presencia—. ¿Qué haría yo sin ti?

Detrás del mostrador, cierro el puño obedeciendo a un impulso de ira silenciosa. Conozco esa mirada —miedo, remordimiento, avidez—, la conozco muy bien. Es la mirada que vi aquella noche en el rostro de mi madre el día que habló con el Hombre Negro. Estas palabras de Guillaume —«¿Qué haría yo sin ti?»— son las mismas que ella estuvo murmurando en mi oído a todo lo largo de aquella noche de dolor. Y cuando me miro en el espejo, la última cosa que hago al final de cada día o cuando me despierto con el creciente temor... o el conocimiento... o la certidumbre de que mi hija se me escapa, de que la pierdo, de que voy a perderla como no encuentre El Lugar... también es esa mirada la que veo en mis ojos.

Echo los brazos al cuello de Guillaume. Su cuerpo se tensa un momento porque no está acostumbrado al contacto con mujeres, pero en seguida se distiende. Noto todo el poder de esa tristeza suya que se escapa a borbotones de su cuerpo.

—Vianne —murmura con voz queda—, Vianne.

—No le importe sentirse de esa manera —le digo con decisión—. Está en su derecho.

A nuestros pies, *Charly* ladra indignado.

Hoy hemos recaudado casi trescientos francos. Por vez primera, lo bastante para quedar a la par. Se lo he comunicado a Anouk cuando ha llegado de la escuela, pero me ha parecido que no me prestaba atención y que su expresión, normalmente animada, hoy estaba indiferente. Tenía los ojos cargados, oscuros como el cielo que anuncia tormenta.

Le he preguntado qué le pasaba.

—Es Jeannot —dice con voz monocorde—. Su madre no le deja jugar conmigo.

Me acuerdo de Jeannot, disfrazado de Lobo el *Mardi Gras* de carnaval, un arrapiezo flacucho de siete años, cabello hirsuto y expresión de desconfianza. Anoche, sin ir más lejos, él y Anouk habían estado jugando en la plaza, corriendo de aquí para allá y profiriendo arcanos gritos de guerra hasta que la luz comenzó a declinar. Su madre es Joline Drou, una maestra de primaria, compañera de Caroline Clairmont.

—¿Por qué no? —digo con voz neutra—. ¿Ha dicho por qué?

—Dice que soy una mala compañía para él —y me dirige una mirada aviesa—, porque no vamos a la iglesia... y porque abres la tienda los domingos.

Abro la tienda los domingos.

La miro. Me entran ganas de abrazarla, pero la veo tan rígida y hostil que me siento alarmada. Trato de hablarle con calma.

—¿Y qué dice Jeannot? —le pregunto con voz suave.

—Él no puede hacer nada, porque ella está siempre vigilándolo —Anouk levanta la voz, que adquiere un tono estridente, al borde de las lágrimas—. ¿Por qué tiene que ocurrir siempre lo mismo? —pregunta—. ¿Por qué nunca...? —pero se interrumpe con esfuerzo, su pecho plano y jadeante.

—Pero tienes otros amigos...

Es la verdad. Anoche la vi con cuatro o cinco compañeros más, la plaza resonaba con su alboroto y con sus risas.

—Son amigos de Jeannot.

Sé qué quiere decir. Eran Louis Clairmont, Lise Poitou... los amigos de Jeannot. Sin él, el grupo no tardará en dispersarse. Siento una súbita angustia por mi hija, la veo rodeada de amigos invisibles con los que pretenderá llenar el vacío a su alrededor. Es egoísmo por mi parte pensar que una madre puede colmar este espacio. Egoísmo y ceguera.

—Podríamos ir a la iglesia, si tú quieres —le digo con voz suave—, pero ya sabes que esto no cambiaría las cosas.

Y en tono acusador me increpa:

—¿No? ¿Por qué? Ellos tampoco creen. A ellos Dios les importa un rábano. Van a la iglesia y sanseacabó.

Sonrío, no sin cierta amargura. No tiene más que seis años y ya consigue sorprenderme con certeros atisbos ocasionales.

—Quizá tengas razón —le digo—, pero ¿quieres ser como ellos?

Cínica e indiferente, se encoge de hombros. Desplaza el peso de su cuerpo de un pie al otro, como si temiera el sermón que se avecina. Intento encontrar las palabras apropiadas para explicarme, pero sólo acierto a ver el rostro torturado de mi madre que me acuna mientras va murmurando en tono de orgullo: «¿Qué haría yo sin ti? ¿Qué haría?».

Hace mucho tiempo que la puse al corriente de todas estas cosas: de la hipocresía de la Iglesia, de la caza de brujas, de la persecución de los pordioseros y de los practicantes de otras religiones. Ella lo entiende, aunque el hecho de entenderlo no es extrapolable a nuestra vida de todos los días, a la realidad de la soledad, a la pérdida de un amigo.

—No está bien —lo dice en tono rebelde, con una hostilidad atenuada, aunque no totalmente anulada.

Tampoco había estado bien el saqueo de Tierra Santa, ni que quemaran a Juana de Arco, ni lo que hizo la Inquisición española. Pero yo sabía que esto ahora no tenía nada que ver. Anouk tenía el rostro contraído, una expresión concentrada; de haber mostrado el más mínimo signo de oposición, se habría vuelto inmediatamente contra mí.

—Ya encontrarás otros amigos.

Es una respuesta que muestra mi debilidad y mi desconcierto. Anouk me observa con desdén.

—Pero yo quería éste.

El tono de su voz me parece curiosamente adulto, extrañamente cansado, cuando la veo apartarse de mi lado. Las lágrimas le hinchan los párpados, pero no intenta acercarse a mí en busca de consuelo. Con súbita y abrumadora claridad, la veo toda de pronto: niña, adolescente, adulta, esa desconocida en que acabará por convertirse un día, y estoy casi a punto de gritar a causa de la privación y el terror, ni más ni menos que si nos hubiéramos intercambiado los papeles y ella fuera la persona adulta y yo la niña.

—«¡Por favor! ¿Qué haría yo sin ti?»

Pero dejo que se vaya sin decir palabra, muriéndome de ganas de retenerla, pero consciente de ese muro que se levanta entre las dos y que preserva nuestra respectiva intimidad. Los hijos nacen rebeldes, lo sé. Lo único que puedo esperar es un poco de ternura, una docilidad aparente. Pero debajo de la superficie subsiste la rebeldía, fuerte, salvaje, ajena.

Se quedó prácticamente en silencio el resto de la tarde. Cuando la he acostado se negó a escuchar el cuento con el que suelo despedirme de ella y, después de haber apagado la luz de mi cuarto, permaneció horas despierta. Desde la oscuridad de mi habitación podía oírla moviéndose de aquí para allá, hablando sola —o con *Pantoufle*— de vez en cuando, en furiosas explosiones entrecortadas pero musitadas en voz demasiado baja para poder oír lo que decía. Más tarde, cuando ya estaba segura de que se había dormido, me he deslizado a hurtadillas en su habitación para apagarle la luz y la he encontrado acurrucada en un extremo de la cama, con un brazo totalmente extendido y la cabeza vuelta formando un ángulo extraño pero tan absurdamente conmovedor que he sentido que se me desgarraba el corazón. Tenía fuertemente apretada en una mano una figura de plastilina, que le retiré al tiempo que le alisaba la ropa de la cama y me disponía a guardársela en la caja donde tiene sus juguetes. La figurilla todavía conservaba el calor de su mano y emanaba ese olor inconfundible que despiden las cosas de la escuela, la misma de los secretos dichos a media voz, de las pinturas de los carteles y periódicos, y de los amigos medio olvidados.

Una figura de unos quince centímetros de longitud, torpemente moldeada, los ojos y la boca trazados con una aguja, un hilo rojo atado en torno a la cintura y algo así como unas ramitas o unas briznas de hierba seca hincadas en el cráneo para representar el cabello castaño y estropajoso... En el cuerpo del muñeco de plastilina una letra incisa: una J mayúscula. Y debajo de ella, tan cerca que casi estaba superpuesta, la letra A.

He vuelto a dejar el muñeco en la almohada sin hacer ruido, junto a la cabeza de Anouk, y he salido después de apagar la luz. Poco antes de que amaneciera, se ha deslizado en mi cama como solía hacer cuando era pequeña y he oído su voz que, atravesando múltiples capas de sueño, murmuraba:

—Está bien, *maman*, yo no te abandonaré nunca.

En la oscuridad que nos envolvía, he notado su olor a sal y a jabón de bebé en su abrazo caliente y apasionado. La he acunado al tiempo que me acunaba yo también, dulcemente, las dos abrazadas con una sensación tan fuerte de alivio que era casi dolor.

—Te quiero, *maman*, te querré siempre. No llores.

Pero yo no lloraba. No lloro nunca.

He dormido muy mal, metida en un caleidoscopio de sueños, y me he despertado de madrugada con el brazo de Anouk sobre mi cara y la sensación urgente y aterrada de que había que huir, de que debía coger a Anouk y salir a todo correr y sin parar. ¿Cómo íbamos a poder vivir aquí? ¿Cómo habíamos sido tan estúpidas para creer que aquí no iba a encontrarnos? El Hombre Negro tiene muchas caras, todas implacables, duras y extrañamente envidiosas. «Corre, Vianne. Corre, Anouk. Olvidad vuestros dulces sueños y salid corriendo.»

Pero no, esta vez no. Ya hemos huido demasiadas veces, Anouk y yo, mi madre y yo, ya hemos huido demasiado lejos de nosotras.

No era más que un sueño al que intento aferrarme.

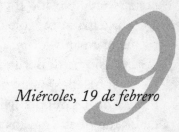

Hoy es nuestro día de descanso. Es fiesta en la escuela y mientras Anouk juega en Les Marauds yo recogeré los pedidos y trabajaré en el cúmulo de cosas de la semana.

Disfruto con esta actividad. La cocina tiene algo de brujería, la elección de los ingredientes, el proceso de mezclarlos, rallarlos, fundirlos, hacer infusiones con ellos y perfumarlos, las recetas sacadas de libros de cocina antiguos, los utensilios tradicionales, la mano de almirez y el mortero con los que mi madre preparaba el incienso dedicados ahora a propósitos más caseros, y tanto sus especias como sus aromas librando sus sutilezas a una magia más humilde y más sensual. En parte es ese tránsito lo que me gusta, toda esta amorosa preparación, todo ese arte y esa experiencia abocados a un placer que sólo dura un momento y que únicamente unos pocos pueden apreciar plenamente. Mi madre siempre vio ese interés mío con un desdén mitigado por una cierta indulgencia. La comida, para ella, no era un placer sino una tediosa necesidad que obligaba a unos deberes, un peaje que había que pagar a cambio de nuestra libertad. Yo debía de tener diez años, o quizás alguno más, antes de tener ocasión de probar el sabor del verdadero chocolate. Pero la fascinación persistió. Yo guardaba recetas en mi cabeza como quien guarda mapas. Recetas de todo tipo, páginas arrancadas de revistas abandonadas en concurridas estaciones de tren, sonsacadas a gente que encontraba en los caminos, extrañas ocurrencias de fabricación propia.

Mi madre con sus cartas y sus adivinaciones llevaba la batuta de nuestro enloquecido trayecto a través de Europa. La comida nos anclaba a los sitios, colocaba mojones en fronteras desoladas. París huele a pan y a *croissants* recién horneados, Marsella a bullabesa y a ajo frito, Berlín a *Eisbrei* con *Sauerkraut* y *Kartoffelsalat*, Roma a helados, que yo comía de balde en un pequeño restaurante a orillas del río. Mi madre no tenía tiempo para hacer caso de los mojones. Llevaba dentro de ella todos los mapas, para ella todos los sitios eran un mismo sitio. Ya entonces éramos diferentes. Sí, por supuesto, ella me enseñó lo que pudo. Me enseñó a penetrar en el fondo de las cosas, de las personas, a leer sus pensamientos, sus deseos. Un conductor nos dejó montar en su coche y se desvió diez kilómetros de su ruta para llevarnos a Lyon, los tenderos renunciaban a cobrarnos el importe de la compra, los policías hacían la vista gorda. Aunque no siempre, eso por descontado. A veces, sin que conociéramos la razón, fallaba el plan. Hay personas impenetrables, inasequibles; Francis Reynaud es una de esas personas. E incluso cuando no fallaba, una intromisión inopinada podía turbarme. Todo era demasiado fácil. Ahora bien, la preparación del chocolate ya es otro cantar. Por supuesto que se necesita un cierto toque. Una levedad del tacto, una celeridad, una paciencia que mi madre no habría tenido nunca. Pero la fórmula sigue siendo siempre la misma. No falla. Es inofensiva. Y no me hace falta penetrar en sus corazones y tomar de ellos lo que necesito, se trata de deseos que puedo satisfacer con toda sencillez, al dictado.

Guy, mi repostero, me conoce desde hace tiempo. Trabajábamos juntos cuando nació Anouk y me ayudó a poner en marcha mi primer negocio, una minúscula *pâtisserie-chocolaterie* en las afueras de Niza. Actualmente está afincado en Marsella, importa el cacao directamente de América del Sur y tiene una fábrica donde lo convierte en chocolate de diversa concentración.

Yo sólo me sirvo del mejor. Los bloques de cobertura son poco más grandes que ladrillos de construcción, una caja de cada uno por entrega, de los tres tipos: oscuro, con leche y blanco. Para transformarlo al estado cristalino hay que amasarlo, lo que le da una superficie dura y quebradiza y un brillo especial. Hay confiteros que lo compran ya amasado, pero a mí me gusta hacerlo yo. Es maravilloso manipular los bloques opacos de la cobertura y pulverizarlos a mano —jamás he usado batidoras eléctricas— en los grandes recipientes de cerámica, fundirlos después, removerlos, comprobando con el termómetro de azúcar cada uno de esos entretenidos pasos hasta que se consigue el grado justo de calor para que se opere el cambio. Hay una especie de alquimia en la transformación del tosco chocolate en esa especie de sabio oro falso, una magia de andar por casa que hasta mi madre habría sabido apreciar. Mientras trabajo se me van aclarando las ideas y respiro profundamente. Las ventanas están abiertas y, de no ser por el calor de los fogones, de los recipientes de cobre, del vapor que despide la cobertura en fase de fusión, el aire que se cuela por ellas me daría frío. La mezcla de perfumes del chocolate, la vainilla, el cobre caliente y el cinamomo provoca mareo, está cargada de sugestiones, transmite ese deje rudo y terrenal de las Américas, el aroma caliente y resinoso del bosque tropical. A través de él viajo ahora, como hicieran en otro tiempo los aztecas con sus inquietantes rituales: México, Venezuela, Colombia. La corte de Moctezuma. Cortés y Colón. El alimento de los dioses, burbujeante y espumoso, servido en tazones ceremoniales. El amargo elixir de la vida.

Quizá sea esto lo que capta Reynaud en mi tienda, un retroceso a épocas en que el mundo era un sitio más grande y más primitivo. Antes de Cristo —antes de que naciera Adonis en Belén o de que Osiris fuera sacrificado en la Pascua— se adoraba la habichuela del cacao. Se le atribuían propiedades mágicas. En las gradas de los templos donde se hacían los sacrificios se tomaba aquel brebaje, sus éxtasis eran arrebatados y terribles. ¿Eso es lo que se teme? ¿La corrupción por el placer, la transustanciación sutil de la carne en recipiente de perversión? A él no le van las orgías de los sacerdotes aztecas. Y sin embargo, en los vapores del chocolate que ya se está fundiendo hay algo que empieza a aglutinarse —mi madre lo llamaría visión—, algo así como el dedo humeante de la percepción que señala... señala...

¡Ya está! En un instante lo he captado. Sobre la brillante superficie se forma un torbellino de vapor y seguidamente otro, una película pálida que esconde a la vez que revela... Por un momento casi tengo la respuesta, el secreto que él esconde —incluso a sí mismo— con tan temible prudencia, la clave que nos pondrá a todos en movimiento.

Interpretar las visiones a través del chocolate no es cosa fácil. Son turbias, están envueltas en los perfumes que exhala, unos vapores que enturbian la mente. Yo no soy como mi madre, que hasta el día de su muerte retuvo un poder de predicción tan grande que nos llevó a las dos a anticiparnos a él en desbocada y creciente confusión. Pero antes de que la visión se disipe estoy segura de haber visto algo: una habitación, una cama, un viejo tendido en ella, sus ojos como agujeros despellejados en su rostro lívido... Y fuego. Fuego.

¿Eso he visto?

¿Es ese el secreto del Hombre Negro?

Necesito conocer su secreto si hemos de quedarnos aquí. Y necesito quedarme. Cueste lo que cueste.

Una semana, *mon père*. No hace más que esto: una semana, aunque parezca que haya pasado más tiempo. No entiendo por qué tiene que perturbarme hasta ese punto, no hay duda sobre lo que es esta mujer. El otro día fui a verla con el objeto de hacerla entrar en razón sobre la hora de apertura de la tienda el domingo por la mañana. El sitio está transformado, el aire embalsamado con mareantes aromas de jengibre y especias. Me esforcé en no mirar los estantes donde se alinean los dulces, las cajas, las cintas, los lazos de color pastel, las almendras azucaradas en oleadas de oro y plata, las violetas confitadas y los pétalos de rosa bañados en chocolate. El sitio tiene mucho de tocador, reina en él una sensación de intimidad, un perfume de rosas y de vainilla. En el cuarto de mi madre había ese mismo ambiente, todo eran crespones, gasas y centelleos de luz que fulguraba en las facetas del cristal tallado, las hileras de frascos y jarrones de su tocador eran un ejército de genios que esperaban la libertad. Hay algo malsano en toda esta concentración de dulzores. Una promesa, satisfecha a medias, de cosa prohibida. Yo procuro no mirar ni oler.

Me saludó con bastante cortesía. La veo claramente en este momento, sus largos cabellos negros recogidos en un moño detrás de la cabeza, los ojos tan oscuros que parece que no tenga pupilas, esas cejas absolutamente rectas que le dan un aire severo desmentido por el humor que refleja la curva risueña de sus labios, las manos cuadradas y funcionales, las uñas muy cortas. No se pinta y, pese a esto, en su cara hay algo ligeramente indecente. Tal vez sea esa manera de mirar suya tan directa, la forma como sus ojos se entretienen observando y valorando lo que ven, ese pliegue permanente de ironía en sus labios. Y es alta, demasiado alta para ser mujer, tan alta como yo. Me mira a los ojos, con los hombros echados para atrás y la barbilla desafiante. Lleva una falda larga, ondulante, color de fuego, y un jersey negro y ceñido. Son colores que infunden sensación de peligro, como si fuera una serpiente o un insecto dispuesto a picar que quisiera advertir con ellos a los enemigos.

Es mi enemiga. Lo advertí inmediatamente. Percibo su hostilidad y su desconfianza aunque me hable con voz contenida y en tono amable. Noto que me ha atraído hasta aquí para burlarse de mí, que sabe algún secreto que yo ni siquiera... pero esto es una tontería. ¿Qué puede saber? ¿Qué puede hacer? Lo que ella ofende es mi sentido del orden, como un jardinero escrupuloso podría ofenderse al ver un sembrado de dientes de león. La semilla de la discordia está en todas partes, *mon père*, y se desparrama, se desparrama.

Lo sé. Pierdo la perspectiva. Pero debemos igualmente mantenernos vigilantes, usted y yo. Recuerde Les Marauds y los gitanos que desalojamos de las orillas del Tannes. Recuerde lo mucho que nos costó, cuántos meses estériles de protestas y de cartas hasta que tomamos el asunto en nuestras manos. ¡Recuerde los sermones que prediqué! Y que las puertas se me iban cerrando ante ellos una por una. Algunos comerciantes colaboraron al momento. Se acordaban de los gitanos que tuvimos aquella otra vez, las enfermedades, los robos y la prostitución que trajeron consigo. Se pusieron de nuestra parte. Recuerdo que tuvimos que presionar a Narcisse que, por curioso que parezca, les había ofrecido trabajo de verano en sus campos. Pero al final conseguimos echarlos a todos, a los hombres adustos y a las zarrapastrosas de sus mujeres, con su mirar descarado, y también a sus hijos descalzos y deslenguados y a sus perros famélicos. Se marcharon y por suerte dispusimos de voluntarios para limpiar toda la basura que nos dejaron. Bastaría una semilla de diente de león para que regresaran, *mon père*, usted lo sabe tan bien como yo. Y si ella es esa semilla...

Ayer hablé con Joline Drou. Anouk Rocher va a la escuela local. Es una niña graciosa, con los cabellos negros como su madre y con una sonrisa espontánea e insolente. Parece que Joline encontró a su hijo Jean y a otros niños jugando a no sé qué con esa niña en el patio de la escuela. Una influencia deleznable, por lo visto, adivinaciones y paparruchas parecidas, unos huesos y unos abalorios que arrojaba en el suelo... Ya le he dicho que las había calado. Joline ha prohibido a Jean que vuelva a jugar con esa niña, pero es muy tozudo y se ha puesto enfurruñado. A esa edad lo único que vale es la disciplina aplicada a rajatabla. Me he ofrecido a tener una conversación con el niño, pero la madre se ha opuesto. Esa gente es así, *mon père*, son débiles, débiles. Cuántos habrá que ya han roto las promesas que hicieron en cuaresma. Cuántos habrá que ni siquiera pensaban observarlas. En lo que a mí se refiere, sé que el ayuno me purifica. Sólo ver la tienda del carnicero me revuelve el estómago; los olores cobran una intensidad tal que la cabeza me da vueltas. De pronto el olor a pan que sale por la mañana de la tienda de Poitou me resulta insoportable, el tufo caliente de grasa que emana la *rôtisserie* de la Place des Beaux-Arts es como un pozo que subiera directamente del infierno. Hace más de una semana que no cato la carne, ni el pescado, ni los huevos, vivo de pan, sopas, ensaladas y tomo un solo vaso de vino los domingos y me siento purificado, *père*, purificado... Ojalá que pudiera hacer aún más. Porque esto no es sufrir, esto no es penar. A veces pienso que me gustaría darles ejemplo, estar yo en aquella cruz y mostrarles que sangro, que padezco... Esa mujer, la bruja Voizin, se mofa de mí cuando pasa por mi lado con su cesta de comida. Es la única de su familia de buenos feligreses que desprecia la Iglesia, me lanza una sonrisa burlona cuando se cruza conmigo y se aleja renqueando con el sombrero de paja sujeto a la cabeza con un pañuelo rojo y ese bastón con el que golpea las losas de la calle... Si aguanto ese tipo de cosas es sólo por respeto a su edad, *mon père*, y porque su familia se ha disculpado conmigo. Se ha empecinado en no ver al médico, no quiere ayuda de nadie, se figura que vivirá siempre. Pero un día acabará por capitular. Como todos. Y entonces yo le daré la absolución con toda humildad, lamentaré su muerte a pesar de todas sus aberraciones, de su orgullo y de sus provocaciones. Al final vendrá a mí, *mon père*. ¿No acaban por venir todos al final?

La esperaba. Con su abrigo escocés, el cabello peinado para atrás sin pretensión personal alguna, las manos diestras y nerviosas como las de los pistoleros. Era Joséphine Muscat, la mujer que vi en día de carnaval. Ha esperado a que salieran de mi establecimiento mis clientes habituales —Guillaume, Georges y Narcisse— antes de decidirse a entrar, las manos hundidas hasta el fondo de los bolsillos.

—Un chocolate caliente, por favor.

Se ha sentado de forma inestable ante el mostrador y se ha puesto a hablar en voz baja, como si conversara con los vasos vacíos que todavía no me había dado tiempo a retirar.

—¡No faltaba más!

No le he preguntado cómo lo quería, pero se lo he servido con virutas de chocolate y chantilly, adornado con dos cremas de café a un lado. Se ha quedado mirando el tazón con los ojos entrecerrados y después lo ha tocado con dedos inseguros.

—El otro día olvidé pagar una cosa —ha dicho con fingida naturalidad.

Tiene los dedos largos, curiosamente delicados pese a las durezas de las yemas. En estado de reposo su rostro parece perder algo del desaliento que habitualmente tiene su expresión y casi resulta atractivo. Tiene el cabello de un suave color castaño y los ojos dorados.

—Lo siento —añade.

Y arrojó una moneda de diez francos sobre el mostrador con un gesto desafiante.

—No tiene importancia —he procurado que mi voz sonara natural, indiferente—. Suele ocurrir.

Joséphine me miró un momento con desconfianza y después, tras comprobar que no había malevolencia en el tono, pareció más tranquila.

—Es bueno —dijo saboreando el chocolate—, bueno de verdad.

—Lo hago yo —le explico—. Con cacao y antes de añadirle la grasa para que se solidifique. Los aztecas lo tomaban exactamente de esa manera hace muchos, muchísimos siglos.

Me ha lanzado una mirada furtiva y cargada de desconfianza.

—Y gracias por el regalo —ha dicho por fin—. Almendras de chocolate. Son mis preferidas —y después, atropelladamente y con torpe prisa—: No me lo llevé a propósito. Sé que dicen muchas cosas de mí, pero yo no robo. Son ellas... —ahora había desdén en su voz y su boca se ha torcido en una mueca de indignación y de asco—... son esa zorra de Clairmont y sus compañeras. ¡Unas embusteras!

Me vuelve a mirar, ahora con aire casi de desafío.

—He oído decir que usted no va a la iglesia —lo afirma con voz quebrada, aunque excesivamente alta teniendo en cuenta las dimensiones de la habitación donde estamos y que en ella sólo nos encontramos nosotras dos.

Yo le he sonreí.

—Es verdad. No voy.

—Pues como no vaya, no va a durar mucho tiempo en este pueblo —vaticinó con la misma voz alta y vidriosa—. La apartarán a un lado si no hace lo que ellos quieren. Ya lo verá. Todo esto... —con un gesto vago abarcó los estantes, las cajas, el escaparate con sus *pièces montées*—... no le va a servir de nada. Sé lo que dicen. Los he oído.

—También yo —me he servido también un tazón de chocolate

del recipiente de plata. Corto y negro, como un *espresso*, lo removuevo con la cucharilla del chocolate. Hablo con suavidad—, pero a mí no me hace falta escuchar —callo un momento para tomar un sorbo—, me pasa lo que a usted.

Joséphine se echa a reír.

Entre las dos se instala un silencio de cinco segundos. De diez segundos.

—Dicen que usted es bruja —la palabra de siempre.

La mujer ha levantado la cabeza como desafiándome.

—¿Es verdad? —me pregunta.

Me encojo de hombros. Tomo otro sorbo.

—¿Quién lo dice?

—Joline Drou, Caroline Clairmont, las fanáticas de la Biblia y del *curé* Reynaud. Oí que lo decían en la puerta de Saint-Jérôme. La hija de usted contó no sé qué cosa a los demás niños. Algo sobre espíritus —en su voz había curiosidad y una hostilidad profunda y renuente que yo no acababa de entender—. ¡Espíritus! —repitió como un aullido.

Trazo con el dedo el vago recorrido de una espiral sobre la boca amarilla del tazón.

—Creía que a usted no le importaba lo que dice la gente.

—Soy curiosa —otra vez aquella actitud de desafío, una especie de miedo de caer bien— y el otro día usted habló con Armande. Con Armande no habla nadie. Salvo yo.

Se refería a Armande Voizin, la anciana de Les Marauds.

—Me gusta —dije con sencillez—. ¿Por qué no he de hablar con ella?

Joséphine apretó los puños contra el mostrador. Parecía alterada, su voz despedía crujidos como si fuera escarcha.

—Porque está loca, ni más ni menos —se lleva los dedos a las sienes en un gesto bastante elocuente—. ¡Loca, loca, loca! —por un momento ha bajado la voz—. Voy a decirle una cosa —añade—. En Lansquenet hay una raya que atraviesa el pueblo... —hace un gesto sobre el mostrador con su dedo encallecido—... y como la cruces, no te confieses, no respetes a tu marido, no prepares tres comidas al día y no te sientes junto al fuego y te dediques a pensar en cosas decentes mientras esperas su llegada, si no tienes... hijos... o no llevas flores cuando se celebra el funeral de algún amigo ni pases el aspirador por el salón ni... cuides los arriates de tu jardín... —el esfuerzo de hablar le había puesto la cara arrebolada, era evidente que sentía una rabia intensa, enorme—... entonces quiere decir que estás loca —ha escupido—. Estás loca, eres anormal y la gente... habla... de ti... a tus espaldas y... y... y...

Se interrumpe y la expresión de angustia fue borrándose de su cara; veo que tiene la vista clavada más allá de mí, perdida a través del escaparate, si bien el reflejo del cristal desdibujaba lo que pudiera estar viendo. Como si sobre su expresión ausente pero taimada y exenta de esperanza acabara de caer una cortina.

—Lo siento, por un momento me he dejado llevar —engulle un buen sorbo de chocolate—. No tendría que hablar con usted. Ni usted conmigo. Bastante mal están ya las cosas.

—¿Lo dice Armande? —le he preguntado con una voz muy suave.

—Tengo que marcharme —vuelve a colocar los puños cerrados sobre el hueso del esternón con aquel gesto extraño que parece tan característico de ella—, tengo que marcharme.

A su rostro había vuelto aquella expresión de desaliento, su boca se torció de nuevo en un rictus de pánico tan marcado que casi se le puso cara de tonta... La mujer furiosa y atormentada que me había hablado hacía un momento estaba ahora muy lejos. ¿Qué —o a quién— había visto para reaccionar de aquel modo? Cuando salió de La Praline con la cabeza gacha como si se protegiera de una imaginaria ventisca, me acerqué al escaparate para observarla. No se le había aproximado nadie. Nadie la había mirado siquiera. Pero de pronto descubrí a Reynaud arrimado al arco de la puerta de la iglesia. Junto a él había un hombre calvo que no reconocí. Los dos tenían los ojos fijos en el escaparate de La Praline.

¿Reynaud? ¿Sería él la causa de sus miedos? Sentí un profundo desaliento al pensar que quizá fuera él quien había puesto a Joséphine en guardia contra mí. Sin embargo, cuando lo había mencionado antes, me pareció desdeñosa, como si no le tuviera ningún miedo. El otro hombre era bajo pero fornido, llevaba una camisa a cuadros con las mangas remangadas sobre unos brazos rojos y brillantes y unas pequeñas gafas de intelectual que, curiosamente, discordaban con su aspecto de hombre fornido y entrado en carnes. Todo en él respiraba un sentimiento de hostilidad indiscriminada; al final he acabado por darme cuenta de que ya lo tenía visto: con una barba blanca y un traje rojo arrojando caramelos a la multitud. Lo había visto en la cabalgata haciendo el papel de Santa Claus y me había fijado en que su manera de arrojar los caramelos parecía estar guiada por la esperanza de acertar a alguien en un ojo. Justo en aquel momento un grupo de niños se paró ante el escaparate y ya me fue imposible ver más, aunque ahora creía saber por qué Joséphine había huido tan precipitadamente.

—Lucie, ¿ves a ese hombre que está en la plaza? Ese que lleva la camisa de cuadros. ¿Quién es?

La niña hace una mueca. Los ratoncitos de chocolate blanco son su debilidad, cinco por diez francos. Añado un par más al cucurucho de papel.

—Lo conoces, ¿verdad?

Asiente con la cabeza.

—Es *monsieur* Muscat. El del café.

Conozco el sitio, un local sórdido al final de la Avenue des Francs Bourgeois. Media docena de mesas metálicas en la acera y un parasol descolorido con un anuncio de Orangina. Un letrero anticuado identifica el establecimiento adjudicándole un nombre: Café de la République. Agarrando con fuerza el cucurucho de caramelos la niña se vuelve para marcharse, pero se da de nuevo la vuelta.

—Seguro que no adivinará cuál es su golosina favorita —dice—. No tiene ninguna.

—Cuesta de creer —digo con una sonrisa—. Todo el mundo tiene sus preferencias. Incluso *monsieur* Muscat.

Lucie se queda pensativa un momento.

—Quizá lo que más le gusta es lo que puede quitar a los demás —me dice con todas las letras.

Y a continuación se da la vuelta y me saluda con la mano a través del cristal del escaparate.

—¡Diga a Anouk que a la salida de la escuela vamos a Les Marauds!

—Se lo diré.

Pienso en Les Marauds y me pregunto qué puede gustarles del lugar. El río con sus orillas sucias y malolientes. Las callejas estrechas y llenas de basura. Es un oasis para los niños. Cuevas, piedras planas que asoman apenas en las aguas estancadas. Secretos dichos a media voz, espadas hechas con ramas, escudos hechos con hojas de ruibarbo. Guerras entre la maraña de zarzamoras, túneles, exploradores, perros vagabundos, extraños ruidos, tesoros robados... Anouk llegó ayer de la escuela con una nueva actitud y me mostró un dibujo que había hecho.

—Esta soy yo —una figura vestida con unos pantalones rojos y con una masa difusa de pelos negros en lo alto de la cabeza—. Este es *Pantoufle* —lleva el conejo sentado en el hombro como si fuera un loro y el animal tiene las orejas gachas—. Y este es Jeannot —el dibujo del niño está pintado de verde y tiene una mano tendida. Los dos niños sonríen.

Parece que en Les Marauds no se admiten madres, aunque sean maestras de escuela. La figura de plastilina sigue junto a la cama de Anouk y ahora ha sujetado el dibujo en la pared sobre la misma.

—*Pantoufle* me ha dicho qué tengo que hacer —lo levanta y le da un abrazo.

Con esta luz veo perfectamente a *Pantoufle*, es como un niño pero con bigotes. A veces me digo que tendría que sacar estas imaginaciones de la cabeza de mi hija, pero no quisiera imponerle la soledad. A lo mejor, si nos quedásemos en este pueblo, sería posible sustituir a *Pantoufle* por compañeros reales.

—Me alegra que sigáis amigos —le he dicho, besándole en lo alto de la rizada cabeza—. Pregúntale a Jeannot si quiere venir un día de estos a ayudarme a cambiar el escaparate. Puedes invitar a los demás amigos.

—¿La casa de pan de jengibre? —sus ojos parecen agua que el sol acabase de iluminar—. ¡Oh, sí! —atraviesa saltando la habitación con súbita exuberancia, a punto está de derribar un taburete y de sortear un obstáculo imaginario dando un gigantesco salto para después huir escaleras arriba subiendo los peldaños de tres en tres—. ¡Rápido, *Pantoufle*! —abre la puerta y el golpe resuena en la pared, ¡pam!

Siento una dulce puñalada de amor, me ha cogido desprevenida como suele ocurrirme siempre. ¡Mi pequeña desconocida! No está nunca quieta, nunca en silencio.

Tras servirme otra taza de chocolate, el sonido de las campanillas de la puerta al abrirse me hacen volver la cabeza. Por espacio de un segundo he sorprendido su rostro anodino, su mirada inquisitiva, la barbilla echada para adelante, los hombros cuadrados, las venas marcadas en sus brazos desnudos, de piel brillante. Después sonrió, una sonrisa desvaída y sin calor alguno.

—*Monsieur* Muscat, ¿verdad?

Me pregunto qué querría. ¡Estaba tan fuera de lugar allí en la tienda, mirándolo todo con la cabeza baja! Su mirada bajó de mi cara a mis pechos en un gesto mecánico, una vez, dos veces.

—¿Qué quería? —aunque no ha levantado la voz, el tono era enérgico. Movió la cabeza de un lado a otro como si se tratara de algo increíble—. ¿Qué demonios busca en un sitio como este? —señaló una bandeja de almendras azucaradas a cincuenta francos el paquete—. ¿Eso es lo que busca? —me interpeló extendiendo al mismo tiempo las manos—. Bodas y bautizos. ¿Qué busca con todas esas zarandajas de las bodas y bautizos? —vuelve a sonreír, pero ahora con aire simpático, como tratando de seducir y fracasando en el intento—. ¿Qué ha comprado?

—Supongo que se estará refiriendo a Joséphine.

—A mi mujer —pronuncia las palabras con una curiosa entonación, una especie de ineluctable fatalidad—. Las mujeres son así. Tú mátate a trabajar para ganar el dinero que se necesita para vivir y ellas, ¿qué hacen? Pues despilfarrarlo en... —hizo otro gesto con el que ha abarcado las hileras de bizcochos de chocolate, las guirnaldas de mazapán, el papel de plata, las flores de seda—. ¿Qué quería? ¿Tenía que hacer algún regalo? —había un matiz de desconfianza en su voz—. ¿Para quién compra regalos? ¿Son para ella? —breve risita, como si se tratara de una idea ridícula.

No veía claramente qué asunto se llevaba entre manos aquel hombre. Pero en sus maneras había una cierta agresividad, un nerviosismo en torno a los ojos y en la gesticulación de las manos que me obligaba a ponerme en guardia. No por mí, porque en los largos años que había pasado con mi madre había aprendido a guardarme, sino por ella. Sin que pudiera impedirlo, salta una imagen de él a mí: unos nudillos ensangrentados grabados en humo. Apreté los puños debajo del mostrador. En este hombre no había nada que me interesara.

—Me parece que se confunde —le dije—. He sido yo quien ha preguntado a Joséphine si quería tomar una taza de chocolate. La he invitado como amiga.

—¡Ah! —por un momento se ha quedado desconcertado, pero en seguida ha soltado aquella carcajada suya que era como un especie de ladrido, aunque ahora era casi sincera, como si la cosa le pareciera chusca y no consiguiera evitar un cierto desdén—. ¿Que usted quiere ser amiga de Joséphine? —otra vez aquella mirada de evaluación, nos comparaba a las dos, los ojos se desplazaban de nuevo a mis pechos sobre el mostrador; cuando habla, su voz ha sido como una caricia, un canturreo que él imaginaba seductor—: Usted es nueva aquí, ¿verdad?

Asiento.

—Quizá podríamos tratarnos un poco, ¿qué le parece? Me refiero a conocernos mejor el uno al otro.

—Quizá —digo con toda la naturalidad que me ha sido posible—; podría invitar también a su esposa, ¿qué le parece? —añado con voz suave.

Transcurre un momento. Vuelve a fijar los ojos en mí, pero esta vez la mirada era calculadora, reflejaba una oscura sospecha.

—Supongo que ella no le habrá contado nada, ¿verdad?

—¿Qué podía contarme? —pregunto con aire expectante.

Hace un rápido movimiento con la cabeza.

—Nada, nada. Habla mucho. No hace más que hablar. Como no tiene otra cosa que hacer... Todos los días lo mismo —otra vez aquella risita breve y cínica—. No tardará en descubrirlo —añade con amarga satisfacción.

Yo murmuro unas palabras que no comprometen a nada. Después, obedeciendo a un impulso, saco un paquetito de almendras de chocolate de debajo del mostrador y se lo doy.

—¿Querrá dárselo a Joséphine de mi parte? —dije con toda naturalidad—. Pensaba hacerlo yo y se me ha olvidado.

Me miró pero no se movió.

—¿Que le dé esto? —repitió.

—Sí, es gratis. Invita la casa —dije con la más irresistible de mis sonrisas—. Es un regalo.

Su sonrisa se ensanchó y cogió la coquetona bolsita plateada.

—Se lo haré llegar —dijo embutiéndose los bombones en el bolsillo de los pantalones vaqueros.

—Es lo que más le gusta —le dije.

—Pues no creo que haga muchos negocios como siga haciendo tantos regalos —comentó con cierta indulgencia—. Le doy un mes de vida —otra vez la miradita ávida y dura, como si yo también fuera un bombón y estuviera muriéndose de ganas de desenvolverme.

—Ya veremos —dije con voz suave observándolo mientras salía de la tienda y emprendía el camino de su casa moviendo con indolencia los hombros y contoneándose a lo James Dean. Ni siquiera aguardó a que no pudiera verlo para sacar la bolsita de bombones destinados a Joséphine y abrirla. Tal vez suponía que lo estaba observando. Uno, dos, tres... iba llevándose la mano a la boca con indolente regularidad y antes de cruzar la plaza ya había hecho una bola con el envoltorio plateado y, apañuscándolo con su puño cuadrado, había dado cuenta de todos los bombones. Me recordó un perro famélico que quiere zamparse rápidamente su ración antes de devorar la del compañero. Al pasar por delante de la panadería intentó acertar con la bola de plata la papelera colocada en la calle pero falló el tiro, dio en el borde de la misma y la bola fue a dar en las piedras. Después siguió su camino pasando por delante de la iglesia y continuó Avenue des Francs Bourgeois abajo sin volver la vista atrás, haciendo saltar chispas del empedrado con sus botas sujetas con tiras de cuero.

Viernes, 21 de febrero

Anoche volvió a hacer frío. La veleta de Saint-Jérôme estuvo girando y vacilando toda la noche, presa de angustiosa indecisión, frotando con chirrido estridente los oxidados hierros a manera de advertencia frente a los intrusos. La mañana se inició con una niebla tan espesa que hasta el campanario de la iglesia, a veinte pasos del escaparate de la tienda, parecía remoto y espectral, y la campana que llamaba a misa desgranaba sus tañidos en sordina, enguatados en algodón de azúcar, mientras se iban acercando los primeros feligreses con los cuellos subidos para resguardarse de la niebla, dispuestos a recibir la absolución.

Así que se ha bebido la leche que se toma por las mañanas, he enfundado a Anouk en su abrigo rojo y, haciendo caso omiso de sus protestas, le he calado un gorro peludo en la cabeza.

—¿No quieres tomar nada para desayunar?

Ha negado con un gesto enfático de la cabeza pero ha cogido una manzana de una bandeja colocada junto al mostrador.

—¿Y el beso?

El beso se había convertido en el ritual de todas las mañanas.

Echándome, marrullera, los brazos al cuello, me moja la cara de saliva y huye mondándose de risa; después me envió otro beso desde la puerta y echó a correr a través de la plaza. Yo he hecho como que estaba horrorizada y después me he secado la cara. Ella se ha reído con ganas, me sacó la lengua, una lengua pequeñita y puntiaguda, y me gritó: «¡Te quiero!» y se desvaneció de pronto igual que un haz de luz escarlata que se perdiera entre la niebla, llevando a rastras la mochila. Sé que no va a tardar ni treinta segundos en quitarse el gorro peludo de la cabeza y en esconderlo en el interior de la mochila, junto con los libros, los papeles y otros intempestivos recordatorios del mundo adulto. Por espacio de un segundo he visto de nuevo a *Pantoufle*, que la seguía dando saltos, pero en seguida he barrido esa imagen inoportuna. Sentí de pronto toda la soledad que me provoca su ausencia —¿cómo afrontaré todo un día sin ella?— y a duras penas he conseguido refrenar la urgente necesidad de llamarla.

Esta mañana he tenido seis clientes. Uno es Guillaume, que viene de la tienda del carnicero con un trozo de *boudin* envuelto en un papel.

—A *Charly* le gusta el *boudin* —me explica muy serio—. Últimamente come muy mal, pero estoy seguro de que esto le gustará.

—No olvide que usted también tiene que comer —le he recordado con voz suave.

—Sí, claro —me responde con una sonrisa dulce y como disculpándose—. Yo como cantidad, en serio —me dirige una súbita mirada de agobio—, aunque ya sé que estamos en cuaresm —continúa—, pero los animales no tienen que guardar la cuaresma, ¿no le parece?

Niego con la cabeza al ver su expresión de desaliento. Tiene una cara pequeña y de rasgos delicados. Es de esa clase de personas que parten las galletas por la mitad y se guardan un trozo para más tarde.

—Me parece que deberían cuidarse mejor los dos.

Guillaume rasca la oreja de *Charly*. El perro está apático, no muestra ningún interés por el contenido del paquete de la carnicería que tiene en la cesta colocada a su lado.

—Lo hacemos —dice con una sonrisa tan automática como la mentira—. De veras que lo hacemos —y apura su taza de *chocolat espresso*.

—Estaba buenísimo —me dice, como siempre—. La felicito, *madame* Rocher.

Hace tiempo que ya he desistido de pedirle que me llame Vianne. Su sentido del decoro se lo impide. Deja el dinero sobre el mostrador, se toca con la mano el viejo sombrero de fieltro y abre la puerta. *Charly* se enreda en sus pies y lo sigue, desviándose ligeramente hacia un lado. Así que la puerta se ha cerrado tras ellos, veo que Guillaume se agacha para recogerlo del suelo y se aleja con él en brazos.

A la hora de comer he tenido otra visita. La he reconocido al momento a pesar del abrigo masculino e informe, por su avispada cara de manzana de invierno que asomaba debajo del sombrero de paja negro y por las largas faldas negras que le cubren las pesadas botas de trabajo.

—¡*Madame* Voizin! Pasaba usted por casualidad, ¿verdad? Déjeme que la invite.

Sus ojos centelleantes se pasean con mirada apreciativa de un lado a otro de la tienda. Me doy cuenta de que no se perdía detalle. Al final se detiene en la carta de especialidades escrita por Anouk:

chocolate caliente	*10 francos*
chocolate exprés	*15 francos*
chococcino	*12 francos*
mocha	*12 francos*

Mueve afirmativamente la cabeza, como aprobando lo que veía.

—Hacía años que no estaba en un sitio como este —comenta—. Casi había olvidado que existieran este tipo de sitios.

Su voz dejaba traslucir su energía, había una fuerza en sus movimientos que desmentía su edad. Su boca se torcía en un mohín gracioso que me recordaba a mi madre.

—En otro tiempo me encantaba el chocolate —declara.

Mientras yo le lleno de mocha un vaso largo con un chorretón de kahlua en la espuma observo que mira con desconfianza los taburetes arrimados al mostrador.

—No querrá que me encarame en una cosa de estas, digo yo.

Me echo a reír.

—De haber sabido que venía habría tenido preparada una escalera. Aguarde un momento —entro en la cocina y saco la vieja silla naranja de Poitou—. Pruebe esta.

Armande se deja caer pesadamente en la silla y ase el vaso con ambas manos. Su avidez es la propia de una niña pequeña, le brillan los ojos, tiene una expresión arrobada.

—Mmmmm... —era un sonido que reflejaba algo más que simple apreciación, era casi reverencia—... mmmm...

Tenía los ojos cerrados mientras paladeaba la bebida. Su placer casi infundía miedo.

—¡Es fabuloso!, ¿verdad? —hace una pausa momentánea y sus ojos se entrecierran mientras se sumía en la delectación—. Hay crema y... cinamomo, creo... ¿y qué más? ¿Tía María?

—Más o menos —le respondo.

—Lo prohibido siempre sabe mejor —declara Armande, secándose muy satisfecha la espuma que se le había quedado en los labios—. Pero esto... —toma otro sorbo con avidez—. Que yo recuerde, jamás había tomado una cosa tan buena como esta, ni siquiera cuando era niña. Yo diría que esto tendrá diez mil calorías como mínimo. O más.

—¿Y por qué tendría que estar prohibido? —pregunto movida por la curiosidad.

Era pequeña y redonda como una perdiz, no tenía nada que ver con su hija, tan preocupada por su apariencia.

—¡Por los médicos! —dice Armande con un cierto desdén—. Ya sabe cómo son. Son capaces de decir cualquier cosa —hace una pausa para sorber a través de la paja—. ¡Oh, esto es estupendo! ¡Bueno de verdad! Caro hace años que intenta ingresarme en algún sitio. No le gusta eso de tenerme junto a la puerta de su casa. No le gusta que le recuerden sus orígenes —se ha permitido soltar una risita—. Dice que estoy enferma, que no estoy en condiciones de cuidarme. Me envía a ese médico torpe que ella tiene para que me diga qué puedo y qué no puedo comer. ¡Cualquiera diría que quieren que viva eternamente!

Sonrío.

—Estoy convencida de que Caroline se preocupa por usted —digo.

Armande me lanza una mirada burlona.

—¿Lo dice en serio? —suelta una risotada—. ¡No me venga con estas cosas, cariño! Usted sabe perfectamente que a mi hija lo único que le preocupa es su persona. No soy tonta —hace una pausa al tiempo que fruncía los ojos y me lanzaba una mirada desafiante—. Lo que a mí me importa es el chico —añade.

—¿El chico?

—Luc, se llama Luc. Mi nieto. Cumplirá catorce años en abril. Seguro que lo ha visto en la plaza.

Lo recordaba vagamente, un muchacho apagado, excesivamente correcto, con pantalones de franela muy planchados y americana de *tweed*. Tenía unos ojos de un gris verdoso debajo de un flequillo lacio. Afirmo con la cabeza.

—Lo he hecho beneficiario de mi testamento —continúa Armande—. Medio millón de francos, que le dejo en fideicomiso hasta el día que cumpla dieciocho años —se encoge de hombros—. Yo no lo veo nunca —añade sin más—, Caro no lo consentiría.

Sí, los había visto. Ahora lo recordaba. El chico daba el brazo a su madre camino de la iglesia. Era el único muchacho de Lansquenet que no había comprado nunca golosinas en La Praline, aunque me parecía haberlo visto una o dos veces parado delante del escaparate.

—La última vez que vino a verme tenía diez años —la voz de

Armande se vuelve extrañamente monocorde—. En lo que a él toca, es como si hiciera cien años —se termina el chocolate y deja el vaso en el mostrador con un golpe final de remate—. Recuerdo que era su cumpleaños. Le regalé un libro de poemas de Rimbaud. Estuvo muy... educado —lo dice con amargura—. Desde entonces lo he visto varias veces por la calle, como es natural —añade—. No puedo quejarme.

—¿Por qué no va a verlo a su casa? —le pregunto llena de curiosidad—. ¿Por qué no sale con él, no habla con él, no se hacen amigos?

Armande ha hecho un gesto negativo con la cabeza.

—Caro y yo no nos tratamos —de pronto su voz se ha vuelto quejumbrosa; al desaparecer la sonrisa de su rostro, la había abandonado también aquella sensación ilusoria de juventud y de pronto me pareció horriblemente vieja—. Se avergüenza de mí. Sabe Dios qué le habrá contado al chico —hace unos movimientos disuasorios con la cabeza—. No, es demasiado tarde. Lo veo por la cara del chico... siempre tan educado él... y tan educadas también esas felicitaciones de Navidad que no quieren decir nada. Un chico con tan buenas maneras... —su sonrisa era amarga—... tan educado y con tan buenas maneras...

Se vuelve hacia mí, ahora con una sonrisa deslumbrante.

—Si por lo menos yo supiera lo que hace... —dice—... supiera qué lee, qué equipos apoya, quiénes son sus amigos, qué rendimiento tiene en la escuela. Si pudiera saber todo esto...

—¿Qué?

—Ya sé que podría engañarme... —veo por espacio de un segundo que está al borde de las lágrimas. Después se calla, hace un esfuerzo, como si tratara de hacer acopio de voluntad—. ¿Sabe que me parece que me tomaría otro de esos chocolates especiales que usted prepara? ¿Me tomo otro? —lo dice como una baladronada, lo que ha provocado en mí una indecible admiración.

Me gustaba que, a pesar de la pena que sentía, todavía pudiera dárselas de rebelde y que, al apoyar los codos en el mostrador para sorber el chocolate, mostrara aquella especie de jactancia en sus movimientos.

—Sodoma y Gomorra sorbidas a través de una paja. Mmmmm. Es como si me acabara de morir y fuera directa al cielo. De todos modos, no me falta mucho.

—Si usted quisiera, yo podría encargarme de darle noticias de Luc y de transmitirle las de usted.

Armande considera esta posibilidad en silencio. Me doy cuenta de que me observa por debajo de los párpados. Y que está de acuerdo.

Por fin habla.

—A todos los jóvenes les gustan las golosinas, ¿verdad? —hablaba como sin dar importancia a lo que decía, pero yo asiento—. Y supongo que sus amigos vienen por la tienda, ¿no?

Le digo que no estaba demasiado segura de conocer a sus amigos, pero que la mayoría de los niños del pueblo entraban y salían regularmente de la tienda.

—Yo podría volver aquí —decide Armande—. Me gusta su chocolate, pese a que sus taburetes son terribles. Incluso podría convertirme en una cliente habitual.

—Aquí será siempre bienvenida —le digo.

Se produce otro silencio. He comprendido que Armande Voizin hace las cosas a su manera y cuando se le antoja, que se niega a que la presionen o le den consejos. Así pues, le dejo tiempo para pensar.

—Mire... ahí tiene.

Había tomado la decisión y no había vuelta de hoja. Con un gesto brioso, golpea el mostrador con un billete de cien francos.

—Pero yo...

—Si lo ve, déle una caja de lo que más le guste. Y no le diga que la he pagado yo.

Yo tomo el billete.

—Y no deje que su madre la sonsaque. Probablemente ya está al acecho, ya está propalando chismes con ese aire de superioridad que gasta. Hija única y tenía que convertirse en una de las Hermanas del Ejército de Salvación de Reynaud —se le fruncen los ojos en un gesto malicioso que forma unos curiosos hoyuelos en sus redondas mejillas—. Ya circulan algunos rumores sobre usted —dice—. Ya puede imaginárselos. Si se relaciona conmigo no hará más que empeorar las cosas.

Me echo a reír.

—Saldré del paso.

—Seguro que sí —me mira de pronto de manera abierta; el tono burlón había desaparecido de su voz—. Hay algo en usted... —murmura con voz suave—... algo que me resulta familiar. No creo que nos conociéramos ya el día que nos encontramos en Les Marauds, ¿verdad?

Lisboa, París, Florencia, Roma. ¡Tanta gente! ¡Tantísimas vidas que se entrecruzan con la nuestra, con las que coincidimos un momento fugaz, barrido por la enloquecedora trama de nuestro itinerario! Pero no creo que nos conociéramos.

—Y ese olor... esa especie de olor a quemado, ese rastro que deja el rayo diez segundos después de descargarse un día de verano. Ese perfume que dejan las tormentas de estío, los campos de trigo después de la lluvia —su rostro estaba arrobado, sus ojos parecían buscar los míos—. ¿Verdad que sí? ¿Verdad que es lo que he dicho? ¿Verdad que usted es lo que es?

Otra vez aquella palabra.

Se echa a reír con aire divertido y me coge la mano. Su piel era fría, aquello no era carne, eran hojas. Me da la vuelta a la mano para examinarme la palma.

—¡Lo sabía! —ha recorrido con el dedo la línea de la vida, la línea del corazón—. ¡Lo supe en cuanto la vi! —y, como hablando consigo misma, con la cabeza baja y con voz apenas audible, un simple hálito sobre mi mano, dice—: Lo sabía, lo sabía. Pero jamás hubiera imaginado encontrármela aquí, en este pueblo.

De pronto levanta los ojos y me dirige una mirada cargada de desconfianza.

—¿Reynaud lo sabe?

—No estoy segura.

Le he dicho la verdad. Que no sabía de qué hablaba. Pero también yo podía olerlo: olor a vientos cambiantes, aquel aire de revelación. Un aroma lejano de fuego y ozono. El chirrido de mecanismos que han estado mucho tiempo ociosos, la máquina infernal de la sincronía. O quizá Joséphine tenía razón y Armande estaba loca. Después de todo, veía a *Pantoufle*.

—Que Reynaud no lo sepa —me ha dicho con un centelleo de sus ávidos ojos—. Ya sabe quién es, ¿verdad?

La he mirado fijamente. Debía de haber imaginado lo que me diría entonces. O tal vez nuestros sueños se habían tocado un momento en aquellas noches en que estábamos en fuga.

—«Es el Hombre Negro.»

Reynaud es como una carta mala. Una y otra vez. Risas en las bambalinas.

Mucho después de haber acostado a Anouk me pongo a leer las cartas de tarot de mi madre por primera vez desde su muerte. Las tengo guardadas en una caja de madera de sándalo y son suaves al tacto, impregnadas del perfume de su recuerdo. Las aparto de mí un momento sin decidirme a leerlas, turbada por la cascada de asociaciones que me trae su aroma: Nueva York, puestos de perritos calientes sobre los que aletea una nube de vapor, el Café de la Paix y sus camareros de inmaculado atuendo, una monja comiendo un helado fuera de la catedral de Notre-Dame, habitaciones de hoteles donde pasamos una noche, porteros desabridos, gendarmes suspicaces, turistas curiosos... Y por encima de todas estas cosas, ese algo innombrable, ese algo implacable de lo que huíamos.

Pero yo no soy mi madre. Yo no soy una fugitiva. Sin embargo, esa necesidad de ver y de saber es tan poderosa que me empuja a sacar las cartas de la caja donde las guardo y a desplegarlas, tal como ella hacía, a la vera de la cama. Echo una mirada atrás para comprobar que Anouk duerme. No querría que advirtiese mi inquietud. Las barajo, corto, barajo de nuevo, vuelvo a cortar hasta que me quedan cuatro cartas: Diez de espadas, muerte. Tres de espadas, muerte. Dos de espadas, muerte. El Carro, muerte.

El Ermitaño. La Torre. El Carro. Muerte.

Pero estas son las cartas de mi madre. No tienen nada que ver conmigo, me digo, pese a que me cuesta muy poco identificar al Ermitaño. Pero ¿y la Torre? ¿Y el Carro?

¿Y la Muerte?

La carta de la Muerte, me dice por dentro la voz de mi madre, no siempre pronostica la muerte física de la persona, sino que puede presagiar también la muerte de una forma de vida. Un cambio. Un giro del viento. ¿Será esto lo que significa?

No creo en las artes adivinatorias. Por lo menos no en la forma en que ella las practicaba, como una manera de rastrear los fortuitos caminos que vamos a recorrer. No como excusa de la inacción, una muleta cuando las cosas van de mal en peor, un intento de racionalizar el caos que llevamos dentro. Oigo ahora su voz; suena igual que entonces en el barco, la fuerza de mi madre transformada en pura cabezonería, su buen humor en aciaga desesperación.

«¿Y Disneylandia? ¿A ti qué te parece? ¿Los cayos de Florida? ¿Y los Everglades? Nos queda tanto por ver en el Nuevo Mundo, tantas cosas en las que ni siquiera hemos soñado... ¿No crees que es esto? ¿No es esto lo que dicen las cartas?»

La Muerte estaba entonces en todas las cartas, la Muerte y el

Hombre Negro, que ya habían empezado a ser una sola y misma cosa. Huíamos de él y él nos seguía, metido en una caja de madera de sándalo.

A manera de antídoto yo leía a Jung y a Hermann Hesse y así me instruía acerca del inconsciente colectivo. La adivinación es un procedimiento para decirnos lo que ya sabemos. Lo que tememos. Los demonios no existen, sólo hay un conjunto de arquetipos que todas las civilizaciones tienen en común. El miedo a la pérdida: la Muerte. El miedo al desalojo: la Torre. El miedo a la transitoriedad: el Carro.

Pero mi madre murió.

Dejo con ternura las cartas en su caja perfumada. Adiós, madre. Aquí termina nuestro viaje. Aquí es donde nos quedamos, dispuestas a hacer frente a lo que puedan depararnos los vientos. No volveré a leer las cartas.

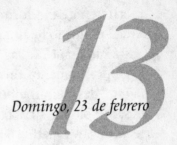

13

Domingo, 23 de febrero

Bendígame, padre, porque he pecado. Sé que me oye, *mon père*, y no hay nadie más a quien quiera confesarme. Por supuesto que no me confesaría con el obispo, tan protegido en su remota diócesis de Burdeos. Y la iglesia me parece enormemente vacía. Me siento estúpido cuando me pongo al pie del altar y levanto los ojos para contemplar a Nuestro Señor sumido en su remordimiento y en su agonía —los dorados se han empañado con el humo de los cirios y las manchas oscuras le dan un aire taimado y de disimulo—, y la oración, que en otro tiempo fuera un consuelo tan grande, tal fuente de alegría, se ha transformado ahora en una carga, un grito al pie de una desolada montaña que en el momento más impensado podría desencadenar una avalancha sobre mí.

¿Es eso la duda, *mon père*? Ese silencio dentro de mí, esa incapacidad de rezar, de purificarme, de humillarme... ¿es culpa mía? Miro la iglesia, que es mi vida, e intento sentir amor por ella. Amar esas efigies con el amor que usted sentía por ellas: san Jerónimo con su nariz rota, la Virgen sonriente, Juana de Arco con su estandarte, san Francisco con sus palomas pintadas. Personalmente detesto los pájaros. Debo de cometer un pecado contra mi tocayo pero no lo puedo remediar. Esos graznidos que lanzan, toda esa porquería que dejan... en la misma puerta de la iglesia, las paredes encaladas recorridas por los regueros verdosos de sus excrementos. Y el alboroto que arman en el momento del sermón... Si enveneno a las ratas que infestan la sacristía y roen las vestiduras que allí se guardan, ¿por qué no puedo envenenar también a las palomas, que interfieren de esa forma en el cumplimiento de mis deberes? La verdad es que lo he intentado, *mon père*, aunque no sirve de nada. Quizá san Francisco las protege.

¡Si por lo menos mis méritos fueran mayores! Pero mi indignidad me desalienta, mi inteligencia —muy superior a la de mis feligreses— sólo me sirve para ver más claramente mi debilidad, lo endeble de la vasija que Dios ha elegido para que lo sirva. ¿Éste es mi destino? Yo había soñado cosas más grandes, sacrificios, el martirio y, en lugar de eso, malgasto el tiempo en angustias indignas de mí, indignas de usted.

Peco de mezquino, *mon père*. Por esto Dios guarda silencio en su casa. Lo sé, aunque no sepa curar al enfermo. He aumentado la austeridad de mis ayunos de cuaresma e incluso he optado por continuarlos cuando ya se permite una relajación de la disciplina. Hoy mismo, sin ir más lejos, he vertido en las hortensias la libación que me permito los domingos y he notado que se me elevaba el espíritu de forma evidente. A partir de ahora las únicas bebidas que acompañarán mis comidas serán el agua y el café y éste me lo tomaré solo y sin azúcar, para potenciar su sabor amargo. Hoy he comido una ensalada de zanahorias con aceitunas... raíces y bayas en tierras desiertas. La verdad es que se me va un poco la cabeza, pero no es una sensación desagradable. Siento un cierto remordimiento al pensar que hasta esa privación puede producirme placer, por lo que resuelvo ponerme a merced de la tentación. Me quedaré cinco minutos delante de la *rôtisserie* observando cómo se van asando los pollos ensartados en su espetón. Y si Arnauld me provoca, tanto mejor. Dicho sea de paso, tendría que cerrar en cuaresma.

En cuanto a Vianne Rocher... apenas he pensado en ella estos últimos días. Paso por delante de su tienda con la cabeza vuelta hacia el otro lado. Ha prosperado pese a la época y a la desaprobación de los elementos bienpensantes de Lansquenet, pero yo atribuyo el éxito a la novedad de la tienda. Con el tiempo declinará. ¿Cómo van a subvencionar nuestros feligreses una tienda como ésta, más propia de una gran ciudad, si a duras penas consiguen cubrir sus necesidades diarias más perentorias?

La Céleste Praline. Hasta el nombre parece un insulto premeditado. Pienso ir en autobús a Agen y presentar una queja en la agencia inmobiliaria. En primer lugar, no habrían debido autorizar a esa mujer a alquilar la tienda. Su situación estratégica es garantía de prosperidad, incita a la tentación. Habría que informar del asunto al obispo. Quizás él podría beneficiarse de una influencia que yo no tengo. Le escribiré hoy mismo.

A veces la veo por la calle. Lleva un impermeable amarillo con margaritas verdes, una prenda infantil salvo por la longitud, más bien indecente en una mujer adulta. Lleva la cabeza descubierta aunque llueva y los cabellos le relucen tan suavemente que parecen piel de foca. Y así que llega al toldo de su tienda se los escurre como si fueran de tela. Debajo del toldo siempre hay gente esperando, resguardándose de la lluvia interminable y observando el escaparate. Ahora ha puesto en la tienda un radiador eléctrico, lo bastante cerca del mostrador para caldear el ambiente pero no tanto que estropee la mercancía que vende; pero con los taburetes, las *cloches* de vidrio llenas de pasteles y tartas y las chocolateras de plata que tiene sobre las repisas, el sitio parece más un café que una tienda. Algunos días he visto a diez personas o más en el interior, algunas de pie, otras apoyadas en el mostrador de superficie almohadillada, enzarzadas en conversación. Los domingos y los miércoles por la tarde el olor de repostería inunda la humedad del aire mientras ella, asomada a la puerta, con los brazos enharinados hasta los codos, incita a entrar a los viandantes haciéndoles oportunas observaciones. Me sorprende que conozca a tantas personas por su nombre —yo tardé seis meses en conocer a todos mis feligreses— y parece que tenga siempre a flor de labios una pregunta o un comentario sobre sus vidas y sus problemas. Que si la artritis de Blaireau, que si el hijo soldado de Lambert, que si Narcisse y sus orquídeas galardonadas con premios. Incluso sabe cómo se llama el perro de Duplessis. ¡Es astuta! Es imposible no percatarse de su presencia. O reaccionas o pasas por grosero. Incluso yo debo sonreírle y saludarla con la cabeza aunque por dentro esté que eche chispas. Y su hija lleva el mismo camino que ella, siempre correteando como una loca por Les Marauds con una pandilla de chicos y chicas mayores que ella. La mayoría tienen ocho o nueve años y no digo que no la traten con afecto, es como si para ellos la niña fuera una hermanita más pequeña o una mascota. Siempre van juntos, corriendo, gritando, moviéndose de aquí para allá con los brazos abiertos como si fueran bombarderos que se disparasen entre sí, cantando y armando bulla. Jean Drou también se ha sumado a la panda, lo que despierta las preocupaciones de su madre. En una o dos ocasiones ha intentado prohibírselo, pero el chico está cada día más imposible y, si lo encierra en casa, incluso salta por la ventana. Pero a mí, *mon père*, me afectan preocupaciones más serias que las provocadas por el comportamiento levantisco de unos cuantos mocosos ingobernables. Hoy, al pasar por Les Marauds antes de la misa, he visto amarrada a un costado del Tannes una casa flotante del tipo que usted y yo conocemos tan bien. Se trata de un habitáculo verdaderamente miserable, pintado de verde pero muy descascarillado, con una pequeña chimenea que vomita unos humos negros y ponzoñosos y un tejadillo ondulado como esos de las chabolas de cartón que se ven en los *bidonvilles* de Marsella. Usted y yo sabemos de qué hablo. Y qué anuncia. En la franja de tierra húmeda que bordea la carretera ya asoman sus corolas los primeros dientes de león de la primavera. Cada año intentan lo mismo, remontan el río desde las ciudades o barrios de chabolas o, peor aún, desde lugares más lejanos, como Argelia o Marruecos. Buscan trabajo. Buscan un sitio donde instalarse y empezar a criar... Esta mañana he predicado un sermón contra ellos, pero sé que, pese a esto, algunos de mis feligreses —entre ellos Narcisse— los acogerán aunque sólo sea para desafiarme. Son vagabundos. No tienen ningún respeto a nadie ni tampoco disponen de valores morales. Son gitanos de río y no hacen más que propagar enfermedades, robar, engañar a la gente y hasta asesinar si se tercia. Como dejemos que se queden, arrumbarán todo lo que hemos conseguido, *père*. Incluso con la educación que nosotros impartimos. Y sus hijos correteáran con los nuestros hasta demoler todo cuanto hicimos por ellos. Les sacarán de la cabeza todo lo que les hemos inculcado. Les enseñarán a odiar y a faltar al respeto a la Iglesia. Harán de ellos unos vagos y unos irresponsables. Los convertirán en delincuentes y los iniciarán en los placeres de las drogas. ¿Se han olvidado ya de lo que ocurrió aquel verano? ¿Serán tan incautos que no vean que aquello puede repetirse?

Esta tarde he ido a visitar la casa flotante. Ya se le habían juntado otras dos, una roja y otra negra. No llovía y habían instalado una hilera de ropa tendida entre las dos embarcaciones recién llegadas; he visto ropa de niño colgada fláccidamente de la cuerda. En la cubierta de la embarcación negra un hombre sentado de espaldas a mí estaba ocupado en pescar. Llevaba la larga y roja cabellera atada con un trozo de tela y tenía tatuajes de henna a la altura de los hombros desnudos. Me he quedado mirando las barcas. Me maravillaba ser testigo de tanta miseria, esa pobreza desafiante. ¿Qué bien se procura esta gente? Este país es próspero. Somos una potencia europea. Seguro que tiene que haber trabajo para ellos, actividades útiles, viviendas decentes... ¿Por qué deciden, entonces, vivir de esta manera, hacer el vago, chapotear en la miseria? ¿Será posible que sean tan gandules? El pelirrojo que estaba sentado en la cubierta de la embarcación negra ha abierto los dedos a manera de signo protector contra mí y ha seguido pescando.

—No pueden quedarse aquí —le he gritado desde la orilla—. Esto es propiedad privada. Tienen que marcharse.

Oí sus risas y las burlas que salían del interior de las barcazas. Pese a que notaba un fuerte latido en las sienes, procuré conservar la calma.

—Podemos hablar —he insistido—. Soy sacerdote. Quizá podamos encontrar una solución.

En las puertas y ventanas de las tres barcazas asomaron varias caras. He visto cuatro niños, una mujer joven con un niño en brazos y tres o cuatro personas de edad, todos envueltos en esas ropas incoloras y grisáceas que los caracterizan y con esas caras de expresión aviesa y desconfiada. He visto cómo se volvían hacia el Pelirrojo, como si esperasen que les dijera lo que tenían que hacer. Me dirigí a él.

—¡Eh, usted!

Adoptó una actitud de atención pero de irónica deferencia.

—¿Por qué no se acerca y hablamos? Así podré explicarme mejor en lugar de tener que hablarle a gritos desde la orilla —le digo.

—Explíquese —me respondió. Hablaba con un acento marsellés tan marcado que a duras penas entendía sus palabras—. Yo le oigo muy bien.

Los que estaban en las demás barcazas se daban codazos y se reían. Esperé pacientemente a que se callaran.

—Esto es propiedad privada —repetí—. Siento decirles que aquí no se pueden quedar. Aquí viven otras personas —les indiqué las casas que bordean el río a lo largo de la Avenue des Marais. La verdad es que la mayor parte de estas casas actualmente están desocupadas, se encuentran muy deterioradas a causa de la humedad y del abandono, pero algunas todavía están habitadas.

El Pelirrojo me lanzó una mirada cargada de desdén.

—Estas barcas también están habitadas —me dijo señalando las embarcaciones.

—Lo comprendo, pero de todos modos... —él me interrumpió.

—No se preocupe, no vamos a quedarnos mucho tiempo —su tono era perentorio—. Necesitamos hacer reparaciones, recoger suministros. Y esto no lo podemos hacer en pleno campo. Vamos a quedarnos un par de semanas, quizá tres. Supongo que podrá soportarlo, ¿verdad?

—A lo mejor un pueblo más grande... —noto que su insolencia

me saca de quicio, pero procuro conservar la calma—. Quizás una ciudad como Agen...

Me contestó muy seco:

—No, ese sitio no. Precisamente venimos de allí.

No me extraña. Sé que en Agen son muy duros con los vagabundos. Ojalá nosotros tuviéramos en Lansquenet un cuerpo de policía propio.

—Tengo el motor averiado. Llevo varios kilómetros perdiendo aceite. Tengo que hacer la reparación antes de seguir adelante.

Entonces me puse firme.

—No creo que encuentre aquí lo que busca —le dije.

—Cada uno que piense lo que quiera —respondió como dando la cuestión por zanjada, casi como si le divirtiera decirlo.

Una de las viejas soltó una risa cascada.

—Hasta los curas tienen derecho a pensar lo que quieran —comentó.

Más risas, pese a lo cual conservé la dignidad. Esa gente no se merece que sus palabras me ofendan.

Ya me había dado la vuelta dispuesto a marcharme cuando alguien me interpeló.

—¡Vaya, vaya, *M'sieur le curé*! —la voz estaba detrás mismo de mí y, a mi pesar, retrocedí—. Nervioso, ¿verdad? —continuó en tono malévolo—. No es para menos. Aquí no está en su territorio, ¿verdad? ¿Qué misión tiene ahora? ¿Convertir a los paganos?

—*Madame* —pese a la insolencia, le dediqué un gesto de cortesía—, espero que se encuentre bien de salud.

—¿Lo espera en serio? —dijo mientras en sus negros ojos chisporroteaba la risa—. Habría jurado que se moría de ganas de darme la extremaunción.

—En absoluto, *madame* —le respondí con fría dignidad.

—Pues me parece muy bien, porque esta oveja descarriada y vieja no piensa volver al redil —declaró—. O sea que usted tendría mucho trabajo. Recuerdo que su madre decía...

La corté con más brusquedad de la que era mi intención.

—Lamento no tener tiempo para charlar, *madame*. Esas personas... —hice un gesto en dirección a los gitanos del río—... esas personas deben resolver su situación antes de que el asunto se nos escape de las manos. Tengo que proteger los intereses de mi rebaño.

—¡Qué cosas dice usted! —observó Armande hablando muy lentamente—. ¡Los intereses de su rebaño! Todavía me acuerdo de cuando usted era niño y jugaba a indios en Les Marauds. ¿Le enseñaron alguna otra cosa en la ciudad que no sean todos estos remilgos y a tanto darse importancia?

La miré fijamente. Es la única persona de Lansquenet que se regodea recordándome cosas que prefiero olvidar. Supongo que, cuando muera, esos recuerdos morirán con ella, lo que no deja de complacerme.

—Tal vez a usted no le importe ver que los vagabundos invaden Les Marauds —le dije con viveza—, pero hay algunas personas... entre ellas la hija de usted, que piensan que, como se les deje poner un pie en la puerta...

Armande tuvo un acceso de risa.

—Sí, claro, ella habla como usted —repuso—. Son esas tonterías que se oyen en el púlpito y demás estupideces nacionalistas. Yo no veo que esta gente nos haga ningún daño. ¿Por qué tenemos, pues, que emprender una cruzada y echarlos si, por otra parte, no tardarán en marcharse por propia voluntad?

Me encogí de hombros.

—Veo claramente que no entiende el asunto —la corté.

—Yo ya se lo he dicho a Roux, aquí presente —hizo un gesto vago con la mano en dirección al hombre de la barcaza negra—. Le he dicho que tanto él como sus amigos eran bienvenidos siempre que sólo se quedasen el tiempo necesario para reparar el motor y aprovisionarse de comida —me lanzó una mirada disimulada y triunfante—. O sea que no puede decir que se hayan propasado. Están aquí, delante de mi casa, y en lo que a mí toca estoy encantada.

Puso un énfasis especial en la última palabra, como si quisiera burlarse de mí.

—Y también con sus amigos cuando vengan —me dedicó otra de sus miradas insolentes—, todos sus amigos.

Bueno, habría debido esperármelo. Que lo haría aunque sólo fuera por despecho. Esa mujer disfruta con la notoriedad que esto le proporciona, sabiendo como sabe que el hecho de ser la habitante más vieja del barrio la autoriza a permitirse ciertas licencias. De nada serviría discutir con ella, *mon père*. Eso ya lo sabemos. Disfrutaría si nos peleásemos, de la misma manera que disfruta del contacto que tiene con esta gente, con sus historias, con sus vidas. No es extraño que ya sepa sus nombres. No voy a darle la satisfacción de tenerle que pedir las cosas por favor. No, tengo que enfocar el asunto de otra manera.

Gracias a Armande Voizin me he enterado de una cosa: vendrán más con seguridad. Tenemos que esperar para ver cuántos. Pero es lo que yo me temía. Hoy han llegado tres. ¿Cuántos vendrán mañana?

Al venir hacia aquí he pasado por casa de Clairmont. Él se encargará de propagar las noticias. Espero que se produzca alguna resistencia, aunque Armande sigue teniendo amigos y es posible que Narcisse necesite que ejerzan sobre él cierta labor de persuasión. Pero en términos generales espero cooperación. En este pueblo sigo siendo alguien. Mi buena opinión tiene cierto peso. También he visto a Muscat. Él ve a mucha gente en su café. Es el jefe del Comité de Residentes. Un hombre recto, pese a sus fallos, y un buen feligrés. Y si hiciera falta actuar con mano dura, por mucho que yo deplore la violencia, como no puede ser de otra manera por otra parte, no se sabe nunca qué hacer cuando uno tiene que habérselas con esta gente... Bueno, en cualquier caso estoy seguro de que podría contar con Muscat.

Armande lo llamó cruzada y su intención era insultarme, lo sé de sobra, pero aun así... siento como un arrebato de exaltación al pensar en este conflicto. ¿Será posible que esta sea la tarea para la que Dios me ha elegido?

Para eso vine a Lansquenet, *mon père*. Para luchar por mi gente. Para salvarlos de la tentación. Y cuando Vianne Rocher vea el poder de la Iglesia, la influencia que tengo sobre todas y cada una de las almas de esta comunidad, sabrá que ha perdido la partida. Cualesquiera que sean sus esperanzas, sus ambiciones, comprenderá que no puede quedarse. Que no puede luchar y esperar ganar.

Porque seré yo quien gane.

14

Lunes, 24 de febrero

Caroline Clairmont entró después de la misa. Iba acompañada de su hijo, que llevaba la mochila con los libros colgada de la espalda. Es un chico alto, pálido y de rostro impasible. Ella llevaba en la mano un fajo de tarjetas amarillas escritas a mano.

Los recibí con una sonrisa.

La tienda estaba prácticamente vacía. Eran las ocho y media y los habituales acostumbran a llegar alrededor de las nueve. Anouk estaba sentada delante del mostrador con un cuenco de leche a medio terminar y con un *pain au chocolat*. Echó una mirada interesada al chico, agitó el bollo en el aire con un gesto vago de saludo y volvió al desayuno.

—¿Puedo servirla en algo?

Caroline echó un vistazo a su alrededor con una expresión en que la envidia se mezclaba con la desaprobación. El chico tenía la mirada fija al frente, pero me he dado cuenta de que sus ojos porfiaban por posarse en Anouk. Lo observaba todo con mirada educada pero hosca y, aunque tenía un brillo en los ojos, éstos eran inescrutables debajo del largo flequillo.

—Sí —me respondió con una voz que dejaba traslucir una falsa cordialidad y con una sonrisa dulce y fría como el hielo que tenía la particularidad de resultar particularmente irritante—. Estoy distribuyendo estas tarjetas —dijo mostrándome el taco que llevaba— y me he dicho que seguramente no le importará exponer una en su escaparate —me la muestra—. Todo el mundo se ha

115

brindado —añadió como si bastara con esta frase para forzar mi decisión.

Estaban escritas en letras mayúsculas de palo con tinta negra sobre el fondo amarillo del papel:

PROHIBIDA LA ENTRADA A VENDEDORES AMBULANTES, VAGABUNDOS Y MENDIGOS. RESERVADO EL DERECHO DE ADMISIÓN A CUALQUIER HORA

—¿Y por qué he de poner el letrero? —le he dicho entre sorprendida y contrariada—. ¿Por qué tengo que impedir la entrada de nadie en mi establecimiento?

Caroline me dirigió una mirada en la que la conmiseración que yo le inspiraba se mezclaba con el desprecio.

—Claro, como usted es nueva en el pueblo, no está enterada —me responde con sonrisa almibarada—, pero en otros tiempos tuvimos problemas. De todos modos, se trata simplemente de una medida de prudencia. Dudo mucho que esa clase de gente le haga ninguna visita. Pero mejor asegurarse que tener que lamentarlo después, ¿no le parece?

Como yo seguía sin entender nada, le pregunté:

—¿Por qué tendría que lamentarlo?

—Pues bueno, son gitanos. Son gente que vive en el río —había una nota de impaciencia en su voz—. Han vuelto y querrán hacer... —compuso una discreta y elegante *moue* de asco—... las cosas que tienen por costumbre hacer.

—¿Y qué? —la insté a seguir.

—Pues que tendremos que demostrarles que no pensamos consentírselo —Caroline empezaba a ponerse nerviosa—. Nos pondremos de acuerdo en no servir a esa gente y haremos que vuelvan al sitio de donde han venido.

—¡Ah! —me quedé pensando en lo que acababa de decir—. Pero ¿podemos negarnos a servirlos? —inquirí llena de curiosidad—. Si llevan el dinero y quieren gastárselo en lo que sea, ¿podemos negarnos?

—¡Naturalmente que podemos! —exclamó, impaciente—. ¿Quién nos lo puede impedir?

Me quedé un momento pensativa y después le devolví la tarjeta amarilla. Caroline clavó sus ojos en mí.

—¿No quiere? —la voz le subió una octava; en el proceso había perdido una buena parte de la entonación propia de una persona educada.

Me encogí de hombros.

—A mí me parece que si alguien se quiere gastar aquí su dinero, yo no soy quién para prohibírselo —le dije.

—Pero es que la comunidad... —insistió Caroline—. A buen seguro que usted no querrá que venga aquí gente de esa calaña... vagabundos, ladrones, árabes... ¡por el amor de Dios!

Un fogonazo de instantáneas guardadas en la memoria: porteros ceñudos de Nueva York, señoronas de París, turistas del Sacré-Coeur cámara en ristre, volviendo la vista para otro lado para no ver a aquella niña pordiosera con un vestido tan corto que dejaba al descubierto sus piernas larguiruchas... Pese a haberse criado en un ambiente rural, Caroline Clairmont sabe qué importancia tiene contar con la *modiste* adecuada. El discreto pañuelo que le rodea el cuello ostenta una etiqueta Hermès y el perfume que la envuelve es de Coco Chanel. Mi respuesta es más desagradable de lo que me había propuesto.

—Pues que la comunidad se ocupe de sus asuntos —le respondí con acritud—. No es cosa mía, ni de nadie, decidir cómo tiene que vivir esa gente.

Caroline me lanzó una mirada cargada de veneno.

—¡Ah, muy bien, si usted piensa así...! —dijo con las cejas exageradamente levantadas y dirigiéndose hacia la puerta—... entonces no quiero apartarla de sus asuntos —puso especial énfasis en la última palabra y lanzó una mirada desdeñosa a los asientos vacíos—. Espero que no tenga que lamentar su decisión, no le digo más.

—¿Por qué tendría que lamentarla?

Se encogió de hombros con aire petulante.

—Por si hay problemas o pasa algo —por el tono de voz me he dado cuenta de que la conversación había llegado a su punto final—. Esas personas provocan todo tipo de problemas, ¿no lo sabe? Drogas, violencia... —por la acritud de su sonrisa he comprendido que quería decirme que, en caso de que se produjeran los mencionados problemas, se alegraría de que yo fuera víctima de ellos. Su hijo me miró como si no entendiera nada. Y yo le dediqué una sonrisa.

—El otro día vi a tu abuela —he dicho al chico—. Me dijo muchas cosas de ti.

El chico se puso rojo como la grana y murmuró unas palabras ininteligibles.

Caroline se quedó muy tensa.

—Sí, ya me han dicho que estuvo aquí —dijo con una sonrisa forzada—. No debería seguirle la corriente a mi madre —añadió con fingida picardía—. Bastante mal está ya.

—A mí me ha parecido una persona encantadora —le repliqué con firmeza sin apartar los ojos del niño—, refrescante. Y muy lista.

—Teniendo en cuenta la edad, claro —comentó Caroline.

—Prescindiendo de la edad —dije yo.

—Supongo que es la impresión que produce en una persona que no la conoce —añadió Caroline con voz tensa—, pero a su familia... —me dirigió otra de sus sonrisas heladas—. No tiene la cabeza como en otros tiempos. Su visión de la realidad... —se interrumpió con un gesto nervioso—. Estoy segura de que no hace falta que se lo explique.

—No, no hace falta —le respondí con toda amabilidad—. Después de todo, se trata de un asunto que no me incumbe —me doy cuenta de que sus ojos se empequeñecían al registrar la pulla. Será beata, pero de tonta no tiene un pelo.

—Me refiero a que... —se esfuerza unos momentos en proseguir. De pronto me ha parecido ver brillar una chispa de humor en sus ojos, aunque es posible que sólo fueran imaginaciones mías—... a que mi madre no siempre sabe lo que le conviene —de nuevo volvía a ser dueña de la situación y su sonrisa estaba tan lacada como su cabello—. Esta tienda, por ejemplo.

La aliento a proseguir con un gesto.

—Mi madre es diabética —explicó Caroline—. El médico le ha dicho repetidas veces que evite el azúcar, pero ella hace oídos sordos. Se niega a someterse a tratamiento —echó una mirada de soslayo a su hijo con aire de triunfo—. ¿Le parece normal, *madame* Rocher? ¿Le parece una forma normal de comportarse? —al decir esto levanta la voz, que se ha vuelto chillona y petulante. Su hijo parecía vagamente azorado y no paraba de echar ojeadas al reloj.

—*Maman*, llegaré tarde —dijo con voz neutra y educada y, dirigiéndose a mí, añadió—: Perdone, *madame*, pero tengo que ir a la es-escuela.

—Mira, ahí tienes uno de mis pralinés especiales. Regalo de la casa —se lo di, envuelto en una espiral de celofán.

—Mi hijo no come chocolate —intervino Caroline con voz perentoria—. Es un niño hiperactivo. Una cuestión patológica. Él sabe que no le conviene.

Miré al niño y no me pareció ni de lejos hiperactivo ni patológico; más bien tuve la impresión de que estaba aburrido y de que era bastante tímido.

—Ella piensa mucho en ti —le dije—. Me refiero a tu abuela. Quizá podrías pasarte por aquí un día y saludarla. Es una clienta habitual de la casa.

Debajo del lacio flequillo de cabellos castaños sus ojos centellearon un momento.

—Quizá —dijo sin el menor entusiasmo.

—Mi hijo no anda tan sobrado de tiempo como para perderlo en las confiterías —dijo Caroline con cierta altivez—. Mi hijo es un niño comprensivo que sabe muy bien qué debe a sus padres —había cierta amenaza en sus palabras, algo así como un reflejo de la seguridad que sentía. Se dio la vuelta para pasar por delante de Luc, que ya estaba en la puerta balanceando la mochila.

—Luc —se lo he dicho en voz baja pero incitante.

Se volvió hacia mí de mala gana y, sin habérmelo propuesto, me encontré a su lado tratando de penetrar aquel rostro cortés e impenetrable, tratando de ir más allá...

—¿Te gustó Rimbaud? —se lo he dije sin pensar, con la cabeza poblada de imágenes.

Por un momento el chico me miró con ojos de remordimiento.

—¿Cómo?

—Rimbaud. Ella te regaló un libro de poemas de Rimbaud el día de tu cumpleaños, ¿no es verdad?

—Sss... sí —la voz era apenas audible.

Sus ojos, de una tonalidad gris verdosa intensa, se levantaron hasta los míos y capté un leve estremecimiento de la cabeza, como si se pusiera en guardia.

—Pero no los he leído —terminó levantando más la voz—. No soy... aficionado a la poesía.

Un libro con las esquinas dobladas, previsoramente escondido en el fondo de una cómoda. Un niño murmurando en voz baja, sólo para él y con especial orgullo, las fascinantes palabras. Ve, por favor, he dicho sin decirlo. Por favor, hazlo por Armande.

En sus ojos brilló una luz.

—Ahora me tengo que marchar.

Caroline esperaba, impaciente, en la puerta.

—Coge esto, por favor —le dije tendiéndole el minúsculo paquete: tres pralinés de chocolate metidos en un rollo de papel de plata.

El chico tiene sus secretos. He notado que pugnaba por escapar. Con destreza, saliendo de la línea de visión de su madre, cogió el paquete y sonrió. Más que oírlas, casi he imaginado las palabras que decía al alejarse:

—Dígale que iré —murmuró a media voz—. Dígale que el miércoles, el día que mamá va a la peluquería.

Y desapareció.

Hoy, cuando vino Armande, la puse al corriente de la visita de sus parientes. Con muchos movimientos de cabeza y mondándose de risa, escuchó la descripción que le hice de mi conversación con Caroline.

—¡Ja, ja, ja! —repantigada en su sillón y con un tazón de mocha en esa delicada garra que es su mano, me pareció más que nunca una muñeca con cara de manzana—. ¡Pobre Caro! No le gusta que le refresquen la memoria, ¿verdad? —iba sorbiendo el líquido con delectación—. Pero ¿dónde quiere ir a parar? —preguntó, irritada—. ¡Mira que decirle a usted lo que tengo que hacer y lo que no tengo que hacer! ¿Que soy diabética? Eso querría el medicucho ese que creyéramos todos —refunfuñaba—. Bueno, de momento todavía sigo viva, ¿no es verdad? Yo me cuido, pero esto a ellos no les basta. Quieren meter las narices en todas partes —acompañó las palabras con unos movimientos de la cabeza—. ¡Pobre niño! Es tartamudo, ¿no se ha fijado?

Asentí.

—La culpa la tiene su madre —dijo Armande con desdén—. ¡Si por lo menos lo dejara en paz! Pero no, siempre corrigiéndolo, siempre queriéndolo conducir... y lo único que consigue es empeorar las cosas, quiere que piense que lo hace todo mal —profirió en tono de burla—. El chico no tiene nada incurable, si lo dejaran vivir a su aire —declaró de forma tajante—. Que lo dejen correr y no se preocupen de si se va a caer o no. Que lo dejen tranquilo. Que lo dejen respirar.

Le he respondido que era normal que una madre se mostrase

protectora con sus hijos, pero Armande me lanzó una mirada sarcástica.

—¿A eso le llama protección? —dijo—. Pues así protege el muérdago al manzano —se rió con sorna—. Yo antes tenía manzanos en mi jardín y el muérdago acabó con todos, uno tras otro. Una planta que es tan poca cosa, tan discreta ella, con esas bayas tan monas, una planta que por sí sola no tiene fuerza alguna. ¡Pero santo Dios! ¡Vaya planta invasora! —tomó otro sorbo—. Envenena lo que toca —hizo unos movimientos de asentimiento con la cabeza, como quien conoce el paño—. Así es mi Caro —concluyó—, así.

Después de comer volví a ver a Guillaume. No se paró a saludarme; me dijo simplemente que iba a recoger sus revistas. Guillaume es adicto a las revistas de cine, aunque no pisa nunca el local, y todas las semanas recibe un paquete de publicaciones sobre el tema: *Vidéo*, *Ciné-Club*, *Télérama* y *Film Express*. Es el único habitante del pueblo que tiene antena parabólica y en su casa, parcamente amueblada, tiene una gran pantalla de televisión y un aparato de vídeo Toshiba, grabador y reproductor, montado en la pared sobre una estantería atiborrada de cintas de vídeo. Me fijé en que volvía a llevar en brazos a *Charly*; el perro tenía los ojos empañados y un aire apático en brazos de su amo. Guillaume le acariciaba a cada momento la cabeza con aquel gesto suyo habitual de ternura que ahora tenía algo de irrevocable.

—¿Cómo está? —le preguntó por fin.

—Tiene sus días buenos —respondió Guillaume—. Todavía tiene mucha vida.

Siguieron su camino, el hombrecito pulcro y aseado y, en sus brazos, agarrado con tanta fuerza como si le fuera la vida en ello, el perro pardo y triste.

Vi pasar por delante de la tienda a Joséphine Muscat, pero no se paró. Me disgustó que no entrase, porque tenía ganas de volver a charlar con ella. Se limitó a lanzarme una mirada de soslayo al pasar con las manos hundidas en los bolsillos. Observé que tenía el rostro abotargado y los ojos convertidos en una simple rendija, pensé que quizá los entrecerraba para protegerse de la lluvia insidiosa que estaba cayendo. Pero tenía los labios prietos como si estuvieran cerrados con cremallera. Llevaba atado a la cabeza un pañuelo grueso de color indefinido, ceñido como un vendaje. La llamé, pero no contestó y apretó el paso como huyendo de un inminente peligro.

Me encogí de hombros y dejé que se alejara. Estas cosas exigen tiempo. A veces duran para siempre.

Más tarde, sin embargo, mientras Anouk estaba jugando en Les Marauds y yo había cerrado la tienda al final de la jornada, me encontré sin saber cómo caminando por la Avenue des Francs Bourgeois, en dirección al Café de la République, un establecimiento pequeño y sórdido con ventanas pringosas en las que aparece garrapateada la inamovible *spécialité du jour* y con un toldo zarrapastroso que no hace más que reducir la ya escasa luz interior. Dentro, un par de máquinas tragaperras ahora sumidas en silencio flanquean un grupo de mesas redondas a las que están sentados unos pocos clientes que hablan en tono desabrido de cuestiones sin importancia alguna delante de interminables *demis* y *cafés-crème*. Flota en el aire de la sala el olor dulzón y graso de la comida preparada en el microondas y un velo del humo untuoso de los cigarrillos, a pesar de que no he visto que nadie fumase. Detecté al momento, colocada en lugar estratégico junto a la puerta abierta, una de las tarjetas amarillas escritas a mano que repartía Caroline Clairmont. Más arriba, colgado de la pared, un crucifijo negro.

Eché una mirada al interior y, tras vacilar un momento, acabé por entrar.

Muscat estaba detrás de la barra. Vi al entrar que me recorría con los ojos. Casi imperceptiblemente, su mirada pasó de mis piernas a mis pechos y —¡flas, flas!— sus pupilas destellaron como las luces de una máquina tragaperras. Se llevó una mano al corazón flexionando su robusto brazo.

—¿Qué quiere tomar?

—*Café-cognac*, por favor.

Me sirvió el café en una tacita pequeña de color marrón acompañada de dos terrones de azúcar envueltos en papel. Me lo llevé todo a una mesa situada junto a la ventana. Un par de viejos —uno con la Legión de Honor prendida en la ajada solapa— me lanzaron una mirada cargada de resquemores.

—Si quiere compañía... —me sugirió Muscat con una sonrisa afectada desde detrás de la barra—. La veo muy sola en esa mesa...

—No, gracias —le respondí con la mayor cortesía—. Pensé que podría ver a Joséphine. ¿Está aquí?

Muscat me miró de través, como si acabara de esfumarse por ensalmo su buen humor.

—¡Ah, sí, claro! Su amiga íntima... —dijo con aspereza—. ¿La echa de menos quizá? Pues está arriba, tumbada en la cama con uno de sus dolores de cabeza —se puso a secar un vaso con particular ferocidad—. Se pasa la tarde de tienda en tienda y después, cuando llega la noche, tiene que tumbarse y me deja todo el trabajo a mí.

—¿Se encuentra bien?

Me mira.

—¡Claro que se encuentra bien! —responde con voz áspera—. ¿Cómo quiere que se encuentre? Si la condenada señora se dignase mover el culo de vez en cuando quizá conseguiríamos sacar el negocio a flote —hunde en el interior del vaso el puño envuelto en el trapo con que lo secaba y refunfuña como si se quejara por el esfuerzo.

—Lo que quiero decir... —añade con un gesto expresivo— es que no tiene más que ver cómo está todo —me mira como si fuera a añadir algo más, pero su mirada describe una trayectoria que termina más allá de donde yo me encontraba, en dirección a la puerta—. ¡Eh! ¿Es que no me oyen o qué? ¡Está cerrado! —he deducido que interpelaba a alguien situado fuera de mi campo de visión.

Oigo entonces una voz de hombre que decía algo incomprensible a modo de respuesta. Muscat hace una mueca con la que ha reflejado toda su hosquedad.

—¿No saben leer, imbéciles? —indica detrás de la barra una tarjeta amarilla, hermana gemela de la que tiene en la puerta—. ¡Venga, a ver si os largáis de una vez!

Me he levantado para averiguar de qué se trataba. Junto a la entrada del bar había cinco personas, dos hombres y tres mujeres, que dudaban entre entrar o no. No conocía a ninguno de ellos, pero tenían ese aire exótico indefinible, con sus pantalones remendados, sus botas pesadas y sus deslucidas camisetas, que los delataba como forasteros. Conocía aquel aspecto. Era el que yo había tenido en otro tiempo. El que había hablado era pelirrojo y llevaba una banda verde atada en la frente para sujetarse el cabello. Su mirada era cautelosa, su tono de voz neutro.

—No vendemos nada —ha dicho a modo de justificación—. Sólo queremos tomar un par de cervezas y unos cafés. No vamos a molestar.

Muscat le mira con desprecio.

—He dicho que está cerrado.

Una de las mujeres, una muchacha delgada y gris con una ceja perforada, tira de la manga del pelirrojo.

—No insistas, Roux, mejor que...

—Un momento —dice Roux moviendo la cabeza con impaciencia—. No lo entiendo. La señora que estaba aquí hace un momento... su esposa... iba a...

—¡Joder con mi esposa! —exclama Muscat con voz discordante—. Mi esposa no sabe dónde tiene el culo ni buscándoselo con las manos y una linterna. El nombre que hay en la puerta es el mío y lo que yo digo... es... ¡que está cerrado!

Sale de detrás de la barra y avanza tres pasos; con las manos en jarras, impide el paso a todo aquel que quisiera entrar. Parecía un pistolero gordo de un *spaghetti-western*. Vi el brillo amarillento de sus nudillos a la altura del cinturón, percibo su respiración sibilante. Tenía el rostro congestionado a causa de la rabia.

—De acuerdo —Roux, con su rostro inexpresivo, observó con mirada deliberadamente hostil a los escasos clientes diseminados por la sala—. ¡Está cerrado! —dirigió otra mirada en torno a la estancia, lo que hizo que nuestros ojos se encontraran—. Está cerrado para nosotros —comentó con voz tranquila.

—Veo que no es tan imbécil como parece —comenta Muscat con profunda satisfacción—. La última vez escarmentamos. ¡Ahora no vamos a esperar sentados a ver qué pasa!

—Muy bien —Roux dio media vuelta, mientras Muscat observaba cómo se alejaba con las piernas muy envaradas, como un perro que ventease una pelea.

Yo paso junto a Muscat sin decir palabra, dejando sobre la mesa el café a medio terminar. ¡No esperaría propina, digo yo!

Alcancé a los gitanos hacia la mitad de la Avenue des Francs Bourgeois. Había empezado a chispear de nuevo y los cinco tenían un aspecto sórdido y sucio. Desde allí se divisaban sus barcas amarradas en Les Marauds, una docena, dos docenas, toda una flotilla de embarcaciones verdes, amarillas, azules, blancas y rojas, algunas con los banderines ondeantes de la ropa tendida, otras pintadas con motivos de *Las mil y una noches*, alfombras mágicas y unicornios, que se reflejaban en las aguas verdes y opacas del río.

—Siento lo ocurrido —les dije—. Los habitantes de Lansquenet-sur-Tannes no son precisamente acogedores

Roux me lanza una ojeada neutra pero inquisitiva.

—Me llamo Vianne —le digo—. Soy la propietaria de la *chocolaterie* que está delante mismo de la iglesia, La Céleste Praline

—sigue mirándome como a la espera; me reconozco en aquella expresión suya, precavida e indiferente.

Habría querido decirles que yo también conocía aquella sensación de rabia y de humillación, que yo también la había sufrido, que no estaban solos. Pero también sabía de su orgullo, esa actitud desafiante e inútil que todavía subsiste cuando ya no queda nada más. Sin embargo, sabía que lo último que deseaban era compasión.

—¿Por qué no pasan mañana por mi tienda? —les digo como sin dar importancia a mis propias palabras—. Cerveza no tengo, pero creo que mi café les gustará.

Me miró intensamente, como si sospechase que me burlaba de él.

—Vengan, se lo ruego —insisto—. Tomarán café y un trozo de tarta por cuenta de la casa. Vengan todos.

La chica delgada miró a sus compañeros y se encoge de hombros. Roux repitió el gesto.

—Quizá... —dijo en un tono que no comprometía a nada.

—Tenemos la agenda muy apretada —intervino la chica, con aire burlón.

Le sonrío.

—Pues miren de encontrar un hueco —apunto.

Otra vez la misma mirada precavida y desconfiada.

—Quizá...

Los observé mientras bajaban en dirección a Les Marauds y Anouk venía corriendo hacia mí desde el pie de la colina, con el impermeable rojo aleteando como las alas de un pájaro exótico.

—¡*Maman, maman!* ¡Mira, las barcas!

Nos hemos quedado un momento admirándolas, las barcazas planas, las altas viviendas flotantes con sus tejados ondulados, los tubos de las chimeneas, las pinturas, las banderas multicolores, los lemas y divisas que advierten contra accidentes y naufragios, los botes, las cañas de pescar, las latas para atrapar cangrejos que colocan por la noche en la línea de la marea, astrosos paraguas parapetados en las cubiertas a manera de protección, preparativos de hogueras en los braseros de hierro a la orilla del río. Olía a madera quemada, a petróleo y a pescado frito, llegaba de lejos el sonido distante de la música que resbalaba sobre el agua, el fantasmagórico lamento melodioso y humano de un saxofón. En medio del Tannes se dibujaba apenas la figura de un hombre pelirrojo, de pie en la cubierta de una de aquellas casas flotantes pintada totalmente de negro. Mientras lo observaba vi que levantaba el brazo. Le devuelvo el saludo. Era casi de noche cuando emprendimos el camino de vuelta a casa. En Les Marauds, ha quedado alguien que se ha sumado al saxofón con el tambor, cuyo retumbar resuena con fuerza sobre el agua. Pasé por delante del Café de la République sin volver la cabeza para mirar al interior del establecimiento.

Había llegado casi a lo alto de la colina cuando noté una presencia humana, tan próxima que me rozó el codo. Al volverme descubrí a Joséphine Muscat, ahora sin chaqueta pero con un pañuelo atado a la cabeza que le cubría media cara. En aquella semioscuridad tenía un aire espectral, parecía una criatura nocturna.

—Ve corriendo a casa, Anouk, y espérame allí.

Anouk me miró llena de curiosidad, pero se dio la vuelta y, obediente, echó a correr colina arriba. Los faldones del impermeable le golpeaban ruidosamente el cuerpo.

—Ya me he enterado de lo que ha hecho —dijo Joséphine con voz ronca y queda—. Sé que ha dado la cara por la gente del río.

Asentí.

—Naturalmente.

—Paul-Marie estaba furioso —pese al tono no podía ocultar la admiración—. Tendría que haber oído lo que ha dicho.

Me eché a reír.

—Afortunadamente no tengo obligación de escuchar lo que pueda decir Paul-Marie —declaro en tono tajante.

—Parece que ya no puedo hablar con usted —continúa—. Dice que usted es una mala influencia para mí —hizo una pausa mientras me observaba con curiosidad nerviosa—. A él no le gusta que yo tenga amigos.

—Creo que ya sé demasiadas cosas acerca de lo que Paul-Marie quiere y deja de querer —comenté con voz tranquila—. No me interesa nada que guarde relación con él. Usted, en cambio —le rozo apenas el brazo—, me interesa mucho.

Se puso colorada y desvió la mirada, como si esperase descubrir a alguien apostado tras ella.

—Usted no lo comprende —balbuceó.

—Creo que sí —paso las yemas de los dedos por el pañuelo con que se cubría la cara.

—¿Por qué lleva ese pañuelo? —le pregunté bruscamente—. ¿Me lo dirá?

Me miró con una mezcla de esperanza y pánico, y negó con la cabeza. Tiré suavemente de él.

—Usted es bien parecida —comenté al retirarle el pañuelo—, sería guapa si quisiera.

Debajo del labio inferior tenía una magulladura reciente que estaba adquiriendo un tono azulado con la escasa luz reinante. Abrió la boca a punto de soltar automáticamente la mentira oportuna. Pero la interrumpí.

—No, no es verdad —dije.

—¿Cómo lo sabe? —exclamó con viveza—. Todavía no he dicho nada.

—No es preciso.

Silencio. Por encima del agua, entre los golpes del tambor, llegaban las notas desperdigadas de una flauta. Cuando habló por fin, su voz dejaba traslucir todo el desprecio que sentía hacia sí misma.

—Es una estupidez, ¿no le parece? —sus ojos eran como minúsculas medias lunas—. Yo nunca se lo echo en cara. En serio que no. A veces incluso consigo olvidar lo que ha ocurrido —una profunda aspiración, como el submarinista antes de sumergirse en el agua—. Me he dado contra una puerta. Me he caído escaleras abajo. He tropezado con un rastrillo —estaba a punto de echarse a reír; bajo la superficie de sus palabras bullía la histeria—. Soy propensa a los accidentes, eso dice él, que soy propensa a los accidentes.

—¿Cuál ha sido el motivo esta vez? —le pregunté con voz suave—. ¿La gente del río?

Asintió con un gesto de la cabeza.

—No tienen mala intención. Yo quería servirles lo que pidieran —su voz, por un momento, subió de tono—. ¡No entiendo por qué tenemos que hacer siempre lo que manda esa zorra de la Clairmont! Tenemos que estar todos unidos —imitaba su voz, ridiculizándola—, es por el bien de la comunidad. Debemos hacerlo por nuestros hijos, *madame* Muscat... —y volviendo a su propia voz después de tomar aliento—: ¡Y pensar que en circunstancias normales ni siquiera me saluda cuando nos encontramos por la calle! ¡No me daría ni la mierda que pisa! —toma aliento de nuevo, tratando de dominarse con un esfuerzo—. Él siempre dice que si Caro esto o que si Caro aquello. Ya me he fijado cómo la mira en la iglesia. ¿Por qué no puedes ser como Caro Clairmont? —ahora la que imitaba era la voz de su marido, enronquecida por la cerveza. Imitaba incluso sus gestos, aquella manera de avanzar la barbilla, aquel pavoneo, aquella actitud agresiva—. A su lado eres una cerda. Ella tiene estilo, tiene clase. Y además, un hijo inteligente, que saca provecho de la escuela. ¿Y tú qué tienes? ¿Quieres decírmelo?

—¡Joséphine!

Se ha vuelto hacia mí con expresión angustiada.

—Lo siento. Por un momento casi he olvidado donde...

—Lo sé.

Sentía que la indignación me hormigueaba en los dedos.

—Debe de pensar que soy una estúpida por continuar a su

lado después de tantos años —tenía la voz apagada, los ojos ensombrecidos por el pesar.

—No, no lo pienso.

Finge que no ha oído la respuesta.

—Pues lo soy —declaró—. Soy estúpida y débil. No quiero a mi marido, no recuerdo haberlo querido nunca... pero cuando pienso en abandonarlo... —se interrumpió, presa de confusión—... lo que se dice dejarlo... —repite en voz baja, sumida en un mar de dudas—. No, es inútil —levanta los ojos para mirarme; su rostro era inescrutable, estaba cerrado—. Por eso no puedo volver a hablar con usted —termina con tranquila desesperación—, pero tampoco quiero que piense lo que no es... usted se merece algo mejor. Pero las cosas son así.

—No —le respondo—, no tienen por qué ser así.

—Son así —se defiende amargamente, desesperadamente, de la posibilidad de encontrar consuelo—. ¿No lo comprende? Yo soy mala. Robo. Aquella vez le mentí. Me dedico a robar. ¡Lo hago habitualmente!

—Sí, ya lo sé —le dije con voz suave.

La evidencia de la realidad se ha puesto a girar entre las dos como un adorno del árbol de Navidad.

—La situación puede mejorar —le digo finalmente—. Paul-Marie no es el amo del mundo.

—Igual podría serlo —replicó Joséphine con obstinación.

Sonreí. Si esta obstinación que dirige hacia adentro la dirigiera hacia afuera, ¡cuántas cosas conseguiría! Percibo sus pensamientos, los noto muy cerca, invitándome a abrirles paso. Sería tan fácil dirigirla... pero aparto con impaciencia la idea. No tengo ningún derecho a forzar sus decisiones.

—Antes no tenía usted a quien acudir —le digo—, ahora sí.

—¿Tengo a quien acudir? —dicho con su voz equivalía a admitir su derrota.

No respondí. Que se responda ella misma.

Me miró un momento. Los ojos le centelleaban con las luces del río que se reflejaban desde Les Marauds. Me sorprendió de nuevo pensar que, con sólo operar en ella un ligerísimo cambio, podría transformarse en una hermosa mujer.

—Buenas noches, Joséphine.

No me volví a mirarla, pero sé que ella se quedó observándome mientras yo subía cuesta arriba y que incluso ha permanecido en el sitio después de que yo hubiera doblado la esquina y ya me hubiera perdido de vista.

Sigue esta lluvia interminable. Cae como si se desplomara un pedazo de cielo para volcar tristeza en la vida de acuario que prolifera debajo. Los niños, como rutilantes patitos de plástico con sus impermeables y sus botas de lluvia, graznan y chapotean en la plaza y parece que sus gritos rebotaran en las nubes bajas. Yo estoy trabajando en la cocina pero no pierdo de vista a los niños que juegan en la calle. Esta mañana he desmontado el escaparate, he retirado la bruja, la casa de pan de jengibre y todos los animales de chocolate apostados a su alrededor, que parecían contemplarlo todo con sus caritas relucientes y expectantes. Anouk y sus amigos se han repartido las figuras entre una y otra excursión a las aguas estancadas que la lluvia ha formado detrás de Les Marauds. Jeannot Drou me observaba en la cocina, con un trozo de dorado *pain d'épices* en cada mano y los ojos relucientes. Anouk estaba detrás de él y los demás detrás de ella, todo un muro de ojos y cuchicheos.

—¿Y ahora qué pondrás? —su voz parece la de un chico con más años de los que tiene, su aire es descarado y lleva la barbilla sucia de chocolate—. ¿Qué vas a poner ahora? Quiero decir en el escaparate.

Me encojo de hombros.

—Es un secreto —digo mientras voy removiendo la *crème* de cacao en un cuenco esmaltado donde preparo la cobertura fundida.

—No, ahora en serio —insiste—. Ahora tendrías que hacer algo de Pascua. Ya sabes. Huevos y todas esas cosas. Gallinas y conejos de chocolate, cosas así. Como hacen en las tiendas de Agen.

Recuerdo escaparates de mi infancia, *chocolateries* de París con sus cestas de huevos envueltos en papel de aluminio, estantes llenos de conejitos y gallinas, campanas, frutas de mazapán y *marrons glacés, amourettes* y nidos de filigrana llenos de *petits fours* y caramelos y mil y una epifanías más de viajes en alfombras mágicas de algodón de azúcar, más propias de un harén arábigo que de las solemnidades de la Pasión.

—Recuerdo que mi madre me hablaba de los huevos de Pascua.

Nunca había dinero para comprar esas exquisiteces, pero a mí nunca me faltó mi *cornet-surprise*, un cucurucho de papel con regalos de Pascua, monedas, flores de papel, huevos duros pintados de vivos colores, una caja de gallinitas, conejitos, niños sonrientes que asomaban entre ranúnculos, todo en *papier-mâché* pintado de colores. Todos los años lo mismo, cuidadosamente guardado para el año siguiente y, entremezclado con todo, un minúsculo paquete de uvas pasas de chocolate envueltas en celofán, que yo saboreaba larga y despaciosamente en las horas perdidas de aquellas extrañas noches entre una ciudad y otra, con los destellos de neón de los nombres de los hoteles parpadeando entre las persianas y la pausada respiración de mi madre, en cierto modo eterna, en el umbroso silencio.

—Solía decirme que en la víspera de Viernes Santo, en lo más secreto de la noche, las campanas abandonan los chapiteles y campanarios de las iglesias y, con alas mágicas, salen volando hacia Roma.

El chico hace un gesto de asentimiento con esa cara de sabérselas todas y de incredulidad que es típica de los adolescentes.

—Todas las campanas se alinean delante del Papa, vestido de blanco y oro, con su mitra y su báculo dorado, las campanas grandes y las campanas pequeñas, las *clochettes* y los pesados *bourdons*, los carillones y los cimbalillos y los *do-si-do-mi-soles*, todas esperando pacientemente a que el Papa las bendiga.

Mi madre estaba inmersa en ese acervo popular infantil, todo aquel absurdo le ponía brillo en los ojos. Todos los cuentos la deleitaban por igual, tanto los que hacían referencia a Jesús como a Eostre o a Alí Babá, y trabajaba con denuedo el tejido casero del folklore hasta convertirlo una vez y otra en la rica tela del hecho histórico. La curación por medio del cristal, los viajes astrales, las abducciones por obra de alienígenas y las combustiones espontáneas eran cosas en las que mi madre creía o fingía creer.

—Y el Papa las bendice todas, una por una, hasta muy entrada la noche, mientras millares y millares de campanarios de Francia quedan vacíos esperando su regreso, silenciosos hasta la mañana de Pascua.

Y entretanto yo, su hija, escuchaba con ojos muy abiertos todas aquellas fascinantes historias apócrifas, además de las de Mitra y de Baldur el Hermoso, de Osiris y de Quetzacóatl, entrelazadas todas con cuentos de bombones voladores y de alfombras mágicas y de la Triple Diosa y de la cueva de cristal de Aladino y de aquella desde la cual se elevó Jesús a los tres días, amén, abracadabra, amén.

—Y las bendiciones se transforman en bombones de todas las formas y tipos posibles y las campanas se vuelven boca arriba para llevárselos con ellas y seguidamente se pasan la noche entera volando y el domingo de Pascua, cuando llegan a sus torres y campanarios, vuelven a ponerse boca abajo y comienzan a tocar y tocar y a cimbrearse locas de alegría...

Campanas de París, de Roma, de Colonia, de Praga. Campanas matutinas, campanas que doblan a muerto, campanas que van señalando los cambios que se producen a lo largo de los años que duró nuestro exilio. Campanas de Pascua cuyo tañido resuena con tal fuerza en la memoria que hasta duele oírlo.

—Y los bombones vuelan por encima de campos y ciudades. Y

caen en el aire mientras suenan las campanas. Algunos van a dar en el suelo y se rompen en mil pedazos. Pero los niños construyen nidos y los colocan en lo alto de los árboles para recoger huevos, pralinés, gallinas y conejos, *guimauves* y almendras de chocolate...

Jeannot se vuelve hacia mí con entusiasmo y con una sonrisa que se va ensanchando por momentos.

—¡Bien!

—Ésta es la historia que explica por qué hay tanto chocolate en Pascua

—¡Anda, hazlo! ¡Hazlo, por favor! —me dice de pronto apremiándome, aunque también con respeto.

Me vuelvo rápidamente para rebozar una trufa con cacao en polvo.

—¿Que haga qué?

—¡Que hagas eso! Lo de la historia de Pascua. Sería estupendo... lo de las campanas y el Papa y todo... y podrías hacer un festival del chocolate... y que durase una semana... y nosotros pondríamos los nidos... y buscaríamos los huevos de Pascua... y... —se interrumpe muy excitado y me tira de la manga con gesto autoritario—. *Madame* Rocher... por favor...

Detrás de él Anouk me observa con atención. Una docena de caritas sucias profieren tímidas súplicas desde un segundo plano.

—Sería un *Grand Festival du Chocolat.*

Me quedo pensando en la idea. Dentro de un mes florecerán las lilas. Yo siempre hago un nido para Anouk, con un huevo y su nombre escrito en él con alcorza plateada. Podría ser nuestro carnaval particular, la celebración de vernos aceptadas en este pueblo. No es una idea nueva para mí, pero escucharla de boca de ese niño es casi verla convertida en realidad.

—Necesitaríamos hacer algunos carteles —digo fingiendo que titubeo.

—¡Los haremos nosotros!

Anouk ha sido la primera en brindarse, su rostro resplandece de excitación.

—Y banderitas... colgaduras...

—Banderines...

—Y un Jesús de chocolate clavado en la cruz con...

—El Papa de chocolate blanco...

—Y corderos de chocolate...

—Concursos de huevos con sorpresas dentro, buscar huevos...

—Invitaremos a todo el mundo, será...

—¡Fantástico!

—¡Sí, superfantástico!

Tengo que hacerlos callar agitando los brazos, pero me río a carcajadas. Mis gestos han hecho en el aire un arabesco de amargo polvo de chocolate.

—Vosotros haréis los carteles —les digo—. De lo demás me encargo yo.

Anouk ha saltado con los brazos abiertos para abrazarme. Huele a sal y a lluvia, ese olor a cobre que emana del heno y de la vegetación anegada. En sus cabellos enmarañados hay prendidas gotitas de agua.

—¡Subid a mi cuarto! —dice gritándome la frase en el oído—. Pueden, ¿verdad, mamá? ¡Di que sí! Podemos empezar en seguida, arriba tengo papel y lápices de colores.

—Sí, pueden subir —consiento.

Al cabo de una hora el escaparate ha quedado embellecido con un enorme cartel: el dibujo de Anouk ejecutado por Jeannot. El texto, escrito en letras verdes, grandes y temblorosas, reza:

GRAN FESTIVAL DEL CHOCOLATE
EN LA CÉLESTE PRALINE
DOMINGO DE PASCUA PRIMER DÍA
TODO EL MUNDO ESTÁ INVITADO
¡¡¡COMPRE ANTES DE QUE SE AGOTE TODO!!!

Alrededor del texto hay varias criaturas de dibujo fantasioso haciendo cabriolas. Veo a una figura vestida con una túnica y que lleva en la cabeza una corona muy alta y me figuro que debe de ser el Papa. A sus pies tiene unos dibujos de campanas recortados y pegados. Todas las campanas sonríen.

Me he pasado casi toda la tarde amasando la nueva hornada de cobertura y trabajando en el escaparate. Una base gruesa de papel de seda verde simula la hierba. Flores de papel —dientes de león y margaritas, contribución de Anouk— sujetas al marco del escaparate. Latas recubiertas de verde que fueron en otro momento recipientes de cacao en polvo, amontonadas unas sobre otras para representar la ladera escabrosa de una montaña. Papel de crujiente celofán la recubre a la manera de una capa de hielo. Por ella, discurre hasta el valle la cinta sinuosa de seda azul de un río, sobre la cual se agrupan unas cuantas casas flotantes, tranquilas, sin reflejarse en sus aguas. Y más abajo, una procesión de figuras de chocolate —gatos, perros, conejos—, algunos con una pasa a modo de ojo, rosadas orejas de mazapán, rabos de regaliz y flores de azúcar entre los dientes... Y ratones. Ratones en todas las superficies disponibles. Ratones corriendo ladera arriba, acurrucándose en los rincones, también en las casas flotantes de los ríos. Ratones rosados y de coco envuelto en azúcar, ratones de chocolate de todos los colores, abigarrados ratones jaspeados con trufa y crema de marrasquino, ratones de delicadas tonalidades, ratones escarchados y moteados con azúcar. Y descollando por encima de todos ellos, el Flautista de Hamelín, resplandeciente de rojo y amarillo, con una flauta de azúcar cande en una mano y el sombrero en la otra. En mi cocina tengo centenares de moldes, unos finos de plástico para los huevos y las figuras y otros de cerámica para los camafeos y los bombones de licor. Gracias a ellos puedo reproducir cualquier expresión facial e imprimirla en una superficie hueca, a la que después incorporo cabellos y demás detalles con una manga de boca fina mientras que, aparte, hago el tronco y los miembros en piezas separadas y los pongo en su sitio con ayuda de alambres y chocolate fundido... Después viene el camuflaje: una capa roja de mazapán, una túnica, un sombrero del mismo material, una larga pluma que roza el suelo junto a sus pies calzados con botas. Mi Flautista de Hamelín se parece un poco a Roux, con sus cabellos rojos y su vestimenta abigarrada.

No puedo evitarlo: el escaparate es tan incitante que no puedo resistir la tentación de adornarlo con algunos detalles dorados y, haciendo de tripas corazón, alegrar el conjunto con el dorado resplandor de la bienvenida. Pienso en un letrero imaginario que destella como un faro: VEN, dice. Tengo deseos de dar, de hacer feliz a la gente, seguro que esto no puede dañar a nadie. Me doy cuenta de que este saludo de bienvenida puede ser una reacción frente a la hostilidad que inspiran a Caroline los forasteros pero, arrastrada por la exaltación del momento, no veo en ello ningún mal. Yo quiero que vengan. Desde la última vez que hablé con ellos me los he encontrado en alguna ocasión, pero me han parecido desconfiados y furtivos, algo así como zorros urbanos, dispuestos a hacer de basureros pero inabordables. Al que más veo es a Roux, su embajador, cargado de cajas o de bolsas de plástico con comida, y a veces a Zézette, la chica delgada con la ceja perforada. Anoche dos niños quisieron vender tomillo en la puerta de la iglesia, pero Reynaud los ahuyentó. Los llamé para tratar de que volvieran, pero tenían mucho miedo y me miraron de reojo con marcada hostilidad antes de lanzarse a la carrera colina abajo en dirección a Les Marauds.

Estaba tan absorta en mis planes y en el arreglo del escaparate que me olvidé del paso del tiempo. Anouk preparó bocadillos en la cocina para sus amigos y seguidamente desaparecieron todos en dirección al río. Puse la radio y empecé a cantar mientras trabajaba e iba poniendo los bombones con mucho cuidado unos sobre otros para formar una pirámide. La montaña mágica se abre para mostrar a medias una embriagadora exhibición de riquezas, desde montones multicolores de cristales de azúcar, frutas almibaradas y dulces que relucen como gemas. Más atrás, protegidas de la luz por los estantes invisibles, están las mercancías en venta. Tendré que ponerme a trabajar en la repostería de Pascua casi inmediatamente y anticipar gastos extra. Menos mal que tengo espacio sobrante en el fresco sótano de la casa para almacenar la mercancía. Tengo que encargar cajas para regalo, cintas, papel de celofán y adornos.

Estaba tan absorta en mis pensamientos que casi no oí a Armande cuando entró por la puerta entreabierta.

—¡Hola! ¿Cómo está? —dijo con sus modales bruscos—. Vengo a tomar uno de sus chocolates especiales, aunque veo que está muy ocupada.

Me las arreglé para salir del escaparate con todas las precauciones posibles.

—No, en absoluto —respondí—, la estaba esperando. Además, ya estaba terminando y la espalda me duele a morir.

—Bueno, si no es molestia... —hoy la noto diferente; en su voz había una especie de crispación, una naturalidad artificiosa que enmascaraba una profunda tensión. Llevaba un sombrero de paja negra adornado con una cinta y un abrigo, también negro, que parecía nuevo.

—Está muy elegante —observo.

Tiene un repentino acceso de risa.

—Hace tiempo que no me oía decir este cumplido, se lo aseguro —dijo, apoyando un dedo en uno de los taburetes—. ¿Cree que puedo encaramarme ahí arriba sin riesgo de romperme una pierna?

—Ahora mismo le traigo una silla de la cocina —hago un gesto, aunque me detengo ante el ademán imperioso de la anciana.

—¡No me venga con pamemas! —exclama echando una ojeada al taburete—. En mi juventud me subía donde fuera —se levanta las faldas y deja ver unas botas gruesas y unas toscas medias grises—, especialmente a los árboles. Desde la copa arrojaba ramas a las cabezas de los que pasaban por debajo. ¡Ja, ja, ja! —profirió un gruñido de satisfacción al conseguir sentarse en el taburete, agarrándose al mostrador como asidero.

Vislumbré un alarmante remolino escarlata debajo de las faldas negras. Armande parecía absurdamente satisfecha, sentada en lo alto del taburete, y se alisó cuidadosamente las faldas sobre aquel relámpago de enaguas rojas.

—Las prendas íntimas de seda roja —dijo con una ligera sonrisa al ver mi mirada—. Seguramente me tendrá por una vieja loca, pero me gustan. He llevado luto tantos años que casi había llegado a figurarme que si me vestía decentemente de color alguien caería fulminado, por lo que ya había renunciado a llevar otro color que no fuera el negro —me dirigió una mirada rebosante de buen humor—. Pero la ropa interior ya es otro cantar —de pronto bajó la voz y me habló en tono de complicidad—. La encargo en París por correo. Me cuesta una fortuna —se balanceó en lo alto del taburete, sacudida por una carcajada silenciosa—. Bueno, ¿qué hay del chocolate?

Se lo he preparado fuerte y negro pero, acordándome de que es diabética, le pongo la menor cantidad de azúcar posible. Armande, percatándose de mis titubeos, señala la taza con dedo acusador.

—¡Nada de racionamientos! —ordenó—. Tráteme como me merezco. Virutas de chocolate y una de estas cosas para remover el azúcar. Lo quiero todo. No empiece a hacer como los demás y a tratarme como si no estuviera en mi sano juicio y no supiera cuidarme. ¿Le parezco senil?

He admitido que no me lo parecía en absoluto.

—¿Entonces? —ha tomado un sorbo de aquel preparado fuerte

y dulce con visible satisfacción—. ¡Qué bueno! Mmmm... ¡Muy bueno! Parece que esto da energía, ¿no es así? Es... ¿cómo lo llaman?... ¿estimulante?

Asiento.

—Y también afrodisíaco, según he oído decir —ha añadido con picardía, atisbándome por encima del borde de la taza—. Ya pueden vigilar los viejos del bar. ¡Nunca es tarde para pasar un buen rato! —soltó una risa que más parecía un graznido y que sonó estridente y exagerada. Le temblaban las manos ásperas. Se llevó varias veces la mano al ala del sombrero, como para ajustárselo.

Disimuladamente, poniendo la mano debajo del mostrador, consulté el reloj, pero ella detectó el movimiento.

—No espere que venga —dijo lacónicamente—. Me refiero a mi nieto. En todo caso, yo no lo espero —sin embargo, hasta sus más mínimos gestos desmentían sus palabras. Se le marcaban los tendones del cuello, lo que le daba el aspecto de una bailarina vieja.

Estuvimos un rato hablando de cuestiones baladíes: la idea del festival del chocolate que se les ha ocurrido a los niños —Armande se mondaba de risa cuando le decía lo de Jesús y lo del Papa de chocolate blanco—, los gitanos del río... Parece que Armande se ha brindado a encargarles comida fingiendo que era para ella, lo que provocó las iras de Reynaud. Roux se había ofrecido a pagarle la cuenta con dinero contante, pero ella prefirió que se la pagase arreglándole el tejado, que tiene goteras. Con risa traviesa me comentó que esto pondría sobre ascuas a Georges Clairmont.

—Se figura que es el único que puede echarme una mano —dijo con aire satisfecho—. Mi hija y él están hechos el uno para el otro, son tal para cual, siempre cloqueando y amenazando con que aquello va a hundirse, siempre hablando de humedad. Querrían que dejase la casa, está claro. Querrían que abandonase la casa tan bonita que tengo y que me metiese en una podrida residencia de viejos, donde hasta hay que pedir permiso para ir al retrete —estaba indignada, parecía que de los negros ojos le saltaban chispas.

—Yo les enseñaré —declaró—. Antes de meterse en el río, Roux era albañil. Él y sus compañeros me dejarán la casa nueva. Y prefiero pagar y que me lo hagan ellos que permitir que aquel imbécil me lo haga gratis.

Se vuelve a ajustar el sombrero con manos inseguras.

—No espero que venga, ¿sabe usted?

Yo sabía que no se refería a la persona de la que acababa de hablar. Miré el reloj. Las cuatro y veinte. Ya estaba haciéndose de noche. Y yo que estaba tan segura... Eso me pasa por meterme donde no me llaman, me dije de forma tajante. ¡Qué fácil es hacer infeliz a la gente, hacerme infeliz a mí!

—Nunca he creído que viniera —continuó Armande con su voz estridente y decidida—. Ya se encargará ella de que no venga. Lo tiene bien enseñado —comenzó a moverse con esfuerzo para bajar del taburete—. Ya le he robado bastante tiempo. Tengo que...

—M-Mémée.

Armande se volvió tan bruscamente que por un momento temí que se cayera. El chico estaba de pie, muy quieto, junto a la puerta. Iba vestido con unos vaqueros, una camiseta azul marino y en la cabeza llevaba una gorra de béisbol mojada y un libro pequeño de tapas duras bastante ajadas. Habló en voz baja y comedida.

—He tenido que esperar a que mi ma-madre saliera. Está en la pe-peluquería. No volverá hasta las se-seis.

Armande lo mira. No se tocan, pero noto que entre los dos circula una especie de corriente eléctrica. Es algo demasiado complejo para que yo pueda analizarlo, pero hay calor y rabia, timidez y remordimiento y... detrás de todo, una promesa de algo muy dulce.

—Estás empapado. Voy a prepararte algo para beber —le digo yendo a la cocina.

Cuando salgo vuelvo a oír la voz del chico, baja y titubeante.

—Gracias por el li-libro —dice—. Lo he traído —y lo levanta como quien levanta una bandera blanca.

El libro está viejo, gastado como los libros que se han leído y releído muchas veces, con amor y durante mucho tiempo. Armande lo advierte y aquella mirada fija desaparece de su rostro.

—Léeme tu poema favorito —le dice.

Desde la cocina, mientras lleno de chocolate dos vasos largos, mientras remuevo la crema y la kahlua que les he añadido, mientras hago ruido con tarros y botellas para así infundirles la ilusión de intimidad, oigo que el niño lee en voz alta, primero de forma pomposa y después cada vez con más ritmo y mayor confianza. No distingo las palabras, pero a distancia suenan como una oración o una invectiva. Me fijo en que el niño no tartamudea cuando lee.

Dejo con todo cuidado los dos vasos sobre el mostrador. Cuando entro, el niño calla a media frase y me observa con cortés desconfianza, los cabellos caídos sobre los ojos como un caballito tímido que se los tapara con la melena. Me da las gracias con escrupulosa cortesía y toma un sorbo del vaso con más desconfianza que placer.

—A mí no me de-dejan tomar cho-chocolate —dice como dudando—. Mi madre di-dice que el cho-chocolate hace que me salgan gra-granos.

—Y a mí puede dejarme seca en el sitio —comenta Armande con presteza; a continuación se ríe de la frase—. Venga, chico, ¿no has dudado nunca de lo que dice tu madre? ¿O es que te ha barrido del cerebro el poco sentido común que heredaste de tu abuela?

Luc se queda desconcertado.

—Es lo que e-ella di-dice —repite no muy convencido.

Armande mueve negativamente la cabeza.

—Mira, si quiero saber qué dice Caro puedo quedar con ella —dice—. ¿Qué te parece? Tú eres un chico listo o por lo menos lo eras. ¿Qué me dices?

Luc toma otro sorbo.

—Me parece que mi madre exagera —dice con una ligera sonrisa—. Yo te ve-veo muy bien.

—Y no tengo granos —añade Armande.

La salida de su abuela arranca una carcajada a Luc. Me gusta más verlo así, con los ojos verdes centelleantes y su traviesa sonrisa parecida a la de su abuela. Aunque sigue en guardia, me doy cuenta de que detrás de su profunda reserva hay una inteligencia despierta y un agudo sentido del humor.

Luc ha terminado el chocolate, pero no quiere tarta pese a que Armande ya se ha comido dos trozos. Estuvieron media hora charlando mientras yo fingía estar ocupada con mis cosas. Le sorprendo una o dos veces mirándome con precavida curiosidad, pero el fugaz contacto entre nuestras miradas se rompía tan pronto como se establecía. He dejado que los dos siguieran con lo suyo.

A las cinco y media se despidieron. No hablaron de volverse a encontrar, pero me pareció que la naturalidad con la que se han dicho adiós parecía apuntar a que no tenían otra idea en la cabeza. Me ha sorprendido un poco verlos tan iguales, girando uno en derredor del otro con esa cortedad que se muestran los amigos que no se ven desde hace muchos años. Tienen los mismos gestos, la misma manera directa de mirar, los pómulos sesgados, la barbilla recortada. Cuando la expresión del niño es neutra, el parecido con su abuela no es tan evidente, pero en cuanto se anima va pareciéndose cada vez más a ella al borrarse ese aire de sumisa cortesía que ella tanto deplora. Los ojos de Armande brillan debajo del ala del sombrero. Luc se mueve ahora con más naturalidad y el tartamudeo cede paso a un ligero titubeo que apenas se advierte. Veo que se para en la puerta, tal vez preguntándose si debe besarla o no. La renuencia al contacto físico propia del adolescente es fuerte y se hace patente. Levanta una mano en un tímido gesto de despedida y a continuación desaparece.

Armande se vuelve hacia mí, el rostro arrebolado por el triunfo. Por espacio de un segundo su rostro se inunda con un enorme sentimiento de amor, de esperanza, de orgullo. Pero después recupera esa reserva que comparte con su nieto, una actitud de naturalidad impuesta, una sombra de rudeza en la voz cuando dice:

—Me ha gustado, Vianne. Quizá vuelva otra vez —después de lo cual me dirige una de sus miradas francas y tiende una mano para tocarme el brazo—. Gracias a usted he podido ver a mi nieto. Yo no habría sabido cómo conseguirlo.

Me encojo de hombros.

—Tarde o temprano tenía que ocurrir —le digo—. Luc ya no es un niño. Tiene que aprender a hacer las cosas por decisión propia.

Armande movió negativamente la cabeza.

—No, ha sido usted —se empeña en insistir. La tenía tan cerca que olí el perfume a lirios que llevaba—. Desde que usted está aquí el viento ha cambiado. Todavía lo noto. Lo nota todo el mundo. Es como si de pronto se hubiera puesto todo en marcha. ¡Yupi! —y ha soltado una especie de graznido con el que quiere manifestar su felicidad.

—¡Pero si yo no hago nada! —protesté riéndome con ella—. Me limito a ocuparme de mis asuntos, a llevar la tienda, a ser yo misma.

Pese a que río, me siento insegura.

—¡Y eso qué importa! —me replica Armande—. Quien lo hace todo es usted. Fíjese en todos los cambios que ha habido: yo, Luc, Caro, la gente del río... —hace un gesto brusco de la cabeza en dirección a Les Marauds—, incluso aquel que vive en su torre de marfil al otro lado de la plaza. Todos hemos cambiado, todos nos hemos acelerado. Como un reloj viejo al que acabaran de dar cuerda después de años de estar parado.

Había dicho algo que estaba demasiado cerca de lo que yo misma pensaba la semana anterior. Negué solemnemente con la cabeza.

—No soy yo —protesto—. Es él. Es Reynaud, no yo.

De pronto ha surgido una imagen en el fondo de mis pensamientos, como si acabara de dar la vuelta a una carta. El Hombre Negro metido en el campanario moviendo los mecanismos del reloj para hacer que funcionase cada vez más aprisa, precipitando los cambios, haciendo sonar la alarma, ahuyentándonos de la ciudad... Y junto a tan perturbadora imagen surge otra: un viejo tendido en una cama, tubos en la nariz y en los brazos, el Hombre Negro de pie a su lado en actitud de pesar o de triunfo, mientras a su espalda crepitan las llamas...

—¿Es su padre? —dije las primeras palabras que me vinieron a las mientes—. Me refiero al... viejo al que visita en el hospital. ¿Quién es?

—¿Y usted cómo sabe eso?

—A veces tengo... sensaciones... en relación con las personas.

Por alguna razón soy reacia a admitir que lo había visto en el chocolate, me resisto a emplear aquella terminología con la que mi madre me había familiarizado.

—¿Sensaciones?

Armande me mira llena de curiosidad, pero no me hace más preguntas.

—¿O sea que hay un viejo?

No pude evitarlo; sentí que acababa de tropezar con algo importante. Tal vez un arma que podría esgrimir en mi guerra secreta contra Reynaud.

—¿Quién es? —insisto.

Armande encogió de hombros.

—Otro cura —dijo con profundo desdén, sin añadir nada más.

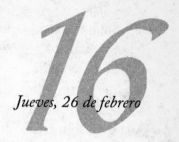

Esta mañana, cuando abrí la puerta, me encontré a Roux esperando. Llevaba un mono de dril y el cabello recogido hacia atrás con un cordel. Me dio la impresión de que hacía un rato que esperaba, porque tenía los cabellos y los hombros perlados de rocío. No era propiamente una sonrisa lo que me dedicó, pero dejó vagar la mirada por el interior de la tienda, donde Anouk estaba jugando.

—¡Hola, niña desconocida! —dijo a Anouk, aunque esta vez en su rostro apareció una sonrisa de verdad, que lo iluminó durante un breve instante.

—Pase —le invité acompañando la palabra con un ademán—. ¿Por qué no ha llamado? No me había fijado en que había una persona esperando.

Roux murmuró unas palabras incomprensibles con su fuerte acento marsellés y cruzó el umbral no sin cierta timidez. Se movía de una manera que era una extraña mezcla de gracia y torpeza, como si no se sintiera a gusto en un local cerrado.

Le serví un vaso grande de chocolate negro rociado con kahlua.

—¿Cómo ha venido sin sus compañeros? —le pregunté con naturalidad.

Se encogió de hombros por toda respuesta. Veo que observa el entorno, movido por un profundo interés no exento de desconfianza.

—¿Por qué no se sienta? —le pregunté indicándole los taburetes arrimados al mostrador.

Movió negativamente la cabeza.

—Gracias —dijo tomando un sorbo de chocolate—. El hecho es que he pensado que tal vez usted podría ayudarme, mejor dicho, ayudarnos —su voz sonaba cohibida y molesta a un tiempo—. No se trata de dinero —se apresuró a añadir, como si temiera que yo fuera a impedir que siguiera—. Pensamos pagar, por supuesto. Se trata simplemente de un asunto de... organización. El problema es el siguiente.

Me lanzó una mirada de resentimiento indiscriminado.

—Armande... *Madame* Voizin... ha dicho que usted me ayudaría —me explicó.

Mientras yo lo escuchaba atentamente y asentía de vez en cuando con la cabeza para animarlo a continuar, me expuso la situación. Comienzo a darme cuenta de que lo que yo tomaba por dificultad para expresarse no era otra cosa que la contrariedad que le producía tener que pedir ayuda. Pese a su acento peculiar, Roux se expresaba con inteligencia. Me explicó que había prometido a Armande que le repararía el tejado. Se trataba de un trabajo relativamente sencillo que sólo le llevaría un par de días. Por desgracia, el único suministrador local de madera, pintura y demás materiales para realizar el trabajo era Georges Clairmont, que se había negado de plano a suministrárselos, tanto a Armande como a él. Si su madre quería que le repararan el tejado, no tenía más que pedírselo a él, le había dicho, en lugar de recurrir a una pandilla de desarrapados. Como si no hiciera años que él le estuviera pidiendo... rogando incluso por favor, que le dejara hacer la reparación y, encima, de balde. Como dejara entrar a los gitanos en su casa, sólo Dios sabía qué podía pasar. Entrarían a saco con todo lo valioso que tuviera en ella, le robarían el dinero... No sería la primera vez que apaleaban o hasta mataban a una vieja para robarle lo poco que tuviera. No. El plan era absurdo y, hablando con toda franqueza, él no podía...

—¡Ese santurrón hijo de puta! —ha dicho Roux hecho una furia—. ¡No sabe nada de nosotros, nada! Según dice, somos todos unos ladrones y unos asesinos. Yo siempre he pagado, nunca he mendigado nada a nadie, me he pasado la vida trabajando.

—Tome un poco más de chocolate —le dije con voz suave sirviéndole otro vaso—. No todo el mundo piensa como Georges y Caroline Clairmont.

—Ya lo sé —estaba a la defensiva, había cruzado los brazos sobre el pecho.

—Clairmont se encargó de hacerme las reparaciones de la casa —proseguí—. Le diré que necesito hacer otros trabajos y, si me da una lista del material que necesita, yo me encargaré de pedírselo.

—Pienso pagarlo todo —volvió a decir Roux, como si la cuestión del dinero fuese algo en lo que nunca insistiría bastante—, el dinero no es problema.

—Ya me lo figuro.

Me pareció que se tranquilizaba un poco y vi que bebía otro sorbo de chocolate. Por primera vez demostró que le gustaba y me dedicó una inesperada sonrisa de satisfacción.

—Armande se ha portado muy bien con nosotros —dijo—. Nos ha encargado comida, ha comprado medicamentos para el pequeño de Zézette. Y ha salido en nuestra defensa cuando ese cura amigo suyo que tiene cara de palo asoma por la zona.

—Ese cura no tiene nada que ver conmigo —me apresuro a decirle—. Para él, yo soy tan intrusa como usted —Roux me mira con sorpresa—. Le aseguro que me tiene por una influencia corruptora —añadí—. Se figura que todas las noches organizo orgías a base de chocolate. ¡Excesos carnales a la hora en que, si fuera una persona de bien, estaría descansando, sola, en la cama!

Sus ojos son de ese color indefinido y neblinoso que tiene el cielo de las ciudades cuando llueve. Cuando se ríe relucen con malicia. Anouk, que permanecía sentada y sumida en un silencio nada habitual en ella mientras él hablaba, respondió riéndose también.

—¿Quiere desayunar? —dijo a Roux con su voz aflautada—. Tenemos *pain au chocolat*. También tenemos *croissants*, pero el *pain au chocolat* es mejor.

Roux movió negativamente la cabeza.

—No, creo que no. Gracias.

Puse un bollo en un plato y se lo coloqué delante.

—Invita la casa. Pruébelo, los hago yo.

Por lo visto, no podía decirle nada peor, porque vi que su expresión volvía a cerrarse y que aquella chispa de humor que había brillado un momento en su cara era sustituida por la inexpresividad que ya me es familiar.

—Puedo pagar —afirmó con actitud ligeramente desafiante—, llevo dinero.

Hurgó en los bolsillos del mono y sacó un puñado de monedas. Algunas rodaron sobre el mostrador.

—Quite eso de aquí —le dije.

—Ya le he dicho que puedo pagar —se empecina en repetir, con ojos llenos de furia—. No necesito...

Puse la mano sobre la suya. Noté una breve resistencia, pero después me miró a los ojos.

—Aquí nadie necesita hacer nada —le dije con voz suave, dándome cuenta de que había herido su orgullo con mi exhibición de amistad—. Simplemente le he invitado —la hostilidad persistía—. He hecho lo mismo con todos los del pueblo... —insistí—. Caro Clairmont, Guillaume Duplessis, incluso Paul-Marie Muscat, el que lo echó del café —permaneció un segundo en silencio, tratando de asimilar lo que le decía—. ¿Tan especial es usted que me rechaza lo que no me ha rechazado nadie?

Me pareció que se sentía avergonzado y le oí murmurar algo por lo bajo en su áspero dialecto. Pero en seguida se encontraron nuestros ojos y sonrió.

—Lo siento —dijo—, no lo había entendido bien —titubeó aún un momento antes de decidirse a comer el bollo—. De todos modos, acepto a condición de que la próxima vez permitan que las invite a las dos a mi casa —dijo de una tirada—, y, como se nieguen, me sentiré muy ofendido.

A partir de aquel momento demostró estar más a gusto y desapareció parte de la tirantez. Nos quedamos un rato hablando de cuestiones anodinas, aunque no tardamos en abordar otros temas. Así, me enteré de que llevaba seis años navegando por el río, primero solo y después con un grupo de compañeros. Había hecho de albañil en otro tiempo y todavía se ganaba algún dinero haciendo reparaciones, además de trabajar en el campo tanto en verano como en otoño. Deduje que ciertos problemas lo habían empujado a la vida itinerante, pero me guardé muy mucho de forzarlo a que me diera detalles.

Se marchó así que empezaron a llegar los primeros clientes habituales. Guillaume lo saludó cortésmente y Narcisse le hizo una leve inclinación de cabeza, pero no pude convencer a Roux de que se quedara a charlar con ellos. En lugar de ello, se embutió en la boca el resto del *pain au chocolat* y salió de la tienda con ese aire de insolencia y distanciamiento que se considera obligado a adoptar con los desconocidos.

Cuando llegó a la puerta, se volvió bruscamente.

—No olvide que está invitada —me dijo, como si se le hubiera ocurrido de pronto—. El sábado a las siete de la tarde. Y traiga a la niña desconocida.

Se fue sin darme tiempo a darle las gracias.

Guillaume se entretuvo más que de costumbre con el chocolate. Narcisse cedió su puesto a Georges y después entró Arnauld para comprar tres trufas de champán —como siempre, tres trufas de champán, y con cara de remordimiento—, mientras Guillaume seguía sentado en el mismo sitio de siempre con aire preocupado. Intenté varias veces sacarlo de su ensimismamiento, pero se limitó a responderme con mesurados monosílabos, como si tuviera la cabeza en otro sitio. Debajo de su asiento, *Charly* reposaba fláccido, e inmóvil.

—Ayer hablé con el *curé* Reynaud —dijo finalmente, de forma tan brusca que me ha sobresaltado—. Le pregunté qué debía hacer con *Charly*.

Lo miré con actitud interrogante.

—Cuesta mucho hacérselo entender —continuó Guillaume con su manera de hablar suave pero precisa—. Me considera una persona obstinada que se niega a escuchar al veterinario. Y lo que es peor, piensa que estoy chiflado. Claro, después de todo *Charly* no es un ser humano.

Hizo una pausa durante la cual me di cuenta de los esfuerzos que hacía para dominarse.

—¿Tan mal está?

Ya conocía la respuesta cuando Guillaume me miró con ojos tristes.

—Eso creo —ha dicho.

—Ya comprendo.

Automáticamente se inclinó para rascarle la oreja a *Charly*. El perro movió el rabo de forma mecánica y a él se le escapó un suspiro.

—Es un perro bueno —la sonrisa de Guillaume era contenida y como desorientada—. No es que el *curé* Reynaud sea una mala persona. Estoy seguro de que no quiere ser cruel. Pero eso de decir que... decirlo de la manera que lo dijo...

—¿Qué dijo?

Guillaume se encogió de hombros.

—Nada, sólo que era una tontería eso de llevar tantos años preocupándome por el perro. Dijo que no era asunto suyo, claro, pero que era ridículo mimar al animal como si fuera un ser humano y despilfarrar dinero sometiéndolo a tratamientos que no llevaban a ninguna parte.

Sentí una punzada de indignación.

—Pues lo encuentro una actitud despiadada.

Guillaume movió negativamente la cabeza.

—No, lo que pasa es que él no lo entiende —dijo otra vez—. Los animales no le importan. No tiene en cuenta que *Charly* y yo llevamos muchos años juntos.

Vi lágrimas en sus ojos; movió bruscamente la cabeza para ocultarlas.

—Ahora mismo me disponía a ir al veterinario, así que hubiera terminado esto —hacía más de veinte minutos que tenía el vaso vacío en el mostrador—. Pero no tiene por qué ser hoy, ¿verdad? —en su voz había una nota de desesperación—. Todavía está animado. Últimamente come mejor, me he dado cuenta. Nadie puede obligarme a dar un paso así —hablaba como un niño rebelde—. Cuando llegue el momento, seguro que lo sabré. Lo sabré.

Yo sabía que, por mucho que le hablase, no había nada que pudiera hacer que se sintiera mejor. Pese a ello, lo intenté. Me agaché para acariciar a *Charly* y noté la proximidad del hueso debajo de la piel al recorrerla con los dedos. Hay cosas que se pueden curar. Se me calentaron los dedos de tanto tantearlo suavemente tratando de averiguar cómo estaba... La protuberancia se había hecho más voluminosa. Sabía que no había esperanza.

—El perro es de usted, Guillaume —le he dicho—. Usted sabe mejor que nadie lo que debe hacer.

—Tiene razón —ha parecido como si de pronto lo hubiera visto claro—. El medicamento le alivia el dolor. Ahora ya no se queja por la noche.

Me acordé de mi madre en sus últimos meses de vida. Aquella lividez, aquella manera de fundírsele la carne revelando la delicada belleza de sus huesos desnudos, la piel desvaída... y los ojos brillantes y enfebrecidos —«¡Florida, cariño, el Gran Cañón...! ¡Quedan tantas cosas por ver!»—, aquellos gritos ahogados que profería por las noches.

—Pero llegará un momento en que tendrá que parar —dije—. Porque no sirve de nada. Uno busca justificaciones para esconderse, se marca objetivos a corto plazo para dejar pasar una semana más. Pero transcurre un tiempo y entonces lo que más duele es la falta de dignidad. Usted también se merece descansar.

Incinerada en Nueva York, sus cenizas esparcidas en el puerto. Resulta curioso que uno imagine siempre que se morirá en la cama, rodeado de las personas que más lo quieren. Con demasiada frecuencia, en cambio, el breve y desapacible encuentro, la repentina realidad, el pánico a cámara lenta te sigue con el sol, va detrás de ti como un péndulo ineluctable, por mucho que trates de huir.

—Si yo pudiera elegir, optaría por esto: la aguja indolora, la mano amiga. Mejor esto que morir en la soledad de la noche o bajo las ruedas de un coche en una calle donde nadie se vuelve a mirarte —me doy cuenta de que, sin proponérmelo, estaba hablando en voz alta—. Lo siento, Guillaume —dije al observar su mirada dolida—, estaba pensando en otra cosa.

—No tiene importancia —aceptó con voz tranquila, al tiempo que dejaba las monedas en el mostrador delante de él—. Ya me iba.

Y cogiendo el sombrero con una mano y a *Charly* con la otra, salió de la tienda, la espalda un poco más vencida de lo habitual, la figura insignificante y gris de un hombre que igual podría haber llevado en la mano una bolsa de comida, un impermeable viejo u otra cosa cualquiera.

17

Sábado, 1 de marzo

He estado observando su establecimiento. Veo que no he hecho otra cosa desde que llegó, vigilo sus idas y venidas, sus reuniones furtivas. La vigilo igual que cuando, siendo joven, vigilaba los nidos de avispas, con una mezcla de asco y fascinación. Al principio lo hacían de manera solapada, entraban en la tienda en las horas secretas del anochecer o a primera hora de la mañana. Se las daban de clientes corrientes y molientes. Que si una taza de café, que si un paquete de pasas rebozadas de chocolate para los niños... pero ahora ya se han dejado de comedias. Los gitanos entran en el establecimiento como si nada, al tiempo que dirigen miradas desafiantes a la persiana de mi ventana. Todos lo mismo: el pelirrojo de mirada insolente, la chica flaca, la de cabellos desteñidos y el árabe de cabeza rapada. Ella los llama por su nombre: Roux, Zézette, Blanche, Ahmed. Ayer, a eso de las diez, se paró en su puerta la furgoneta de Clairmont y descargó diferentes materiales de construcción: madera, pintura y alquitrán para el tejado. El que conducía la furgoneta dejó la mercancía en la puerta sin decir palabra. Ella le extendió un cheque. Después vi a sus amigos, muy sonrientes, que se cargaban a la espalda las cajas, las viguetas y los embalajes y se los llevaban, entre risas, a Les Marauds. Esto es una añagaza, una comedia y nada más que eso. Por la razón que sea, se ha empeñado en protegerlos. Por supuesto que, si actúa de esa manera, es para fastidiarme. Yo no puedo hacer otra cosa que mantener un silencio digno y rezar para que esa mujer no tarde en estrellarse. ¡Pero es que me pone las cosas muy difíciles! Bastante tengo con Armande Voizin, que carga en su cuenta la comida de esa gente. Cuando quise intervenir, ya era demasiado tarde. Ahora los gitanos del río tienen comida como mínimo para quince días. Se traen el suministro diario —pan, leche...— río arriba desde Agen. La sola idea de que puedan quedarse más tiempo me revuelve el estómago, pero ¿qué se puede hacer, *père*, si hay gente que hace buenas migas con ellos? Sé que usted no se apartaría de sus deberes, por ingratos que fueran. ¡Si por lo menos pudiera decirme qué debo hacer! Bastaría con una ligerísima presión de los dedos, un parpadeo apenas... cualquier cosa. Por mínimo que fuera el gesto, bastaría para comunicarme que estoy perdonado. ¿No? No se mueve. Sólo este tedioso ruido de la máquina que respira por usted, este *sssss-paf* que insufla aire en sus pulmones atrofiados. Sé que un día usted despertará, curado y purificado, y que mi nombre será la primera palabra que pronunciarán sus labios. Ya lo verá, yo creo en los milagros. Yo he pasado a través del fuego. Creo en los milagros.

Hoy he decidido hablar con ella. De una manera razonable, sin recriminaciones, como haría un padre con una hija. Estaba seguro de que se avendría a razones. Comenzamos con mal pie, ella y yo, pero a lo mejor podríamos empezar de nuevo. Mire usted, *père*, yo estaba dispuesto a ser generoso con ella. Dispuesto a mostrarme comprensivo pero, cuando me acercaba a su establecimiento, he visto a través del escaparate que el hombre ese, Roux, estaba dentro con ella; el tipo ese ha clavado sus ojos en mí y me ha dirigido una mirada burlona de desdén, la misma con que me miran los de su calaña. Tenía en la mano un vaso de no sé qué cosa, y tenía un aspecto tan peligroso y violento, con su mono sucio y esa cabellera suelta que lleva, que hasta he sentido una punzada de inquietud por la mujer. ¿Acaso no se da cuenta de los peligros que arrostra frecuentando la compañía de esa gente? ¿No teme por ella, por su hija? Ya iba a dar media vuelta cuando me llamó la atención un letrero del escaparate. Hice como que lo estaba estudiando pero me dedicaba a observarla a ella disimuladamente —a ella y a ellos— desde la calle. Ella llevaba un vestido de un color de vino tinto y el cabello suelto. Desde fuera me llegaban sus risas.

He vuelto a fijar los ojos en el cartel. Estaba escrito con una caligrafía infantil muy primitiva.

GRAN FESTIVAL DEL CHOCOLATE
EN LA CÉLESTE PRALINE
DOMINGO DE PASCUA PRIMER DÍA
TODO EL MUNDO ESTÁ INVITADO

Lo leí de nuevo al tiempo que notaba que dentro de mí iba creciendo la indignación. En el interior de la tienda su voz dominaba el tintineo de vasos. Estaba tan enfrascada en la conversación que no advirtió mi presencia; se encontraba de espaldas a la puerta, con un pie más retirado, en una actitud parecida a la de una bailarina. Iba calzada con unas chinelas sin tacón y adornadas con lazos, no llevaba medias.

DOMINGO DE PASCUA PRIMER DÍA

Ahora lo veía claro.

Su malicia, su condenada malicia. Seguramente había planeado este festival del chocolate desde el principio para hacerlo coincidir con una de las ceremonias más sagradas de la Iglesia. A buen seguro que no tenía otra cosa en la cabeza desde el día de carnaval. Todo para socavar mi autoridad, para burlarse de mis enseñanzas. Ella y sus amigos del río.

Demasiado furioso para irme, que habría sido lo que hubiera debido hacer, empujé la puerta y entré. El carillón, que sonó de manera burlona, fue el heraldo de mi entrada y ella se volvió sonriente hacia mí. Si en ese momento no hubiera contado con una prueba irrefutable de sus intenciones vengativas, habría podido jurar que aquella sonrisa era sincera.

—¡*Monsieur* Reynaud! —exclamó.

El ambiente, dentro de la tienda, era cálido y estaba impregnado de un intenso aroma de chocolate. Nada que ver con aquel polvo aguado de chocolate que yo tomaba de niño, que tiene una intensidad que se te introduce en la garganta, como esos granos perfumados de los puestos de café que hay en el mercado, con una cierta fragancia de amaretto y de tiramisú, un olor a cosa tostada que te entra en la boca y te la hace agua. Sobre el mostrador tiene un recipiente de plata con el mejunje ese, que es de donde sale ese vapor. Recordé entonces que esta mañana no había desayunado.

—*Mademoiselle*... —le dije con voz que procuré que sonase autoritaria. La indignación me atenazaba la garganta y, en lugar de las palabras estentóreas que esperaba pronunciar, me salió poco más que un graznido, delator de la furia que me embargaba, como el grito de una rana educada—. *Mademoiselle* Rocher —me miró con aire interrogativo—, he visto el letrero.

—¿Ah, sí? Gracias —me dijo—. ¿Quiere tomar algo con nosotros?

—¡No!

Y como queriendo engatusarme, continuó:

—Mi *chococcino* es delicioso, si es que tiene la garganta delicada —añadió.

—¡No tengo la garganta delicada!

—¿Ah, no? —se expresaba con falsa solicitud—. Me había parecido que estaba algo ronco. ¿Un *grand crème*, entonces? ¿O un mocha?

Haciendo un gran esfuerzo, recuperé la compostura.

—No quiero que se moleste, gracias.

A su lado el pelirrojo soltó una risa por lo bajo y farfulló unas palabras en su repugnante *patois*. Me he fijado que tenía las manos manchadas de pintura, restos de color claro introducidos en las grietas de las palmas y nudillos. ¿Estará trabajando?, me he preguntado con desazón. Y de ser así, ¿para quién? Si esto fuera Marsella, la policía no tardaría en detenerlo por trabajar ilegalmente. Un registro de su embarcación aportaría las pruebas suficientes —drogas, objetos robados, pornografía, armas— para encerrarlo para siempre. Pero esto es Lansquenet y aquí, como no se trate de un acto de violencia grave, no hay forma de movilizar a la policía.

—He visto el letrero —repetí con la máxima dignidad posible, mientras ella me observaba con aire de cortés preocupación, mientras le bailaban los ojos de aquí para allá— y debo decirle... —carraspeé para aclararme la voz, porque parecía que tenía la garganta llena de bilis— ... debo decirle que encuentro que la fecha... la fecha de ese... acontecimiento... es deplorable.

—¿La fecha? —me miró con aire inocente—. ¿Se refiere al festival de Pascua? —se sonrió apenas, pero con malevolencia—. ¡Y yo que me figuraba que esto de la Pascua era cosa de ustedes! Pues tendrá que reclamar al Papa.

La miré fríamente.

—Sabe muy bien de lo que hablo.

Me volvió a mirar de la manera interrogativa y cortés que acostumbra.

—Sí, del Festival del Chocolate. Todo el mundo está invitado.

Noto que la ira sube dentro de mí como la leche cuando hierve, con fuerza incontrolable. Por un momento me siento pletórico de poder, con toda la energía de su calor. La señalo con un dedo acusador.

—No vaya a figurarse que no veo de qué va la cosa.

—Déjeme que me lo figure yo —dijo con voz suave y repentino interés—. Esta fiesta es un ataque personal contra usted, un intento deliberado de socavar los cimientos de la Iglesia católica —soltó una carcajada que la traicionó por su inesperada estridencia—. Dios prohíbe que una chocolatería venda huevos de Pascua el día de Pascua —lo dijo con voz insegura, casi temerosa, aunque no comprendo el motivo.

El pelirrojo me miraba fijamente. Con esfuerzo, la mujer se recuperó de aquel vislumbre de miedo que he creído atisbar en ella y que ha doblegado su compostura.

—Estoy convencida de que aquí hay sitio para los dos —continuó con voz serena—. ¿Seguro que no quiere tomar un chocolate? Así podría explicarle lo que yo...

Sacudo con furia la cabeza como un perro atormentado por las avispas. Esta calma suya me saca de quicio, de pronto oigo un zumbido dentro de la cabeza y noto una inestabilidad en el cuerpo que parece impulsar toda la estancia a girar a mi alrededor. Ese olor cremoso del chocolate me enloquece. Por un momento noto que se me han agudizado los sentidos más allá de lo normal y percibo el perfume que emana de la mujer, un efluvio de espliego, la fragancia cálida y especiada de su piel. Y además, ajeno a ella, ese vaho de los marjales, el penetrante olor a almizcle que despide el aceite de los motores y el sudor y la pintura que emana el cuerpo de su amigo el pelirrojo.

—Yo... no... yo... —como en una pesadilla, olvido lo que me proponía decir: algo sobre el respeto, creo... sobre la comunidad. Que debemos empujar todos en la misma dirección, alguna cosa sobre la rectitud, la decencia, la moral. Pero en lugar de esto tomo aire y siento que me vacila la cabeza.

—Yo... yo... —no puedo apartar la idea de que es ella la que me hace esto, la que tira de los hilos que dan cohesión a mis sentidos, la que se introduce en mis pensamientos... Se inclina hacia adelante fingiendo solicitud y ese perfume suyo me asalta una vez más.

—¿Se encuentra bien? —oigo su voz como si me hablara desde gran distancia—. *Monsieur* Reynaud, ¿se encuentra bien?

La aparto de mí con manos temblorosas.

—No es nada... —por fin consigo hablar—... una indisposición. Nada. Le deseo buenos...

A ciegas, me dirijo a trompicones a la puerta. Colgada de la jamba hay una bolsita roja que me roza la cara al pasar... será otra de sus supersticiones... No puedo apartar de mis pensamientos la impresión absurda de que aquella cosa ridícula es la responsable de mi malestar, seguramente hierbas y huesos cosidos dentro de la bolsa, colgada con el único fin de perturbar mis sentidos. Camino trastabillando por la calle, respiro con jadeo afanoso.

Pero la cabeza se me aclara así que la lluvia la toca. Sigo caminando, caminando.

No me he detenido hasta llegar junto a usted, *mon père*. El corazón me late con fuerza, me resbalan por la cara regueros de sudor, pero finalmente me siento purificado de su presencia. ¿Era esto lo que usted sintió, *mon père*, aquel día en el juzgado? ¿Es esta la cara de la tentación?

Por todas partes surgen dientes de león, sus hojas amargas empujan la tierra negra mientras las blancas raíces se ahorquillan y penetran, muy hondas, mordiendo con fuerza. Pronto estarán en flor. Volveré a casa siguiendo el río, *père*, sólo para comprobar que esa pequeña ciudad flotante sigue creciendo y se despliega sobre el Tannes, ahora crecido. Desde que hablamos por última vez han llegado más barcas y ahora se diría que todo el río está pavimentado con ellas. Es posible cruzarlo pasando sobre ellas.

TODO EL MUNDO ESTÁ INVITADO

¿Eso pretende? ¿Convocar a esa gente, conmemorar una celebración del exceso? Y esto después de lo mucho que luchamos para extirpar esas tradiciones paganas, *père*, tras tanto predicar e intentar ganárnoslos. El huevo, la liebre, símbolos todavía vivos de la persistente raíz del paganismo, expuestos tal como son. Durante un tiempo fuimos puros pero, desde que llegó ella, la purificación debe iniciarse desde el principio. Esta cepa es más fuerte, vuelve a desafiarnos. Y ese rebaño mío, ese rebaño tan estúpido como confiado, se vuelve hacia ella, la escucha... Armande Voizin, Michel Narcisse, Guillaume Duplessis, Joséphine Muscat, Georges Clairmont. Todos oirán sus nombres en el sermón de mañana junto con los de aquellos que la han escuchado. Ese festival del chocolate no es más que una parte de un todo repulsivo. Y pienso decírselo. La camaradería con los gitanos del río, el desafío deliberado de esa mujer a nuestras costumbres y observancias, la influencia que ejerce sobre los niños son signos todos, pienso decírselo así a todo el mundo, del efecto insidioso que provoca su presencia.

Este festival que ella prepara se irá al garete. Sería ridículo pensar que pudiese llegar a puerto cuando la oposición es tan fuerte. Pienso predicar contra él todos los domingos. Leeré en voz alta los nombres de los que colaboran con ella y rezaré para que se liberen de su influjo. Los gitanos ya han provocado inquietud. Muscat se queja de que su presencia es disuasoria para los clientes. La algarabía que se levanta de su campamento, la música, las hogueras han convertido Les Marauds en un mísero barrio flotante y sobre el río reluce el petróleo derramado y las corrientes de basura que se pierden navegando río abajo. Y según he oído, su esposa los habría acogido. Por fortuna, Muscat no se deja intimidar por esa clase de gente. Clairmont me dijo que los había echado a cajas destempladas la semana pasada cuando se atrevieron a poner sus pies en su café. Mire usted, *père*, pese a sus bravuconadas son cobardes. Muscat les ha impedido que salgan de Les Marauds. La sola posibilidad de que surja la violencia debería disuadirme, *père*, pero en cierto modo la vería con buenos ojos. Así me daría la excusa que necesito para avisar a la policía de Agen. Tengo que volver a hablar con Muscat. Él sabrá qué debo hacer.

La barca de Roux es una de las más próximas a la orilla. Está amarrada a una cierta distancia de las demás, enfrente de la casa de Armande. Atravesados en popa, cuelgan farolillos de papel como
frutas luminosas; mientras vamos hacia Les Marauds, llega hasta nosotros el olor intenso a asado que viene de la orilla del río.
Las ventanas de la casa de Armande que dan al río están abiertas de par en par y la luz que sale de su casa traza dibujos irregulares en la superficie del agua. Me sorprende la ausencia de basura, el empeño que se ha puesto en depositar en los cilindros de
acero hasta el más mínimo residuo para quemarlo después. Desde una de las barcazas amarradas río abajo llegan los sones de
una guitarra. He visto a Roux sentado en el espigón con los ojos
fijos en el agua. Se le han unido algunos más, entre los que reconozco a Zézette, otra chica llamada Blanche y el norteafricano
Ahmed. Junto a ellos, en las brasas de un fogón portátil, asaban
alguna cosa.

Anouk escapó a la carrera en dirección al fuego; oí a Zézette
que la advertía con voz suave:

—Cuidado, cariño, no te vayas a quemar.

Blanche me tendió un cubilete de vino caliente y especiado
que yo acepté con una sonrisa.

—A ver qué te parece.

La bebida era dulce pero fuerte, sabía a limón y a nuez mos-
cada, aunque tan cargada que se agarraba a la garganta. Por vez

primera después de muchas semanas la noche era clara y nuestro aliento dejaba dragones pálidos suspendidos en el aire quieto. Una niebla diáfana colgaba sobre el río, iluminada aquí y allá por las luces de las embarcaciones.

—*Pantoufle* también quiere —dijo Anouk, señalando el perol lleno de vino especiado.

Roux se sonrió.

—¿*Pantoufle*?

—El conejito de Anouk —me apresuré a aclarar—. Su amigo... imaginario.

—Pues no sé si a *Pantoufle* le gustará —le dijo—. Quizá prefiera un zumo de manzana.

—Se lo preguntaré —propuso Anouk.

Roux allí me parecía otro, más natural, su figura recortada contra el fuego mientras vigilaba la cocción. Me acordé de los cangrejos de río, abiertos por la mitad y asados en las brasas, como las sardinas y el maíz dulce temprano, las patatas dulces, las manzanas caramelizadas envueltas en azúcar y fritas un momento en mantequilla, las gruesas tortas, la miel. Comimos con los dedos en platos de hojalata y bebimos sidra y más vino especiado. Algunos niños jugaban con Anouk a la orilla del río. Armande también se unió al grupo y la vi tender las manos al fogón para calentárselas.

—Si fuera más joven... —suspiró— no me importaría pasar todas las noches así —cogió una patata caliente del nido de brasas e hizo diestros juegos malabares con ella para enfriarla—. Esta es la vida con la que yo soñaba cuando era niña, una casa flotante, muchos amigos, fiestas todas las noches... —dirigió una mirada maliciosa a Roux—. Me parece que voy a escaparme contigo —declaró—. Los pelirrojos han sido siempre mi punto flaco. Puedo ser vieja pero aún te podría enseñar un par de cosas.

Roux esbozó una sonrisa. Esta noche no había en él ningún resto de cortedad. Estaba de buen humor, no se cansaba de llenar de vino y sidra los cubiletes, le satisfacía hacer de anfitrión. Coqueteaba con Armande, le dedicaba extravagantes cumplidos, la hacía mondarse de risa. Enseñó a Anouk a vadear el río cruzándolo por encima de las pasaderas. Y por fin nos enseñó su barcaza, muy cuidada y muy limpia, con su minúscula cocina, su zona destinada a almacén provista de un depósito de agua y de alimentos, la parte para dormir con su techo de plexiglás.

—Era una verdadera ruina cuando lo compré —nos explicó—. Pero lo arreglé y ahora es tan habitable como una casa de las que se levantan en el suelo —su sonrisa era un poco apesarada, como la del que confiesa una debilidad infantil—. ¡Tanto trabajo sólo para poder tumbarme en la cama por la noche y escuchar el rumor del agua y contemplar las estrellas!

Anouk se mostró exuberante en su aprobación.

—A mí esto me gusta —declaró Anouk—. ¡Me gusta muchísimo! No es verdad que sea un ester... un esterco... bueno, no sé qué palabra ha dicho la madre de Jeannot.

—¿Un estercolero? —le preguntó Roux con voz amable.

Le miré y vi que se echaba a reír.

—No, la verdad es que no somos tan malos como nos pintan.

—¡Yo no creo que seáis malos! —exclamó Anouk, muy enfadada.

Roux se encogió de hombros con aire indiferente.

Más tarde hubo música: una flauta, un violín y unos cuantos tambores, todo improvisado con diversos recipientes y cubos de basura. Anouk se sumó al conjunto con su trompeta de juguete y todos los niños bailaron de manera tan alocada y tan cerca de la orilla del río que hubo que obligarlos a apartarse a una distancia prudente de la misma. Eran las once pasadas cuando por fin nos retiramos y, aunque Anouk se caía de sueño, no dejó de protestar con todas sus fuerzas.

—¡Está bien! —le dijo Roux—. Ven siempre que quieras.

Le di las gracias mientras cargaba a Anouk en brazos.

—De nada —contestó, aunque su sonrisa se truncó un momento cuando su mirada continuó su camino detrás de mí en dirección a la cumbre de la colina. Entre sus ojos se ha formado un leve surco.

—¿Pasa algo?

—No estoy seguro, probablemente nada.

En Les Marauds hay pocas luces. La única iluminación procede del farol amarillo que cuelga fuera del Café de la République y que brilla de manera difusa en el estrecho camino empedrado. Más allá está la Rue des Francs Bourgeois, que va ensanchándose hasta desembocar en una avenida arbolada y profusamente iluminada. Se quedó observando un rato más, con los párpados fruncidos.

—Me ha parecido ver a una persona que bajaba por la colina, nada más. Debe de haber sido un reflejo de la luz. Ahora no veo a nadie.

Cogí a Anouk en brazos y me fui colina arriba. Detrás nos seguía la música suave del caliope que se levantaba de aquel carnaval flotante, Zézette bailaba en el embarcadero, su silueta recortada en el fuego moribundo mientras su sombra frenética brincaba debajo de su cuerpo. Al pasar por delante del Café de la République vi que la puerta estaba entornada pese a que estaban apagadas todas las luces. Oí cerrarse con sigilo una puerta en el interior del edificio, como si alguien estuviera al acecho. Pero quizá no fuera más que el viento.

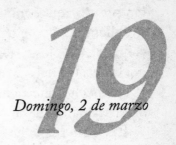

Domingo, 2 de marzo

Marzo ha puesto final a la lluvia. Las nubes que pasan veloces se recortan contra el intenso azul del cielo, mientras el viento cortante que se ha levantado por la noche se arremolina en los rincones y golpea en las ventanas. Las campanas de la iglesia suenan alocadas como si también ellas participaran del repentino cambio atmosférico. La veleta gira incansablemente contra el cielo cambiante y su voz oxidada deja oír su chirrido estridente. Anouk canta una canción del viento mientras juega en su cuarto:

> *V'là bon vent, v'là l'joli vent*
> *Vl'à l'bon vent, ma mie m'appel-le*
> *V'là l'bon vent, v'là l'joli vent*
> *Vl'à l'bon vent, ma mie m'attend.*

Mi madre solía decir que el viento de marzo es un mal viento. Pese a ello, es agradable, huele a savia y a ozono y a la sal del mar distante. Un buen mes, el de marzo, cuando febrero desaparece por la puerta trasera y la primavera ya está esperando en la delantera. Un buen mes aunque sólo sea para variar.

Me quedo cinco minutos sola en la plaza, con los brazos extendidos, noto el viento en los cabellos. He olvidado la chaqueta, y la falda roja se me infla en torno al cuerpo. Soy una cometa, noto el viento, me elevo en un instante sobre el campanario de la iglesia, me elevo sobre mí misma. Por un momento me siento desorientada, contemplo la figura escarlata allá abajo en la plaza, tan pronto aquí como allí, y vuelvo a caer dentro de mí misma, sin aliento... Veo el rostro de Reynaud oteando desde un alto ventanal, sus ojos ensombrecidos por el resentimiento. Está pálido, la viva luz del sol tiñe apenas su piel. Se agarra con las manos al antepecho que tiene ante él y sus nudillos tienen la misma blancura pálida de su rostro.

El viento se me ha subido a la cabeza. Le envío un cordial saludo con la mano antes de volver a meterme en la tienda. Sé que lo tomará como un desafío, pero esta mañana no me importa. El viento ha barrido todos mis miedos. Agito la mano para saludar al Hombre Negro en su torre mientras el viento, juguetón, me tira de las faldas. Experimento una especie de delirio, una exaltación.

Parece como si esta nueva valentía que siento hubiera penetrado en los habitantes de Lansquenet. Los observo camino de la iglesia: los niños corren empujados por el viento con los brazos abiertos, como si fueran cometas, los perros ladran furiosos a nada, hasta los adultos corren con el rostro encendido y los ojos que el frío hace lagrimear. Caroline Clairmont lleva una chaqueta de primavera y un sombrero nuevos y lleva a su hijo agarrado del brazo. Luc me mira un momento y me sonríe ocultando la cara con la mano. Pasan Joséphine y Paul-Marie Muscat, los brazos enlazados como amantes aunque, debajo del sombrerito marrón, la cara de ella se tuerce en una mueca de desafío. Su marido me mira a través del cristal y aprieta el paso mientras sus labios se mueven. Veo a Guillaume, hoy sin *Charly*, aunque de una muñeca sigue colgándole la traílla de plástico de color detonante, una figura solitaria y extrañamente desconsolada sin su perro. Arnauld mira hacia donde estoy y hace una inclinación de cabeza. Narcisse se detiene a inspeccionar una maceta de geranios que tengo junto a la puerta, restriega una hoja entre sus dedos gruesos y olisquea la verde savia. Sé que, pese a su aspereza, es goloso y que vendrá más tarde para tomarse la mocha y las trufas de chocolate como acostumbra.

La campana aminora su ritmo y continúa con su insistente tañido —¡dong! ¡dong!—, mientras la gente se cuela por las puertas abiertas. Vuelvo a sorprender a Reynaud —ahora con vestidura blanca, las manos entrelazadas y actitud solícita— dando la bienvenida a los que entran. Creo que ha vuelto a mirarme, un vistazo fugaz desde el otro lado de la plaza, un ligero envaramiento de la columna vertebral debajo de la casulla, pero no podría asegurarlo.

Me instalo ante el mostrador con una taza de chocolate en la mano, dispuesta a aguardar al final de la misa.

La ceremonia ha sido más larga que de costumbre. Supongo que a medida que vaya acercándose la Pascua las exigencias de Reynaud serán mayores. Han transcurrido más de noventa minutos antes de que salieran los primeros feligreses. Tenían un aire furtivo con su cabeza gacha, mientras el viento intentaba, insolente, arrebatar de las cabezas los pañuelos que las cubren y se mostraba repentinamente salaz metiéndose debajo de las faldas, inflándolas como globos y empujando a todo el rebaño a través de la plaza. Arnauld me ha dirigido una mirada de cordero al pasar por delante de la tienda: esta mañana nada de trufas de champán. Narcisse ha entrado como tiene por costumbre aunque, menos comunicativo, se ha sacado un periódico del interior de la chaqueta de *tweed* y se ha puesto a leerlo en silencio mientras bebía. Quince minutos más tarde la mitad de los miembros de la congregación seguían dentro, lo que me ha llevado a deducir que esperaban para confesarse. Me he servido más chocolate y he bebido. El domingo es un día que transcurre a ritmo lento. Será mejor mostrarse paciente.

De pronto vi que salía por la puerta entreabierta de la iglesia una figura con un abrigo a cuadros escoceses que me es muy familiar. Joséphine ha recorrido la plaza con la vista y, tras comprobar que estaba vacía, se acercó corriendo a la tienda. Al descubrir a Narcisse dentro, vaciló un momento antes de decidirse a entrar. Tenía los puños cerrados apretados contra la boca del estómago en un gesto protector.

—No me puedo quedar —ha dicho en seguida—. Paul se está confesando y no tengo más que dos minutos —había premura y nerviosismo en su voz y las palabras le salían apresuradas como una hilera de fichas de dominó que se derrumbaran una sobre otra—. Tiene que apartarse de aquella gente —me ha espetado—, de los vagabundos. Tiene que decirles que se vayan. ¡Avíselos! —los esfuerzos que hacía para hablar infundían un aire concentrado a su expresión. Abría y cerraba las manos.

La miré.

—Por favor, Joséphine. Siéntese, tome algo.

—¡No puedo! —movió la cabeza con un gesto negativo exagerado. Los cabellos, que el viento había enmarañado, le cubrían la cara—. Le acabo de decir que no tengo tiempo. Haga lo que le he dicho, por favor —hablaba con esfuerzo, como si estuviera muy cansada, sin dejar de echar ojeadas a la puerta de la iglesia, parecía que tuviera miedo de que la vieran conmigo—. Ha hablado contra ellos en el sermón —me dijo, hablando rápidamente en voz baja—... y contra usted. Ha hablado de usted. Ha dicho cosas.

Me encojo de hombros con aire indiferente.

—¿Y qué? ¿Eso qué importa?

Joséphine se llevó los puños a las sienes en un gesto de frustración.

—Tiene que advertirlos —repite—. Dígales que se vayan. Y avise también a Armande. Dígale que esta mañana él ha pronunciado su nombre. Y también el de usted. Y también dirá el mío si me ve aquí con usted y entonces Paul...

—No lo entiendo, Joséphine. ¿Qué puede hacer? ¿Y a mí qué me importa lo que haga?

—Pero usted avíselos, ¿lo hará? —lanzó otra mirada cautelosa a la iglesia, de la que ya iban saliendo algunas personas—. No me puedo quedar —añadió—, tengo que irme —se vuelve hacia la puerta.

—Espere, Joséphine.

Su cara, al volverse, tenía una expresión desesperada. Me doy cuenta de que estaba a punto de echarse a llorar.

—Siempre ocurre lo mismo —dijo con voz áspera y angustiada—. Cada vez que encuentro una amiga, ese hombre se las arregla para destruir la amistad. Ocurrirá lo de siempre. Pero entonces usted ya no estará, en cambio yo...

Doy un paso adelante con intención de retenerla. Joséphine se echa atrás con un torpe gesto de cautela.

—¡No, no puedo! Sé que sus intenciones son buenas pero... es que no puedo —se recupera con esfuerzo—. Hágase cargo. Yo vivo aquí. Tengo que vivir aquí. Usted es libre, puede ir allí donde se le antoje, usted...

—Como usted —le replico con voz suave.

Entonces me mira y me toca apenas el hombro con las yemas de los dedos.

—Usted no lo entiende —dice sin resentimiento—. Usted es diferente. Por un momento me había hecho la ilusión de que yo también podía aprender a ser diferente.

Al volverse me he dado cuenta de que ya no estaba agitada, de que en su mirada había una abstracción distante, un estado casi de beatitud. Vuelve a hundir las manos en los bolsillos.

—Lo siento, Vianne —dice—. De veras que he hecho todo lo que he podido. Sé que usted no tiene la culpa de nada —los rasgos de su cara han vuelto a animarse fugazmente—. Avise a la gente del río —insiste—, dígales que se vayan. Ellos tampoco tienen la culpa de nada... lo que yo quiero es que nadie salga perjudicado —termina Joséphine en voz muy baja—. ¿Lo comprende?

Vuelvo a encogerme de hombros.

—Nadie saldrá perjudicado —le digo.

—Está bien —me dirige una sonrisa afligida y sincera—. Y no se preocupe por mí. Estoy bien, de veras —otra vez aquella sonrisa dolorida y forzada. Al cruzar la puerta y pasar junto a mí he tenido un vislumbre de alguna cosa que brillaba en sus manos y he visto que llevaba los bolsillos del abrigo llenos de bisutería. De sus dedos han salido lápices de labios, estuches de colorete, collares y anillos.

—Tome. Esto es para usted —habló con viveza, tendiéndome un puñado de tesoros robados—. No tiene importancia. Tengo muchas cosas más —y con una sonrisa capaz de desarmar a cualquiera desapareció dejándome en las manos cadenas, pendientes y otras baratijas de plástico de vivos colores que se han escurrido entre mis dedos y han acabado en el suelo.

Por la tarde cojo a Anouk y nos vamos de paseo hasta Les Marauds. El campamento de los forasteros itinerantes tiene un aire alegre bajo el sol, con la ropa tendida aleteando en las cuerdas que van de una barca a otra y los cristales y la pintura relucientes. Vi a Armande sentada en una mecedora en el jardín cubierto que tiene delante de su casa. Contemplaba el río. Roux y Ahmed estaban encaramados en el tejado de su casa, de inclinación muy pronunciada, ocupados en reparar las tejas de pizarra desprendidas. Observé que han repuesto las franjas y aleros carcomidos y los han repintado de un color amarillo intenso. Saludé con un gesto a los dos hombres y me senté junto a la pared del jardín, cerca de Armande, mientras Anouk huía corriendo hacia la orilla del río para reunirse con sus amigos de la noche anterior.

La anciana llevaba un sombrero de paja de ala ancha, debajo del cual se distinguía su rostro cansado y abotargado. Tenía sobre el regazo una labor de tapicería, abandonada con desgana.

Me dirigió una escueta inclinación de cabeza pero no pronunció palabra. La mecedora, instalada en un sendero del jardín, se movía casi imperceptiblemente y emitía un crujido: tic, tic, tic, tic. Debajo de ella se acurrucaba el gato.

—Esta mañana ha venido a verme Caro. Supongo que debería sentirme honrada —dijo haciendo un movimiento de irritación.

Siguió meciéndose: tic, tic, tic, tic.

—¿Quién se habrá figurado que es? —exclamó de pronto—. ¿María Antonieta? —se enfurruñó al tiempo que la mecedora iba acelerándose por momentos—. Está empeñada en decirme qué tengo que hacer y qué no tengo que hacer. Y en que me vea su médico... —Armande se interrumpe para clavar en mí su penetrante mirada de pájaro—. ¡Chismosa entrometida! Siempre ha sido así, ¿sabe usted? Siempre andaba contando cuentos a su padre —soltó una carcajada que sonó como un ladrido—. Bueno, en cualquier caso, esos aires no los ha sacado de mí. Eso se lo puedo asegurar. Yo nunca he necesitado a ningún médico ni a ningún cura para que me dijera qué tengo que pensar.

Armande avanzó la barbilla en actitud de desafío y empezó a columpiarse más aprisa aún que antes.

—¿Ha venido también Luc? —le pregunté.

—No —ha dicho con un movimiento de la cabeza—. Está en Agen, participa en un torneo de ajedrez —la expresión concentrada se le suaviza ligeramente—. Ella no sabe que nos vimos el otro día —me confesó muy satisfecha—, ni lo sabrá —sonríe—. Es un chico estupendo ese nieto mío. Sabe tener quieta la lengua.

—Me han dicho que esta mañana, en la iglesia, han hablado de nosotras —le comenté—. Parece que frecuentamos la compañía de indeseables.

A Armande se le escapa una risotada.

—Lo que yo haga en mi casa es cosa mía —afirmó en tono tajante—. Así se lo dije a Reynaud y también, antes que a él, al *Père* Antoine. Lo que pasa es que esa gente no se da por enterada.

Siempre removiendo la misma basura. Que si el espíritu de la comunidad, que si los valores tradicionales, siempre con el gastado tema de la moral.

—¿O sea que no es la primera vez? —le he dicho llena de curiosidad.

—¡Qué va a ser! —dice con un ampuloso movimiento de la cabeza—. Esto hace años que dura. Reynaud debía de tener la edad de Luc en aquellos tiempos. Por supuesto que desde entonces no han dejado de visitarnos los viajeros, aunque no se han quedado nunca. Por lo menos hasta ahora —levantó los ojos para contemplar su casa a medio pintar—. Quedará bien, ¿verdad? —comentó con aire de satisfacción—. Roux dice que terminará el trabajo esta noche —frunció el ceño de pronto—. Podría encargarle que me hiciera mil trabajos —declaró con voz irritada—. Es un buen hombre y sabe hacer bien las cosas. Georges no tiene ningún derecho a decirme lo que tengo que hacer. No tiene ningún derecho.

Vuelve a coger la labor de tapicería, pero la deja de nuevo sin dar un solo punto.

—Es que no consigo concentrarme —dice, enfadada—. Bastante tiene una con despertarse cada mañana cuando amanece por culpa de aquellas campanas para que encima lo primero que tenga que ver es la sonrisa simplona de Caro. «Cada día rezamos por ti, madre —imita sus gestos—. Queremos que sepas que nos preocupamos por ti.» Cuando lo que les preocupa de verdad es lo que dirán los vecinos. Es una vergüenza tener una madre como yo, alguien que no hace más que recordarte tus orígenes con su presencia.

Suelta una risita de satisfacción.

—Saben que, mientras yo viva, hay alguien que recuerda las cosas que han pasado —declara—, el lío en el que se metió con aquel chico. ¿Y quién pagó entonces? ¿Eh? Y en cuanto a él... ese Reynaud, ese hombre más blanco que el color blanco... —sus ojos brillan llenos de malicia—. Apuesto cualquier cosa a que soy la única persona viva que todavía recuerda aquel asunto. En todo caso, no se enteró mucha gente. De no haber tenido yo la boca cerrada, habría podido ser el mayor escándalo de la provincia —me lanzó una mirada llena de malicia—. Y no me mire de esa manera, niña, que todavía sé guardar un secreto. ¿Por qué cree que me deja en paz? ¡Con la de cosas que ese hombre podría hacer, si quisiera! De sobra lo sabe Caro, porque ella ya lo ha intentado —Armande lanza una risa ahogada—: je, je, je.

—Yo me figuraba que Reynaud no era de aquí —dije, movida por la curiosidad.

Armande movió negativamente la cabeza.

—No son muchos los que se acuerdan. Se marchó de Lansquenet cuando era muy joven. Fue lo mejor para todos —hizo una pausa momentánea y se quedó inmersa en los recuerdos—. Pero mejor que esta vez no intente nada. Ni contra Roux ni contra ninguno de sus compañeros —de su rostro desaparece todo rastro de humor y de pronto su voz me parece la de una vieja quejumbrosa y enferma—. Me gusta que estén aquí. Hacen que me sienta joven.

Sus manos pequeñas y hoscas manosean sin objeto la labor de tapicería que tenía en su regazo. El gato, al notar el movimiento, se desenrosca y, saliendo de debajo de la mecedora, salta a sus rodillas y se pone a ronronear. Armande le rasca la cabeza y él le roza la barbilla con gesto juguetón.

—*Lariflete* —dice Armande, y hasta pasado un momento no me doy cuenta de que aquél es el nombre del gato—. Hace diecinueve años que tengo este gato. Casi tiene mi edad, contando en el tiempo de los gatos —profiere unos sonidos, una especie de risitas ahogadas dedicadas al gato, que se ha puesto a ronronear más ruidosamente—. Parece que soy alérgica —ha dicho Armande—, que tengo asma o algo parecido, pero ya les tengo dicho que antes prefiero morir asfixiada que desprenderme de los gatos. Hay algunos seres humanos, en cambio, de los que me desprendería sin pensármelo ni un segundo.

Lariflete se ha puesto a desperezarse y a mover los bigotes perezosamente. He mirado en dirección al agua y he visto a Anouk jugando con dos niños del río, de negros cabellos, debajo del muelle. Por lo que he oído, me ha parecido que Anouk, la más pequeña de los tres, era quien dirigía las operaciones.

—Quédese a tomar café —me indica Armande—. Iba a prepararlo cuando usted ha llegado. También tengo limonada para Anouk.

Yo misma preparé el café en la curiosa cocina económica de hierro de la casa de Armande, con su techo bajo. Todo estaba muy limpio, pero la única ventana de la cocina da al río, lo que la ilumina con una luz verdosa que crea un ambiente submarino. De las oscuras vigas de madera desbastada cuelgan bolsitas de muselina que contienen hierbas secas. En las paredes encaladas hay peroles de cobre colgados de unos ganchos. La puerta de la cocina, al igual que las demás puertas de la casa, tiene un agujero en la base que permite a los gatos transitar libremente por toda la casa. Mientras hago el café en un puchero de estaño esmaltado otro gato me observa lleno de curiosidad desde una alta repisa. Me fijo en que la limonada no tiene azúcar y que en el azucarero tiene un sucedáneo. Después de todo parece que, pese a sus alardes, toma alguna precaución en relación con su salud.

—¡Menudo mejunje! —comenta, aunque sin rencor mientras va tomándose el café a pequeños sorbos de una taza que está pintada a mano—. Dicen que se nota la diferencia, pero no es verdad —pone cara avinagrada—. Me lo trae Caro cuando viene. Me revuelve los armarios. Supongo que lo hace con buena intención. ¡No sé por qué soy tan papanatas!

Le comento que debería cuidarse.

Armande se ríe por lo bajo.

—Cuando se tiene mi edad —ha dicho— las cosas empiezan a desintegrarse. Cuando no es una cosa, es otra. Es ley de vida —tomó otro sorbo de café amargo—. Cuando Rimbaud tenía dieciséis años dijo que quería vivir con la máxima intensidad posible. Ahora que yo voy a cumplir los ochenta, comienzo a pensar que tenía razón.

Se ríe y me impresiona la juventud que he descubierto en su cara, un rasgo que tiene menos que ver con el color de la piel y la estructura de los huesos que con un brillo interior y de esperanza, esa expresión del que está empezando a descubrir qué ofrece la vida.

—Bueno, es evidente que ya no tiene edad para alistarse en la Legión Extranjera —le digo con una sonrisa—. Además, ¿no cree que Rimbaud se excedió en algunas cosas de su vida?

Armande me dirige una mirada pícara.

—En efecto —replicó—, y también yo tendría que cometer algunos excesos. De ahora en adelante pienso moderarme menos... ser más volandera. Pienso disfrutar de la música a todo volumen y de la poesía atrevida. En fin, que pienso... liarme la manta a la cabeza —declara con satisfacción.

Me echo a reír.

—¡Qué absurda es usted! —le digo con fingida severidad—. No me extraña que tenga desesperada a su familia.

Pero aunque se ríe conmigo y sigue disfrutando del balanceo de la mecedora, lo que me impresiona no es su risa sino lo que he visto detrás, una especie de vertiginoso abandono, de desesperada alegría.

Sólo más tarde, ya muy entrada la noche, al despertarme de pronto bañado el cuerpo en sudor a causa de alguna pesadilla medio olvidada, he recordado dónde había visto anteriormente aquella expresión.

«¿Qué te parecería Florida, cariño? ¿Y los Everglades? ¿Y los cayos? ¿Qué te parecería Disneylandia, amor mío, o Nueva York o el Gran Cañón o Chinatown o Nuevo México o las Montañas Rocosas?»

Pero Armande no tiene ninguno de los miedos de mi madre,

en ella no se dan aquellas sutiles evasiones ni aquellas luchas con la muerte; no se lanza a locas huidas a lo desconocido en alas de la fantasía. En Armande no hay más que el hambre, el deseo, la conciencia terrible del tiempo.

Me pregunto qué le habrá dicho realmente el médico por la mañana y hasta qué punto Armande lo habrá asimilado. Me quedo largo tiempo despierta haciendo conjeturas y, cuando por fin me duermo, sueño que Armande y yo paseamos juntas por Disneylandia con Reynaud y Caro cogidos de la mano como la Reina Roja y el Conejo Blanco de *Alicia en el País de las Maravillas,* con unos grandes guantes blancos de cartón. Caro llevaba una corona roja en su gigantesca cabeza y Armande un palillo con algodón de azúcar en cada mano.

Desde la distancia me llegaban los ruidos del tráfico de Nueva York, la algarabía de cláxones cada vez más próximos.

—¡Oh, por favor, no se lo coma, es veneno! —graznaba Reynaud con voz estridente, pese a lo cual Armande seguía devorando vorazmente el algodón de azúcar que tenía en las dos manos, la cara reluciente y muy dueña de sí misma. Intento advertirle que se acerca el taxi, pero ella me mira y me dice con la voz de mi madre:

—La vida es un carnaval, *chérie*, cada año muere más gente al cruzar la calle. Es un dato estadístico —y continúa atracándose de aquella manera tan desenfrenada y terrible, mientras Reynaud se volvía hacia mí y me gritaba con una voz que la ausencia de resonancia hacía más amenazadora:

—Usted tiene la culpa, usted y su festival del chocolate, hasta que llegó usted todo funcionaba a las mil maravillas pero ahora se mueren todos, todos se MUEREN, MUEREN, MUEREN...

Tiendo las manos en un gesto protector.

—No es por culpa mía —digo con un hilo de voz—. La culpa es de usted, toda la culpa es suya, usted es el Hombre Negro, usted es... —y después he caído hacia atrás y he atravesado el espejo, mientras las cartas se esparcían en todas direcciones a mi alrededor: nueve de espadas, ¡MUERTE! Tres de espadas, ¡MUERTE! La torre, ¡MUERTE! El carro, ¡MUERTE!

Me he despertado gritando y he visto a Anouk de pie a mi lado, mirándome con rostro preocupado y turbado por el sueño y la angustia.

—*Maman*, ¿qué te pasa?

Me rodea el cuello con sus brazos cálidos. Huele a chocolate y a vainilla y a sueño tranquilo y sosegado.

—Nada. Un sueño. Nada.

Y entona un canturreo con su voz pequeña y suave y justo en ese momento tengo la desconcertante impresión de que el mundo se ha vuelto del revés, de que me he fundido en ella como un nautilo en su propia espiral, de que giro, giro y vuelvo a girar y siento su mano fresca en la frente, su boca sobre mis cabellos.

—¡Fuera, fuera! —murmura ella como una autómata—. Espíritus del mal, fuera de aquí. Ya está, *maman*, todo fuera.

No tengo idea de dónde saca todas estas cosas. Mi madre solía decirlas, pero yo no recuerdo habérselas enseñado. Y sin embargo, las emplea como si de una vieja fórmula familiar se tratase. Me aferro a ella un momento, el amor que me inspira me paraliza.

—Todo irá bien, ¿verdad, Anouk?

—¡Claro! —habla con voz clara y segura, igual que una persona mayor—. ¡Naturalmente que sí! —apoya la cabeza en mi hombro y se acurruca, soñolienta, en el hueco de mis brazos—. Yo también te quiero, *maman*.

Fuera, el alba no es más que un tenue rayo de luna que despunta en el horizonte. Abrazo con fuerza a mi hija mientras ella se desliza de nuevo en el sueño, y sus rizos me cosquillean en la cara. ¿Era esto lo que temía mi madre? Y mientras oigo cantar a los pájaros, tan sólo unos trinos aislados al principio y después todo un coro, me pregunto: ¿era de esto de lo que huía? No huía de su muerte, sino de millares de minúsculas intersecciones de su vida con las vidas de los demás, de conexiones rotas, de vínculos establecidos sin querer, de *responsabilidades*, ¿era de esto? Tantos años huyendo de amores, de amistades, de palabras fortuitas, pero capaces de modificar el curso de toda una vida.

Intento reconstruir el sueño, el rostro de Reynaud —su expresión perdida de desaliento: «hago tarde, hago tarde»—, huyendo también él de un destino inimaginable o abocándose a él y en el que yo no soy más que una parte inconsciente. Pero el sueño se ha fragmentado y los trozos se han desperdigado como naipes arrastrados por un vendaval. Me es difícil recordar si el Hombre Negro persigue o si le persiguen. Me es difícil saber incluso si es el Hombre Negro. Reaparece, en cambio, la cara del Conejo Blanco, como la de un niño asustado que va montado en una noria, desesperado por escapar.

—¿Quién marca el cambio?

En medio de mi confusión me figuro por un momento que es la voz de otra persona; y entonces me doy cuenta de que soy yo, que he hablado en voz alta. Pero cuando vuelvo a deslizarme hacia el sueño estoy casi segura de oír la réplica de otra voz, una voz que suena un poco como la de Armande y otro poco como la de mi madre.

«Lo marcas tú, Vianne —dice en voz muy baja—. Lo marcas tú.»

Martes, 4 de marzo

Los primeros verdores del maíz en primavera tiñen la tierra de una tonalidad más dulce que aquella a la que usted y yo estamos acostumbrados. Vista a distancia parece lujuriante, unos abejorros tempranos puntúan el aire sobre el oleaje de los tallos y prestan a los campos un aspecto somnoliento. Pero sabemos que en el término de dos meses el sol quemará los rastrojos, la tierra quedará desnuda y se agrietará, convertida en una corteza roja, casi vítrea, a través de la cual hasta los cardos se resisten a crecer. Un viento cálido barre lo que queda del campo, trayendo consigo sequía y, como una estela, una quietud hedionda propicia a la enfermedad. Me acuerdo del verano del setenta y cinco, *mon père*, aquel calor abrasador y el cielo cálido y blancuzco. Aquel verano tuvimos una plaga tras otra. Primero fueron los gitanos del río, reptando por la poca agua que quedaba con sus nauseabundas barracas flotantes, varados en los bajíos resecos de Les Marauds. Después la enfermedad, que se ensañó primero con sus animales y después con los nuestros, una especie de locura, los ojos, que se ponen en blanco, las débiles convulsiones de las patas, el abotagamiento del cuerpo pese a que se negaban a beber y, finalmente, sudores, tiritonas y la muerte en medio de bandadas de moscas negras y moradas. ¡Santo Dios!, el aire invadido de moscas, sazonado y dulzón como zumo de fruta podrida. ¿Lo recuerda? El aire era tan cálido que los animales salvajes, presa de la desesperación, abandonaban los resecos *marjales* para correr hacia el río. Zorros, turones, comadrejas, perros... muchos estaban rabiosos y dejaban su hábitat natural empujados por el hambre y la sequía. Nosotros les disparábamos al verlos avanzar vacilantes junto a la orilla del río, les disparábamos o los matábamos a pedradas. Los niños también apedreaban a los gitanos, pero ellos se sentían tan presos y desesperados como sus animales, y seguían viniendo. El aire se había vuelto azul debido a la gran cantidad de moscas y al hedor de todo lo que quemaban tratando de poner coto a la enfermedad. Los que sucumbieron primero fueron los caballos, a continuación siguieron las vacas, los bueyes, las cabras y los perros. Nosotros los mantuvimos a raya y nos negamos a venderles comida, a darles agua, les negamos medicamentos. Varados en los llanos del menguante Tannes, bebían cerveza embotellada y agua del río. Recuerdo que por la noche yo los espiaba desde Les Marauds, figuras silenciosas y encorvadas junto a las hogueras, y a través de las aguas oscuras llegaban hasta mí unos sollozos (¿una mujer, un niño?).

Algunas personas, las débiles —entre ellas Narcisse—, empezaron a hablar de caridad. De piedad. Pero usted se mantuvo firme. Usted sabía qué había que hacer.

En la misa usted leyó en voz alta los nombres de los que se negaban a cooperar. Muscat —el viejo Muscat, padre de Paul— les impidió la entrada al bar hasta que entraran en razón. Por la noche estallaron luchas entre los gitanos y la gente del pueblo. Se profanó la iglesia. Pero usted se mantuvo firme.

Un día vimos que trataban de arrastrar sus barcas a través de los bajíos en dirección al río abierto. El barro aún estaba blando y en algunos lugares los gitanos tenían que abrirse paso con las piernas hundidas hasta el muslo, luchando por encontrar puntos de apoyo entre las piedras cubiertas de légamo. Algunos tiraban de las cuerdas que habían atado a sus barcas, otros empujaban desde atrás. Al ver que los observábamos, hubo quien nos lanzó maldiciones con voz áspera y bronca. Pero aún tuvieron que pasar otras dos semanas antes de que se fueran por fin y dejaran atrás sus barcazas destruidas. Usted, *mon père*, dijo que había sido una hoguera que el borracho y la arpía que lo acompañaba habían dejado mal apagada. Las llamas se propagaron debido a la sequedad y electricidad del aire, hasta que el río entero pareció llenarse de fuego. Fue un accidente.

Hubo quien dijo cosas, siempre lo hay. Dijeron que usted los había alentado con sus sermones, que había hecho una seña al viejo Muscat y a su hijo, que siempre están en el lugar adecuado para verlo y oírlo todo pero que, precisamente, aquella noche no vieron ni oyeron nada. Pero lo que más se notó fue una sensación de alivio. Y cuando en invierno volvió a llover y el Tannes creció de nuevo, hasta los viejos cascos de las barcas quedaron cubiertos.

Esta mañana he vuelto por allí, *père*. El lugar me tiene fascinado. Apenas ha cambiado desde hace veinte años, hay una extraña quietud en el lugar, un ambiente de expectación. A mi paso hay cortinas que se corren de pronto ante ventanas mugrientas. A través de los espacios tranquilos oigo resonar risas bajas e insistentes. ¿Seré bastante fuerte, *père*? ¿Caeré pese a todas mis buenas intenciones?

Tres semanas. Ya he pasado tres semanas en el desierto. Debería de haberme purificado ya de incertidumbres y debilidades. Pero subsiste el miedo. Anoche soñé con ella. ¡Oh, no fue un sueño voluptuoso, sino un sueño que encerraba una incomprensible amenaza! Lo que más me desconcierta, *père*, es esa sensación de desorden que ella nos ha traído. Ese salvajismo.

Joline Drou me dice que la hija es tan mala como la madre. Corre como una salvaje por Les Marauds, habla de rituales y supersticiones. Me ha dicho Joline que esa niña no ha pisado nunca la iglesia, que no le han enseñado a rezar. Cuando ella le habla de la Pascua y de la Resurrección, la niña le suelta todo un fárrago de insensateces paganas. ¿Y ese festival? En todos los escaparates hay un letrero anunciándolo. Los niños están entusiasmados.

—Déjelos, *père*, sólo se es joven una vez —dice Georges Clairmont pecando de indulgencia mientras su mujer me mira con aire socarrón por debajo de sus cejas depiladas.

—Bueno, la verdad es que no veo qué daño puede hacer con esto —dice con una sonrisa tonta, lo que me hace sospechar que a su hijo le interesa el acontecimiento—. Además, cualquier cosa que consolide el mensaje de la Pascua...

No intento siquiera que lo entiendan. Impedir una fiesta infantil es arriesgarse a caer en el ridículo. Ya han oído a Narcisse referirse a mi *brigade antichocolat* entre implacables cuchufletas. Pero me duele. Me duele que haya quien se sirve de una festividad eclesiástica para minar la propia Iglesia, para socavarme a mí... Yo ya he puesto en peligro mi dignidad. No me atrevo a ir más lejos. Y cada día que pasa el influjo de esa mujer va en aumento. En parte es a causa del propio establecimiento. Esa tienda medio bar medio pastelería crea un ambiente de intimidad, propicia la confidencia. A los niños les encanta comprar golosinas de chocolate a precio asequible. Y a las personas mayores les gusta ese ambiente que encierra una sutil rebeldía, ese ambiente de secretos dichos a media voz, de agravios divulgados. Ya hay varias familias que han empezado a encargar pasteles de chocolate como postre dominical habitual. Las veo salir del establecimiento después de la misa y emprender el camino de sus casas con encintados paquetes. En su vida habían comido tanto chocolate los habitantes de Lansquenet-sur-Tannes. Sin ir más lejos, Toinette Arnauld estaba ayer comiendo, ¡comiendo!, en el confesionario. Noté el dulzor del chocolate en su aliento, aunque tuve que fingir que no me daba cuenta.

—Perdóneme, *mon père*, porque he pecado.

Oía perfectamente cómo masticaba, oía esos sonidos que se le escapaban de la boca al chupar la golosina y oprimirla contra los dientes. Yo lo escuchaba todo con rabia creciente mientras ella iba desgranando toda una retahíla de faltas nimias que ni siquiera oía, en tanto que el olor del chocolate se hacía cada vez más penetrante a medida que transcurrían los segundos. Hasta en la voz se le notaba que comía y yo noté que, por afinidad, se me hacía la boca agua. Al final, no pude aguantarlo.

—¿Está comiendo? —la interpelé.

—No, *père* —me respondió casi indignada—. ¿Comiendo? ¿Por qué iba a comer?

—Estoy seguro de que la oigo comer —no me molesté siquiera en bajar la voz, me incorporé en la oscuridad del confesionario agarrándome al borde del listón—. ¿Me toma por idiota? —volví a oír cómo chupaba, ese ruido de la saliva oprimida por la lengua, y sentí que se me encendía la sangre—. La oigo, *madame* —le dije con aspereza—. ¿O se imagina que es usted inaudible además de invisible?

—*Mon père*, le aseguro que...

—¡Cállese usted, *madame* Arnauld, antes de persistir en el perjurio! —rugí.

De pronto se esfumó el olor a chocolate, se acabaron los lengüetazos, sólo se oía un jadeo indignado, preñado de lágrimas, y después un ruido de pasos, como si el pánico la llevara a huir del confesionario y, finalmente, el repiqueteo de los tacones altos en las tablas del suelo al echar a correr.

Ya solo en el confesionario, intenté captar de nuevo aquel aroma, aquellos ruidos, confirmar la certidumbre que había tenido, lo apropiado de mi indignación y de mi enfado. Pero a medida que iba envolviéndome la oscuridad y con ella el perfume del incienso y del humo de los cirios sin que pudiera detectar en él ni el más mínimo rastro de olor a chocolate, sentí que vacilaba, que me asaltaba la duda. Y de pronto me pareció que todo aquello era tan absurdo que sentí que el cuerpo se me vencía con un paroxismo de risa tan inaudita como alarmante. Me quedé temblando, empapado en sudor y con el estómago revuelto. La súbita idea de que ella era la única persona capaz de apreciar plenamente lo humorístico de la situación bastó para provocarme otra convulsión, por lo que me vi obligado a interrumpir las confesiones alegando una ligera *malaise*.

Me encaminé con paso vacilante a la sacristía y sorprendí varias miradas que me observaban con curiosidad. Debo andarme con más cuidado. En Lansquenet la gente es muy cotilla.

Desde entonces las cosas han vuelto a su cauce. He atribuido esa explosión mía en el confesionario a una crisis pasajera de fiebre que debió de sobrevenirme durante la noche. Por supuesto que el incidente no se ha repetido. A modo de precaución he reducido aún más la cena a fin de evitar trastornos digestivos que podrían ser los responsables de aquel estado. Pese a todo, noto una sensación de inseguridad, de expectación casi, a mi alrededor. El viento ha enloquecido a la chiquillería. Los veo correr por la plaza con los brazos extendidos, gritándose los unos a los otros como si fueran pájaros. También las personas mayores parecen volar y se desplazan de aquí para allá con movimientos inestables. Las mujeres hablan a voz en grito y se quedan calladas bruscamente cuando yo me acerco. Unas están al borde del llanto, otras se muestran agresivas. Esta mañana he hablado con Joséphine Muscat. Estaba sentada fuera del Café de la République y la mujer, pese a ser habitualmente tan apagada y dada a responder con monosílabos, me ha escupido todo su odio en respuesta, echando chispas por los ojos y con la voz temblándole de furia.

—No me diga nada —me ha dicho con voz sibilante—. ¿Todavía no ha hecho bastante?

He conservado la dignidad y no me he dignado contestar por miedo a dejarme arrastrar a una sarta de improperios. Pero ella ha cambiado y se ha puesto más dura si cabe, y la expresión pacífica de su cara se ha visto desplazada por un odio implacable. Una conversa más que se ha pasado al bando enemigo.

¿Por qué no se dan cuenta, *mon père*? ¿Por qué no ven lo que hace esta mujer con nosotros? Está destruyendo nuestro espíritu comunitario, nuestra voluntad de seguir adelante. Juega con lo peor y lo más débil que encierra el corazón humano. Se procura un afecto, una fidelidad que —¡Dios sea loado!— soy tan débil que yo anhelaría para mí. Preconiza un trasunto de buena voluntad, de tolerancia, de piedad para los pobres desamparados del río, mientras la corrupción sigue proliferando y enraizándose cada vez más. El demonio no se abre camino a través del mal sino a través de la debilidad, *père*. Usted lo sabe mejor que nadie. Sin la fuerza y la pureza de nuestras convicciones, ¿dónde estaríamos? ¿Hasta qué punto estamos seguros? ¿Cuánto tardará en afectar la epidemia incluso a la Iglesia? Hemos visto con qué rapidez se ha extendido la podredumbre. Pronto se harán campañas a favor de «los servicios no reconocidos, para abarcar sistemas de fe alternativos», se abolirá lo confesional como algo «innecesariamente punitivo», se celebrará el «yo interior» y, antes de que tengan tiempo de advertirlo, sus actitudes falsamente progresistas, falsamente liberales e inocuas ya habrán sentado sus reales de forma segura e irrevocable en ese camino tan bien intencionado que lleva directamente al infierno.

¿No lo encuentra irónico? No hace una semana siquiera que hasta yo me cuestioné mi propia fe. Me sentía demasiado absorto en mí para descubrir los signos. Me sentía demasiado débil para representar el papel que me corresponde. La Biblia, sin embargo, nos dice con absoluta claridad qué debemos hacer. El trigo y la cizaña no pueden crecer juntos. Todos los jardineros lo saben.

21

Luc ha venido otra vez a charlar con Armande. Ahora parece más seguro, aunque sigue tartamudeando, y se siente lo bastante relajado para hacer ocasionalmente alguna broma discreta, de la que él mismo se ríe con ligera sorpresa, como si el papel de humorista fuera algo nuevo para él. Armande estaba en excelente forma y había sustituido el sombrero de paja negra que llevaba la última vez por un pañuelo de moaré de seda. Tenía las mejillas sonrosadas como una manzana, aunque sospecho que esto, al igual que el insólito color encendido de sus labios, obedece más a artificio que a un especial estado de buen humor. Es curioso que en un período de tiempo tan breve ella y su nieto hayan descubierto que tienen más cosas en común de las que suponían. Liberados de la presencia inhibidora de Caro, parecen estar muy a gusto el uno en compañía del otro. Cuesta creer que hasta la semana pasada eran dos personas que apenas si se saludaban con una inclinación de cabeza. Ahora en ellos hay una intensidad, una mesura, como una sugestión de intimidad. Política, música, ajedrez, religión, rugby, poesía... arremeten con un tema y saltan de uno a otro, como los buenos catadores cuando se encuentran delante de un bufet bien provisto y no quieren perderse ningún manjar. Armande concentra en él toda su afabilidad, cuya intensidad tiene la potencia del láser, vulgar en ocasiones, erudita otras, simpática, *gamine*, solemne, prudente.

No cabe duda al respecto: esto se llama seducción.

Esta vez fue Armande quien le tuvo que advertir de la hora.

—Se está haciendo tarde, chico —le dijo bruscamente—. Es hora de volver a casa.

Luc se calló a media frase, curiosamente contrariado.

—No... no me había dado cuenta de que fuera tan tarde —se quedó en silencio un poco azorado, como si se resistiera a marcharse—. Sí, tengo que volver a casa —dijo sin ningún entusiasmo—. Como llegue tarde, mi ma-madre se pondrá hecha una fu-furia. Seguro. Ya sabes có-cómo es.

Armande, prudente, se abstuvo de hacer peligrar la fidelidad del niño a su madre y redujo a un mínimo los comentarios negativos sobre ella. Ante aquella crítica implícita, se permitió sólo una de sus maliciosas sonrisas.

—Oye, Luc —le dijo—. ¿No tienes a veces ganas de rebelarte... aunque sólo sea un poquito? —y en los ojos de Armande parecía bailar una sonrisa—. A tu edad tendrías que rebelarte... dejarte el pelo largo y escuchar música rock, perseguir a las chicas, ese tipo de cosas. Si no lo haces ahora lo pagarás cuando llegues a los ochenta.

Luc negó con la cabeza.

—Es demasiado arriesgado —se limitó a decir—. Prefiero vi-vivir.

Armande se rió complacida.

—¿Nos vemos la semana que viene, entonces? —esta vez fue Luc quien le rozó la mejilla con los labios—. ¿El mismo día?

—Sí, supongo que podré —sonrió Armande—. Mañana por la noche tengo una fiesta de inauguración —dijo de pronto—. Es para dar las gracias a todos los que han colaborado en la reparación del tejado. Tú también puedes venir, si quieres.

Luc se quedó dudando un momento.

—Siempre que Caro no se oponga, claro... —dejó la frase en suspenso y lo miró fijamente con los ojos brillantes y con un cierto desafío.

—Seguramente se me ocu-ocurrirá alguna excusa —dijo Luc, como si cobrara fuerzas ante la expresión complacida de Armande—. Puede ser di-divertido.

—¡Claro que será divertido! —dijo Armande con viveza—. Vendrá todo el mundo. Salvo Reynaud, por supuesto, y sus fans bíblicas —y al decirlo dirigió a Luc una sonrisa taimada—, lo que en mi escala de valores no deja de ser una ventaja.

En la expresión de Luc apareció una sombra de remordimiento, pero se le escapó una sonrisa.

—Sus fans bí-bíblicas —repitió—. *Mémée*, esto tiene mu-mucha gracia.

—Yo siempre tengo gracia —le replicó Armande con aire de dignidad.

—Veré si pue-puedo.

Armande se disponía a apurar lo que estaba tomando y yo a cerrar la tienda cuando ha entrado Guillaume. Apenas lo había visto en toda la semana y he observado que estaba ojeroso y pálido y que, debajo del ala de su sombrero de fieltro, sus ojos se veían tristes. Siempre tan cumplido, nos ha saludado con la grave cortesía que le es habitual, pero me he dado cuenta de que estaba preocupado. La ropa le colgaba a plomo de los hombros vencidos, como si debajo de la ropa no hubiera cuerpo alguno. En sus rasgos contraídos destacaban sus ojos y su mirada angustiada. Parecía un monje capuchino. No lo acompañaba *Charly*, aunque me he fijado que llevaba la traílla del perro arrollada en torno a la muñeca. Anouk lo miraba llena de curiosidad desde la cocina.

—Sé que va a cerrar —me dijo Guillaume con voz cortante y precisa, como una de esas novias de guerra de alguna de sus películas británicas favoritas—. No la retendré mucho rato.

Le he servido media taza de mi *chocolat espresso* fuerte y le he puesto al lado un par de sus florentinas favoritas. Anouk, encaramada en un taburete, las miraba con envidia.

—No tengo prisa —le respondí.

—Ni yo —declaró Armande con esa forma de expresarse tan suya—, pero si lo prefiere me voy...

Guillaume ha movido negativamente la cabeza.

—No, ni hablar —y acompañó las palabras con una sonrisa discreta—. El asunto no tiene gran importancia.

He esperado a que se explicase, aunque ya sabía a medias lo que quería decirme. Guillaume cogió una florentina y la mordió como un autómata, poniendo la mano debajo para recoger las migajas.

—Acabo de enterrar a *Charly* —dijo con voz quebrada—. Debajo de un rosal en el pedazo de jardín de mi casa. A él le habría gustado el sitio.

He asentido con un gesto.

—De eso estoy segura.

Podía oler ahora su pena, un aroma ácido de tierra y de moho. Tenía barro en las uñas de la mano que sostenía la florentina. Anouk lo observaba con aire solemne.

—¡Pobre *Charly*! —ha dicho.

No parecía que Guillaume la hubiera oído.

—Últimamente tenía que llevarlo en brazos —continuó—. No podía andar y, cuando lo cogía, no paraba de quejarse. Anoche no paró un momento de lamentarse. Me he pasado toda la noche con él, pero sabía lo que pasaría —casi parecía pedir perdón por no saber articular con palabras aquel dolor tan complejo que sentía—. Sé que es una tontería, no era más que un perro, como dijo el *curé*. Es una estupidez armar tanto alboroto por algo tan insignificante.

—En absoluto —lo interrumpió Armande de pronto—. Un amigo es un amigo. Y *Charly* lo era, y de los buenos. No vaya a figurarse que Reynaud sea capaz de entenderlo.

Guillaume le dirigió una mirada agradecida.

—Es usted muy amable —se volvió hacia mí—. Y también usted, *madame* Rocher. Usted ya quiso prepararme la semana pasada, pero entonces yo no estaba para nada. Seguramente me figuraba que, si pasaba por alto todos los signos, conseguiría que *Charly* viviera indefinidamente.

Armande lo observaba con una extraña expresión en sus ojos negros.

—A veces la supervivencia es la peor alternativa —observó con voz suave.

Guillaume asintió.

—Habría debido solucionarlo antes —dijo—. Dejarle un poco de dignidad —y esbozó una sonrisa dolida y desnuda—. Así, por lo menos, nos habríamos ahorrado esa noche.

No he sabido qué decirle. No creo tampoco que necesitara que le dijera nada. Lo único que quería era hablar. He evitado, pues, las frases consabidas y no he dicho nada. Guillaume terminó su florentina y me dirigió otra de sus sonrisas lánguidas y desgarradoras.

—Es terrible —dijo—, pero tengo un apetito tremendo. Como si hiciera un mes que no como. Acabo de enterrar a mi perro y me comería... —se calló sumido en la confusión—. Pero siento que esto no está bien. Es como comer carne en Viernes Santo.

A Armande se le escapó una carcajada y puso una mano en el hombro de Guillaume. A su lado se veía muy sólida, muy capaz.

—Mire usted, véngase conmigo —le ordenó—. En casa tengo pan y *rillettes* y un *camembert* estupendo y listo para comer. Ah, oiga, Vianne... —se volvió hacia mí con gesto imperioso—. Me llevaré una caja de esas cosas de chocolate. ¿Cómo se llaman? ¿Florentinas? Una caja de las grandes.

Al menos eso sí que puedo dárselo. Un consuelo bien pequeño para un hombre que acaba de perder a su mejor amigo. Secretamente, con la yema del dedo, tracé un pequeño signo en la tapadera de la caja para darle suerte y protección.

Guillaume protestó, pero Armande lo interrumpió.

—¡Paparruchas! —no había manera de contradecirla, su energía se comunicaba a aquel hombrecillo macilento a pesar de sí mismo—. ¿Qué hará, entonces? ¿Quedarse sentado en casa pensando en lo desgraciado que es? —movió la cabeza con energía—. ¡Ni hablar! Hace mucho tiempo que no invito a ningún caballero a mi casa. Y me gusta la idea. Además —añadió con aire reflexivo—, tengo que hablar con usted de una cosa.

Armande se salió con la suya. Se ha apuntado una victoria. Mientras envolvía la caja de florentinas y remataba el paquete con unas largas cintas de plata los miré a los dos. Guillaume ya había empezado a responder a su calor, confundido pero agradecido.

—*Madame* Voizin...

Ella responde con firmeza:

—Armande. Eso de *madame* me hace sentir muy vieja.

—Armande, pues.

Es una pequeña victoria.

—Y quítese esto también —con suavidad desenrolla la traílla del perro de la muñeca de Guillaume. Aunque le muestra una gran cordialidad, su actitud no es protectora—. No sirve de nada llevar lastre. No cambia nada.

Los observo mientras Armande conduce a Guillaume a través de la puerta. A medio camino, Armande se para y me hace un guiño. Súbitamente me siento inundada por una oleada de cariño que los envuelve a los dos.

Y después ya viene la noche.

Horas más tarde, en nuestras camas respectivas, mientras contemplo el lento rodar del cielo a través de la ventana de nuestra buhardilla, Anouk y yo seguimos despiertas. Anouk está muy solemne desde la visita de Guillaume y no da muestras de su exuberancia habitual. Ha dejado abierta la puerta entre nuestras dos habitaciones y yo espero, llena de miedo, la pregunta inevitable. Muchas veces hube de hacérmela en las noches que siguieron a la muerte de mi madre y no por ello conozco mejor la respuesta. Pero la pregunta no surge. En lugar de ello, cuando hace ya rato que la creo dormida, se me cuela en la cama y encierra su mano fría en la mía.

—¿*Maman?* —sabe que estoy despierta—. Tú no te morirás, ¿verdad?

Suelto por lo bajo una risita en medio de la oscuridad.

—Esto es algo que nadie puede prometer —le digo suavemente.

—Pero tardarás mucho, ¿verdad? —insiste—. Tardarás años y años.

—Eso espero.

—¡Ah! —mientras digiere la respuesta revuelve su cuerpo con delectación y lo encaja en la curva del mío—. Nosotros vivimos más que los perros, ¿verdad?

Le digo que sí. Otro silencio.

—¿Dónde crees que está *Charly* ahora, *maman*?

Podría decirle mentiras, mentiras que le sirvieran de consuelo. Pero no puedo.

—No lo sé, Nanou. A mí me gusta pensar... que empezamos de nuevo. En un cuerpo nuevo que no es viejo ni está enfermo. O quizás en un pájaro o en un árbol. Pero en realidad no lo sabe nadie.

—¡Oh! —la vocecita titubea—. ¿Los perros también?

—No veo por qué ha de ser diferente en su caso.

Es una fantasía que me gusta. A veces me dejo atrapar en ella, como una niña en sus propias invenciones, entonces veo el rostro de mi madre, vivo de nuevo, en el de mi pequeña desconocida... Y de pronto me suelta:

—Pues tenemos que buscar al perro de Guillaume. Podríamos empezar mañana. ¿No crees que a él le gustaría?

Intento explicarle que no es tan fácil como cree, pero ella está decidida.

—Podríamos ir a todas las granjas y preguntar si hay alguna perra que haya tenido cachorros. ¿Crees que reconoceríamos a *Charly*?

Suspiro. A estas alturas ya tendría que estar acostumbrada a este trayecto tortuoso. Su convencimiento me trae el recuerdo de mi madre con una fuerza tal que me siento al borde del llanto.

—No lo sé.

Y con fuerte empecinamiento continúa:

—*Pantoufle* lo reconocería.

—Ve a dormir, Anouk, mañana tienes que ir a la escuela.

—Él lo reconocería. Lo sé. *Pantoufle* lo ve todo.

—Ssssss.

Por fin la oigo respirar lentamente. Tiene la cara sumida en el sueño, vuelta hacia la ventana, y veo brillar la luz de las estrellas en sus pestañas húmedas. Si estuviera segura, sólo por ella... Pero no hay nada seguro. La magia en la que creía mi madre de una manera tan tácita tampoco sirvió para salvarla; todo lo que hicimos juntas podría explicarse atribuyéndolo al simple azar. Me digo que no hay nada más fácil: los naipes, los cirios, el incienso, los encantamientos no son otra cosa que un juego de niños para mantener alejada la oscuridad. Lo que más me hiere es que Anouk tenga una desilusión. Su rostro, mientras duerme, es sereno y confiado. Ya nos veo mañana metidas en la descabellada empresa de inspeccionar cachorros recién nacidos, y de mi corazón se levanta un clamor de protesta. No habría debido decirle lo que yo podría comprobar...

Con mucho cuidado para no despertarla, me deslizo fuera de la cama. Las tablas son lisas y frías debajo de mis pies desnudos. La puerta cruje un poco cuando la abro pero, pese a que murmura unas palabras en sueños, Anouk no se despierta. Me digo que tengo una responsabilidad. Sin querer, he hecho una promesa.

Las cosas de mi madre siguen guardadas en aquella caja suya, entre madera de sándalo y espliego. Sus cartas, sus hierbas, sus libros, sus óleos, la tinta perfumada que usaba para ver el futuro, sus hechizos, sus encantamientos, sus cristales, sus cirios de diferentes colores. A no ser por los cirios, apenas abriría la caja. Huele demasiado a esperanzas rotas. Pero aunque sólo sea por Anouk, esa Anouk que tanto me la recuerda, creo que debo probar. Me siento un poco ridícula. Tendría que dormir, recuperar fuerzas para el atareado día que mañana me espera. Pero me atormenta la cara de Guillaume. Las palabras de Anouk me impiden dormir. Me digo con desesperación que este tipo de cosas comportan peligros, que si pongo en juego estas facultades casi olvidadas lo que hago es potenciar esa otra mujer que hay en mí y hacer más difícil que nos quedemos aquí...

El hábito del ritual, abandonado desde hace tanto tiempo, vuelve a mí con inesperada facilidad. Trazar un círculo —agua en un vaso, sal en un plato, colocar una candela encendida en el suelo— es casi un consuelo, un retorno a los tiempos en que todo tenía una explicación sencilla. Me siento en el suelo con las piernas cruzadas, cierro los ojos, dejo que la respiración se me vaya aquietando.

Mi madre era dada a rituales y encantamientos. Yo menos. Con una risita ahogada, me decía que yo era una persona inhibida. Ahora, con los ojos cerrados y con su perfume en el polvo que ha quedado adherido a mis dedos, me siento muy próxima a ella. Tal vez ésta sea la razón de que esta noche lo encuentre todo tan fácil. La gente que no sabe nada de la magia auténtica se imagina que se trata de un proceso aparatoso. Imagino que quizá por eso mi madre, que era una enamorada de todo lo teatral, la convertía en espectáculo. Sin embargo, el asunto en sí no tiene nada de espectacular; se trata, simplemente, de centrar la mente en un objetivo deseado. Los milagros no existen, ni tampoco las apariciones súbitas. Veo claramente al perro de Guillaume con los ojos de la mente, envuelto por el dorado resplandor de la bienvenida, pero en el círculo no aparece ningún perro. Tal vez surja una coincidencia parecida mañana o pasado mañana, algo así como la silla de color naranja o los taburetes rojos del mostrador que imaginamos el primer día. Tal vez no surja nada.

Al echar una ojeada al reloj que he dejado en el suelo veo que son aproximadamente las tres y media. Debo de llevar aquí más tiempo del que suponía, ya que la vela está muy corta y tengo los miembros tiesos y ateridos. La inquietud, sin embargo, se ha desvanecido, lo que me ha dejado curiosamente distendida, satisfecha aunque no haya ninguna razón que lo justifique.

Vuelvo a la cama —Anouk ha ampliado su imperio y ahora tiende los brazos sobre las almohadas— y yo me acurruco buscando calor. Esta exigente desconocida se ha tranquilizado. Mientras me hundo suavemente en el sueño creo distinguir por un momento la voz de mi madre muy cerca de mí, hablándome en un murmullo.

22

Viernes, 7 de marzo

Los gitanos se van. Esta mañana temprano he pasado por Les Marauds y he visto que habían empezado a hacer los preparativos, amontonando los botes que utilizan para pescar y retirando esas interminables cuerdas en las que ponen la colada a secar. Algunos se fueron anoche, en plena oscuridad —oí el sonido de sus silbatos y de sus cuernos, a manera de desafío final—, como si esperasen las primeras luces por razones supersticiosas. Eran poco más de las siete cuando pasé. A la pálida luz entre verdosa y grisácea del alba parecían refugiados de guerra, con sus caras pálidas, atando con gesto avieso los últimos restos de su epopeya flotante y liando los fardos. Lo que anoche era deslumbrante, mágico y rutilante hoy es sórdido, está desprovisto de encanto. En la neblina flota un olor a quemado y a petróleo. Restallar de lonas, petardeo de motores al alba. Son pocos los que se molestan en mirarme, ocupados en sus asuntos con la boca apretada y los ojos fruncidos. Nadie dice nada. Entre los rezagados no veo a Roux. Tal vez se haya marchado con los que han abierto la marcha. En el río quedan todavía unas treinta barcas, la proa hundida por el peso de las mercancías acumuladas. Zézette, esa chica, va de un lado a otro a lo largo del casco de la embarcación embarrancada, dedicada a trasladar a su barca piezas ennegrecidas e imposibles de identificar. Un cajón lleno de pollos se mantiene en equilibrio inestable sobre un colchón carbonizado y una caja llena de periódicos. Me dirige una mirada de odio, pero no me dice nada.

No vaya a figurarse que esta gente no me inspira ningún sentimiento. No les tengo ningún rencor personal, *mon père*, pero tengo que pensar en mi congregación. No puedo perder tiempo predicando a gente desconocida que no me lo ha pedido, total para que se burlen de mí y me insulten. Sin embargo, no es que yo sea una persona inaccesible. Si su contrición fuera sincera, todos tendrían cabida en mi iglesia. Si necesitan orientación, saben que pueden contar conmigo.

Anoche dormí mal. Desde el principio de la Cuaresma paso las noches muy inquieto. A menudo tengo que levantarme de la cama a hora muy temprana con la esperanza de encontrar el sueño en las páginas de un libro o en las calles oscuras y silenciosas de Lansquenet o hasta en las orillas del Tannes. Anoche me sentí más inquieto que de costumbre y, sabiendo que no conseguiría conciliar el sueño, abandoné la casa a las once para dar un paseo de una hora junto a la orilla del río. Rodeé Les Marauds y del campamento de los gitanos, atravesé los campos y seguí río arriba, aunque desde atrás me llegaban claramente los sonidos de su actividad. Al volverme para echar una mirada río abajo vi las hogueras encendidas en la orilla y las figuras de gente que bailaba recortadas en el resplandor anaranjado del fuego. Miré mi reloj y vi que había caminado casi una hora y me di la vuelta para volver sobre mis pasos. No me había propuesto inicialmente atravesar Les Marauds pero, de haber optado por cruzar los campos, el camino para dirigirme a casa se habría alargado media hora más y la fatiga me hacía sentir torpe y me confundía. Pero lo peor era que el aire frío unido a la falta de sueño me había espoleado el hambre y yo sabía de antemano que la ligera colación de pan y café que tomaba por las mañanas no lo saciaría. Esa fue la razón por la que me dirigí a Les Marauds, *père*, pese a que las gruesas botas se me hundían en el barro de la orilla y el resplandor de sus fogatas hacía refulgir mi aliento. No tardé en encontrarme lo bastante cerca para cerciorarme de lo que ocurría. Estaban celebrando una fiesta. Vi farolillos, cirios hincados en los costados de las barcas, todo infundía a la escena carnavalesca un aire extrañamente religioso. Flotaba en el aire el olor a humo de leña y otro aroma exasperante que igual podía ser de sardinas asadas, que se sobreponían a ese perfume amargo e intenso del chocolate de Vianne Rocher. Habría debido suponer que también ella estaría presente. De no ser por ella, haría tiempo que los gitanos se habrían marchado. La descubrí en el embarcadero que hay junto a la casa de Armande Voizin. Entre las llamas, su largo abrigo rojo y su cabello suelto le daban un aspecto curiosamente pagano. Se volvió hacia mí un momento y vi el resplandor de un fuego azulado levantarse de sus manos extendidas, algo que se quemaba entre sus dedos y que iluminaba con un reflejo purpúreo los rostros de las personas que la rodeaban...

Me quedé un momento helado de terror. Un sinfín de ideas irracionales —sacrificios arcanos, el culto al demonio, ofrecimientos de seres vivos y quemados a algún dios antiguo y salvaje— aletearon en mi mente y me indujeron a huir corriendo, trabados mis pasos por el espesor del fango, tendidas las manos para no caer en la maraña de endrinos detrás de los que procuraba esconderme. Después, sensación de alivio. Alivio, reconocimiento y un reconcomio, una desorientación al ver lo absurdo de mis pensamientos cuando ella se volvió hacia mí y vi que las llamas se apagaban mientras la observaba.

—¡Madre de Dios!

La intensidad de la reacción hizo que me flaquearan las rodillas.

—¡Tortas! ¡Tortas flambeadas! Sólo eso.

Me puse a reír a medias, en un arrebato de histeria. Noté un dolor en el estómago y hundí los puños en la barriga para sofocar la risa. Vi que flambeaba otra montaña de tortas y que las sacaba con destreza de la sartén mientras la llama líquida corría de un plato a otro como un fuego de Santelmo.

Tortas.

Esto es lo que han hecho conmigo, *père*. Oigo cosas, veo cosas que no existen. Esto es lo que ella ha hecho conmigo, ella y sus amigos del río. ¡Y eso con el aire inocente que tiene! Tiene una expresión abierta, satisfecha. El sonido de su voz que me llegaba a través del agua, su risa mezclada con la de los demás, me atrae, está llena de vida y de afecto. Me pregunto cómo sonaría mi voz entre las suyas, mi risa mezclada con la de ella. La noche se ha vuelto de pronto muy solitaria, muy fría, muy vacía.

Si pudiera... pensé. Si pudiera salir de mi escondrijo y unirme a ellos. Comer, beber... De pronto la comida, al pensar en ella, se convirtió en un imperativo delirante que me llenó la boca de avidez. Atiborrarme de esas tortas, calentarme junto al brasero y a la luz de su piel dorada...

¿Es eso tentación, *père?* Me digo que he sabido resistirme, que mi fuerza interior la ha vencido, que mi oración —por favor oh por favor oh por favor oh por favor— fue de redención, no de deseo.

¿También usted sintió esto alguna vez? ¿Rezó acaso entonces? Y cuando sucumbió aquel día en la cancillería, ¿el placer fue tan vivo y tan cálido como las hogueras de los gitanos o fue un sollozo entrecortado de agotamiento, un grito final y mudo en la oscuridad?

No habría debido echarle la culpa. Un hombre —aunque sea sacerdote— no siempre puede resistirse a la marea. Yo era demasiado joven para conocer la soledad de la tentación, el sabor amargo del deseo. Yo era muy joven, *père*, yo me miraba en usted. Fue menos la naturaleza del acto en sí —y hasta la persona con quien lo cometió— que el simple hecho de que usted fuera capaz de pecar. Incluso usted, *père.* Y cuando me percaté de esta realidad, vi que ya no había nada seguro. Ni nadie. Ni siquiera yo.

No sé cuánto tiempo los estuve atisbando, *père.* Demasiado seguramente, porque cuando por fin me moví no me notaba las manos ni los pies. Vi a Roux entre ellos, y también a sus amigos: Blanche y Zézette, Armande Voizin, Luc Clairmont, Narcisse, el árabe, Guillaume Duplessis, la muchacha tatuada, la mujer gorda con el pañuelo verde atado a la cabeza. Y a los niños, la mayoría hijos de la gente del río, pero también había otros, como Jeannot Drou y, por supuesto, Anouk Rocher. Algunos estaban medio dormidos, otros bailaban junto a la orilla del río o comían salchichas, empanadas en gruesas tortas de centeno o bebían limonada caliente rociada con jengibre. Tenía el sentido del olfato tan extrañamente agudizado que hasta saboreaba los platos: el pescado asado en las cenizas del brasero, el queso de cabra tostado, las tortas oscuras y las claras, el pastel de chocolate caliente, el *confit de canard* y el especiado *merguez...* La voz de Armande dominaba todas las demás, sus risas eran las de una niña cansada. Distribuidos a lo largo de la orilla, los faroles y cirios parecían luminarias de Navidad.

Al principio me figuré que el grito de alarma era una broma. Fue como un chillido, hasta habría podido ser una carcajada o un grito de histeria. Por un momento pensé que algún niño había caído al agua. Después vi el fuego.

Salía de una de las barcazas más cercanas a la orilla, a cierta distancia de los que participaban en la fiesta. Quizá fue un farol que se cayó, un cigarrillo mal apagado, una vela que tras mucho gotear había hecho prender la cera ardiente en la lona seca. En cualquier caso, el fuego se propagó con rapidez. No tardó un segundo en alcanzar el tejado de la barcaza y un momento después ya se extendía por cubierta. Las llamas adquirieron ese azul neblinoso de las tortas flambeadas, pero a medida que se propagaban se hicieron más cálidas, adquirieron el vívido naranja de un almiar que se quema en una cálida noche de agosto. Roux, el pelirrojo, fue el primero en reaccionar. Supuse que se trataba de su barcaza. Las llamas apenas habían tenido tiempo de cambiar de color cuando él se levantó y empezó a saltar de un bote a otro para llegar a donde estaba el fuego. Una de las mujeres lo llamó, desesperada, pero él no le hizo el menor caso. Es ligerísimo de pies. En treinta segundos atravesó otros dos botes y tiró con fuerza de las cuerdas que los mantenían atados a fin de liberarlos, destrabando de un puntapié una barca de la otra y saltando a la siguiente. Vi a Vianne Rocher contemplando la escena con las manos extendidas; los demás formaban corro en el embarcadero y guardaban silencio. Las barcas, liberadas de sus amarras, derivaban lentamente río abajo y el agua se hendía con su balanceante movimiento. La barcaza de Roux no tenía salvación y sus restos, convertidos en negros fragmentos calcinados, arrastrados por el aire, habían formado una columna incandescente que se erguía sobre el agua. Pese a ello, vi que cogía un rollo de lona alquitranada y medio socarrada y trataba de sofocar las llamas a golpes, pero el calor era demasiado intenso. Una chispa prendió en sus pantalones, otra en su camisa y él, soltando la lona, sofocó el fuego con las manos. Hizo otro intento por alcanzar la cabina protegiéndose la cara con un brazo y oí que, indignado, soltaba una maldición en su áspero dialecto. Armande le gritaba algo con la voz preñada de inquietud. Me pareció entender algo sobre petróleo y depósitos.

Miedo y júbilo, eso fue lo que sentí, una nostalgia dulce que prendía con fuerza estos sentimientos a mis vísceras. ¡Tan parecido todo a la otra vez, aquel olor a goma quemada, el poderoso rugido del fuego, los reflejos de la luz...! Casi habría podido creer que volvía a ser niño, que usted era el *curé* y que, en virtud de algún milagro, quedábamos eximidos de toda responsabilidad.

Diez segundos después Roux saltaba al agua e intentaba alejarse nadando, aunque el depósito de petróleo no estalló hasta unos minutos después y lo hizo con un ruido sordo, no como un espectacular castillo de fuegos artificiales, que era lo que yo esperaba. Durante breves minutos Roux desapareció de la vista, oculto tras los regueros de fuego que se deslizaban sin esfuerzo a través del agua. Me levanté, ya sin temor a que me viesen, irguiendo mucho la cabeza para ver de descubrirlo. Creo que hasta recé.

¿Ve usted, *père*? Soy compasivo. Temí por él.

Vianne Rocher ya se había metido en las perezosas aguas del Tannes hasta la cadera, el abrigo rojo empapado hasta las axilas, protegiéndose los ojos con una mano, explorando el río con la mirada. Junto a ella, Armande, angustiada y vieja. Cuando lo sacaron y lo llevaron a rastras hasta el embarcadero me quité un peso tan enorme de encima que me flaquearon las rodillas y caí desplomado en el barro de la orilla; permanecí arrodillado, como si estuviera rezando. Sin embargo, ver incendiado todo su campamento... fue algo glorioso, me trajo recuerdos de la infancia, el placer de observarlo todo en secreto, de saber... Allí, oculto en la oscuridad, me sentí poderoso, *père*, tuve la sensación de que en cierto modo yo había sido el causante... del fuego, de la confusión, de que el hombre se hubiera salvado... De que mi simple proximidad había hecho que volviera a reproducirse lo que pasó en aquel verano tan lejano. No un milagro. Nada tan *gauche* como eso. Sólo una señal. Sin duda alguna, una señal.

Me arrastré en silencio hasta mi casa, procurando mantenerme en la sombra. En medio de la barahúnda de curiosos, de niños que lloraban, de adultos furiosos, de individuos desperdigados y silenciosos que tendían las manos ante la brasa del río como niños aturdidos ante las perversidades de un cuento infantil, la presencia de un hombre podía pasar fácilmente inadvertida. De un hombre... o de dos.

Lo vi al llegar a lo alto de la colina. Estaba sudoroso y me miró con sonrisa irónica. Tenía la cara roja por el esfuerzo y las gafas tiznadas. Llevaba las mangas de la camisa a cuadros remangadas por encima del codo y bajo el pálido resplandor del fuego su piel, roja y dura, parecía de cedro bruñido. No mostró sorpresa alguna ante mi presencia y se limitó a sonreír, una sonrisa desvaída y taimada, como la de un niño atrapado en falta por un padre indulgente. Pude darme cuenta de que olía fuertemente a petróleo.

—Buenas noches, *mon père*.

No me atreví a demostrarle que lo había reconocido, como si de hacerlo me hubiera visto obligado a admitir una responsabilidad de la que el silencio podía eximirme. En lugar de ello, bajé la cabeza como un conspirador reacio y seguí presuroso mi camino. Noté que Muscat, detrás de mí, me observaba, el rostro empapado en sudor y cargado de reflexiones, pero cuando decidí volverme, había desaparecido.

Una vela de la que gotease cera. Un cigarrillo lanzado por encima del agua que hubiese ido a parar a un montón de leña. Un farolillo cuya llama hubiera prendido en el papel y desparramado cenizas y fuego por la cubierta. La causa podía ser cualquier cosa.

Cualquier cosa.

23

Esta mañana he vuelto a visitar a Armande. Estaba sentada en su mecedora en su salita de techo bajo y tenía uno de los gatos agazapado en su regazo. Desde el incendio de Les Marauds tiene un aire frágil pese a lo decidido y su cara redonda de manzana se ha ido deprimiendo lentamente, engulléndole los ojos y la boca en las arrugas. Lleva una bata gris de andar por casa y unas medias negras salpicadas de bultos. Los cabellos le cuelgan lacios, no se los ha trenzado.

—Ya habrá visto que se han ido —dice con voz monocorde, casi indiferente—. No hay una sola barcaza en el río.

—Lo sé.

Al bajar por la ladera de la colina que lleva hasta Les Marauds la ausencia de las barcas aún me resulta chocante, algo así como esa fea mancha de hierba amarillenta que queda allí donde antes se levantaba la carpa de un circo. Lo único que ha quedado es el casco de la embarcación de Roux, un esqueleto anegado y hundido varios palmos por debajo de la superficie, una mancha negra que se recorta contra el barro del río.

—Blanche y Zézette se han trasladado a poca distancia río abajo. Han dicho que volverían hoy para ver cómo iban las cosas.

Ha comenzado a arreglarse los largos cabellos de un gris amarillento y se ha hecho la trenza de costumbre. Tiene los dedos rígidos y torpes, parecen palos.

—¿Y Roux? ¿Cómo está?

—Furioso.

No puede estar de otra manera. Sabe que el incendio no fue fortuito, sabe que no tiene ninguna prueba, sabe que aunque la tuviera no serviría de nada. Blanche y Zézette le han ofrecido un sitio en su casa flotante, pero la tienen atiborrada de cosas y él se ha negado a aceptar. Ha dicho que todavía tiene que terminar el tejado de la casa de Armande. Primero debe ocuparse de eso. No he vuelto a hablar con él desde la noche del incendio. Lo vi en una ocasión un momento junto a la orilla del río, quemando la basura que habían dejado los gitanos. Tenía un aspecto hosco e indiferente, los ojos enrojecidos por el humo, y se negó a responderme cuando le dirigí la palabra. Como se le chamuscó el cabello con el fuego, se lo ha rapado y ahora tiene la cabeza cubierta de cerdas y parece cerilla usada.

—¿Y qué va a hacer ahora?

Armande se encoge de hombros.

—No lo sé. Creo que ha dormido en una de las casas abandonadas que hay en el camino. Anoche le dejé algo de comida en la puerta y esta mañana no estaba. Le ofrecí dinero, pero no lo quiso —tira, irritada, de la trenza a medio hacer—. ¡Es cabezota! ¿Qué voy a hacer con el dinero a mi edad? Podría darle una parte del que irá a parar al clan Clairmont. Sabiendo cómo son, lo más probable es que el dinero termine en el limosnero de Reynaud.

Suelta una risita burlona.

—¡Testarudo como el que más! Pelirrojo tenía que ser, Dios nos libre de los pelirrojos. Ya puedes decirles lo que quieras, ellos... —mueve, malhumorada, la cabeza—. Ayer le dio una rabieta y no le he vuelto a ver el pelo.

Sonrío, aun en contra de mi voluntad.

—¡Vaya par! —le digo—. No sé cuál es más testarudo.

Armande me lanza una mirada de indignación.

—¿A mí me lo dice? —ha exclamado—. ¿Va a compararme con ese empecinado cabeza de zanahoria?

Me retracto entre carcajadas.

—Veré si lo localizo —le digo.

Aunque me he pasado una hora escudriñando las orillas del Tannes, no he encontrado ni rastro de Roux. Hasta los métodos de mi madre han sido inútiles para localizarlo. De todos modos, he descubierto dónde duerme: una casa abandonada no lejos de la de Armande, una de las menos ruinosas. Los muros están mojados debido a la humedad, pero el piso de arriba parece bastante seguro y algunas ventanas tienen cristales. Al pasar por delante me he dado cuenta de que la puerta había sido forzada y de que no hacía mucho tiempo que habían encendido la chimenea de la sala de estar. Otras señales de que estaba ocupada eran un rollo de lona embreada chamuscada pero salvada del incendio, un montón de leña y algunos muebles, seguramente desechados por sus antiguos ocupantes porque no los consideraron de valor. He llamado a Roux por su nombre, pero no ha habido respuesta.

Como tenía que abrir La Praline a las ocho y media he renunciado a la búsqueda. Que Roux se deje ver cuando quiera. Al llegar a la tienda, Guillaume estaba esperando en la puerta pese a no estar cerrada con llave.

—Podía esperarme dentro —le he dicho.

—Oh, no —respondió él con cómica seriedad—. No quiero tomarme esas libertades.

—Hay que vivir peligrosamente —le aconsejé riendo—. Ande, entre y pruebe mis nuevas *religieuses*.

Desde la muerte de *Charly* sigue pareciéndome más pequeño, como si se hubiera encogido, y me parece que su cara vieja y joven a la vez se muestra traviesa y compungida a un tiempo. Sin embargo, conserva su buen humor, una cualidad en la que se mezcla la nostalgia con la ironía y que le impide sucumbir a la autocompasión. Esta mañana no ha hecho más que hablar de lo que les había ocurrido a los gitanos del río.

—El *curé* Reynaud ni siquiera ha mencionado el suceso esta mañana en la misa —declaró sirviéndose de la chocolatera de plata—. Ni ayer ni hoy. No ha dicho ni palabra.

Yo tuve que admitir que, dado el interés que siente Reynaud por la comunidad itinerante, aquel silencio era de lo más insólito.

—A lo mejor sabe algo que no puede decir —apuntó Guillaume—. Ya entiende a lo que me refiero, el secreto de confesión.

Me dice que ha visto a Roux hablando con Narcisse en la puerta del vivero. A lo mejor quiere ofrecer trabajo a Roux. ¡Ojalá!

—A veces contrata a trabajadores eventuales, ¿sabe usted? —me explica Guillaume—. Es viudo y no tiene hijos. No tiene a nadie que le lleve la granja, sólo le queda un sobrino que está en Marsella. Por eso, en verano, cuando tiene mucho trabajo, contrata a quien sea. Con tal de que sean personas de fiar, le importa poco que vayan o no a la iglesia —Guillaume sonríe ligeramente, como siempre que está a punto de decir una cosa que considera osada—. A veces me digo si, hablando en sentido estricto, Narcisse no será mejor cristiano que yo o que Georges Clairmont... o incluso que el *curé* Reynaud —seguidamente toma un sorbo de chocolate—. Él da trabajo a los que están necesitados. Deja acampar a los gitanos en sus terrenos. Todo el mundo sabe que estuvo todos esos años acostándose con la criada y que no se molesta en ir a la iglesia a no ser para ver a sus clientes, pero no se puede negar que ayuda a la gente.

Saco la fuente de *religieuses* y le pongo una en el plato.

—No creo que haya buenos y malos cristianos —le digo—, sólo buenas personas y malas personas.

Él asiente con la cabeza mientras ase el bollo redondo entre el índice y el pulgar.

—Es posible.

Un largo silencio. También yo me sirvo chocolate con licor de *noisette* y virutas de avellana. El olor es tan cálido que marea, como la leña con el sol de otoño. Guillaume se come su *religieu-se* con mesurado deleite y recoge las migas del plato pegándoselas al dedo medio previamente humedecido.

—En tal caso, las cosas en las que he creído toda mi vida... con respecto al pecado y a la redención y a la mortificación del cuerpo... no tienen ningún sentido según usted, ¿verdad?

Sonrío al ver que se lo toma tan en serio.

—Seguro que ha hablado de estas cuestiones con Armande —le digo con amabilidad—. Y diría también que tanto uno como otro tienen perfecto derecho a creer lo que les parezca... si esto les hace felices.

—¡Oh! —me mira con cautela, como si esperara que de un momento a otro me asomaran unos cuernos—. Y suponiendo que la pregunta sea pertinente, ¿se puede saber en qué cree usted?

En viajes en alfombras mágicas, en la magia rúnica, en Alí Babá y en las visiones de la Santa Madre, en viajes astrales y en la predicción del futuro visto en el poso de un vaso de vino tinto...

«¿Florida? ¿Disneylandia? ¿Los Everglades? ¿Qué me dices, cariño? ¿Qué me dices?»

En Buda. En el viaje de Frodo a Mordor. En la transustanciación del sacramento. En Dorothy y Toto. En el conejo de Pascua. En los alienígenas espaciales. En la Cosa dentro del armario. En la Resurrección y la Vida al dar la vuelta a un naipe... En algún momento de mi vida he creído en todas estas cosas. O he fingido creer en ellas. O he fingido no creer en ellas.

«Lo que a ti te guste, madre. Lo que te haga feliz.»

¿Y ahora? ¿En qué creo ahora?

—Creo que la única cosa importante es ser feliz —he dicho finalmente.

La felicidad. Algo tan simple como un tazón de chocolate o algo tan tortuoso como el corazón. Amargo. Dulce. Vivo.

Por la tarde ha venido Joséphine. Anouk ya había vuelto de la escuela y casi inmediatamente volvió a salir corriendo para ir a jugar a Les Marauds, cuidadosamente embutida en su anorak rojo y con instrucciones precisas de regresar en seguida a casa si se ponía a llover. El aire tiene un olor tan intenso como la madera recién cortada y roza, bajo y taimado, las esquinas de las casas. Joséphine llevaba un abrigo abotonado hasta el cuello, su gorro rojo y un pañuelo rojo nuevo que le golpeaba con furia la cara. Entró en la tienda con actitud segura y desafiante y por un momento la vi radiante, seductora, las mejillas encendidas y los ojos chispeantes debido al azote del viento. Pero la ilusión se desvaneció y volvió a ser la de siempre, las manos hundidas en los bolsillos y la cabeza baja, como si fuera a embestir a un desconocido agresor. Al quitarse el gorro y dejar en libertad sus enmarañados cabellos le vi una roncha fresca y reciente que le cruza la frente de un lado a otro. Parecía asustada y eufórica a la vez.

—Lo he hecho —declaró sin ambages—. Vianne, lo he hecho.

Por un terrible instante tuve la certeza de que iba a confesarme que acababa de asesinar a su marido. Eso parecía por lo menos... por su actitud de salvaje abandono, sus labios contraídos dejando los dientes al descubierto, como si acabase de morder una fruta ácida. El miedo parecía emerger de su cuerpo en oleadas calientes y frías alternativamente.

—He abandonado a Paul —y en seguida volvió a repetir lo de antes—: Al fin lo he hecho.

Sus ojos eran cuchillos. Por primera vez desde que nos conocemos he visto cómo era Joséphine hace diez años, antes de que Paul-Marie Muscat la convirtiera en el ser triste y desgarbado que yo conozco. Estaba muerta de miedo y, sin embargo, debajo de aquella locura había una cordura que helaba el corazón.

—¿Lo sabe él? —le pregunté, cogiéndole el abrigo, cuyos bolsillos estaban repletos de algo que, he supuesto, no era bisutería.

Joséphine negó con la cabeza.

—Se figura que he salido para ir a comprar a la tienda —me dijo sin aliento—. Nos hemos quedado sin pizzas para el micro-ondas y me ha dicho que comprara algunas —sonrió con cara de niña traviesa—. He cogido algún dinero de la casa —me confesó—. Lo tiene guardado en una caja de galletas debajo del mostrador. Novecientos francos.

Debajo del abrigo llevaba un jersey rojo y una falda negra a tablas. Que yo recordase, era la primera vez que la veía sin sus consabidos pantalones vaqueros. Echó una ojeada al reloj.

—Póngame un *chocolat espresso*, por favor —me dijo— y déme una bolsa grande de almendras —dejó el dinero sobre la mesa—. Tengo el tiempo justo para coger el autobús.

—¿El autobús? —le pregunté, desconcertada—. ¿Adónde va?

—A Agen —me miró con decisión y un poco a la defensiva—. Después, no sé. Tal vez vaya a Marsella. Lo más lejos de él que pueda —seguidamente me echó una mirada cargada de descon-fianza y de sorpresa—. No vaya a decirme que no debo, Vianne, fue usted quien me empujó. Si usted no me hubiera dado la idea, ni se me habría ocurrido.

—Lo sé, pero...

Sus palabras me sonaron a acusación.

—Usted me dijo que yo era libre.

Era verdad. Libre de correr, libre de emprender el vuelo mo-vida por las palabras de casi una desconocida, libre de cortar las amarras y de salir despedida como un globo desatado a merced de vientos cambiantes. El miedo se había convertido de pronto en helada certidumbre dentro de mi corazón. ¿Era ése el precio que debía pagar para poder quedarme? ¿Hacer que se fuera ella en mi lugar? ¿Qué alternativa le había ofrecido en realidad?

—Pero usted disponía de seguridad aquí.

En su rostro veía el rostro de madre, y apenas pude pronun-ciar las palabras. Renunciar a la seguridad a cambio de un poco de conocimiento, de atisbar el océano. Y después... ¿qué? El viento nos devuelve siempre al pie de la misma pared. Un taxi de Nueva York. Un callejón oscuro. La dura escarcha.

—Pero no se puede huir de todo —le dije—. Lo sé porque yo lo intenté.

—De acuerdo, pero tampoco puedo quedarme en Lansquenet —me respondió y en aquel momento me di cuenta de que estaba al borde de las lágrimas—. No puedo quedarme con él. Ya no.

—Me acuerdo de cuando vivíamos de esa manera. Siempre de aquí para allá. Huyendo siempre.

También ella tiene su Hombre Negro. Lo veo en sus ojos. Es un hombre con una voz cargada de autoridad a la que no es posible replicar, con una lógica aparatosa que te deja helada, te obliga a obedecer, a tener miedo. Liberarse de ese miedo, escapar corriendo llena de esperanza y de desesperación, correr y descubrir que lo has llevado dentro todo el tiempo, como un niño malvado... Al final mi madre acabó por enterarse. Lo veía en todas las esquinas, en el poso de todos los vasos, le sonreía desde todas las vallas, la miraba desde detrás del volante de coches veloces. Y a cada momento que pasaba lo tenía más cerca.

—Si huye ahora tendrá que huir siempre —le dije con impaciencia—. Quédese conmigo. Quédese y luche conmigo.

Joséphine me miró.

—¿Con usted? —su sorpresa rayaba en lo cómico.

—¿Por qué no? Tengo una habitación sobrante, una cama de campaña... —ya había empezado a mover la cabeza en un gesto negativo y tuve que reprimir el impulso de aferrarme a ella, de obligarla a quedarse. Estaba convencida de que podía conseguirlo—. Sólo un tiempo, hasta que encuentre otro sitio, hasta que encuentre trabajo.

Se echó a reír, tensa, una risa histérica.

—¿Trabajo? ¿Qué sé hacer? Aparte de limpiar... y de cocinar... y de vaciar ceniceros y... de servir pintas de cerveza y de cavar el jardín y de joder con mi... marido cada viernes por la noche...

Ahora reía con más fuerza, con las manos en el estómago.

Intenté agarrarla por el brazo.

—Joséphine, hablo en serio. Puede encontrar un trabajo. No debe...

—Pero aquí me lo encontraría de vez en cuando... —seguía riéndose, cada palabra una bala envenenada, su voz metálica destilaba autodesprecio—... cuando el cerdo se pone cachondo... es un cerdo gordo y peludo.

Y de pronto comenzó a llorar de la misma manera dura y estrepitosa que cuando se reía, los párpados fruncidos y las manos apretadas contra las mejillas como si quisiera impedir que estallasen. Esperé.

—Y después, cuando ha terminado, se da media vuelta y al cabo de un momento lo oigo roncar. Y después por la mañana intento... —hizo una mueca y torció la boca para articular las palabras oportunas—... intento... sacudir... su hedor... de las sábanas y después me quedo todo el tiempo pensando: ¿qué ha sido de mí? ¿Qué ha sido de Joséphine Bonnet, tan buena alumna en la escuela, ella que soñaba con ser bailarina...?

Se volvió bruscamente hacia mí, el rostro encendido, pero tranquilo a un tiempo.

—Le parecerá una tontería, pero yo me decía que seguramente había algún fallo en alguna parte, que un día llegaría alguien y me diría que aquello no había ocurrido, que todo aquello lo había soñado otra mujer y que, en realidad, no me había sucedido a mí.

Le cogí la mano. Estaba fría y temblaba. Tenía una uña arrancada y en carne viva y la palma de la mano sucia.

—Lo curioso del caso es que intento recordar cómo era él cuando yo lo amaba y no hay nada. Hay un espacio en blanco. Nada en absoluto. Me acuerdo de todo lo demás... de la primera vez que me pegó, sí, de eso me acuerdo muy bien... Pero incluso en el caso de Paul-Marie tendría que existir algo digno de recordar, algo que lo excusara todo... tanto tiempo perdido...

Se calló bruscamente y miró el reloj.

—Hablo demasiado —dijo, sorprendida—. Si quiero coger el autobús no me da tiempo a tomar el chocolate.

La miré.

—Pues tómese el chocolate en lugar de coger el autobús —le dije—. Invita la casa. Ojalá que fuera champán.

—Tengo que irme —insistió.

Se hundía repetidamente los puños en el estómago. Bajó más la cabeza, parecía un toro preparándose para embestir.

—No —le dije mirándola—. Debe quedarse. Tiene que luchar con él cara a cara. De otro modo será como si no lo hubiera dejado.

Me devolvió la mirada un momento, medio desafiándome.

—No puedo —su voz sonaba desesperada—, no podré. Dirá cosas... lo tergiversa todo.

—Usted aquí tiene amigos —le dije con voz amable—. Y aunque ahora no lo crea, usted es una mujer fuerte.

Joséphine se sentó entonces, decidida, en uno de los taburetes rojos, apoyó la cara en el mostrador y lloró en silencio.

Dejé que llorara. No le dije que todo iría bien. No hice esfuerzo alguno para consolarla. A veces es mejor dejar las cosas como están, dejar que el dolor siga su curso. En vez de consolarla me metí en la cocina y, muy lentamente, le preparé el *chocolat espresso*. Lo vertí en las tazas, le añadí una pizca de coñac y unas virutas de chocolate, puse las tazas en una bandeja amarilla y dejé un azucarillo en cada platito y, al servírselo, ya había vuelto a recuperar la calma. Es una magia poco espectacular, lo sé, pero a veces funciona.

—¿Por qué ha cambiado de parecer? —le pregunté cuando ya iba por la mitad de la taza—. La última vez que hablé sobre esto con usted me pareció que no quería abandonar a Paul.

Se encogió de hombros, tratando deliberadamente de no mirarme a los ojos.

—¿Ha sido porque le ha vuelto a pegar?

Me miró con sorpresa. Se llevó la mano a la frente, donde la piel lastimada se había inflamado y presentaba bastante mal cariz.

—No.

—Entonces, ¿por qué?

Sus ojos se apartaron nuevamente de los míos. Con las yemas de los dedos tocó la taza del *espresso*, como si quisiera comprobar la realidad de su existencia.

—Nada. No lo sé. Nada.

Es mentira, se ve a la legua. Obedeciendo a un automatismo, penetro en sus pensamientos, tan abiertos hacía un momento. Necesito saber si he sido yo quien la ha empujado a esta decisión, si yo la he forzado a pesar de mis buenas intenciones. De momento, sin embargo, sus pensamientos son informes, nebulosos. Lo único que distingo en ellos es oscuridad.

Sería inútil violentarla. En Joséphine hay una veta de empecinamiento que se resiste a inducciones apresuradas. Con el tiempo me lo dirá. Si quiere.

No había caído todavía la noche cuando Muscat vino a casa a buscarla. Ya habíamos preparado la cama para Joséphine en la habitación de Anouk y entretanto ésta dormiría en el lecho de campaña colocado junto al mío. Anouk había aceptado a Joséphine como acepta tantas cosas, sabía que aquello suponía una pequeña contrariedad para mi hija, ya que esta ha sido la primera habitación propia que tiene, pero le he prometido que no sería por mucho tiempo.

—Se me ocurre una idea —le dije—. Quizá podríamos convertir la buhardilla en una habitación exclusivamente para ti. Pondríamos una escalera para que pudieras subir y una trampilla y podríamos abrir unas ventanas redondas en el tejado. ¿Te gustaría?

Es peligroso recurrir a seducciones engañosas. Presupone que nos quedaremos aquí mucho tiempo.

—¿Vería las estrellas? —preguntó Anouk con avidez.

—¡Claro!

—¡Bien! —exclamó y corrió escaleras arriba para comunicárselo a *Pantoufle*.

Nos sentamos a la mesa de la exigua cocina. La mesa es una reliquia de los tiempos de la panadería, un mueble macizo de madera de pino desbastado recorrido por las cicatrices que ha dejado en él el cuchillo y veteado por surcos de masa harinosa seca que han adquirido la consistencia del cemento y le han dado un acabado tan suave que parece mármol. Los platos son dispares: uno verde, otro blanco, floreado el de Anouk. También los vasos son todos diferentes: uno alto, otro bajo, otro que todavía ostenta la etiqueta de la Moutarde Amora. Sin embargo, nunca habíamos poseído esta clase de cosas. Antes nos servíamos de cachivaches sacados de hoteles y de cuchillos y tenedores de plástico. Incluso en Niza, donde vivimos más de un año, los accesorios eran prestados, alquilados con la tienda. Esa novedad de la propiedad sigue siendo para nosotras una situación exótica, algo precioso y embriagador. Envidio a la mesa sus cicatrices, las marcas que han dejado en ella los moldes calientes del pan. Envidio esta sensación serena del tiempo y quisiera poder decir: yo hice esto hace cinco años. Yo hice esta marca, dejé este cerco con el café que mojaba la taza, quemé la madera con el cigarrillo, perforé esta hilera de huecos en el áspero grano de la madera. Aquí es donde Anouk grabó sus iniciales el año en que cumplió seis, justo en ese lugar secreto detrás de la pata de la mesa. Fue hace siete veranos, era un día caluroso y trazó las letras con la navaja. ¿Te acuerdas? ¿Te acuerdas del verano en que el río quedó seco? ¿Te acuerdas?

Envidio a la mesa esta sensación serena que produce ocupar un puesto. Hace mucho tiempo que está aquí. Este sitio es suyo.

Joséphine me ha ayudado a preparar la cena, una ensalada de judías verdes y tomates aliñada con aceite especiado, aceitunas rojas y negras que compré el jueves en el tenderete del mercado, pan de nueces, albahaca fresca que compré a Narcisse, queso de cabra, vino tinto de Burdeos. Hablamos mientras comemos, aunque no sobre Paul-Marie Muscat. Le hablo, en cambio, de nosotras, de Anouk y de mí, de los lugares que hemos visto las dos, de la *chocolaterie* de Niza, del tiempo que pasamos en Nueva York después de nacer Anouk, y de épocas anteriores, de París, de Nápoles, de todos los sitios en los que nos detuvimos mi madre y yo convirtiéndolos en residencia temporal a lo largo de nuestra larga huida a través del mundo. Hoy quiero recordar tan sólo las cosas agradables, las cosas divertidas, las buenas. Bastantes ideas tristes flotan ya en el aire. Enciendo una vela blanca en la mesa para ahuyentar los malos augurios y su aroma me parece nostálgico y reconfortante. Recuerdo en honor de Joséphine el pequeño canal de Ourcq, el Panteón, la Place des Artistes, la maravillosa avenida de Unter der Linden, el ferry de Jersey, las pastas vienesas envueltas en papeles calientes que comíamos en plena calle, el muelle de Juan-les-Pins, los bailes callejeros del día de San Pedro. Observo que su rostro ha perdido algo de su expresión concentrada. Le cuento que mi madre vendió un asno a un campesino de un pueblo cerca de Rivoli y que el animal nos siguió y no paró hasta dar con nosotras, ya casi en Milán. Y la anécdota de las floristas de Lisboa, donde abandonamos la ciudad metidas en la furgoneta frigorífica de un florista que nos depositó cuatro horas más tarde, medio congeladas, en los blancos y cálidos muelles de Oporto. Al principio Joséphine sólo sonreía, pero ha acabado riendo a carcajadas. A veces teníamos dinero, mi madre y yo, y Europa estaba entonces llena de sol y de promesas. Esta noche las recuerdo. Me acuerdo del árabe que iba en una blanca limusina y que dio una serenata a mi madre en San Remo y de lo mucho que nos reímos y de lo feliz que era y de cómo vivimos después mucho tiempo del dinero que nos dio.

—¡Cuántas cosas has visto! —lo ha dicho con una voz cargada de envidia y de un cierto respeto—. ¡Y tan joven!

—Tengo casi la misma edad que tú.

Mueve negativamente la cabeza.

—Yo tengo mil años —su sonrisa ahora es dulce y añorante—. Me gustaría ser una aventurera —dice—, seguir el sol sin nada más que una maleta, no tener ni idea de dónde estaré mañana.

—Créeme —le he dicho con voz suave—, una acaba por cansarse. Y al cabo de un tiempo todo te parece igual.

Me ha mirado como dudando de mis palabras.

—Es la verdad —le digo—, en serio.

No es verdad del todo. Las ciudades tienen sus características propias y cuando se vuelve a una ciudad donde ya has estado antes es como volver junto a un viejo amigo. La gente, sin embargo, comienza a parecer igual, aparecen las mismas caras en ciudades situadas a miles de kilómetros de distancia, encuentras en ellas las mismas expresiones. La mirada indiferente y hostil del funcionario. La curiosa del campesino. Los rostros impertérritos y aburridos de los turistas. Los mismos amantes, las mismas madres, los mismos mendigos, los mismos tullidos, los mismos vendedores ambulantes, las mismas personas que hacen carreras pedestres, los mismos niños, los mismos policías, los mismos taxistas, los mismos alcahuetes. Pasado un tiempo una empieza a sentirse ligeramente paranoide, como si toda esa gente hubiera estado siguiéndote furtivamente de una ciudad a otra, cambiándose de ropa y de cara pero manteniéndose esencialmente la misma, abocada a sus oscuros asuntos pero sin dejar de observarnos con disimulo a nosotras, las intrusas. Al principio se siente una especie de superioridad. Nosotras somos una raza aparte, somos viajeras. Hemos visto y experimentado muchísimas más cosas que ellos, que se han contentado con seguir su triste vida durmiendo, trabajando y volviendo a dormir y así sucesivamente, aparte de ocuparse de sus cuidados jardines, de limpiar sus casas idénticas, de entregarse a sus pobres sueños. Por eso los miramos a todos con cierto desdén. Pero pasa más tiempo y surge la envidia. La primera vez que la experimentamos la encontramos casi divertida, es una punzada aguda y repentina que se desvanece casi al momento. La mujer en un parque, inclinada sobre el niño que lleva en el cochecito, los dos rostros iluminados por algo que no es el sol. Pero surge por segunda vez, por tercera vez. Dos jóvenes en el muelle, los brazos enlazados, un grupo de oficinistas en la pausa para comer, bromeando mientras toman su café y sus *croissants*... No tardará en convertirse en un dolor casi constante. No, los «lugares» no pierden su identidad, por lejos que uno viaje. Lo que empieza a erosionarse al cabo de un tiempo es el corazón. El rostro que nos devuelve el espejo del hotel parece desdibujarse cuando lo contemplamos algunas mañanas, tal vez cansado de tantas miradas casuales. A las diez las sábanas estarán lavadas, la alfombra barrida. Los nombres consignados en el libro de registros del hotel van cambiando a nuestro paso. No dejamos rastro al pasar. Como los fantasmas, no proyectamos sombra.

Los imperiosos golpes que daban en la puerta de entrada me han arrancado de mis pensamientos. Joséphine se ha erguido a medias, el miedo asomado a sus ojos, los puños apretados contra las costillas. Era lo que estábamos esperando: la comida, la conversación no es más que un remedo de normalidad. Me levanto.

—No pasa nada —le digo—, no voy a dejarlo entrar.

Sus ojos se enturbian por el terror.

—No hablaré con él —dice en voz baja—, no puedo.

—Quizá tendrías que hacerlo —le respondo—, pero no importa. Él no puede atravesar las paredes.

Me sonríe de forma un poco convulsiva.

—No quiero ni oír su voz —dice—. Tú no lo conoces. Dirá...

Me dirijo a la tienda, ahora a oscuras.

—Lo conozco muy bien —he dicho con decisión—. Ya puedes pensar lo que quieras, pero no es único. La ventaja que tiene viajar es que, pasado un tiempo, te das cuenta de que, vayas donde vayas, la gente no es tan diferente entre sí.

—Pero es que yo odio las escenas —murmura Joséphine en voz baja mientras enciendo las luces de la tienda—... y los gritos.

—La cosa será rápida —le digo mientras volvían a repetirse los golpes—. Anouk te preparará un poco de chocolate.

La puerta dispone de una cadena de seguridad. La coloqué cuando nos instalamos en la casa, aunque hasta ahora no había tenido necesidad de utilizarla. La rendija de luz que se proyecta desde la tienda me permite ver el rostro de Muscat, congestionado por la ira.

—¿Está aquí mi mujer? —pregunta con voz ronca por la cerveza y lanzándome a la cara una vaharada hedionda.

—Sí —no hay razón para andarse con subterfugios, mejor dejar las cosas claras y mostrarle qué terreno pisa—. Me temo que su esposa lo ha abandonado, *monsieur* Muscat. Le he dicho que podía quedarse aquí unas noches hasta que todo vuelva a su cauce. Creo que es la mejor solución.

Procuro hablar con voz neutra y cortés. Sé qué clase de persona es. Mi madre y yo nos tropezamos con otros como él millares de veces y en millares de sitios. Me mira estupefacto y con la boca abierta. Pero su mezquindad aflora de nuevo a sus ojos, su mirada se agudiza, abre las manos como para demostrarme que es inofensivo, que está azorado, que está dispuesto a tomarse la situación en broma. Por un momento casi parece simpático. Después se acerca a la puerta un paso más. Me llega la fetidez de su aliento, una mezcla de cerveza, humo y humor desabrido.

—*Madame* Rocher —habla con voz suave, tierna casi—, quiero que le diga a la vaca ésa que saque inmediatamente el culo de esta casa o que entro y se lo saco yo. Y, como se interponga usted en mi camino, maldita zorra...

Aporrea la puerta.

—Retire la cadena —sonríe con aire halagador, se percibe la rabia que siente a través del leve tufo acre que emana—, le he dicho que retire inmediatamente esa maldita cadena antes de que se la arranque yo de una patada.

La indignación hace que su voz suene aflautada, su berrido parece el de un cerdo enfurecido. Le expongo lentamente la situación. Suelta un taco y proclama a voz en grito sus quejas. Da varios puntapiés a la puerta, hace vacilar las bisagras.

—Si entra por la fuerza en mi casa, *monsieur* Muscat —le digo con voz tranquila—, entenderé que es un intruso peligroso. Le advierto que en el cajón de la cocina tengo una lata de Contre-Attaq, de los tiempos en que vivía en París. La he utilizado una o dos veces. Es sumamente efectiva.

La amenaza lo calma. Seguramente se figura que él es el único que tiene derecho a amenazar.

—Usted no lo comprende —se lamenta—. Es mi mujer. La quiero. No sé qué le habrá contado pero...

—Lo que ella me haya podido contar es algo que a usted no le importa, *monsieur*. La decisión es de ella. Yo que usted me dejaría de escenas y me iría a casita.

—¡Váyase a la mierda! —tiene la boca tan cerca de la puerta que me acribilla con su saliva, un fuego graneado y maloliente—. ¡La culpa la tiene usted, zorra! Fue usted la que le llenó la cabeza con toda esa mierda de la emancipación —imita con ridículo falsete la voz de Joséphine—. «Vianne ha dicho esto, Vianne ha dicho lo de más allá.» Deje que hable un momento con ella y veremos qué dice ahora para variar.

—No creo que...

—De acuerdo —Joséphine se ha acercado en silencio, y sostiene entre las manos una taza de chocolate como para calentárselas—. Si no hablo con él no se irá nunca...

La miro. Está más tranquila y su mirada es serena. Asiento con la cabeza.

—De acuerdo.

Doy un paso a un lado y Joséphine se acerca a la puerta. Muscat empieza a hablar, pero ella lo interrumpe, y le responde con una voz sorprendentemente contundente y segura.

—Paul, escúchame.

La voz de Joséphine ataja sus bravuconadas y le impulsa a guardar silencio a media frase.

—¡Vete! No tengo más que decirte. ¿Me has entendido?

Está temblando, pero su voz es tranquila y pausada. De pronto me siento orgullosa de ella y le oprimo el brazo como para tranquilizarla. Muscat se queda en silencio un momento, pero en seguida vuelve a exaltarse y noto la rabia soterrada que lo domina, como el zumbido de una interferencia en una señal distante de radio.

—José... —dice en voz baja—. Esto que haces es una tontería. Anda, sal y lo hablamos como Dios manda. Tú eres mi mujer, José. ¿No es eso motivo suficiente para intentarlo de nuevo?

Pero ella niega con la cabeza.

—Demasiado tarde, Paul —dice con voz muy decidida—. Lo siento.

Después cierra la puerta con suavidad pero con firmeza y, aunque él sigue golpeándola varios minutos, tan pronto lanzando juramentos como optando por los halagos o por las amenazas de manera alternativa e incluso llorando hasta la sensiblería y llegando a tragarse su propia comedia, ya no volvemos a atender su demanda.

A medianoche oigo sus gritos en la calle y un puñado de tierra que se estrella en el cristal de la ventana con un ruido sordo y alterando su transparencia con una mancha. Me levanto para ver qué pasa y veo a Muscat convertido en una especie de gnomo achaparrado y maligno apostado en la plaza, las manos hundidas en las profundidades de sus bolsillos y el blando barrigón desbordando por encima del cinturón. Tiene pinta de borracho.

—¡Aquí no puedes quedarte! —grita, y he visto que, detrás de él, se encendía la luz de una ventana—. ¡Tarde o temprano tendrás que salir! Y entonces, zorras... entonces...

Con gesto automático y rápido abro los dedos como las púas de un tenedor para devolverle el mal agüero:

—¡Apártate, espíritu del mal, lejos de aquí!

Éste es otro de los reflejos heredados de mi madre. Me sorprende, sin embargo, ver que ahora me siento mucho más segura. Mucho más tarde, aún sigo despierta. Estoy tendida en la cama, atenta a la suave respiración de mi hija, observando las formas fugitivas y fortuitas que crea la luna al filtrarse entre las hojas. Intento entrever vaticinios en ellas, buscar una señal en los móviles dibujos, una palabra que me tranquilice... Por la noche es más fácil creer en esas cosas, mientras el Hombre Negro atisba fuera y la veleta deja oír su chirrido —cri... cri...— en lo alto del campanario. Pero no veo nada, no siento nada y, finalmente, me vuelvo a quedar dormida y sueño que Reynaud está en un hospital, de pie junto a la cama de un viejo que tiene una cruz en una mano y una caja de cerillas en la otra.

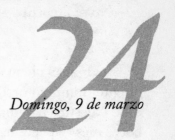

Armande ha hecho acto de presencia esta mañana temprano para tomarse un chocolate y chismorrear un rato. Llevaba un sombrero nuevo de paja calada adornado con una cinta roja y tenía un aspecto más radiante y vital que ayer. El bastón que ahora acostumbra a usar es una afectación, lleva en él un lazo rojo que parece una bandera de desafío. Me ha pedido que le sirviera un *chocolat viennois* y una porción de bizcocho blanco y negro, y se ha instalado cómodamente en un taburete. Joséphine, que de momento me ayuda unos días en la tienda hasta que decida qué hará, la observaba con un cierto recelo desde la cocina.

—Me he enterado de que anoche hubo jaleo —dijo Armande con esa manera directa que tiene de decir las cosas, aunque la dulzura que brilla en sus ojos negros redime su atrevimiento—. Me han dicho que ese patán de Muscat estuvo berreando y haciendo el gamberro.

Le di una explicación de los hechos lo más atenuada posible. Armande escuchó con atención.

—Lo que yo me pregunto es por qué no lo dejó hace un montón de años —ha dicho cuando he terminado—. Su padre era igualito que él... demasiado libres en sus opiniones. Y lo mismo con las manos —hizo un ademán afectuoso a Joséphine, que estaba en la puerta con un puchero de leche caliente en una mano—. Siempre he pensado que un día lo verías claro, hija —le ha dicho—. No dejes que nadie te haga cambiar de opinión.

Joséphine se ha sonreído.

—No se preocupe —le responde—, no lo permitiré.

Esta mañana hemos tenido más clientes en La Praline que en ningún domingo desde que Anouk y yo nos instalamos en esta casa. Nuestros habituales —Guillaume, Narcisse, Arnauld y unos pocos más— apenas han dicho nada, se han limitado simplemente a hacer algún gesto amable a Joséphine y han actuado más o menos como siempre.

Guillaume ha aparecido a la hora de comer, ha entrado al mismo tiempo que Anouk. Debido a los acontecimientos de los últimos días, sólo había tenido ocasión de hablar con él un par de veces, pero sólo entrar me ha sorprendido ver el cambio radical que se había operado en él. Adiós a ese aire suyo encogido y apocado. Ahora camina con paso gallardo y lleva una bufanda roja en torno al cuello que le da un aire casi osado. He observado que continúa llevando, sin embargo, la traílla de Charly arrollada a la muñeca. Veo con el rabillo del ojo una mancha borrosa y oscura a sus pies: *Pantoufle*. Anouk pasa corriendo junto a Guillaume balanceando con descuido la mochila que lleva colgada y agachándose para colarse por debajo del mostrador y darme un beso.

—¡*Maman!* —me grita al oído—. ¡Guillaume ha encontrado un perro!

Me vuelvo a mirar, los brazos todavía llenos de Anouk. Guillaume estaba junto a la puerta con el rostro arrebolado. Tiene a los pies un perro mestizo con el pelaje a manchas blancas y marrones, es apenas un cachorrillo y ha adoptado una postura encantadora.

—¡Eh, Anouk, este perro no es mío! —dice Guillaume con expresión de satisfacción y de desconcierto a la vez—. Estaba en

Les Marauds. Supongo que alguien habrá querido desprenderse de él.

Anouk da unos terrones de azúcar al perro.

—Roux lo ha encontrado —me explica a grito pelado—. Lo ha oído llorar cerca del río. Eso me ha dicho.

—¿Ah, sí? ¿Has visto a Roux?

Anouk asiente con aire distraído mientras hace mimos al perro, que se pone panza arriba y suelta un gañido de felicidad.

—¡Es una monada! —dice Anouk—. ¿Se quedará con él?

Guillaume se sonríe con una sombra de tristeza.

—No creo, cariño. Después de *Charly*, ya comprenderás que...

—Pero este perro está perdido, no tiene dónde ir...

—Estoy convencido de que hay muchísima gente que estaría encantada con un perrito tan lindo como éste —Guillaume se inclina y tira suavemente de las orejas del perro—. Es muy cariñoso, está lleno de vida.

Anouk insiste:

—¿Qué nombre le pondrá?

Pero Guillaume niega con la cabeza.

—No se quedará conmigo tanto tiempo como para ponerle nombre, *ma mie*.

Anouk me dirige una de sus miradas cómicas y yo muevo negativamente la cabeza como amonestándola sin palabras.

—He pensado que quizá podría poner un cartelito en el escaparate —me dice Guillaume sentándose junto al mostrador—, por si alguien lo reclama, ¿sabe usted?

Le sirvo una taza de mocha, que dejo ante él con un par de florentinas al lado.

—Claro que sí —le digo con una sonrisa.

Cuando me vuelvo un momento después, me veo al perro instalado en las rodillas de Guillaume comiendo florentinas. Anouk me mira y me guiña el ojo.

Narcisse me ha traído una cesta de endibias de su huerto y, así que ve a Joséphine, le tiende un ramillete de anémonas escarlata que se ha sacado del bolsillo de la chaqueta al tiempo que murmura entre dientes que «alegrarán un poco la casa».

Joséphine se pone como la grana, pero creo que se siente halagada e intenta darle las gracias. Narcisse se escabulle, aturullado, disculpándose torpemente.

Pero a los atentos suceden los curiosos. El sermón ha hecho correr la voz de que Joséphine Muscat se ha trasladado a La Praline, lo que canaliza toda una oleada de visitantes a lo largo de la mañana. Aparecen Joline Drou y Caro Clairmont con sus conjuntos de primavera y sus pañuelos de seda. Vienen a traerme una invitación para asistir a un té que se celebrará el Domingo de Ramos y en el curso del cual se recogerán fondos. A Armande se le escapa una risa que parece más bien un cacareo así que les echa la vista encima.

—¡Vaya, vaya, el desfile de modelos del domingo por la mañana! —ha exclamado.

Caro parece contrariada.

—No deberías estar aquí, *maman* —le reprocha—. ¿O no te acuerdas de lo que te dijo el médico?

—¿Cómo no voy a acordarme? —le replica Armande—. ¿Qué pasa? ¿Tienes ganas de que me muera y por este motivo me envías a aquel esqueleto con bastón y así de paso me amargas la mañana?

Las mejillas de Caro se han ruborizado visiblemente pese a los polvos.

—De veras, *maman*, que no deberías decir estas cosas.

—No diré ni pío si no te metes en mis asuntos —le suelta Armande sin perder comba y Caro, con las prisas para salir, por poco hace polvo las baldosas con el taconeo.

Seguidamente entra Denise Arnauld a preguntar si nos hace falta más pan.

—Lo digo por si acaso —dice con un centelleo de gran curiosidad en los ojos—. ¡Como he visto que tienen una invitada y eso...!

Le he asegurado que, en caso de que nos faltase pan, sabríamos dónde acudir.

Entran después Charlotte Edouard, Lydie Perrin, Georges Dumoulin. Una quiere comprar un regalo anticipado de cumpleaños, otra quiere saber detalles acerca del festival del chocolate —¡qué idea tan original, *madame*!—, a la otra se le ha perdido el portamonedas en la puerta de Saint-Jérôme y quiere saber si lo he visto. Tengo a Joséphine detrás del mostrador y lleva uno de mis delantales amarillos para protegerse el vestido de los desaguisados provocados por el chocolate. Veo que se desenvuelve maravillosamente bien. Hoy se ha ocupado a fondo de su aspecto. El jersey rojo y la falda negra le caen que ni pintados y le dan un aire profesional. Lleva los cabellos negros bien peinados y cuidadosamente sujetos con una cinta. Su sonrisa es la apropiada para el comerciante, mantiene la cabeza alta y, a pesar de que alguna vez vuelve los ojos hacia la puerta abierta como en angustiosa expectación, de hecho su porte no indica precisamente que tema por su vida ni por su reputación.

—Una descarada, eso es lo que es —ha dicho Joline Drou a Caro Clairmont al atravesar, presurosas, la puerta—. ¡Nada más que una descarada! Cuando pienso todo lo que ha tenido que soportar su pobre marido...

Joséphine está de espaldas, pero veo que se ha puesto algo rígida. Un breve silencio en el local ha hecho perfectamente audibles las palabras de Joline y, aunque Guillaume ha fingido un acceso de tos con la sana intención de encubrirlas, sé que Joséphine se ha enterado perfectamente de ellas.

Se produce un breve y embarazoso silencio.

Después habla Armande.

—¡Mira, chica, si ese par te critican quiere decir que has obrado bien! —dice a Joséphine con viveza—. ¡Bienvenida al grupo de los que vamos por mal camino!

Joséphine la mira primero con desconfianza, como si quisiera cerciorarse de que no ha hecho un chiste a su costa, pero en seguida se echa a reír. Ha sido una risa espontánea, libre de cuidados por lo que, sorprendida, se ha llevado la mano a la boca como si no estuviera segura de haber sido ella la que se ha reído de aquel modo. Todavía seguíamos riendo cuando han sonado las campanillas de la puerta y Francis Reynaud ha entrado discretamente en la tienda.

—*Monsieur le Curé...* —he visto que cambiaba la expresión de la cara de Joséphine antes de verlo, que adoptaba un aire hostil y estúpido y que se llevaba las manos a la boca del estómago de aquella manera tan suya.

Reynaud asiente con gravedad.

—*Madame* Muscat... —ha hecho especial hincapié en la primera palabra—. He sentido no verla en la iglesia esta mañana.

Joséphine farfulla unas palabras torpes e inaudibles. Reynaud avanza un paso en dirección al mostrador, mientras ella da media vuelta como si se dispusiera a entrar en la cocina, pero de pronto, como si acabara de pensarlo mejor, se encara con él.

—Así se hace —le ha dicho Armande, aprobando su actitud—. No dejes que te embarulle con sus jerigonzas —y se ha vuelto hacia Reynaud con gesto severo y sosteniendo un trozo de pastel con la mano—. Deja en paz a esta chica, Francis. Lo mejor que podrías hacer sería darle la bendición.

Reynaud hace como si no la hubiera oído.

—Escúcheme, *ma fille* —dice, muy serio—, tenemos que hablar —sus ojos se vuelven con desagrado a la bolsa roja de la buena suerte que cuelga junto a la puerta—. Pero no aquí —añade.

Joséphine ha negado con la cabeza.

—Lo siento, pero tengo trabajo. Y además, no tengo ganas de escuchar lo que usted tenga que decirme.

Pero la boca de Reynaud ya ha adoptado un gesto pertinaz.

—Nunca ha necesitado tanto a la Iglesia como en estos momentos —aprovecha para lanzarme una mirada fría y furtiva—. Está en apuros. Ha dejado que otras personas la lleven por el mal camino. La santidad del voto matrimonial...

Armande lo vuelve a interrumpir con un graznido de escarnio.

—¿La santidad del voto matrimonial? ¿De dónde has sacado ésa? Jamás habría dicho que precisamente tú...

—Por favor, *madame* Voizin... —por primera vez he notado que se le alteraba la voz y su mirada se volvía glacial—, le agradecería en el alma que...

—Habla como te enseñaron —le escupe Armande—. Me parece que tu madre no te enseñó a hablar como si tuvieses una patata en la boca, ¿verdad? —se ríe por lo bajo—. Te las das de superior, ¿no es eso? Te olvidaste de nosotros en la escuela de lujo a la que fuiste, está más que claro.

Reynaud se ha envarado. Noto la tensión que irradia su cuerpo. Es evidente que estas últimas semanas ha perdido peso, que tiene la piel tirante como una pandereta en los oscuros hoyos de las sienes y que se le nota la articulación de la mandíbula debajo de la escasa carne que la cubre. El mechón de cabellos lacios que le cae sobre la frente le da un aire falsamente descuidado, todo el resto de su persona es eficiencia pura y dura.

—Joséphine... —lo ha dicho con voz afable, avasalladora, excluyéndonos a todos los demás de forma radical, como si se encontraran solos los dos—, sé que quiere que la ayude. He hablado con Paul-Marie. Me ha dicho que usted ha estado sometida a fuertes tensiones. Dice...

Joséphine niega con la cabeza.

—*Mon père* —aquella ofuscación de su rostro ha dado paso a la serenidad—, sé que sus intenciones son buenas, pero no me hará cambiar de parecer.

—Pero es que el sacramento del matrimonio... —parece agitado ahora y, con una mueca de aflicción, se inclina hacia delante y se aferra con las manos al borde acolchado del mostrador, como necesitado de apoyo. Aprovecha para lanzar otra mirada furtiva a la llamativa bolsita de la puerta—. Sé que se encuentra aturdida, que otras personas han influido en usted.

Y con toda intención añade:

—Si pudiéramos hablar a solas...

—No —ha dicho Joséphine con voz firme—, quiero quedarme con Vianne.

—¿Cuánto tiempo? —su voz refleja desánimo cuando lo que quería era mostrar incredulidad—. *Madame* Rocher puede ser amiga suya, Joséphine, pero es una mujer de negocios, tiene una tienda que llevar y una hija que atender. ¿Cuánto tiempo aguantará a una persona extraña en su casa?

Este golpe ha sido más certero. Veo titubear a Joséphine, la incertidumbre ha vuelto a sus ojos. La he visto demasiadas veces en el rostro de mi madre para tomarla por otra cosa; refleja incredulidad, miedo.

«No necesitamos de nadie salvo de nosotras.»

Unas palabras murmuradas y recordadas con orgullo en la sofocante oscuridad de la habitación anónima de un hotel.

«¿Para qué demonios vamos a querer a nadie más?»

Palabras valientes que, si fueron pronunciadas entre lágrimas, no llegué a verlas debido a la oscuridad. Sin embargo, noté que la voz le temblaba de manera casi imperceptible, mientras me apretaba entre sus brazos debajo de las sábanas, como presa de una extraña fiebre. Tal vez fuera de eso de lo que huía, de hombres amables, de mujeres amables que querían confraternizar con ella, amarla, entenderla. Estábamos aquejadas de la fiebre de la desconfianza, y nos aferrábamos con desesperación a nuestro orgullo, el último refugio de los indeseables.

—He ofrecido trabajo a Joséphine —me sale una voz dulce y quebrada—. Si tengo que encargarme de los preparativos del festival del chocolate, que organizaré en Pascua, voy a necesitar ayuda.

La mirada del cura, ya sin tapujos, está cargada de odio.

—Le enseñaré los conocimientos básicos de la preparación del chocolate —continúo—. Joséphine puede trabajar en la tienda mientras yo trabajo dentro.

Joséphine me mira con cara de vaga sorpresa. Le hago un guiño.

—A mí me hará un favor y estoy segura de que a ella tampoco le vendrá nada mal el dinero que se gane —digo con ánimo de suavizar asperezas—. Y en cuanto a quedarse... —he pasado a dirigirme a ella y he pronunciado las palabras mirándola a los ojos—... Joséphine puede quedarse aquí todo el tiempo que quiera. Es un placer tenerla en casa.

Armande suelta otro de sus graznidos.

—O sea que ya lo has visto, *mon père* —dice con satisfacción—. No pierdas más tiempo porque, si tú no te metes, todo va sobre ruedas —toma un sorbo de chocolate con aire pícaro—. Esto te haría bien —le ha dicho a modo de consejo—. Pareces decaído, Francis. ¿No será que has vuelto a darle al vino de la comunión?

El cura la mira con una sonrisa que era como un puñetazo.

—Muy graciosa, *madame*. Me gusta comprobar que no ha perdido su sentido del humor —seguidamente gira sobre sus talones y se despide de la feligresía con una inclinación de cabeza y un cortés «*monsieur-dames*», igual que uno de esos nazis tan educados que salen en las películas malas de guerra.

Sus risas me han seguido fuera de la tienda hasta la calle como una bandada de pájaros. El aroma del chocolate, como el de la rabia que siento, me produce mareo, me enloquece de furia. Teníamos razón, *père*. Esto nos lava de todas nuestras culpas. Al arremeter contra las tres cosas que nos son más queridas —la comunidad, las fiestas de la Iglesia y ahora uno de sus sacramentos más sagrados—, esta mujer se ha revelado finalmente tal como es en realidad. Su influencia es perniciosa y crece con rapidez y ya fructifica en una docena o dos de personas que son terreno abonado. Esta mañana he visto en el cementerio de la Iglesia el primer diente de león de la temporada, encajonado en un pequeño espacio detrás de una lápida. Crece a una profundidad a la que no puedo llegar, grueso como un dedo, busca la oscuridad de debajo de la piedra. Dentro de una semana la planta habrá vuelto a crecer, más fuerte que antes.

Esta mañana Muscat se ha acercado a la comunión, pero no ha ido a confesarse. Tiene un aire marchito y triste, no se encuentra a gusto con la ropa de los domingos. Que su mujer lo haya dejado le ha sentado muy mal.

Al salir de la *chocolaterie*, Muscat ya me estaba esperando. Fumaba apoyado en el pequeño arco junto a la entrada principal.

—¿Y bien, *père*?

—He hablado con su esposa.

—¿Cuándo vuelve a casa?

He movido la cabeza negativamente.

—No quisiera darle falsas esperanzas —le he dicho con voz amable.

—¡Vaca testaruda! —ha exclamado arrojando el cigarrillo y machacándolo con el tacón del zapato—. Perdone el lenguaje, *père*, pero eso es lo que es. Cuando pienso en todas las cosas de las que me he privado por culpa de esa perra loca... el dinero que me ha costado...

—También ella ha tenido que soportar muchas cosas —le he dicho con intención, recordando muchas sesiones de confesionario.

Muscat se ha encogido de hombros.

—¡Yo no soy un ángel! —ha dicho—. Conozco mis debilidades. Pero, dígame, *père*... —tendió las manos hacia mí en gesto implorante—, ¿acaso no tengo razón? ¿Tener que despertarme cada mañana y contemplar su estúpida cara? ¿Atraparla una vez y otra con los bolsillos llenos de cosas robadas del mercado... lápices de labios, frascos de perfume, bisutería? ¿Tener que soportar que todo el mundo me mire en la iglesia y se ría de mí en mis narices? ¿Eh? —me ha mirado como queriendo ganarme para su causa—. ¿Qué me dice, *père*? ¿No cree que también yo he llevado mi cruz?

Eran cosas que ya me tenía oídas. Que si era desaliñada, que si era corta de alcances, que si era una ladrona, que si era una perezosa que no hacía el trabajo de la casa... No tengo derecho a opinar sobre este tipo de cosas. Mi misión consiste en ofrecer consejo y consuelo. Pese a todo, sus excusas me repugnan, me molesta que crea que, de no haber sido por ella, él habría llegado a grandes cosas.

—No estamos aquí para culpar a nadie —le he dicho en tono de reproche—, pero tenemos que encontrar los medios de salvar su matrimonio.

Al momento se ha apaciguado.

—Lo siento, *père*. No... no habría debido decir estas cosas —ha intentado el recurso de la sinceridad, ha mostrado unos dientes amarillentos como marfil antiguo—. No se figure que no la quiero, *père*. Me refiero a que me gustaría que volviera, ¿comprende?

¡Sí, claro! Para que le prepare la comida, le planche la ropa, le lle-

ve el bar y para demostrar a sus amigos que a él, Paul-Marie Muscat, no hay quien le tome el pelo, nadie. Desprecio su hipocresía.
Tiene que conseguir que vuelva. En eso estoy de acuerdo. Pero no
por las mismas razones.

—Pues si quiere que vuelva, Muscat —le he dicho con aspereza—,
hasta ahora ha llevado las cosas de una manera sumamente idiota.

Se ha refrenado.

—Yo no lo veo así.

—¡Venga, déjese de sandeces!

¡Oh, Señor! ¡Oh, *père*! ¿Cómo pudo usted tener tanta paciencia
con esta gente?

—Amenazas, obscenidades y anoche la vergonzosa escena de su
borrachera. ¿Le parece que esto es favorable a su causa?

Con gesto hosco responde:

—No podía dejar que se fuera por las buenas, *père*. Todo el
mundo dice que mi mujer me ha abandonado. Y esa zorra metomentodo de la pastelera... —sus ojos mezquinos se han empeque-
ñecido aún más detrás de las gafas de montura metálica—. Le estará bien empleado si le ocurre algo a esa tienda fantasiosa que ha
puesto —dice de pronto—. Así nos desembarazaremos de esa zorra
para siempre.

Lo he mirado con atención.

—¿Cómo?

Acababa de decir algo que estaba demasiado cerca de lo que yo
mismo pensaba, *mon père*. Que Dios tenga piedad de mí, pero cuando vi arder aquella barca... fue un placer primitivo, indigno de mi
cargo, un sentimiento pagano que reconozco que no habría debido
sentir. He luchado contra él, *père*, a primeras horas de la madrugada. He intentado sofocarlo, pero es como el diente de león, que
vuelve a crecer una y otra vez, con sus insidiosas raíces, esas pequeñas raíces que se adentran cada vez más en la tierra. Tal vez por eso,
porque yo lo sabía, mi voz ha sonado más áspera de lo que era mi
intención al replicarle.

—Pero ¿en qué está pensando, Muscat?

Ha farfullado algo apenas audible.

—¿Un incendio, quizá? ¿Un fuego oportuno? —sentí la fuerza de la rabia que presionaba contra mis costillas. Su sabor, metálico y dulcemente podrido a la vez, me ha llenado la boca—. ¿Algo así como el fuego que nos libró de los gitanos?

Sonrió, presuntuoso.

—Es posible. El riesgo de incendio es terrible en algunas de esas casas viejas.

—¡Oiga! —de pronto me ha aterrado la idea de que pudiera tomar mi silencio de aquella noche por complicidad—. Si pienso... si sospecho incluso... fuera del confesionario que usted está metido en una cosa así... como le ocurra algo a esa tienda...

Lo agarré por el hombro; los dedos se me hundieron en su carne pulposa. Muscat parecía apesadumbrado.

—Pero *père*... si ha sido usted quien ha dicho...

—¡Yo no he dicho nada! —oí mi voz retumbar en la plaza, ¡pap, pap, pap!, por lo que he bajado el tono en seguida—. Nunca tuve intención de empujarle a usted a... —de pronto he notado que tenía la garganta agarrotada y he tenido que aclarármela—. No estamos en la Edad Media, Muscat —le dije, crispado—. Nosotros no somos quién para... interpretar... la ley de Dios a nuestra manera. Ni tampoco las leyes de nuestro país —añadí con severidad y mirándolo a los ojos. Tenía las córneas del mismo amarillo que los dientes—. ¿Está claro?

—Sí, *mon père* —dijo con resentimiento.

—Porque como ocurra algo, Muscat, lo que sea... una ventana rota, un pequeño incendio... lo que sea...

Le sobrepaso la cabeza en altura, soy más joven que él y estoy en mejor forma que él. Responde instintivamente a la amenaza física. Le doy un pequeño empujón que lo proyecta contra el muro de piedra que tiene a su espalda. Apenas consigo refrenar la rabia. ¡Mira que atreverse! ¡Mira que osar hacer el papel que me corresponde a mí, *père*! ¡Que tenga que ser ese miserable borrachín! ¡Que tenga que ser él quien me coloca en esta situación y hasta me obliga a proteger oficialmente a la mujer que es mi enemiga! Me freno a costa de hacer un gran esfuerzo.

—No se acerque a la tienda, Muscat. Si hay que hacer algo, lo haré yo. ¿Me ha entendido?

Ahora más humilde, aplacada su bravuconada, continúa:

—Sí, *père*.

—Deje el asunto enteramente en mis manos.

Faltan tres semanas para el festival. No me quedan más que tres semanas para encontrar la forma de contener la influencia de esa mujer. Ya prediqué contra ella en la iglesia y no sirvió para otra cosa que para cubrirme de ridículo. Tuve que oír cómo decían que el chocolate no es una cuestión moral. Hasta los mismos Clairmont ven mi obstinación como algo ligeramente anormal, ella se mofa de mí diciendo que hago excesivos aspavientos, mientras que él se ríe abiertamente en mis barbas. Vianne Rocher no me hace el menor caso. Lejos de enmendarse, hace gala de su condición de forastera, me saluda gritando y con actitud impertinente desde el otro lado de la plaza, alienta las bufonadas de personas como Armande y está siempre rodeada de niños, cuyo creciente salvajismo ella no hace más que espolear. Incluso en medio de una multitud se la puede distinguir al momento. Allí donde otros van caminando tranquilamente por la calle, ella corre. Por no hablar, además, de cómo lleva los cabellos y de sus vestidos, siempre agitados por el viento, siempre de colores llamativos, los colores de las flores silvestres, esos anaranjados y amarillos, esos topos, esos estampados florales... En la naturaleza, si entre los gorriones se mezclara un periquito aquellos no tardarían en ahuyentarlo por su plumaje llamativo. Aquí, en cambio, aceptan a esta mujer con simpatía, incluso con curiosidad. Lo que en otro sitio haría fruncir el ceño aquí, en cambio, se tolera sólo porque se trata de Vianne. Ni el mismo Clair-mont es impermeable a sus encantos y en cuanto al desagrado que Vianne Rocher provoca en su mujer, se trata de una reacción que no tiene nada que ver con cuestiones de superioridad moral y sí, por contra, con una cierta envidia que favorece en muy poco a Caro. Por lo menos Vianne Rocher no es hipócrita ni se sirve de las palabras divinas para elevar su nivel social. Pero esa consideración, que indica una simpatía a la que un hombre de mi cargo no puede condescender, encierra otro peligro. Yo no puedo tener simpatías. Tan inapropiada es la simpatía como la antipatía, teniendo en cuen-ta mi condición. Yo estoy obligado a ser imparcial, tanto por la co-munidad como por la Iglesia. Me debo a ambas por encima de todo.

Hace días que no hablamos con Muscat. He logrado convencer a Joséphine, que al principio no quería salir de La Praline, de que vaya hasta la panadería o de que cruce la plaza para acercarse a la floristería sin que yo tenga necesidad de acompañarla. Como se niega a volver al Café de la République, he tenido que prestarle algunos vestidos míos. Hoy lleva un jersey azul y un sarong a flores y tiene un aire más joven, está guapa. Es curioso el cambio que se ha operado en ella en tan pocos días, ha desaparecido de su persona aquel aire de hostilidad absurda, aquellos gestos que delataban una actitud defensiva. Parece más alta, más esbelta, ya no va permanentemente encorvada como antes ni lleva encima todas aquellas prendas superpuestas que infundían pesadez a su figura. Se encarga de la tienda mientras yo trabajo en la cocina y de momento ya le he enseñado a amasar y fundir los diferentes tipos de chocolate, así como a confeccionar los tipos más sencillos de praliné. Tiene buenas manos y es rápida. Le recuerdo, entre risas, esa habilidad que tiene con las manos, digna de un pistolero, según me demostró en ocasión de su primera visita y ella se sonroja.

—¡Yo no te quité nada! —su indignación me conmueve por su acento de sinceridad—. Vianne, no irás a figurarte que yo...

—¡Ni hablar, mujer!

—Tú sabes que yo...

—¡Claro, claro!

Aunque ella y Armande apenas se conocían, han hecho muy

buenas migas. La anciana viene ahora todos los días, a veces sólo para hablar, a veces para comprarse un cucurucho de trufas al albaricoque, sus favoritas. A veces viene con Guillaume, que también se ha convertido en cliente habitual. Parece que el hombre se anima con su compañía, ya que desde que murió *Charly* se ha vuelto más apático e indiferente con todo. Hoy también ha venido Luc y se han sentado los tres en el rincón con su tazón de chocolate y unos *éclairs*. Del grupito se levantaban risas y exclamaciones ocasionales.

Poco antes de cerrar ha entrado Roux. Tenía un aspecto desconfiado y cauteloso. Es la primera vez que lo he visto de cerca desde el día del incendio y me han sorprendido los cambios que se han operado en él. Está más delgado y lleva los cabellos apelmazados y echados para atrás y tiene una expresión ausente, taciturna. Lleva un vendaje sucio en una mano. En un lado de la cara todavía tiene unas marcas impresionantes que parecen quemaduras de sol.

Se ha quedado muy sorprendido al ver a Joséphine.

—¡Perdone, creía que encontraría a Vianne! —y se da la vuelta dispuesto a irse.

—¡No, no! Espere, por favor. Está dentro.

Joséphine se mueve con más naturalidad desde que trabaja en la tienda, pero esta vez ha hablado con torpeza, como si el aspecto del hombre la intimidara.

Roux titubea.

—Usted es la del bar —dice por fin—. Usted es...

—Joséphine Bonnet —lo corta ella—. Ahora vivo aquí.

—¡Ah!

Al salir de la cocina he visto que Roux la observaba con unos ojos llenos de curiosidad, aunque no ha insistido con más preguntas, por lo que Joséphine ha optado por retirarse a la cocina.

—¡Qué alegría volver a verle, Roux! —le digo con toda franqueza—. Precisamente quería pedirle un favor.

—¿Ah, sí?

Es un hombre capaz de dar sentido a simples monosílabos. Su manera de hablar refleja una cortés desconfianza, una especie de incredulidad. Parece un gato nervioso y pronto a atacar.

—Necesito hacer unas reparaciones en la casa y no sé si usted podría...

Me cuesta terminar la frase. Sé de sobra que no querrá aceptar lo que puede tomar por una limosna.

—Supongo que no tendrá nada que ver con nuestra amiga Armande, ¿verdad? —lo dice con tono ligero pero con dureza. Se vuelve hacia donde estaban sentados Armande y los demás—. Buenas obras a la chita callando, ¿no es eso? —dice en tono cáustico.

Se ha vuelto de nuevo hacia mí, su expresión es precavida e inexpresiva.

—No he venido aquí a buscar trabajo. Lo único que quería preguntarle es si aquella noche vio a alguien rondando por los alrededores de mi barca.

Niego con la cabeza.

—Lo siento, Roux, pero no vi a nadie.

—De acuerdo, pues —se ha vuelto con intención de marcharse—. Gracias.

—Oiga, espere... —le grito—. ¿No quiere tomar nada?

—Otra vez será.

Su tono es brusco, casi roza la mala educación. Como si la rabia que siente buscase algo donde poder descargarse.

—Nosotros seguimos siendo amigos de usted —le he dicho cuando ya estaba en la puerta—. Armande, Luc y yo. No esté tan a la defensiva. Lo único que queremos es ayudarlo.

Roux se vuelve bruscamente. Su rostro es sombrío y tiene los ojos entrecerrados, cortantes como cuchillos.

—Esto va para todos ustedes —ha hablado en voz baja pero cargada de odio, tan ronca que casi no se le ha entendido—. No necesito ayuda de nadie. No habría debido tener tratos con ninguno de ustedes, esto para empezar. Si he venido ahora ha sido solamente porque me gustaría encontrar a la persona que me quemó la barca. Y en cuanto a que ustedes sean amigos míos, ya puede quitárselo de la cabeza.

De pronto ha desaparecido, aunque no sin antes golpear torpemente la jamba de la puerta y acompañado de un airado campanilleo de carillones.

Así que sale nos miramos llenos de sorpresa.

—Los pelirrojos son así —dice Armande con aire convencido—, más cabezotas que las mulas.

Joséphine parece impresionada.

—¡Qué hombre tan horrible! —dice finalmente—. Tú no le incendiaste la barca. ¿Qué derecho tiene a echarte las culpas?

Me he encogido de hombros.

—Se siente impotente, está furioso y no sabe a quién culpar —le he explicado—. Es una reacción natural. Y se figura que si le ofrecemos ayuda es porque le tenemos lástima.

—Me horroriza la violencia —dice Joséphine, seguramente pensando en su marido—. Menos mal que se ha marchado. ¿Crees que ahora se irá de Lansquenet?

Niego con la cabeza.

—No, no creo —le digo—. ¿Dónde va a ir?

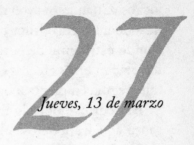

Ayer por la tarde fui a Les Marauds a hablar con Roux, pero tuve tan poco éxito como la última vez. La casa en ruinas estaba atrancada por dentro y tenía los postigos cerrados. Me lo imaginé acurrucado en la oscuridad, reconcomido por la rabia como un animal salvaje. Lo llamé por su nombre y, aunque sé que me oyó, no respondió. Consideré la posibilidad de dejarle una nota en la puerta, pero al final decidí no hacerlo. Si quiere venir a verme, que lo haga por su voluntad. Anouk me acompañó. Llevaba una barquita de papel que yo le había hecho con la cubierta de una revista. Mientras yo esperaba en la puerta de Roux, Anouk se acercó a la orilla del río para hacerla navegar, ayudándose con una rama larga y flexible para evitar que la corriente la arrastrara. Viendo que Roux no se dignaba aparecer, volví a La Praline, donde Joséphine ya había empezado a preparar la cobertura de toda la semana, y dejé a Anouk entregada a sus juegos.

—¡Mucho cuidado con los cocodrilos! —le dije con la cara muy seria.

Anouk me sonrió. Llevaba un gorrito amarillo, tenía una trompeta de juguete en una mano y la rama en la otra y se puso a tocar la trompeta con sonido estridente y monótono, saltando de un pie a otro con una excitación que iba creciendo por momentos.

—¡Cocodrilos! ¡Los cocodrilos atacan! —gritaba—. ¡Preparad los cañones!

—¡Para ya! —le ordené—. ¡Cuidado, no te vayas a caer!

Anouk me envió de un soplo un extraño beso y volvió a sus juegos. Cuando me volví, ya en lo alto de la colina, la vi bombardeando a los cocodrilos con pedazos de turba y hasta mí llegó el sonido estridente de la trompeta —¡¡ta-ta-ta!!— en el que se intercalaban otros efectos especiales —¡puf! ¡plas!— mientras la batalla seguía en pleno apogeo.

Era curioso que siguiera sorprendiéndome, que me hiciera sentir aquella poderosa oleada de ternura. Entrecerrando los ojos para evitar que el sol me deslumbrase, veía casi a los cocodrilos, sus formas largas, parduscas, moviéndose convulsivamente en el agua, los destellos de los cañones... Moviéndose entre las casas, veía a Anouk, el rojo y el amarillo de su abrigo y su gorro destacados en la sombra, y casi podía imaginar también aquella comitiva de animales que la rodeaba. Mientras la estaba observando, se volvió, me saludó con la mano y me gritó: «¡Te quiero!», aunque después volvió a enfrascarse en aquel asunto tan importante al que estaba jugando.

Como cerramos por la tarde, Joséphine y yo nos pusimos a trabajar de firme en la confección de pralinés y trufas suficientes para todo el resto de la semana. Ya he comenzado a preparar los bombones de Pascua y, en cuanto a Joséphine, ya sabe decorar los animales y los empaqueta después metiéndolos en cajas adornadas con cintas multicolores. La bodega es el almacén ideal: es fresca pero no fría, lo que provocaría la aparición de esa capa blanquecina con que le refrigeración recubre al chocolate, y además es oscura y seca, circunstancia que permite almacenar en ella preparaciones especiales, que guardamos en cajas de cartón, y deja espacio todavía para nuestras provisiones domésticas. El pavimento está constituido por losas viejas, oscuras y alisadas, que parecen de roble, frescas y resbaladizas. En el techo, simplemente una bombilla. La puerta de la bodega es de pino sin barnizar, con un agujero en la parte baja para que pase por él un gato que hace mucho tiempo se largó. Hasta a Anouk le gusta la bodega, que huele a piedra y a vino viejo, y con tizas de colores ha hecho dibujos en las losas del suelo y ha llenado las paredes encaladas de animales, castillos, pájaros y estrellas. Armande y Luc, en la tienda, se quedaron charlando un rato y después salieron juntos. Ahora se encuentran más a menudo, y no siempre en La Praline. Luc me dijo que la semana pasada fue a verla dos veces a su casa y que las dos veces trabajó una hora en su jardín.

—Aho-hora que tiene la ca-casa arreglada, necesita que le arreglen los par-parterres del jardín —me dijo lleno de entusiasmo—. Ella ya no pue-puede cavar la tierra como antes, pero di-dice que le gustaría tener es-este año más flo-flores en lugar de tantos hierbajos.

Ayer Luc llevó a su abuela una bandeja de plantas del vivero de Narcisse y las plantó en el suelo recién cavado, al pie del muro de la casa de Armande.

—Compré es-espliego y prí-prímulas y tulipanes y narci-cisos —me explicó—. Le gustan las flores de co-colores vivos y las que huelen más. Como no ve muy bien, he com-comprado lilas y alhelíes y reta-tama y así las verá bien —sonrió con timidez—. Quiero plan-plantarlas antes de su cum-cumpleaños —me dijo.

Pregunté a Luc cuándo era el cumpleaños de Armande.

—El treinta de marzo —me dijo—. Cumplirá ochenta y uno. Ya he pensado en el re-regalo que le haré.

—¿Ah, sí?

Asintió.

—He pen-pensado que le compraría unas enaguas de se-seda —su tono de voz era ligeramente de-defensivo—. Le gusta mu-mucho la ro-ropa interior.

Tratando de disimular una sonrisa, le dije que me parecía una excelente idea.

—Tendré que ir a Agen —dijo muy serio—. Y tendré que esconder el regalo pa-para que mi ma-madre no lo vea, se pondría como una moto —dijo de pronto entre risas—. Podríamos orga-

organizar una fi-fiesta. Desear a mi abuela que tenga una buena entra-trada en la dé-década próxima.

—Pero tendríamos que preguntarle a ella si le parece bien —le sugerí.

A las cuatro ha llegado Anouk cansada, más contenta que unas Pascuas y sucia de barro hasta el cuello y, mientras Joséphine le hacía un té, yo le he preparado un baño caliente. Después de quitarle toda la ropa sucia que llevaba encima, la he metido en remojo en agua caliente perfumada con miel y seguidamente nos hemos sentado las tres para tomar unos *pains au chocolat*, *brioche* con mermelada de frambuesa y unos rotundos albaricoques confitados que proceden del invernadero de Narcisse. Joséphine parecía preocupada y ha estado dando vueltas a un albaricoque en la palma de la mano.

—No puedo quitarme a ese hombre de la cabeza —ha dicho por fin—. Ya sabes a quién me refiero, al hombre que ha estado aquí esta mañana.

—¿Roux?

Asiente.

—Eso de que se incendiase su barca... —dice como sondeándome—. Tú no crees que fue accidental, ¿verdad?

—Eso cree él. Dice que olía a petróleo.

—¿Qué crees que haría si descubriese... —hace un esfuerzo para seguir—... si descubriese quién lo hizo?

Me he encogido de hombros.

—¿Cómo voy a saberlo? ¿Por qué lo dices, Joséphine? ¿Tienes idea de quién pudo ser?

Y continúa rápidamente:

—No, pero si alguien lo supiera... y no lo dijera... —deja colgada la frase y se quedó balbuceando y un tanto desazonada—. ¿Te parece que él... quiero decir... qué te parece que haría...?

La he mirado. Rehúye mis ojos mientras sigue dando vueltas y más vueltas con aire ausente al albaricoque que tiene en la mano. Veo que de sus pensamientos se levantaba una repentina vaharada de humo.

—Tú sabes quién lo hizo, ¿verdad? —le pregunto.

—No.

—Mira lo que te digo, Joséphine, si sabes algo...

—Yo no sé nada —ha declarado con voz inexpresiva—. ¡Ojalá supiera algo!

—Está bien, está bien. Nadie te echa nada en cara.

He procurado infundir un tono convincente a mi voz con intención de sonsacarla.

—¡Yo no sé nada! —repite con voz histérica—. De veras que no sé nada. Además, ese hombre se va... o eso dijo. No es de aquí, no había estado nunca aquí y... —se interrumpe con un chasquido audible de los dientes, ha cortado la frase como si le hubiera pegado un mordisco.

—Esta tarde lo he visto —dice Anouk de pronto mientras mastica el *brioche*—. He visto su casa.

Me vuelvo hacia ella llena de curiosidad.

—¿Ha hablado contigo?

Ha movido afirmativamente la cabeza, como dándose importancia.

—Sí, claro. Me ha dicho que va a hacerme una barca, una barca de madera, bien hecha, para que no se hunda. Bueno, si no le pegan fuego.

Anouk imita muy bien el acento de Roux. En su boca cobran vida los fantasmas de las palabras de Roux y hasta me parece verlos haciendo corvetas. Me vuelvo para disimular una sonrisa.

—Tiene una casa muy guapa —continúa Anouk—, con un fuego en medio de la alfombra. Me ha dicho que puedo ir a verlo siempre que quiera. ¡Oh! —dice de pronto llevándose la mano a la boca con aire culpable—. Me había dicho que no te dijera nada

—lanza un suspiro teatral—. Y ahora te lo he dicho, *maman*. ¿Verdad que ahora ya lo sabes?

La abrazo con una carcajada.

—Sí, ahora ya lo sé.

Veo que Joséphine está alarmada.

—A mí me parece que no deberías ir a esa casa —ha dicho llena de ansiedad—. No conoces a ese hombre, Anouk. Puede ser una persona violenta.

—Yo creo que es un buen hombre —digo haciendo un guiño a Anouk—, pero eso sí, quiero que me lo digas siempre que vayas a verlo.

Anouk me ha devuelto el guiño.

Hoy ha habido un entierro. Se ha muerto una anciana que vivía en Les Mimosas, una residencia situada río abajo y, ya fuera por miedo o por respeto, la ceremonia ha procedido con gran lentitud. La difunta era una mujer de noventa y cuatro años, según me ha informado Clotilde, la de la floristería, y era una parienta de la difunta mujer de Narcisse. He visto a Narcisse, quien como única concesión a la solemnidad de la ceremonia llevaba una corbata negra y se había puesto la americana de *tweed*, mientras que Reynaud, de pie en la puerta y con vestiduras de color blanco y negro, sostenía una cruz de plata en una mano y extendía benévolamente la otra para acoger a los que formaban el cortejo fúnebre. Los asistentes eran pocos. Había una docena de viejas, a ninguna de las cuales conocía, una en una silla de ruedas empujada por una enfermera rubia, otras redonditas y vivarachas como Armande, algunas con esa delgadez casi translúcida propia de la gente muy vieja, todas de negro riguroso, con medias, sombreros o pañuelos atados a la cabeza, algunas con guantes y otras con las manos lívidas y retorcidas enlazadas sobre el pecho plano, igual que vírgenes de Grünewald. Lo más visible eran sus cabezas y, mientras iban camino de Saint-Jérôme en apretado grupo, parecían gallinas cluecas. Entre las cabezas gachas he sorprendido alguna mirada furtiva ocasional lanzada por unos ojos hundidos en un rostro grisáceo, unos ojos negros que fulguran desconfiados un momento para mirarme desde la seguridad del enclave donde están atrincheradas las viejas mientras la enfermera, con maneras competentes, resuelta y jovial, las va empujando desde detrás. No parecen tristes. Al entrar en la iglesia, la mujer a la que llevan en silla de ruedas sostiene un misal negro en una mano y canta con voz meliflua. Las demás están sumidas mayoritariamente en silencio y hacen una inclinación de cabeza cuando pasan por delante de Reynaud y se sumergen en la oscuridad de la iglesia y algunas le entregan una nota orlada de negro para que la lea en voz alta durante la ceremonia. El único coche fúnebre del pueblo llega tarde. Dentro, un ataúd con negros paños y un solo adorno floral. Una campana dobla tristemente. Mientras yo espero apostada en mi establecimiento vacío, he oído que del órgano salían unas notas desmayadas y fugitivas, como piedras que cayeran en las profundidades de un pozo.

Joséphine, que estaba en la cocina sacando una hornada de merengues de crema de chocolate, ha entrado en la tienda sin hacer ruido y se ha estremecido.

—Esto es horripilante —ha comentado.

Me acuerdo del horno crematorio, de la música de órgano —la *Toccata* de Bach—, del ataúd reluciente y barato, del olor a barniz y a flores. El sacerdote pronunció mal el nombre de mi madre: *Jean Roacher*. A los diez minutos todo había terminado.

Ella me había dicho: «Habría que celebrar la muerte. Como si fuera un cumpleaños. Cuando me llegue la hora, quiero elevarme como un cohete y caer después en una lluvia de estrellas y oír cómo todo el mundo dice: ¡aaaaah!».

Esparcí sus cenizas en el puerto la noche del cuatro de julio. Había fuegos artificiales, algodón de azúcar y petardos atronando en el muelle y en el aire flotaba el olor acre a pólvora y el de perritos calientes y cebollas fritas y un leve tufillo a basura que venía del agua. Era la América que ella había soñado, un gigantesco parque de atracciones, destellos de neones, música, multitudes cantando y empujándose, todo aquel relumbrón untuoso y sentimental que ella amaba. Aguardé a que llegara el momento culminante de la exhibición, momento en que el cielo se convirtió en erupción temblorosa de luces y colores y en que dejé que el torbellino engullera suavemente las cenizas, que al desparramarse se volvieron azules, blancas y rojas. Habría querido decir unas palabras, pero ya no quedaba nada que decir.

—Horripilante —ha repetido Joséphine—. Detesto los entierros. No voy nunca a ninguno.

No digo nada, me limito a observar la plaza silenciosa y a escuchar el órgano. Menos mal que no es la *Toccata*. Los ayudantes de los sepultureros han cargado el féretro y lo han entrado en la iglesia. Parecía muy ligero y los pasos de los hombres eran vivos y resonaban, poco reverentes, en el empedrado.

—No me gusta vivir tan cerca de la iglesia —ha dicho Joséphine con inquietud—. No soporto que ocurran este tipo de cosas en la puerta de enfrente.

—En China, la gente que asiste a los entierros se viste de blanco —le digo yo— y se intercambian regalos envueltos en llamativo papel rojo, a fin de que les traiga suerte. Encienden fuegos artificiales, hablan y ríen y bailan y lloran. Cuando termina todo, se lanzan uno tras otro sobre las brasas de la pira funeraria y se ponen a saltar, con lo que quieren glorificar el humo mientras se va elevando.

Me mira llena de curiosidad.

—¿También has vivido en China?

Niego con la cabeza.

—No, pero en Nueva York conocimos a muchos chinos. Para ellos la muerte de una persona es una ocasión para celebrar su vida.

Joséphine me mira con aire dubitativo.

—No entiendo cómo es posible celebrar que uno se muera —dice finalmente.

—No, no es eso. Lo que se celebra es la vida. Toda la vida, incluso el final.

He cogido la chocolatera de la bandeja caliente y he llenado dos tazones.

Después he ido a la cocina a buscar dos merengues, todavía calientes y dulces bajo su envoltura de chocolate, y les he añadido *crème chantilly* espesa y avellanas picadas.

—No está bien que ahora nos comamos esto —ha dicho Joséphine, aunque he visto que, pese a todo, daba cuenta de todo.

Era casi mediodía cuando los de pompas fúnebres, aturdidos y deslumbrados por el sol que se derramaba a raudales, han salido de la iglesia. Nosotras ya habíamos terminado con el chocolate y los merengues y estábamos tratando de mantener la oscuridad a raya un rato más. Reynaud volvía a estar en la puerta y al poco rato las ancianas se han ido en un minibús, en uno de cuyos costados se leía, escritas en rutilantes letras amarillas, las palabras «Les Mimosas», y la plaza volvía a recobrar su normalidad. Así que ha visto desaparecer a toda la comitiva, Narcisse ha entrado en la tienda, sudando a mares a causa del apretado cuello de la camisa. Cuando le he dado el pésame se ha encogido de hombros.

—Ni la conocía siquiera —ha dicho con indiferencia—. Era una tía abuela de mi mujer. Hace veinte años que la internaron en Le Mortoir porque la cabeza no le regía.

Le Mortoir. El nombre ha provocado una mueca en Joséphine cuando lo ha oído. Detrás de los halagos que encierra la palabra «mimosa», eso es realmente el sitio, Le Mortoir, un lugar donde morir. Narcisse se ha limitado a obedecer los convencionalismos pero, en realidad, esa mujer ya había muerto hace muchísimo tiempo.

He servido a Narcisse un chocolate, negro, dulce y amargo a la vez.

—¿Quiere un trocito de tarta? —le he ofrecido.

Se quedó reflexionando un momento.

—Mejor no, estoy de luto —ha declarado de forma abstrusa—. ¿De qué es el pastel?

—*Bavaroise*, con caramelo encima.

—Quizá tomaré una porción, pero muy pequeña.

Joséphine estaba contemplando la plaza vacía a través del cristal del escaparate.

—El hombre aquel vuelve a andar por aquí —observa—. El de Les Marauds. Ahora va a la iglesia.

Salió a la puerta a mirar. Roux estaba de pie junto a la puerta lateral de Saint-Jérôme. Parecía agitado, se movía inquieto, descargando su peso de un lado a otro, los brazos fuertemente apretados al cuerpo, como si tuviera frío.

Seguro que había sucedido algo. Sentí de pronto un pánico repentino. Había ocurrido algo increíblemente terrible. Mientras observaba a Roux, vi que se volvía de pronto hacia La Praline, y se acercaba corriendo a la puerta. Y ahí se ha quedado, parado, con la cabeza gacha, rígido el cuerpo, con aire culpable y desazonado.

—Armande... —dijo—, creo que la he matado.

Nos quedamos mirándolo, atónitas. Hace un gesto torpe de impotencia con las manos, como si quisiera barrer los malos pensamientos.

—He venido a buscar al cura. Ella no tiene teléfono y he pensado que quizás él... —se interrumpió.

El dolor que sentía deformaba su voz y sus palabras sonaban exóticas e incomprensibles, una lengua en la que abundaban los sonidos guturales e inarticulados y que igual habría podido ser árabe que español que *verlan* o que una extraña mezcla de las tres lenguas.

—Me ha dicho... que fuera a la nevera y... que dentro había un medicamento... —se volvió a interrumpir, cada vez más agitado—. Yo ni la he tocado. Es que no la he tocado siquiera. Yo no habría... —ha dicho las palabras con esfuerzo, como si las escupiera o tuviera los dientes rotos—. Ahora dirán que he sido yo. Que quería robarle el dinero. Y no es verdad. Le he dado un poco de coñac y entonces ella...

Se ha callado y he visto que hacía un esfuerzo para dominarse.

—Está bien —le dije con calma—. Me lo contará por el camino. Joséphine se quedará en la tienda. Narcisse telefoneará al médico desde la floristería.

Continuó insistiendo:

—No quiero volver. He hecho todo lo que he podido. No quiero...

Lo agarré por el brazo y le obligué a acompañarme.

—No hay tiempo para esas cosas. Necesito que venga conmigo.

—Dirán que he sido yo. La policía...

—Armande lo necesita. ¡Vamos!

Camino de Les Marauds oí el resto de aquella noticia inconexa. Roux, avergonzado de su intemperancia el día anterior en La Praline y al ver que estaba abierta la puerta de casa de Armande, decidió hacerle una visita y se la encontró sentada, medio inconsciente, en la mecedora. Consiguió despertarla y escuchar sus palabras: «medicina... nevera...» Sobre la nevera había una botella de coñac, llenó un vaso y la obligó a bebérselo introduciéndole el líquido entre los labios.

—Pero estaba... desmayada. Me ha sido imposible hacerla volver en sí —me pareció que la angustia se iba mitigando—. Entonces me he acordado de que era diabética. Probablemente la he matado al tratar de ayudarla.

—Usted no la ha matado —me había quedado sin aliento con

tanto correr y notaba una punzada en el costado izquierdo—. Se pondrá bien. Gracias a usted aún estamos a tiempo.

—Pero ¿y si se muere? ¿Quién me va a creer? —ha dicho con voz áspera.

—Tranquilícese. El médico no tardará en llegar.

La puerta de Armande sigue abierta, hay un gato acurrucado en medio del umbral. Al otro lado la casa está sumida en silencio. De un canalón desprendido del tejado cae un chorrito de agua de lluvia. Veo los ojos de Roux que le echan una ojeada rápida y profesional, como si dijeran: «Tengo que arreglar esto». Se detiene en la puerta, parece que espera que le den permiso para entrar.

Armande está tendida en la estera delante de la chimenea, tiene la cara grisácea, un color como de seta oscura. Los labios tienen un tono azulado. Por lo menos Roux la ha colocado en la posición adecuada y ahora le pone un brazo debajo de la cabeza y el cuello formando un ángulo para facilitarle la respiración. Está inmóvil, pero un tembloroso aleteo de respiración rancia que se le escapa entre los labios me dice que está viva. En el suelo, junto a ella, tiene la labor de tapicería y, sobre la estera, el café que ha derramado forma la mancha de una coma. La escena tiene una inmovilidad extraña, parece el plano fijo de una película muda. Le toco la piel, que está fría y tiene un tacto como de pescado. A través de los párpados, tenues como crespón mojado, se le transparenta claramente el negro iris de las pupilas. La falda negra, levantada apenas por encima de las rodillas, deja ver un volante carmesí. Siento que me sube por dentro un repentino acceso de ternura cuando veo sus viejas rodillas artríticas recubiertas con las medias negras y las vistosas enaguas de seda debajo de · la tosca bata.

—¿Y bien? —la angustia que embarga a Roux lo impulsa a hablar como si gruñera.

—Creo que se pondrá bien.

La incredulidad y la desconfianza hacen más oscuros sus ojos.

—Debe de tener insulina en la nevera —le digo—. Seguramente se refería a eso. Vaya a buscarla, rápido.

La guarda junto a los huevos. Dentro de una caja *tupperware* tiene seis ampollas de insulina y unas agujas de inyecciones de un solo uso. Al otro lado, una caja de trufas con unas letras en la tapadera que dicen La Céleste Praline. Aparte de esto, en la casa apenas hay comida: una lata abierta de sardinas, un trozo de papel con manchas de *rillettes*, unos tomates. Le pongo la inyección en el brazo, en la parte interior del codo. Conozco bien la técnica. Durante los estadios finales de la enfermedad de mi madre, en los que intentó tantas terapias alternativas —acupuntura, homeopatía, visualización creativa—, acabamos recurriendo a la buena morfina de toda la vida, que comprábamos en el mercado negro cuando no podíamos conseguirla con receta y, pese a que mi madre detestaba las drogas, se sintió feliz de conseguirla y vivió una exaltación física en que los rascacielos de Nueva York navegaban ante nuestros ojos como en un espejismo. ¡Qué poco pesa cuando la sostengo en mis brazos, la cabeza se le vence inerte! Una marca de colorete en una mejilla le da un aspecto desesperado y grotesco. Le oprimo las manos frías y rígidas entre las mías, le distiendo las articulaciones, le restriego los dedos.

—¡Armande! Despierte, Armande.

Roux nos observa, indeciso, con expresión confusa y esperanzada a un tiempo. Siento los dedos de Armande en mis manos como si fueran un manojo de llaves.

—Armande —le he hablado con voz enérgica y autoritaria—. ¡No se vaya a dormir ahora! Tiene que despertarse.

Ya está. El más leve de los temblores, como una hoja que aletease y rozase otra.

—Vianne...

Roux se desploma de rodillas a nuestro lado. Su rostro está pálido, pero le brillan los ojos.

—¡Oh, vuelva a decirlo, vieja testaruda! —el peso que acaba de quitarse de encima es tan grande que lo siento con dolor—. Sé que está ahí, Armande, sé que me oye —me mira histérico, casi riendo—. Ha hablado, ¿verdad? ¿No han sido imaginaciones mías?

He negado con un movimiento de la cabeza.

—Es una mujer fuerte —le digo—. Menos mal que la ha cogido a tiempo, justo antes de que entrara en coma. Demos tiempo a la inyección para que actúe. Siga hablándole.

—De acuerdo —Roux se pone a hablar con ella de forma aturullada e incesante, escrutando en su cara algún signo de conciencia.

Entretanto, yo sigo frotándole las manos y me doy cuenta de que poco a poco va recobrando el calor.

—No nos va a engañar, Armande, vieja bruja. Es usted más fuerte que un caballo. Usted no se morirá nunca. Además, acabo de repararle el tejado. No se vaya a figurar que me he tomado todo este trabajo para que esa hija suya se quede con todo. ¿O sí? Sé que me oye, Armande. Sé que me escucha. ¿A qué espera? ¿Quiere que le pida perdón primero? Bueno, de acuerdo, entonces le pediré perdón —ahora casi está gritando y las lágrimas le resbalan por el rostro—. ¿Me ha oído? Le he pedido perdón. Soy un desagradecido y un hijo de puta y estoy arrepentido. Despiértese de una vez y...

—... sí, un asqueroso hijo de puta...

Roux se ha callado de golpe. Armande ahoga una pequeña carcajada. Sus labios se mueven aunque de ellos no escapa ningún sonido, pero sus ojos brillan y miran atentos. Roux le rodea la cara afectuosamente con las dos manos.

—Lo he asustado, ¿verdad? —la voz de Armande es fina como la seda.

—No.

—Sí, claro que sí —en la voz de Armande hay un rastro de satisfacción y de malevolencia.

Roux se restriega los ojos con el anverso de la mano.

—Todavía me debe dinero por el trabajo que le hice —ha dicho con voz temblorosa—. Temía que no se recuperase porque me habría quedado sin cobrar.

Armande vuelve a soltar otra de sus risitas. Está recuperando fuerzas a ojos vistas, por lo que entre los dos la hemos levantado para sentarla en la silla. Pero sigue muy pálida y tiene la cara abotargada como una manzana podrida, pese a que sus ojos son claros y brillantes. Roux se vuelve hacia mí con expresión franca por vez primera desde el incendio. Nuestras manos se tocan. Súbitamente he visto su rostro a la luz de la luna, la curva redondeada de un hombro desnudo sobre la hierba, y he notado un persistente y fantasmal aroma de lilas... Abro los ojos con una estúpida expresión de sorpresa. También Roux debe de haber sentido algo, porque retrocede desconcertado. Detrás de los dos oigo a Armande riéndose por lo bajo.

—He encargado a Narcisse que telefoneara al médico —le digo tratando de quitarle importancia—. No tardará en llegar.

Armande me mira; surge entre las dos una sensación de reconocimiento y, no por primera vez, me pregunto con qué claridad percibe Armande las cosas.

—No quiero a ese esqueleto en mi casa —dice—. Que se vaya por donde ha venido. No quiero que me diga qué tengo que hacer.

—Pero usted está enferma —protesto—. De no haberla descubierto Roux cuando ha entrado en su casa podía haber muerto.

Me mira con aire burlón.

—Vianne —dice en el tono de una persona a la que se le está acabando la paciencia—, eso es lo que les pasa a los viejos: que se mueren. Son cosas de la vida y ocurren a diario.

—Sí, pero...

—Y no pienso ir a Le Mortoir —continúa—. Dígaselo de mi

parte. No me pueden llevar a la fuerza. Hace sesenta años que vivo en esta casa y quiero morir en ella.

—Nadie la obligará a ir a ninguna parte —dice Roux con viveza—. Lo único que pasa es que usted no se toma la medicación. Pero la próxima vez seguro que pondrá más atención.

Armande sonríe.

—Las cosas no son tan fáciles como parecen —dice.

Pero él insiste:

—¿Por qué lo dice?

Armande se encoge de hombros.

—Guillaume lo sabe —le dice—. He hablado mucho con él y él lo entiende —ahora su voz suena casi normal, aunque todavía está muy débil—. No quiero tomar ese medicamento todos los días —dice con calma—. No quiero andar siguiendo regímenes que son el cuento de nunca acabar. No quiero que me atiendan enfermeras amables y que me hablen como si yo estuviera en un jardín de infancia. Tengo ochenta años, puedo proclamarlo a voz en grito, y si a esa edad todavía no sé lo que me conviene...

Se interrumpe bruscamente.

—¿Quién viene?

Desde luego, tiene buen oído. También yo lo he oído. Es el débil sonido de un coche que enfila el sendero desigual que conduce a la casa. El médico.

—Como sea ese matasanos santurrón, díganle que no pierda tiempo conmigo —dictamina Armande—. Díganle que ya estoy bien y que se vaya con la música a otra parte. No quiero saber nada de él.

Echo una mirada al exterior.

—Se ha traído a medio Lansquenet —observo sin levantar la voz.

El coche, un Citroën azul, está atiborrado de gente. Además del médico, un hombre pálido vestido con un traje de color antracita, veo a Caroline Clairmont, a su amiga Joline y a Reynaud, todos apretados en el asiento trasero. El delantero está ocupado por Georges Clairmont, en actitud sumisa e incómoda pero de silenciosa protesta. Oigo el golpe de la puerta al cerrarse y la voz estridente de Caroline dominando el súbito clamor general:

—¡Mira que se lo dije! ¿Se lo dije o no, Georges? Nadie podrá acusarme de descuidar mis deberes como hija. A esta mujer se lo he dado todo y así me lo...

Después sigue un taconeo rápido de pasos sobre el empedrado y las voces entremezclándose en una cacofonía de sonidos mientras los inoportunos visitantes abren la puerta de la casa.

—¿Mamá? ¿*Maman*? ¡Aguanta, cariño, ya estoy aquí! Por aquí, *monsieur* Cussonnet, por aquí... pero ¿qué digo? Si usted ya conoce el camino, ¿verdad? ¡Con la de veces que se lo había dicho!... Estaba más que segura de que un día u otro iba a ocurrir.

Georges interpone una débil protesta:

—¿No crees que deberíamos abstenernos, Caro? Me refiero a que tendríamos que dejarlo en manos del doctor, ¿sabes?

Joline, con su tono altanero y frío, también mete cucharada:

—Me gustaría saber qué hacía él en su casa, dicho sea de paso...

Y Reynaud, con voz apenas audible:

—Hubiera debido avisarme a mí...

Observo que Roux se pone tenso antes de que entraran en la habitación y que echa una mirada rápida a su alrededor, como si buscara una salida. Pero, aunque la hubiera habido, ya era tarde. Las que han entrado primero han sido Caroline y Joline, con sus inmaculados *chignons,* sus conjuntos y sus pañuelos Hermès y, pisándoles los talones, Clairmont —traje oscuro y corbata, vestimenta insólita para moverse en el almacén, ¿o quizá su mujer lo ha obligado a cambiarse para la ocasión?—, el médico y el cura, como en una escena de melodrama, todos inmóviles en la puerta y con rostros que reflejaban una mezcla de sobresalto, frialdad, culpabilidad, desdén, indignación... Roux los contempla a todos con su mirada de insolencia, una mano vendada, el cabello húmedo caído sobre los ojos, en tanto que yo me quedo junto a la puerta, con mi falda de color naranja salpicada de barro tras la carrera a través de Les Marauds y Armande, pálida pero centrada, se mece tranquilamente en su vieja mecedora y lo observa todo con un brillo de malicia en los ojos, mostrando un dedo retorcido en un gesto muy de bruja...

—¡Vaya, ya han llegado los buitres! —su voz suena peligrosamente afable—. No han tardado mucho, la verdad sea dicha —dirige una mirada severa a Reynaud, de pie detrás del grupo—. Te figurabas que por fin te saldrías con la tuya, ¿no es eso? —continúa con voz áspera—. ¿Que me soltarías un par de bendiciones rápidas aprovechando que yo no estaba *compos mentis*? —suelta una risita ahogada—. Lo siento, Francis, pero todavía no estoy en condiciones de recibir los últimos auxilios.

Reynaud puso cara de pocos amigos.

—Eso parece —dice, lanzando una rápida mirada en dirección a mí—. Ha sido una suerte que *mademoiselle* Rocher fuera tan... competente... en el uso de las jeringuillas.

Es evidente el desdén que dejan traslucir sus palabras.

Caroline estaba muy tiesa y su cara era como una máscara sonriente con la que quisiera esconder el dolor.

—*Maman*, *chérie*, ya ves lo que pasa cuando dejamos que te arregles tú sola. Entonces vas y nos pegas estos sustos.

Armande la mira con cara de fastidio.

—Hacernos perder el tiempo de esta manera, sacar a la gente de sus casas... —*Lariflete* ha saltado sobre sus rodillas mientras Caro soltaba el discurso y Armande se ha puesto a acariciar al gato con aire ausente—. Supongo que ahora comprenderás por qué...

—¿Por qué estaría mejor en Le Mortoir? —Armande remata la frase con voz monocorde—. De veras, Caro, ¡siempre estás con la misma canción! No te cansas. Eres clavadita a tu padre, te lo aseguro. Estúpida, pero persistente. Era una de sus características más cautivadoras.

Caro adopta un aire petulante.

—No es Le Mortoir sino Les Mimosas y si te dignaras ir a hacer una visita...

—Entonces vería que pueden darme el alimento a través de un tubo, que podrían acompañarme al retrete para que no me cayera por el camino...

—No digas cosas absurdas.

Armande se echa a reír.

—Querida hija, a mi edad tengo derecho a hacer lo que me plazca. Hasta a hacer locuras si se tercia. Soy lo bastante vieja para arrumbar con todo.

—Te comportas como una niña pequeña —la voz de Caro suena con acento malhumorado—. Les Mimosas es una residencia estupenda y para gente muy selecta. Tendrías oportunidad de hablar con gente de tu edad, de hacer excursiones, de que te lo resolvieran todo...

—Sí, una maravilla —prosigue Armande mientras continúa meciéndose perezosamente.

Caro se vuelve hacia el médico, que sigue de pie a su lado, cohibido y sin saber qué hacer. Es un hombre delgado y nervioso y no se encuentra precisamente a sus anchas en esta casa, parece un hombre tímido en una orgía.

—Simon, ¡díselo!

—Bueno, la verdad es que no creo ser la persona apropiada para...

—Simon está de acuerdo conmigo —corta Caro empeñada en remachar el clavo—. Dadas las circunstancias y la edad que tienes, es un hecho que no puedes continuar viviendo de esta manera. En el momento más impensado podrías...

—Sí, *madame* Voizin —la voz de Joline rebosa afecto y sentido común—. Tendría que pensar un poco en lo que le aconseja Caro...

comprendo que, como es natural, usted no quiera perder su independencia, pero es por su bien.

La mirada de Armande ha sido rápida, centelleante y abrasiva. Se ha quedado mirando fijamente a Joline unos minutos en silencio mientras ésta se refrenaba, seguidamente volvía los ojos para el otro lado y finalmente se quedaba como un pimiento.

—Quiero que os vayáis ahora mismo —dice Armande, aunque sin levantar la voz—. Y me estoy refiriendo a todos.

—Pero *maman*...

—Todos —repite Armande con voz tajante—. Pienso conceder dos minutos en privado al matasanos aquí presente... parece que tengo que refrescarle el juramento hipocrático que hizo un día, *monsieur* Cussonnet. Y cuando haya terminado con él, espero que los buitres restantes hayáis ahuecado el ala.

Trata de ponerse de pie apoyándose en la silla y se incorpora con dificultad. La cojo del brazo para sostenerla y me dirige una sonrisa burlona y malévola.

—Gracias, Vianne —me dice con voz amable—. Y también a usted... —se lo dice a Roux, que sigue de pie en el otro extremo de la habitación, taciturno e indiferente—. Cuando haya terminado con el médico quiero hablar con usted. No se vaya.

—¿Conmigo? —Roux parece inquieto y Caro lo ha observado con mal disimulado desprecio.

—Creo que en un momento como éste tiene que ser tu familia, *maman*, la que...

—Si te necesito, sé dónde encontrarte —le espeta Armande, desabrida—. De momento tengo que tomar ciertas medidas.

Caro mira a Roux.

—¿Sí? —la contrariedad ha hecho que la sílaba sonase sibilante—. ¿Medidas? —mira a Roux de pies a cabeza, lo que hace que éste vacile ligeramente.

Ha sido un reflejo parecido al de Joséphine, un envaramiento y un ligero encogimiento de hombros, al tiempo que hundía las manos en los bolsillos como tratando de encogerse. Por algo es un escrutinio que pone de relieve todos sus defectos. Por espacio de un segundo se ha visto tal como lo ve ella: un hombre sucio y tosco. Con gesto malévolo, Roux ha empezado a actual tal como ella lo juzga y le ha soltado:

—¿Se puede saber por qué coño me mira de esa manera?

Caro ha tenido un sobresalto y retrocede unos pasos ante la sonrisa de Armande.

—Ya nos veremos —dijo la anciana—. Y muchas gracias.

Caro me sigue con visible contrariedad. Aprisionada entre la curiosidad y la resistencia a hablarme, ha optado por mostrarse animada y condescendiente. Le expuse los hechos escuetos sin añadir ni quitar nada. Reynaud me escuchó, inexpresivo como una de las efigies de su iglesia. Georges optó por la diplomacia, me ha sonreído sumiso y ha soltado unas cuantas trivialidades.

No se ofrecieron a llevarme en coche a casa.

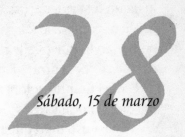

Sábado, 15 de marzo

Esta mañana he visitado de nuevo a Armande Voizin. Pero, una vez más, se ha negado a recibirme. Me ha abierto la puerta el pelirrojo que le hace de perro guardián, que ha gruñido unas palabras en su tosco *patois* con el hombro apoyado en la jamba de la puerta a modo de trinchera para impedirme la entrada. Me informó de que Armande se encuentra muy bien y de que, así que haya descansado un poco, estará totalmente recuperada. También me ha dicho que su nieto estaba con ella y que sus amigos la visitan todos los días. Ha pronunciado la frase con un sarcasmo que me ha obligado a morderme la lengua. No quiere que la molesten. Me irrita tener que discutir con este hombre, *père*, pero sé cuál es mi deber. Cualesquiera que sean las malas compañías en cuyas manos haya podido caer Armande y por muchas que sean las pullas que este hombre me dirija, tengo muy claro qué me corresponde hacer. Debo consolarla aunque rechace mi consuelo, debo guiarla. Pero ¿cómo voy a hablar del alma con este hombre? Me mira con ojos tan ausentes e indiferentes como los de un animal. Intento explicarme. Armande es una mujer mayor, le digo, una anciana testaruda. Disponemos de poco tiempo. ¿Acaso no se da cuenta? ¿Va a dejar que ponga en peligro su vida por culpa de su negligencia y de su arrogancia?

Se ha encogido de hombros.

—Armande está bien —me ha dicho con expresión distante y cargada de desprecio—. Aquí nadie es negligente con ella. Dentro de poco se pondrá bien.

—No es verdad —mi voz suena deliberadamente áspera—, está jugando a la ruleta rusa con su medicación, se niega a obedecer al médico, come chocolate. ¡Por el amor de Dios! ¿Se ha parado a pensar en lo que puede representar esto para ella dada la situación en que se encuentra? ¿Por qué...?

Pero el hombre adopta de pronto una actitud hostil y distante y me dice a bocajarro:

—Ella a usted no quiere ni verle.

—¿Y a usted no le importa? ¿No le importa que se arruine la salud por culpa de su glotonería?

Se encoge de hombros. Me he dado cuenta de que estaba furioso a pesar de sus pretendidos alardes de indiferencia. No se puede apelar a sus buenos sentimientos... él monta la guardia, tal como le han encargado que haga. Muscat me ha dicho que Armande le paga. A este hombre incluso puede interesarle que Armande muera. Pero yo sé lo perversa que puede ser ella. Y desheredar a su familia en beneficio de ese desconocido podría satisfacer esta faceta suya.

—Entonces esperaré —le dije—. Esperaré todo el día si hace falta.

Estuve dos horas esperando en el jardín. De pronto empezó a llover. No llevaba paraguas y la sotana se me ha ido empapando poco a poco. Me ha entrado una especie de mareo, me sentía la cabeza embotada. Un rato después han abierto una ventana y me ha llegado ese olor tan turbador a café y a pan caliente que sale de las cocinas. Vi que el perro guardián me observaba con esa expresión de hosco desdén con que suele mirarme y estoy convencido de que igual habría podido desplomarme, inconsciente, en el suelo sin que él hiciera el menor movimiento para atenderme. Noté sus ojos clavados en mi espalda mientras subía lentamente la colina hacia Saint-Jérôme. Me ha parecido que, deslizándose por la superficie del agua, me llegaba el sonido de una carcajada.

Joséphine Muscat también me ha fallado. A pesar de que se niega a ir a la iglesia, he conseguido hablar varias veces con ella, pero no me ha servido de nada. Observo en ella como un empecinamiento, una actitud de desafío, pese a mostrarse respetuosa y amable siempre que he hablado con ella. Jamás se aleja mucho de La Céleste Praline pero precisamente hoy he hablado con ella fuera de la tienda. Estaba barriendo la acera y llevaba el cabello atado con un pañuelo amarillo. Al acercarme, la he oído cantar por lo bajo.

—Buenos días, *madame* Muscat —la he saludado cortésmente. Sé que si debo recuperarla, tendrá que ser valiéndome de la afabilidad y del buen hacer. Ya tendrá tiempo de arrepentirse, una vez hayamos cumplido con lo nuestro.

Me devolvió el saludo con una sonrisa. Ahora parece más confiada que tiempo atrás, tiene un porte más erguido y mantiene la cabeza alta, una pose que ha copiado de Vianne Rocher.

—Ahora soy Joséphine Bonnet, *père*.

—No según la ley, *madame*.

—¡Uf, la ley! —exclamó encogiéndose de hombros.

—La ley de Dios —puntualizó, haciendo hincapié en las palabras y fijando en ella unos ojos cargados de reproche—. He rezado por usted, *ma fille*. He rezado para que obre con libertad.

Se ha echado a reír, nada amablemente por cierto.

—Pues le diré que sus oraciones se han visto atendidas, *père*, ya que nunca en mi vida había sido tan feliz como ahora.

La he encontrado inexpugnable. Apenas hace una semana que está bajo la influencia de esa mujer y ya percibo la voz de ésta por debajo de la suya. Su risa es insufrible. Sus burlas, como las de Armande, son un alfilerazo que me incita a reaccionar de una manera estúpida, algo que me saca de quicio. Noto en mí que algo se rebela, *père*, algo enfermizo a lo que me creía inmune. Cuando miro la *chocolaterie*, al otro lado de la plaza, y veo su ventana restallante, las macetas de geranios rosa, rojos y naranja, puestos en los balcones y a cada lado de la puerta, siento una duda insidiosa que se me va introduciendo en los pensamientos y noto que se me llena la boca con reminiscencias de un perfume, un olor a crema o a malvavisco, a azúcar quemado o a una turbadora mezcla de coñac y de

273

cacao recién molido. Un olor a cabello de mujer. El olor de la nuca allí donde se forma aquel hoyo suave, un olor a albaricoque madurado al sol, a *brioche* caliente y a bollos de cinamomo, a infusión de limón y a lirios. Es un incienso que el viento dispersa y que se despliega como un estandarte de revuelta, ese efluvio que recuerda al demonio, pero no aquel trasunto azufroso del que nos hablaban cuando éramos niños sino un perfume leve, el más evocador de cuantos existen, esencia combinada de mil especias que hace vacilar la cabeza y se te encarama espíritu arriba. ¿Qué hago aquí, en la puerta de Saint-Jérôme, la cabeza erguida y cara al viento, pugnando por captar el rastro de ese perfume? Impregna mis sueños, de los que me despierto sudoroso y hambriento. En ellos me sacio de chocolate, me revuelco en chocolate, su textura no es quebradiza sino suave como la carne, como mil bocas que devorasen mi cuerpo a pequeños y fugaces mordiscos. Morir de esa dulce glotonería me parece la culminación de todas las tentaciones que he conocido y en momentos como éste casi comprendo a Armande Voizin, que pone en riesgo su vida tras el deleite de cada mordisco que da.

He dicho «casi».

Sé cuáles son mis deberes. Ahora duermo muy poco, ya que he ampliado mi penitencia a estos momentos fugaces de abandono. Me duelen las articulaciones, pero doy por bienvenida la evasión que me causa ese dolor. El placer físico es grieta por la que el demonio introduce sus raíces. Huyo de los perfumes embriagadores, como una sola vez al día y sólo alimentos simples y carentes de olor. Cuando no me ocupo de los deberes de mi parroquia trabajo en el jardín de la iglesia, cavo los parterres y arranco las hierbas que acechan las tumbas. Ha estado descuidado estos dos últimos años y siento un profundo malestar cuando veo el caos que reina en lo que fuera en otro tiempo un jardín ordenado. Han crecido a merced del pródigo abandono el espliego, la mejorana, las varas de san José y la salvia morada entre hierbas y cardos azules. Sus perfumes me turban. Me gustaría tener en el jardín hileras ordenadas de arbustos y flores, quizás un seto de boj alrededor. Tanta profusión me parece un error, una irreverencia, un brote salvaje de vida en el que una planta ahoga a la otra en un vano intento de dominarlo todo. Se nos ha dado a nosotros el dominio sobre estas cosas, lo dice la Biblia. Sin embargo, yo no me siento dueño de nada. Siento sí, en cambio, como una sensación de impotencia, ya que al mismo ritmo que cavo, podo y corto, los apretados y verdes ejércitos invaden los espacios libres a mi espalda y me sacan sus lenguas verdes y largas burlándose de mis esfuerzos. Narcisse me observa, divertido y desdeñoso.

—Mejor que plante algo que valga la pena, *père* —me dice—. Llene los espacios con plantas buenas, de lo contrario las hierbas los invadirán siempre.

Tiene razón, eso por descontado. He encargado cien matas en su vivero, plantas dóciles que distribuiré formando hileras. Me gustan las begonias blancas y los lirios enanos y las dalias de color amarillo pálido y los lirios de Pascua, sin perfume pero tan maravillosos con las primorosas espirales que forman sus hojas. Narcisse me promete que serán bellas pero no invasoras. Son naturaleza domesticada por el hombre.

Vianne Rocher se acercó a observar mi labor. Yo la di de lado. Llevaba un jersey de color turquesa y unos pantalones vaqueros e iba calzada con unos botines de ante morado. Iba peinada a lo pirata y con los cabellos flameando al viento.

—Tiene un jardín muy bonito —observó mientras acariciaba con la mano una zona de verde y después, cerrándola, se la acercaba a la cara para oler el perfume de que había quedado impregnada—. ¡Cuántas hierbas! —añadió—. Toronjil y menta y salvia de pino y...

—No conozco sus nombres —he dicho con brusquedad—. No soy jardinero. Además, no son más que hierbas.

—A mí me gustan las hierbas.

No me extraña. Siento crecer la indignación dentro de mí. ¿O es por el perfume? Estoy metido hasta la cintura en un mar de hierbas que se agitan y noto el crujido de las vértebras lumbares sometidas a la repentina presión.

—Dígame una cosa, *mademoiselle.*

Me miró obediente y con una sonrisa en los labios.

—Dígame qué se propone al alentar a mis feligreses a que arranquen de raíz las vidas que han llevado hasta ahora, a que renuncien a la seguridad...

Me dirigió una mirada ausente.

—¿A que arranquen de raíz sus vidas? —desvió la mirada y la centró, dubitativa, en el montón de hierbajos que yo había acumulado en el camino que discurría a mi lado.

—Me refiero a Joséphine Muscat —le solté.

—¡Ah! —retorció entre los dedos un tallo de espliego verde—. No era feliz.

Al parecer se figuraba que con esta frase quedaba todo explicado.

—Y ahora que ha roto el vínculo matrimonial, que ha abandonado todo cuanto poseía, que ha renunciado a su antigua vida, ¿cree usted que va a ser más feliz?

—Por supuesto que sí.

—¡Bonita filosofía! —comenté en tono burlón—. Siempre que uno no crea en el pecado.

Se echó a reír.

—Es mi caso —dijo—. No creo en el pecado.

—Entonces compadezco a su hija —dije con acritud—, porque crecerá sin Dios y sin moral.

Me lanzó una mirada de reojo, nada amable por cierto.

—Anouk sabe qué está bien y qué está mal —ha dicho, aunque he visto que esta vez le había tocado un punto sensible, acababa de acertar un blanco muy pequeño—. En cuanto a Dios... —cortó la frase como si le hubiera pegado un mordisco—... no creo que el cuello blanco que usted lleva le dé acceso exclusivo a la divinidad —remató la frase como tratando de decirla con más amabilidad—.

Creo que tiene que haber sitio para los dos en alguna parte, ¿no le parece?

No me he dignado responder. He visto en seguida qué se oculta detrás de su pretendida tolerancia.

—Si de verdad quiere hacer una buena obra —le dije con dignidad—, lo mejor que podría hacer sería convencer a *madame* Muscat de que recapacite sobre lo precipitado de su decisión. Y que haga entrar en razón a Armande Voizin.

—¿Entrar en razón? —fingió que no sabía de qué le hablaba, pero sé que lo sabe.

Le repetí gran parte de lo que ya he dicho al perro guardián. Armande es una mujer anciana, le he dicho, voluntariosa y obstinada, pero pertenece a una generación que está mal pertrechada para entender las cuestiones médicas, la importancia de la dieta y la medicación. De ahí su empecinada resistencia a hacerse cargo de la realidad...

—Armande vive feliz en su casa —su voz casi parecía sensata—. No está dispuesta a abandonar su casa ni a ingresar en una residencia. Quiere morir en casa.

—¡Pero no tiene derecho a decidir! —mi voz restalló como un latigazo a través de la plaza—. Ella no tiene voz ni voto en esta cuestión. Puede vivir mucho tiempo todavía, quizá diez años más...

—Claro que puede —me dijo como echándome las palabras en cara—. Todavía tiene movilidad, lucidez, es una persona independiente...

—¡Independiente! —a duras penas he conseguido disimular el desdén—. ¿Y cuando esté completamente ciega dentro de seis meses? ¿Qué hará entonces?

Por primera vez noto que se sentía confusa.

—No lo entiendo —dijo finalmente—. De momento Armande tiene bien la vista, ¿verdad? Me refiero a que ni siquiera lleva gafas.

La miré con dureza. Era evidente que no estaba enterada.

—Usted no ha hablado con el médico, ¿verdad?

—¿Por qué he de hablar con el médico? Armande...

La he cortado.

—Armande tiene un problema —le dije—, un problema que se ha empeñado en negar sistemáticamente, lo que puede darle una idea de su obstinación, ya que incluso se niega a admitirlo para sí misma y ante su familia...

—Dígame de qué se trata, por favor —me ha dicho mirándome con ojos duros como ágatas.

Entonces se lo he dicho.

Primero Armande ha hecho como si no supiera de qué le estaba hablando. Después, pasando a un tono más altanero, me ha preguntado que «quién se había ido de la lengua» y me ha echado en cara que yo era una metomentodo y que no tenía ni la más mínima idea del asunto.

—Armande —le he dicho así que ella ha hecho una pausa para respirar—. Dígame la verdad. Dígame qué quiere decir eso de que usted padece una retinopatía diabética...

Se ha encogido de hombros.

—Mejor será que lo haga, puesto que ese condenado médico va pregonándolo por todo el pueblo —dijo ella con aire petulante—. Me trata como si no fuera capaz de decidir por mi cuenta —me dirigió una mirada severa—. Y usted es otra que tal, querida señora —me ha dicho—. Va por ahí contando chismes, metiendo las narices por todas partes. No soy una niña, Vianne.

—Sé que no lo es.

—Entonces...

Ha cogido la taza de té que tenía junto al codo. Me fijé con qué cuidado la asía, cómo comprobaba el lugar donde se encontraba antes de cogerla. No era ella la ciega, sino yo. El bastón con la cinta roja, sus gestos vacilantes, la labor de tapicería inacabada, los ojos amparados por el ala de una serie sucesiva de sombreros...

—Es algo en lo que usted no puede ayudarme —continuó Armande en tono más suave—. Por lo que veo, es incurable, lo que quiere decir que es un asunto que no atañe a nadie más que a mí. —Después de tomar un sorbo de la taza hizo una mueca—. Manzanilla —ha comentado sin pizca de entusiasmo—, dicen que elimina las toxinas. Sabe a meadas —volvió a dejar la taza con las mismas precauciones de antes—. Echo de menos la lectura —comentó—. Actualmente me cuesta mucho leer la letra impresa, pero Luc me lee a veces alguna cosa. ¿Se acuerda de aquel primer miércoles en que me leyó los poemas de Rimbaud?

He asentido con la cabeza.

—Lo dice como si hiciera un montón de años —observé.

—Así es —me dijo con voz indiferente, casi sin inflexión alguna—. Ahora tengo algo que no creía llegar a tener nunca, Vianne. Mi nieto me visita todos los días. Hablamos como personas adultas. Es un buen muchacho, hasta se preocupa un poco por mí.

—La quiere, Armande —le he interrumpido—. Todos la queremos.

Se ríe por lo bajo.

—Todos quizá no —dijo—, pero eso tampoco tiene importancia. Actualmente dispongo de todo lo que había querido tener siempre. Mi casa, mis amigos, Luc... —me lanzó una mirada resuelta—. No voy a dejar que me lo quiten —declaró con un aire rebelde.

—No lo entiendo. Nadie puede obligarla a...

—No me refiero a nadie en concreto —me ha interrumpido con viveza—. Cussonet puede decir lo que quiera sobre sus trasplantes de retina y sus escáners y sus tratamientos con láser y demás zarandajas... —el desprecio que le inspiran todas estas cosas es muy evidente—. No por ello vamos a cambiar la realidad. Y la realidad es que me estoy quedando ciega y que eso no tiene arreglo —se cruzó de brazos con gesto decidido.

—Habría tenido que acudir a él mucho antes —añadió sin

amargura—. Ahora es irreversible y va a peor. Lo máximo que puede proporcionarme ahora son seis meses de visión parcial y después... Le Mortoir, me guste o no, hasta que me muera —se calló un momento—. Aún podría vivir diez años más —dijo con aire reflexivo, como un eco de mis palabras a Reynaud.

Abrí la boca para rebatir sus palabras, para decirle que quizá las cosas no estaban tan mal como eso, pero volví a cerrarla.

—No me mire así, hija mía —Armande me dio un codazo de complicidad—. Después de un banquete de cinco platos lo que uno quiere es tomar café y licores, ¿no es verdad? No va a rematarlo con un plato de puré, ¿no le parece? ¿Cómo va a querer tomar otro plato?

—Armande...

—No me interrumpa —me dijo con ojos brillantes—. Lo que yo digo es que uno tiene que saber cuándo tiene que parar, Vianne. Debe reconocer el momento en que ha de apartar el plato y pedir los licores. Dentro de quince días cumpliré ochenta y un años.

—No son tantos... —protesté a pesar de mí misma—. No puedo creer que quiera renunciar a todo.

Me miró.

—¡Y pensar que usted dijo a Guillaume que debía dejar a *Charly* morir con dignidad!

—¡Usted no es un perro! —repliqué, esta vez enfadada.

—No —me dijo Armande con voz tranquila—, por eso puedo elegir.

Un sitio amargo, Nueva York, con todos sus incitantes misterios, un lugar frío en invierno y desbordante de calor en verano. Al cabo de tres meses hasta el ruido se te hace familiar, ni lo notas, porque los coches, las voces y los taxis se amalgaman de tal manera que se convierten en una capa única de sonidos que lo cubre todo como la lluvia. Cruzó la calle con una bolsa de la charcutería que sostenía con los brazos cruzados sobre el pecho, una bolsa de papel ocre que contenía nuestra comida de mediodía, y cuando íbamos a coincidir en el centro de la calzada, tras haberme descubierto ella desde la otra acera de una calle con mucho tráfico, con una valla publicitaria a su espalda y que anunciaba cigarrillos Marlboro y en la que se veía un hombre contra un paisaje de montañas rojas, lo vi acercarse. Abrí la boca para gritar, para avisarla... pero todo quedó parado. Fue un segundo, nada más que un segundo. ¿Fue el terror lo que me clavó como con una grapa la lengua en el velo del paladar? ¿O fue simplemente la lentitud de la reacción física ante la inminencia del peligro, el pensamiento que tarda una dolorosa eternidad hasta alcanzar el cerebro partiendo de la lenta respuesta de la carne? ¿O fue la esperanza, esa esperanza que es lo único que queda cuando ya se han arrancado de raíz todos los sueños, esto y la larga y lenta agonía del fingimiento?

«Claro, *maman*, claro, iremos a Florida. Claro que iremos a Florida.»

En su cara la sonrisa ha quedado congelada, sus ojos brillan demasiado, como el brillo de los fuegos artificiales del cuatro de julio.

«¿Qué haría yo, qué haría yo sin ti?»

«De acuerdo, *maman*. Haremos el viaje, te lo prometo. Confía en mí.»

El Hombre Negro está allí de pie, con una sonrisa fugaz, y por espacio de un interminable segundo sé que hay cosas peores, mucho peores que la muerte. Entonces la parálisis que me impide moverme desaparece y grito, pero el grito de advertencia ha llegado tarde. Ella vuelve la cara vagamente hacia mí, en sus labios pálidos flota una sonrisa —«¿qué pasa, cariño?»— y aquel grito que tal vez era su nombre se ha perdido con el lamento de los frenos...

¡Florida! Parece un nombre de mujer que resonara a través de la calle, la muchacha que sortea el tráfico y que, al correr, suelta las compras que ha hecho —los paquetes de comida que lleva entre los brazos, la leche en su envase de cartón—, el rostro contraído por una mueca. Parece un nombre, como si aquella mujer adulta que agoniza en la calle se llamase Florida, esa mujer que ya está muerta antes de que yo llegue a su lado, muerta con tranquilidad y sin dramatismo, por lo que me siento incómoda por haber armado tanto ruido. Y entonces una mujer inmensa que lleva un chándal rosa me echa sus rotundos brazos al cuello, sólo que lo único que yo siento ahora es alivio, como cuando te han abierto un forúnculo, y las lágrimas que derramo son de alivio, aunque amargo, ardiente, porque sé que por fin he llegado al final. He llegado al final intacta o casi.

—No llore —dijo Armande con voz suave—. ¿No era usted quien decía siempre que lo único que importa es la felicidad?

Me ha sorprendido tener húmedas las mejillas.

—Además, necesito su ayuda —pragmática como siempre, me ha tendido un pañuelo que se ha sacado del bolsillo. Olía a espliego—. El día de mi cumpleaños pienso dar una fiesta —ha dicho—. Ha sido idea de Luc. No importa lo que pueda costar. Quiero que usted se encargue de la comida.

—¿Cómo? —me sentí confundida al ver que la conversación pasaba de la muerte a los festejos y volvía de nuevo a la muerte.

—Será como el último plato del banquete —me ha explicado Armande—. Tomaré el medicamento hasta ese día, me portaré como una niña obediente. Incluso me tomaré esa infusión asquerosa. Quiero celebrar mis ochenta y un años, Vianne, con todos mis amigos a mi alrededor. Hasta haré el esfuerzo, y que Dios me lo tenga en cuenta, de invitar a esa idiota de mi hija. Celebraremos ese festival suyo del chocolate por todo lo alto. Además... —encogió los hombros con indiferencia— no todo el mundo tiene mi misma suerte —ha observado—, tenga en cuenta que puedo planificarlo todo, limpiar todos los rincones. ¡Ah, y otra cosa!... —me dirigió una mirada que tiene la intensidad del láser—. ¡Ni una palabra a nadie! —me recomendó—. A nadie. No quiero que me vengan con cortapisas. Lo quiero así, Vianne. Es mi fiesta y no quiero que en mi fiesta haya lágrimas ni que nadie sufra. ¿Entendido?

Asentí con la cabeza.

—¿Prometido?

Era como hablar con una niña caprichosa.

—Prometido.

Su rostro tenía ese aire satisfecho que adopta cada vez que habla de buenos manjares. Se ha frotado las manos.

—Y ahora vamos a hablar del menú.

Joséphine me ha comentado que estoy muy silenciosa cuando trabajamos juntas. Ya hemos preparado trescientas cajas de Pascua desde que pusimos manos a la obra y las tenemos cuidadosamente apiladas en la bodega, atadas con cintas, si bien me he propuesto dejar listas dos veces esta cantidad. Si las vendemos todas, haremos unos sustanciosos beneficios, tal vez los suficientes para establecernos aquí de manera definitiva. En caso contrario, no lo veo posible, pese a que la veleta, encaramada en su campanario, me hace llegar sus chirriantes risas. Roux ya se ha puesto a trabajar en la habitación destinada a Anouk en la buhardilla. El festival es un riesgo, pero nuestras vidas siempre han estado determinadas por este tipo de cosas. Y hemos hecho todos los esfuerzos posibles para que resultara un éxito. Hemos puesto carteles anunciando el festival hasta en sitios tan distantes como Agen y poblaciones circundantes. La radio local hablará de él todos y cada uno de los días de la Semana Santa. Habrá música —unos cuantos amigos de Narcisse han formado una banda—, flores, juegos. He hablado con algunos de los comerciantes del mercadillo de los jueves y me han dicho que instalarán puestos en la plaza, donde venderán chucherías y recuerdos. Se organizará una búsqueda de huevos de Pascua para los niños, capitaneada por Anouk y sus compañeros, y habrá *cornets-surprise* para todos los participantes. Y en La Céleste Praline habrá una estatua gigantesca de chocolate que representará a Eostre con una gavilla de cereales en una mano y una cesta de huevos en la otra, que después se romperán en pedacitos y se repartirán entre los asistentes. Faltan menos de dos semanas. Confeccionamos los delicados bombones de licor, los manojitos de pétalos de rosa, las monedas envueltas en papel dorado, las cremas de violeta, las cerezas de chocolate y los bollos de almendra en cochuras de cincuenta, que después dejamos reposar en sus bandejas de hojalata embadurnadas de mantequilla hasta que se enfrían. Los huevos y las figuras de animales están huecos y hay que abrirlos por la mitad y rellenarlos con estos preparados. Con huevos de azúcar de cáscara dura hacemos nidos de caramelo hilado, coronados con una rechoncha gallina clueca de chocolate. Formamos hileras de conejos moteados cargados de almendras doradas, preparados para envolverlos y empaquetarlos. En los estantes se alinean figurillas de mazapán. Toda la casa está impregnada de olores de esencia de vainilla, de coñac, de manzanas bañadas de caramelo y de chocolate amargo.

Y ahora hay que preparar, además, la fiesta de Armande. La fiesta se iniciará el sábado a las nueve, víspera del festival, y Armande celebrará su cumpleaños a medianoche. He hecho una lista con todo lo que Armande quiere encargar en Agen: *foie gras*, champán, trufas y *chantrelles* frescas de Burdeos, *plateaux de fruits de mer* del *traiteur* de Agen. Yo me encargaré de los pasteles y bombones.

—¡Qué divertido! —exclama Joséphine, muy animada, desde la cocina cuando le doy detalles de la fiesta. Tengo que acordarme de la promesa que hice a Armande.

—Tú también estás invitada —le digo—. Me lo dijo ella.

Joséphine se pone colorada de satisfacción ante la sola idea de poder asistir a la fiesta.

—¡Qué amable! —comentó—. Todo el mundo es muy amable conmigo.

Me hago la reflexión de que Joséphine no es nada rencorosa,

siempre está dispuesta a ver amabilidad en todo el mundo. Ni Paul-Marie ha conseguido destruir su optimismo. Ella misma dice que en parte tiene la culpa de que su marido se comportase como lo hizo. En realidad, es un hombre esencialmente débil y ella habría debido cuadrársele hace mucho tiempo. Con una sonrisa declara el desprecio que le inspiran Caro Clairmont y sus amigas.

—Son estúpidas sin remedio —afirma con absoluta convicción.

Joséphine es un espíritu sencillo. Ahora está muy serena, en paz con el mundo. Al revés de lo que me ocurre a mí, que cada vez lo estoy menos, como obedeciendo a un perverso espíritu de contradicción. Pese a todo, la envidio. ¡Qué poco le ha costado llegar a este estado! Un poco de calor humano, algunos vestidos prestados y la seguridad que confiere tener una habitación propia... Como las flores, crece buscando la luz, sin cuestionarse ni pararse a reflexionar sobre el proceso que la impulsa a hacerlo. Me gustaría ser así.

Sin darme cuenta, vuelvo a acordarme de la conversación que sostuve el domingo con Reynaud. Su forma de comportarse sigue siendo un misterio para mí. Cuando lo veo trabajando en el jardín de la iglesia, cavando y limpiándolo a golpe de azadón con tal denuedo, no puedo por menos de decirme que hay en él como una especie de desesperación... Me he dado cuenta de que a veces, junto con los hierbajos, arranca también arbustos y flores, he visto que tiene la espalda empapada de sudor y que le forma un triángulo oscuro en la sotana. No le gusta el ejercicio. Y su cara, con los rasgos tensos debido al esfuerzo, como si odiase la tierra y las plantas, con las que parece pelearse. Se diría que es un avaro al que han condenado a echar en un horno a paletadas todos los billetes que constituyen su tesoro, se diría que padece hambre, hastío, que es víctima de una fascinación que siente en contra de su voluntad. Pero no cede. Mientras lo observo experimento una sensación de miedo que me resulta familiar, aunque no sé muy bien cuál es el motivo. Ese hombre, mi enemigo, es como una máquina. Al mirarlo me siento extrañamente expuesta a su escrutinio. Necesito hacer acopio de todo el valor para sostener su mirada, su sonrisa, para fingir naturalidad... Dentro de mí hay algo que grita y que pugna frenéticamente por escapar a él. Ya no es simplemente el asunto del festival del chocolate lo que le saca de quicio. Lo sé tan bien como si hubiera leído sus negros pensamientos. El mero hecho de que yo exista lo tiene encrespado. Para él soy una afrenta viva. En este mismo momento me está observando, lo hace disimuladamente desde el jardín donde está trabajando, sus ojos se desplazan de soslayo hacia el escaparate de la tienda y después vuelven a centrarse en su trabajo con secreta satisfacción. Desde el domingo no hemos vuelto a hablar, se figura que se ha apuntado un tanto contra mí. Como Armande no ha vuelto a La Praline, veo en su mirada que cree que el hecho se debe a su intervención en el asunto. Bueno, que lo crea si eso lo hace feliz.

Anouk me ha dicho que ayer Reynaud estuvo en la escuela y explicó a los niños el sentido que tiene la Pascua —paparruchas inofensivas, aunque me entra pánico sólo pensar que mi hija pueda caer bajo su influjo—, que les leyó una historia y les prometió que volvería. He preguntado a Anouk si había hablado con ella.

—¡Oh, sí! —comentó con un aire despreocupado—. Es muy simpático. Me dijo que, si quería, podía ir a su iglesia y que de este modo la vería y vería el san Francisco que tiene y todos sus animalitos.

—¿Y a ti te apetece ir?

Anouk se ha encogido de hombros.

—Quizá —dijo.

De noche, en las primeras horas de la madrugada, cuando todo parece posible y siento que me chirrían los nervios como las charnelas resecas de la veleta, me digo que mis miedos son absurdos.

¿Qué puede hacernos? ¿Cómo va a poder hacernos ningún daño aun suponiendo que se lo propusiera? Él no sabe nada. No puede saber nada sobre nosotras. No tiene ningún poder.

«Claro que lo tiene —me dice por dentro la voz de mi madre—. ¿No ves que es el Hombre Negro?»

Anouk se revuelve, inquieta, en sueños. Siempre sensible a los sentimientos que a mí me embargan, percibe cuando estoy despierta y lucha por despertarse ella también y por abrirse paso a través de una ciénaga de sueños. Respiro hondo hasta que ella se sumerge de nuevo en las profundidades.

El Hombre Negro es una invención, me digo con firmeza. Es la encarnación de unos miedos, oculta debajo de una cabezota de carnaval, es un cuento para la oscuridad de la noche, es la sombra que se percibe en una habitación desconocida.

A modo de respuesta, vuelvo a ver aquella misma escena, vívida como una diapositiva: Reynaud junto a la cama de un anciano, esperando, mientras sus labios se mueven en una oración y a su espalda fulguran las llamas cual la luz del sol entrevista a través de un cristal emplomado. No es una escena que me levante el ánimo. En la actitud del cura hay algo depredador, una cierta semejanza entre los dos rostros enrojecidos por el fulgor del fuego, el resplandor de las llamas que fulgura entre ellas encierra una oscura amenaza. Intento encontrar una explicación del hecho en mis conocimientos de psicología. Es una imagen del Hombre Negro como representación de la Muerte, un arquetipo que refleja el miedo que siento ante lo desconocido. Sin embargo, la explicación no me convence. Lo que hay en mí de mi madre me habla con más elocuencia.

«Tú eres mi hija, Vianne —me dice en un tono que tiene algo de inexorable—. Conoces el significado.»

Esto quiere decir que hay que partir cuando cambia el viento, quiere decir que hay que ver el futuro al volver una carta, que nuestras vidas son una huida permanente...

—Pero yo no soy un ser especial —casi no me doy cuenta de que he hablado en voz alta.

—¿*Maman?* —la voz de Anouk suena pastosa y cargada de sueño.

—Sssss —le digo—. Todavía no es de día. Duerme un poco más.

—Cántame una canción, *maman* —murmura tendiendo la mano hacia mí en la oscuridad—. Vuelve a cantar la canción del viento.

Y yo me pongo a cantar y escucho mi voz que se impone a los leves sonidos de la veleta:

> *V'là l'bon vent, v'là l'joli vent,*
> *V'là l'bon vent, ma mie m'appelle,*
> *V'là l'bon vent, v'là l'joli vent,*
> *V'là l'bon vent, ma mie m'attend.*

Un momento después empiezo a oír la respiración acompasada de Anouk que me indica que está dormida. Todavía tiene su mano en la mía, una mano que el sueño hace laxa. Cuando Roux haya terminado el trabajo que hace en mi casa, Anouk volverá a tener una habitación para ella sola y las dos dormiremos más cómodamente. Esta noche me parece demasiado parecida a aquellas que mi madre y yo pasábamos en habitaciones de hoteles, envueltas en la humedad de nuestra respiración, mientras por el cristal de las ventanas resbalaban regueros de agua condensada y en la calle resonaban interminablemente los ruidos del tráfico.

—*V'là l'bon vent, v'là l'joli vent...*

Pero esta vez no será como las otras, me prometo en silencio. Esta vez vamos a quedarnos. Ocurra lo que ocurra. Sin embargo, a pesar de que vuelvo a deslizarme en el sueño, me veo considerando la idea, no con deseo sino también con escepticismo.

31

Miércoles, 19 de marzo

Parece que estos días hay menos actividad en la tienda de esa tal Rocher. Por de pronto, Armande Voizin no visita el establecimiento, aunque me la he encontrado varias veces desde su recuperación, caminando con paso decidido y sin apenas ayudarse con el bastón. Suele acompañarla Guillaume Duplessis, que arrastra a ese cachorro flacucho que ahora tiene, y en cuanto a Luc Clairmont, va todos los días a Les Marauds. Cuando Caroline Clairmont se enteró de que su hijo se había estado viendo con Armande en secreto, su rostro no pudo disimular una mueca de disgusto.

—Últimamente no puedo con él, *père* —se quejó—. Un chico tan bueno, tan obediente, y de pronto... —Al decirlo se llevó sus manos cuidadas al pecho con gesto teatral—. Lo único que le dije... y de la manera más suave que me fue posible... es que quizás habría tenido que decirme que se veía con su abuela... —lanzó un suspiro al decirlo—. Parece que, pobrecito, se figuraba que yo lo desaprobaría. Le dije que eso no me habría pasado ni un momento por la cabeza. Me encanta que te veas con ella, le dije, después de todo un día heredarás todo lo que tiene... Pero de pronto se echó a gritar y me dijo que el dinero le importaba un bledo, que si no me había dicho que se veía con ella era porque sabía que yo lo podía estropear todo, que yo no era más que una fan de la Biblia que metía las narices donde no me llamaban... Esto fue ni más ni menos lo que me dijo, son sus mismas palabras, *père*, se lo prometo por mi vida... —y al decirlo se restregó los ojos con el dorso de la mano, aunque procurando no echar a perder el impecable maquillaje que llevaba.

»¿Y yo qué he hecho, *père*? —se quejó—. Yo lo he hecho todo por este niño, se lo he dado todo. Y ver que ahora se aparta de mí, que me echa tantas cosas en cara por culpa de esa mujer... —su voz resonaba con dureza pese a las lágrimas—. Es peor que si me hubiera mordido una víbora —se quejó, apretándose el pecho con la mano—. No se imagina lo que es todo esto para una madre, *père.*

—Usted no es la única persona que ha sufrido las consecuencias de la injerencia de *madame* Rocher, por buenas que puedan ser sus intenciones —le dije—. No tiene más que ver todos los cambios que ha provocado en las pocas semanas que lleva en el pueblo.

Caroline sorbió aire por la nariz.

—¿Dice que tiene buenas intenciones? Lo que pasa es que usted es demasiado condescendiente, *père* —dijo con aire despectivo—. Esa mujer es una mala pécora, eso es lo que es. Por poco mata a mi madre, ha vuelto a mi hijo contra mí...

He asentido con un gesto como alentándola a hablar.

—Por no hablar, además, de lo que ha hecho con el matrimonio Muscat —prosiguió Caroline—. Me sorprende que usted haya tenido tanta paciencia, *père.* Se lo digo como lo pienso —sus ojos echaban chispas de despecho—. Me extraña que no haya hecho uso de su influencia, *père.*

Yo me encogí de hombros.

—Yo no soy más que un cura de pueblo —le dije—. No tengo tanta influencia como eso. Puedo desaprobar algo, pero...

—Usted puede hacer bastante más que desaprobar algo —dijo ella con voz tensa—. Lo que habríamos debido hacer todos era hacer caso de lo que usted nos dijo, *père.* No habríamos debido tolerar la presencia de esa mujer en el pueblo.

Volví a encogerme de hombros.

—Cualquiera podría decir lo mismo volviendo la vista atrás —le

recordé—. Incluso usted favoreció el establecimiento frecuentándo-
lo como clienta, si mal no recuerdo.

Caroline Clairmont se ruborizó.

—Pero ahora nos pondríamos todos de parte de usted —dijo—.
Paul Muscat, Georges, los Arnauld, los Drou, los Prudhomme... Nos
uniríamos todos como un solo hombre. Y haríamos correr la voz.
Podríamos conseguir que la marea se volviera contra ella, incluso
ahora.

—Pero ¿con qué motivo? Esa mujer no ha violado la ley. Dirían
que no son más que habladurías malévolas y usted esta vez tampoco se saldría con la suya.

Caroline se permitió una sonrisa tensa.

—Podríamos boicotear ese festival que prepara, eso para empezar —dijo.

—¿Sí?

—Naturalmente que sí —la intensidad de sus sentimientos la
convirtió en una mujer fea—. Georges se relaciona con mucha gente, es un hombre acomodado. Muscat también tiene influencia.
También se relaciona y es una persona persuasiva. Está, además, el
Comité de Residentes...

Por supuesto que es persuasivo. Me acordé de su padre en aquel
verano de los gitanos del río.

—Si el festival le ocasionara pérdidas... ya que según dicen ha in-
vertido una suma de dinero importante en la preparación... quizá
podría obligársela a...

—¿Que podría obligársela? —repliqué con voz suave—. Por supuesto que no querría que nadie creyera que tengo parte en el asunto. Podrían considerarlo... poco caritativo.

Por su expresión comprendí que ella se hacía perfecto cargo de
la situación.

—¡Eso por supuesto, *mon père*!

Su voz era ávida, totalmente implacable. Por espacio de un segundo aquella mujer me inspiró un profundo desprecio, en aquel

momento estaba jadeante, pretendía ser halagadora, parecía una perra en celo, pero ya se sabe, *père*, con armas tan despreciables como ésta es como suelen realizarse este tipo de trabajos.

Después de todo, *père*, usted debería saberlo.

32

Viernes, 21 de marzo

El desván ya está casi terminado, el yeso todavía está húmedo en algunos sitios pero ya está instalada la nueva ventana, que es redonda y tiene un marco de latón como los ojos de buey de los barcos. Mañana Roux colocará las tablas del suelo y, una vez pulimentadas y barnizadas, trasladaremos la cama de Anouk a la nueva habitación. No tiene puerta. La única entrada es una trampilla en el suelo a la que se accede a través de una docena de escalones. Anouk está muy excitada. No para de asomar la cabeza por la trampilla, mirando y dando instrucciones precisas con respecto a todo lo que hay que hacer. El resto del tiempo lo pasa conmigo en la cocina, observando los preparativos de Pascua. Suele acompañarla Jeannot. Se sientan el uno al lado del otro junto a la puerta de la cocina y hablan los dos a un tiempo. Para conseguir que se vayan tengo que recurrir a sobornos. Desde la crisis de Armande parece como si Roux volviera a ser el de antes y hasta lo oigo silbar mientras da los toques finales a las paredes del cuarto de Anouk. Ha hecho un trabajo excelente a pesar de que se lamenta de la pérdida de sus herramientas. Según dice, las que utiliza, alquiladas en el almacén de Clairmont, no son ni la mitad de buenas que las suyas. Así que pueda, comprará herramientas nuevas.

—En Agen hay un sitio donde venden barcas viejas con las que se puede navegar por el río —me ha dicho hoy mientras se tomaba el chocolate y unos *éclairs*—. Podría comprarme un casco viejo y repararlo durante el invierno para adecentarlo y dejarlo habitable.

—¿Cuánto dinero le haría falta?

Se ha encogido de hombros.

—Quizá cinco mil francos para empezar o quizá bastarían cuatro mil. Todo depende del estado en que esté.

—Armande se los prestaría.

—No —en este punto es inflexible—, bastante ha hecho por mí —con el índice ha trazado un círculo en torno al borde de la taza—. Narcisse me ha ofrecido trabajo —me ha dicho—. Trabajaré en el vivero, y después lo ayudaré en las *vendanges* cuando llegue la vendimia y seguidamente ya vendrán las patatas, las judías, los pepinos, las berenjenas... Hay trabajo hasta noviembre.

—Estupendo —he sentido una oleada de calor al ver su entusiasmo y comprobar que ha recuperado el buen humor. Tiene mejor aspecto, está más distendido y ya no tiene aquel semblante adusto, hostil y desconfiado, que infundía hermetismo a su expresión y la convertía en una especie de casa embrujada. Estas últimas noches ha dormido en casa de Armande a petición de ésta.

—Por si me da otro patatús —dijo Armande muy seria pero haciéndome una mueca muy cómica a espaldas de Roux. Comedia o no, me tranquiliza que Roux se quede con ella.

A Caro Clairmont, sin embargo, no le sucede lo mismo. El miércoles por la mañana vino a La Praline acompañada de Joline Drou, evidentemente para hablar de Anouk. Roux estaba sentado ante el mostrador tomando *mocha*. Joséphine, que todavía tiene miedo de Roux, estaba en la cocina empaquetando bombones. En cuanto a Anouk, terminaba de desayunar y tenía delante su tazón amarillo con *chocolat au lait* y medio *croissant*. Las dos mujeres no paraban de dedicar sonrisas dulzonas a Anouk y miradas desdeñosas a Roux. Éste se limitaba a echarles alguna que otra de sus ojeadas insolentes.

—Espero que no hayamos llegado en mal momento —dijo Joline con voz melosa, llena de solicitud y simpatía. Debajo de la actitud aparente, sin embargo, no había más que indiferencia.

—En absoluto. Estamos desayunando. ¿Quieren tomar algo?

—No, no. Yo no desayuno nunca.

Al mismo tiempo dirigió una sonrisa afectada a Anouk que, por tener la cara metida en el bol amarillo, no se dio por enterada.

—No sé si es momento para hablar con usted —me dijo Joline con voz afable—... pero en privado.

—Bueno, no es que sea imposible —le dije—, pero no lo encuentro necesario. ¿No puede decirme aquí lo que me tenga que decir? Estoy segura de que a Roux no le importará que hablemos delante de él.

Roux se rió disimuladamente y Joline puso cara de pocos amigos.

—Pues bien, la verdad es que es un asunto un poco delicado —dijo.

—¿Está segura, entonces, de que es conmigo con quien tiene que hablar? ¿No sería más adecuado el *curé* Reynaud?

—No, quiero hablar con usted —dijo Joline frunciendo los labios.

—¡Oh! —le dije, muy educada—. ¿De qué se trata?

—Tiene que ver con su hija —me dirigió una sonrisa irritada—. Como usted sabe, soy la encargada de su clase.

—Lo sé —serví otra *mocha* a Roux—. ¿Ocurre algo? ¿Está atrasada en los estudios? ¿Tiene algún problema?

Sé muy bien que Anouk no tiene el más mínimo problema escolar. Lee vorazmente desde que tenía cuatro años y medio. Habla inglés casi igual de bien que francés, legado de los tiempos de Nueva York.

—No, no, —me aseguró Joline—. Es una niña muy lista —disparó en dirección a Anouk una rápida mirada que mi hija, demasiado ocupada en terminarse el *croissant*, no recogió, aparte de que con disimulo y figurándose que yo no me daba cuenta acababa de coger un ratoncito de chocolate de los expuestos y lo introducía en la pasta que estaba comiendo seguramente con intención de hacerla más parecida al *pain au chocolat*.

—¿Se trata entonces de su conducta? —inquirí con preocupación exagerada—. ¿Es díscola? ¿Desobediente? ¿Es maleducada?

—No, no. ¡Ni hablar! Nada de eso.

—Entonces, ¿qué pasa?

Caro me miró con cara avinagrada.

—El *curé* Reynaud ha estado varias veces en la escuela esta semana —me informó— para hablar con los niños sobre la Pascua y el significado de esa fiesta para la Iglesia y otras cuestiones relacionadas con el tema.

Moví la cabeza afirmativamente tratando de darle ánimos y Joline me dirigió otra de sus sonrisas comprensivas.

—No, lo que ocurre es que Anouk resulta que... —dirigió una mirada esquiva a Anouk—... no es que sea exactamente díscola, pero hace unas preguntas muy extrañas.

Su sonrisa se hizo más crispada, como si los labios se le hubieran quedado de pronto entre paréntesis o quisiera demostrar toda su desaprobación.

—Preguntas muy extrañas —repitió.

—Bueno —dije como quitando hierro al asunto—. Siempre ha sido una niña muy curiosa. No creo que usted quiera disuadir a ninguno de sus alumnos de que satisfagan su curiosidad. Y además... —añadí malévolamente—, no me diga que *monsieur* Reynaud no está bien pertrechado para responder a las preguntas que le hagan.

Joline me dedicó una sonrisa forzada, con lo que quería exteriorizar su actitud de protesta.

—Lo que pasa es que escandaliza a los demás niños, *madame* —dijo con voz cortante.

—¿Ah, sí?

—Parece que Anouk les dijo que la Pascua no es, en realidad, una fiesta cristiana y que Nuestro Señor es... —se quedó en silencio como si lo que se disponía a decir fuera excesivo—... que la resurrección de Nuestro Señor es una especie de «atavismo» que se remonta a no sé qué dios de las mieses. Una deidad de la fertilidad de los tiempos paganos —soltó una risa forzada, aunque sonó glacial.

—Sí —dije acariciando fugazmente los rizos de Anouk—, esta pequeñaja lee mucho, ¿verdad, Nanou?

—Yo sólo pregunté por Eostre —dijo Anouk con firmeza—. Dice el *curé* Reynaud que ya no hay nadie que adore a ese dios y yo le dije que nosotras lo adorábamos.

Tuve que esconder una sonrisa con la mano.

—Me parece que él eso no lo entiende, cariño —dije a Anouk—. Quizá no habrías debido hacer tantas preguntas al ver que él se molestaba.

—Los que se molestan son los niños, *madame* —dijo Joline.

—No, no es verdad —replicó Anouk—. Jeannot dice que tendríamos que hacer una hoguera para celebrarlo y encender velas rojas y blancas y muchas cosas. Jeannot dice...

Caroline la interrumpió.

—Parece que Jeannot dice muchas cosas —observó.

—Seguramente se parece a su madre —tercié yo.

Joline pareció ofendida.

—Parece que usted no se toma muy en serio el asunto —dijo con una media sonrisa.

Me encogí de hombros.

—No lo veo un problema —le dije con voz tranquila—. Mi hija participa en los coloquios de la escuela. ¿Es eso lo que quiere decirme?

—Hay temas que no deben ser objeto de debate —intervino Caro y, por espacio de un momento fugaz, debajo de su dulzura acaramelada, vi a su madre en ella, imperiosa y dominante. Eso de que demostrara un poco de espíritu me gustó más que su actitud habitual—. Hay cosas que deben aceptarse a través de la fe y cuando un niño tiene los fundamentos morales adecuados... —se mordió los labios y dejó la frase en el aire, sumida en un mar de confusiones—. Nada más lejos de mis intenciones que decirle cómo debe educar a su hija —terminó con voz monocorde.

—Estupendo —dije con una sonrisa—, sentiría mucho tener que pelearme con usted en relación con este punto.

Las dos mujeres me miraron con la misma expresión de desconcierto.

—¿Seguro que no quieren tomar un poco de chocolate?

Los ojos de Caro se pasearon con desdén por todo el surtido de pralinés, trufas, almendrados y turrón, *éclairs*, florentinas, cerezas de licor y almendras garrapiñadas.

—Me sorprende que la niña no tenga los dientes careados —comentó, muy tiesa.

Anouk se sonrió y mostró los dientes objeto de sospecha. Su blancura no hizo sino aumentar el descontento de Caro.

—Estamos perdiendo el tiempo —observó Caro con frialdad a Joline.

Yo no dije nada y Roux se rió disimuladamente. Desde la cocina llegaban los sones de la radio de Joséphine y por espacio de unos segundos no se oyó otra cosa que la voz metálica del locutor resonando en las baldosas.

—Vamos —dijo Caro a su amiga.

Joline parecía indecisa, insegura.

—¡He dicho que nos vamos! —insistió con gesto irritado mientras salía de la tienda y Joline le seguía los pasos—. No se figure que no veo a qué está usted jugando —me escupió a modo de despedida, después de lo cual desaparecieron las dos y ya sólo oímos su taconeo sobre el empedrado al atravesar la plaza en dirección a Saint-Jérôme.

Al día siguiente encontramos el primero de los folletos. Estrujado y convertido en pelota que se impulsa a puntapiés por la calle, Joséphine lo recogió del suelo cuando barría la acera y lo entró en la tienda. Era una sola página mecanografiada y fotocopiada en papel rosa, doblada por la mitad. No llevaba firma, pero en su estilo había algo que indicaba quién podía ser su autor.

Su título era: LA PASCUA Y EL RETORNO A LA FE.

Eché una rápida ojeada al papel, cuyo texto era en su mayor parte el que cabía esperar del título: regocijo y purificación, pecado y las alegrías de la absolución y la plegaria. Sin embargo, hacia la mitad de la página y con caracteres más destacados que el resto, había un aditamento que me llamó la atención.

Los Nuevos Predicadores o la Corrupción del Espíritu Pascual

Siempre habrá entre la gente una Pequeña Minoría que pretende Sacar Provecho de nuestras Santas Tradiciones por propio Beneficio: la industria de las Tarjetas de Felicitación, las cadenas de supermercados, etcétera. Más Siniestros aún son aquellos que Quieren Revivir Antiguas Tradiciones y que, con el pretexto de que los niños se diviertan, los involucran en Prácticas Paganas. Son muchos los que ven estos manejos como Actividades Inofensivas y los miran con Tolerancia. ¿Por qué ha tenido que permitir nuestra Comunidad un supuesto Festival del Chocolate fuera de nuestra Iglesia precisamente en la mañana misma del Domingo de Pascua? Esto cubre de Oprobio todo lo que constituye el fundamento de la Pascua. Le instamos, pues, a Sabotear dicho Festival y Celebraciones Similares como medida de protección de sus Hijos Inocentes.

¡¡IGLESIA y no CHOCOLATE, éste es el VERDADERO MENSAJE DE LA PASCUA!!

—Iglesia y no chocolate —dije riendo—. Dicho sea de paso, es una buena frase publicitaria. ¿No te parece?

Joséphine parecía ansiosa.

—No te entiendo —dijo—. Por lo visto esto no te preocupa.

—¿Por qué tiene que preocuparme? —dije encogiéndome de hombros—. No es más que una hoja volandera. Y además, estoy casi segura de saber quién es su autor.

Asintió.

—Caro —dijo con tono enfático—. Caro y Joline. Es su estilo. Todas esas zarandajas de los niños inocentes —se le escapó un bufido de indignación—. Lo que pasa es que la gente les hace caso, Vianne, se lo pensarán dos veces antes de acudir a la fiesta. Joline es la maestra del pueblo y Caro pertenece al Comité de Residentes.

—¡Vaya! —yo no sabía siquiera que hubiera un comité de residentes y lo imaginé formado por santurrones engreídos aficionados al cotilleo—. ¿Qué pueden hacer? ¿Detener a todo el mundo?

Joséphine movió negativamente la cabeza.

—Paul también forma parte del comité —dijo bajando la voz.

—¿Y qué?

—Ya sabes de qué es capaz —dijo Joséphine con aire desesperado. He comprobado que, cuando se siente angustiada, recupera sus antiguos gestos y vuelve a presionarse el esternón con los pulgares como quien quiere practicar la Maniobra Heimlich—. Está loco, ya lo sabes. Es un...

Se interrumpió con expresión triste y con los puños cerrados. Volví a tener la impresión de que quería decirme algo, de que sabía algo. Le toqué la mano intentando penetrar en sus pensamientos, pero no percibí nada que no hubiera visto otras veces: humo, un humo gris y grasiento sobre un cielo purpúreo.

¡Humo! Le apreté la mano. ¡Humo! Ahora que reconocía lo que veía podía tratar de descubrir los detalles: el rostro del hombre era un borrón azulado en la oscuridad y en él destacaba su sonrisa fría y triunfante. Joséphine me miró en silencio, una mirada oscura que revelaba lo mucho que sabía.

—¿Por qué no me lo dijiste? —le pregunté por fin.

—No se puede demostrar —dijo Joséphine—. Yo no te he dicho nada.

—No es preciso. ¿Por eso tienes miedo de Roux? ¿Por lo que hizo Paul?

Levantó la barbilla con aire resuelto.

—A él no le tengo ningún miedo.

—Pero no hablarás con él. Ni siquiera estarías en la misma habitación que él. No puedes mirarlo a los ojos.

Joséphine se cruzó de brazos como quien no tiene más que decir.

—¿Joséphine? —le cogí la cara y se la volví por la fuerza hacia mí, la forcé a que me mirara—. ¿Joséphine?

—De acuerdo —dijo con voz áspera y a la vez triste—. Yo lo sabía, de acuerdo. Sabía lo que pensaba hacer Paul. Le dije que, como intentara algo, lo diría, los avisaría. Y entonces fue cuando me pegó —me miró con los ojos turbios y la boca torcida debido a las lágrimas que reprimía—. O sea que soy cobarde —dijo gritando y con voz confusa—. Ahora ya sabes quién soy, no soy tan valiente como tú. Soy embustera y cobarde porque permití que lo hiciera. Podía haber muerto alguien... Roux o Zézette o su pequeño. ¡Y también habría sido por mi culpa! —lanzó un profundo suspiro, un suspiro áspero—. No se lo digas a Roux —me rogó—. No podría soportarlo.

—No seré yo quien se lo diga a Roux —le dije con voz suave—. Se lo dirás tú misma.

Negó resueltamente con la cabeza.

—No, yo no. No puedo.

—De acuerdo, Joséphine —cedí—. Tú no tienes la culpa de nada. Y no murió nadie, ¿verdad?

Pero ella prosiguió con obstinación:

—No podría... no puedo.

—Roux no es como Paul —le dije—, se parece más a ti de lo que imaginas.

—Pero es que no sabría qué decirle —se retorció las manos—. Lo único que querría es que se marchase —dijo con furia—. Me gustaría que cobrase el dinero que se ha ganado y se marchase a otra parte.

—No, no lo hará —le dije—. No se irá a ninguna parte —entonces dije a Joséphine lo que Roux me había contado acerca de trabajar en casa de Narcisse y que quería comprarse una embarcación en Agen—. Lo mínimo que se merece es saber quién tuvo la culpa —insistí—. Así sabrá que el único responsable de lo que pasó es Muscat y que a él aquí no lo odia nadie. Tiene que comprenderlo, Joséphine. Imagina cómo se siente.

Joséphine suspiró.

—Hoy no —dijo—. Se lo diré, pero otro día. ¿De acuerdo?

—Otro día no será más fácil que hoy —le advertí—. ¿Quieres que te acompañe?

Me miró fijamente.

—Dentro de un rato va a tomarse un descanso —le expliqué—. Podrías servirle una taza de chocolate y hablar después con él.

Silencio. Su expresión era ausente, estaba pálida. Sus manos, rápidas como las de los pistoleros, le colgaban temblorosas a ambos lados del cuerpo. Cogí un *rocher noir* de un montón que tenía a mi lado y se lo metí en la boca entreabierta sin darle tiempo a decir palabra.

—Esto es para animarte —le expliqué mientras me volvía para llenar un tazón de chocolate—. ¡Venga, vamos! ¡Mastica!

Oí que profería un sonido leve y vi que esbozaba una media sonrisa. Le di la taza.

—¿Preparada?

—Supongo que sí —dijo con voz pastosa a causa del chocolate—. Probaré.

Los dejé a solas. Entonces aproveché la ocasión para volver a leer el folleto que Joséphine había encontrado en la calle. «Iglesia y no chocolate.» La cosa tiene gracia. Hay que reconocer que el Hombre Negro demuestra tener un cierto sentido del humor.

A pesar del viento, en la calle hacía calor. Les Marauds refulgían al sol. Bajé lentamente hacia el Tannes, disfrutando del calor del sol que me daba en la espalda. Había llegado la primavera sin apenas preludio, tan bruscamente como cuando tras doblar un ángulo rocoso uno se encuentra delante de un valle. De pronto habían florecido los jardines y los márgenes y ahora eran toda una exuberancia de narcisos, lirios y tulipanes. Hasta las casas ruinosas de Les Marauds se habían teñido de vivos colores, aunque aquí los ordenados jardines habían cedido el paso a la más desenfrenada excentricidad: en el balcón de una casa que daba al río crecía un saúco florido, un tejado se había cubierto de una alfombra de narcisos, por las grietas de la fachada desportillada de una casa surgían matas de violetas. Plantas que ahora se cultivaban habían retrocedido a su anterior estadio silvestre, pequeños geranios pugnaban por asomar entre umbelas de cicuta, las amapolas crecían autónomas, diseminadas al azar y bastardeaban su rojo originario transformándolo en color naranja o en lila pálido. Bastan unos días de sol para sacudirles el sueño de encima; después de la lluvia se desperezan y yerguen sus corolas buscando la luz. Si arrancas un puñado de supuestos hierbajos arrancas salvias y lirios, clavellinas y espliego, escondidos debajo de la romaza y de la hierba cana. Estuve vagando junto al río el tiempo suficiente para que Joséphine y Roux ventilasen sus diferencias y seguidamente me abrí camino lentamente a través de los callejones secundarios, subí por la Ruelle des Frères de la Révolution y por la Avenue des Poètes, con sus muros cerrados y oscuros, casi sin ventanas, engalanados tan sólo por cuerdas de las que cuelga la colada, tendidas con toda naturalidad de un balcón a otro, o por algún que otro macetero aislado con las verdes guirnaldas suspendidas de los convulvulus.

Los encontré todavía en la tienda, tenían la chocolatera colocada sobre el mostrador entre los dos, ya medio vacía. Joséphine tenía los ojos enrojecidos, pero daba la impresión de que se había sacado un peso de encima, casi parecía feliz. Roux se reía de algún comentario que ella le había hecho, sonido que a mí hubo de parecerme extraño por lo poco familiar y hasta exótico, porque rara vez se lo había oído. Por espacio de un momento se apoderó de mí un sentimiento que era casi de envidia y pensé: «Son el uno para el otro».

Más tarde hablé del asunto con Roux, aprovechando que Joséphine había salido a hacer unas compras. Se mostró muy cauteloso, procurando no manifestarse al hablar de ella, pero sus ojos brillaban, como si tuviera una sonrisa a flor de labios. Al parecer, sus sospechas ya se habían centrado en Muscat.

—Hizo muy bien abandonando a aquel hijo de puta —dijo con voz que destilaba veneno—. Lo que llegó a hacer... —por un momento pareció cohibido, se movió, desplazó la taza en el mostrador sin razón alguna, volvió a dejarla en su sitio—. Un hombre de esa calaña no se merece una mujer —farfulló—. ¡Menuda suerte la suya!

—¿Y usted qué piensa hacer? —le pregunté.

Se encogió de hombros.

—No se puede hacer nada —me dijo como sin darle importancia—. Lo negará todo. Son cosas que no interesan a la policía. Además, prefiero que la policía no se meta en esto.

No me dio detalles. Supuse que en su pasado había ciertas cosas que no habrían resistido un escrutinio minucioso.

Desde entonces, sin embargo, Joséphine y él han hablado muchas veces. Ella le sirve chocolate y bizcochos cuando él interrumpe su trabajo y a menudo los oigo reír. Joséphine ya no tiene aquella mirada asustada y ausente. Me he dado cuenta de que ahora pone más atención en su aspecto. Esta mañana, sin ir más lejos, me ha anunciado que quería ir al bar a recoger algunas de sus pertenencias.

—Te acompañaré —le digo.

Pero Joséphine movió negativamente la cabeza.

—Puedo ir sola —parecía feliz, satisfecha de haber hecho acopio de tanta decisión—. Además, Roux dice que si no me enfrento con Paul... —se ha interrumpido como si se sintiera cohibida—. En fin, que he decidido ir, eso es todo —declara, muy colorada pero muy decidida—. Tengo que recoger libros, ropa... antes de que Paul lo tire todo, quiero llevarme lo que es mío.

Asentí.

—¿Y cuándo piensas ir?

Y ya, sin vacilación alguna, dice:

—El domingo. Cuando él esté en la iglesia. Con un poco de suerte podré entrar y salir del café sin encontrármelo. No necesito mucho tiempo.

La miro.

—¿Seguro que no quieres que te acompañe?

Vuelve a decirme que no con un gesto.

—Además, no estaría bien.

Aquella expresión decorosa suya me ha hecho sonreír, pese a lo cual sabía a qué se refería. Aquél era su territorio, un territorio que pertenecía a ella y a su marido, marcado de forma indeleble por el rastro de la vida que habían compartido. Yo allí no tenía nada que hacer.

—Todo irá bien —dice con una sonrisa—. Sé cómo hay que manejarlo, Vianne. No es la primera vez.

—Espero que no haya necesidad de manejarlo.

—No la habrá —con un gesto que tenía algo de absurdo, tiende la mano y roza la mía, como si quisiera tranquilizarme—. Te prometo que no será necesario.

Dobla la campana y su tañido rebota contra las paredes encaladas de casas y tiendas. También resuena en el empedrado, noto su zumbido sordo a través de las suelas de los zapatos. Narcisse nos ha provisto de *rameaux*, cruces de palma que distribuiré al final de la ceremonia y que los feligreses llevarán toda la Semana Santa en la solapa, dejarán en alguna repisa de su casa o prenderán en la cabecera de la cama. A usted también le llevaré una, *père*, y un cirio para que lo tenga encendido junto a la cama. No hay razón para negarle esta tradición. Las enfermeras me observan con aire divertido y mal disimulado. Sólo el temor y el respeto al hábito que visto les impide dar rienda suelta a sus risas. Sus rostros sonrosados y aniñados se animan con secreto regocijo. En el pasillo, sus voces jóvenes suben y bajan pronunciando frases que la distancia y la acústica del hospital hacen ininteligibles:

«Se figura que lo puede oír... oh sí... se cree que va a despertar... no, ¿en serio?... ¡no!... habla con él... una vez lo oí... rezaba... —después se oyen risas como de colegialas— ¡ji ji ji ji ji ji ji!... », es como si acabara de romperse el hilo de un collar y todos los abalorios rodaran por las baldosas.

Como es lógico, no se atreven a reírse en mis narices. Parecen monjas con sus blancos y pulcros uniformes, los cabellos sujetos a la nuca bajo las cofias almidonadas, los ojos bajos. Niñas de convento que murmuran fórmulas de respeto —«*oui, mon père, non, mon* père»— pero con el corazón rebosante de júbilo secreto. También mi congregación tiene ese mismo espíritu taimado —la mirada vivaracha durante el sermón, pero una prisa inusitada por ir a la *chocolaterie* así que se termina—, si bien hoy todo está en orden. Me saludan con respeto, casi con miedo. Narcisse se disculpa porque los *rameaux* no son palmas propiamente dichas, sino cedro retorcido y trenzado para simular aproximadamente la hoja más tradicional.

—No es un árbol autóctono, *père* —se justifica con voz gutural—. Aquí no crecería bien. Las heladas la queman.

Le doy unas palmadas en el hombro con gesto fraternal.

—No se preocupe, *mon fils* —su retorno al redil ha suavizado mis maneras y me hace indulgente, comprensivo—, no se preocupe.

Caroline Clairmont me coge la mano entre sus dedos enguantados.

—Una ceremonia emocionante —dice con voz cálida—. ¡Qué maravilla!

Georges se hace eco de sus palabras. Luc está pegado a su madre y tiene un aire taciturno. Detrás de él están los Drou con su hijo, que lleva un cuellecito de marinero y tiene una actitud sumisa. No veo a Muscat entre los que salen, pero supongo que debe de estar ahí.

Caroline Clairmont me dedica una mirada socarrona.

—Parece que lo hemos conseguido —me dice con aire satisfecho—. Ya tenemos una petición suscrita con más de cien firmas...

—¿Por lo del festival del chocolate? —la interrumpo en voz baja y tono displicente.

El lugar es demasiado público para tratar el tema. Pero no parece captar la alusión.

—¡Naturalmente! —exclama en tono alto y exaltado—. Hemos distribuido doscientos folletos y hemos recogido las firmas de la mitad de los habitantes de Lansquenet. Hemos ido casa por casa... —se calla un momento para corregirse—... bueno, casi casa por casa —sonríe con afectación—, hay algunas excepciones obvias.

—Ya comprendo —digo con voz glacial—. Bueno, tal vez podríamos discutir el asunto en otro momento.

Veo que ha captado el desaire. Se pone colorada.

—Por supuesto, *père.*

Es evidente que ella está en lo cierto. Los resultados han sido palpables. Durante los últimos días la chocolatería ha estado prácticamente desierta. Después de todo, la actitud condenatoria del Comité de Residentes no es moco de pavo en una comunidad tan cerrada como la nuestra, como lo es igualmente la desaprobación tácita de la Iglesia. ¿Cómo van a comprar, divertirse, atiborrarse de dulces ante esa mirada de desaprobación...? Para obrar así se necesitaría mucho más valor, un espíritu de rebeldía mucho más fuerte que el que pueda infundirles esa tal Rocher. Al fin y al cabo, ¿cuánto tiempo lleva aquí esa mujer? La oveja descarriada acaba por volver al redil, *père.* Por puro instinto. Esa mujer ha sido para ellos como un pasatiempo pasajero, sólo eso. Pero al final todo acaba por volver a su cauce. No es que quiera engañarme hasta el punto de figurarme que actúan de esa manera por sentimiento de contrición o espiritualidad —es cosa sabida que las ovejas no se distinguen por sus facultades mentales—, pero sus instintos, instilados en ellos desde la cuna, son sólidos. Sus pies los devuelven a casa, aunque su cabeza los haya conducido por el camino equivocado. Hoy he sentido una repentina explosión de amor hacia ellos, son mi rebaño, mi gente. Quisiera tener las manos de todos entre las mías, sentir su calor, gozar de su respeto y de su confianza.

¿Es ésta la respuesta a mis plegarias, *père*? ¿Es esa la lección que debo aprender? Vuelvo a escudriñar la multitud para ver de encontrar a Muscat. Todos los domingos viene a la iglesia y hoy, precisamente hoy, un domingo tan especial como éste, no puede faltar... Sin embargo, veo que la iglesia se va vaciando y continúo sin descubrirlo. No recuerdo haberle dado la comunión. Aparte de que no se habría marchado sin intercambiar unas palabras conmigo. Me digo que a lo mejor me está esperando en Saint-Jérôme. La situación que atraviesa en estos momentos con su mujer lo tiene muy trastornado. Quizá necesita que lo oriente un poco más.

El montón de cruces de palma que tengo al lado va disminuyendo a ojos vistas. Las voy sumergiendo una por una en agua bendita, murmuro unas palabras de bendición, un leve toque... Luc Clairmont evita el contacto conmigo al tiempo que farfulla unas palabras desabridas por lo bajo. Su madre intenta reprenderle débilmente y me dedica una leve sonrisa por encima de las cabezas inclinadas de los fieles. Sigo sin ver a Muscat. Inspecciono el interior de la iglesia pero, descontando a unos cuantos viejos que siguen arrodillados ante el altar, está vacía. La puerta todavía está custodiada por la imagen de san Francisco, extrañamente alegre para ser un santo, rodeado de palomas de yeso y con más cara de loco o de borracho que de santo. Siento que se me crispan los rasgos de la cara. Me sulfura que hayan colocado la efigie del santo en ese sitio concreto, tan cerca de la entrada. Me hago la reflexión de que mi tocayo debería de tener más enjundia, más dignidad. En cambio, con ese aire de chiflado que tiene la estatua, con esa manera de reírse a lo tonto, como si estuviera burlándose de mí en mis propias barbas, avanzando una mano en un gesto vago de bendición y acogiendo con la otra en su oronda barriga al palomo de yeso, no parece sino que sueña con zamparse un pastel de paloma. Intento recordar si el santo estaba en ese mismo sitio cuando nos fuimos de Lansquenet, *père*. ¿Usted se acuerda? ¿O quizás algún envidioso que quiso hacer mofa de mí lo habrá cambiado de sitio? Saint-Jérôme, bajo cuya advocación se construyó la iglesia, tiene bastante menos preeminencia: metido en su oscura hornacina, cobijado en la ennegrecida pintura al óleo que tiene a sus espaldas, es un santo sumido en la sombra, visible apenas. El blanco mármol con que fue modelado ha adquirido una tonalidad amarillenta, como de nicotina, debido al humo de miles de cirios. San Francisco, por contra, tiene una blancura de hongo, pese a la humedad del yeso que lo va erosionando en una feliz despreocupación frente a la desaprobación tácita de su colega y compañero. Me hago el propósito de trasladarlo cuanto antes a otro lugar más apropiado.

Muscat no está en la iglesia. Escruto los rincones, convencido aún de que me está esperando en algún lugar, pero ni rastro. Quizás esté enfermo, me digo. Pero pienso que sólo una enfermedad muy seria impediría que un feligrés tan asiduo como él asistiera a la ceremonia del Domingo de Ramos. Me cambio la impoluta casulla por la sotana que llevo a diario y guardo en la sacristía las vestiduras ceremoniales. Como medida de seguridad, encierro bajo llave el cáliz y la patena. En los tiempos de usted, *père*, no eran precisas estas precauciones, pero dada la inseguridad de los tiempos que corren es mejor no confiarse demasiado. Vagabundos y gitanos, por no hablar de los propios habitantes del pueblo, podrían tomarse más en serio la perspectiva de conseguir un buen dinero que la posibilidad de la condenación eterna.

Me encamino a Les Marauds con paso rápido. Desde la semana pasada, Muscat no se ha mostrado muy comunicativo y, a pesar de que lo he visto sólo de paso, he podido fijarme en que parece abotargado, enfermo, camina encorvado como un penitente arrepentido y tiene los párpados hinchados y entrecerrados, apenas se le ven los ojos. Ha perdido clientela, quizá por ese gesto avieso de Muscat y por su mal genio. Me personé, pues, el viernes en el bar de Muscat. Estaba prácticamente vacío. No había barrido el suelo desde que su mujer, Joséphine, lo abandonó, por lo que pisé todas las colillas y envoltorios de las golosinas que vende y que están desparramados por el suelo. No había superficie que no estuviera cubierta de vasos sucios acumulados. Debajo del vidrio del expositor había algunos bocadillos y una cosa rojiza y alabeada que igual podía ser una porción de pizza. Al lado, un montón de folletos de Caroline debajo de una jarra sucia de cerveza. La fetidez de los Gauloises no cubría el hedor a vómitos y a moho.

Muscat estaba borracho.

—¡Ah, usted! —dijo con tono moroso y ligeramente beligerante—. Espera que le ofrezca la otra mejilla, ¿verdad? —aspiró una profunda bocanada del cigarrillo humedecido de saliva que tenía encajado entre los dientes—. Estará contento de mí. Hace días que no me acerco a la zorra de mi mujer.

Hice un gesto negativo con la cabeza.

—No se amargue de esa manera —le dije.

—En mi bar hago lo que me da la gana —me respondió Muscat arrastrando las palabras y en su tono agresivo habitual—. ¿No es mi bar, *père*? Me refiero a que, encima, no pensará usted entregárselo a ella en bandeja, digo yo.

Le dije que comprendía lo que sentía y por toda contestación volvió a dar otra calada al cigarrillo, me lanzó en la cara una vaharada rancia de cerveza y soltó una carcajada sacudida por un acceso de tos.

—Muy bien, *père* —su aliento era apestoso y caliente como el de los animales—, muy bien. Claro que lo comprende, no faltaría más. También la *I*glesia comprendió todas sus cojonadas cuando usted tomó los votos o lo que coño hagan ustedes. No veo por qué usted ahora no va a comprender las mías.

—Está borracho, Muscat —le solté en la cara.

—Ha dado en el clavo, *père* —me escupió—. Usted no falla una, ¿verdad? —hizo un gesto ampuloso con la mano que sostenía el cigarrillo—. Lo único que falta es que ella sepa cómo está la casa —dijo con aspereza—. Es lo único que le falta para ser feliz del todo. Saber que me ha arruinado... —ahora estaba al borde de las lágrimas y en sus ojos brillaba esa autoconmiseración tan propia del borracho—... saber que ha expuesto nuestro matrimonio a las burlas de todos... —profirió un ruido repugnante, a medio camino entre un sollozo y un regüeldo—. ¡Saber que me ha partido mi maldito corazón!

Se secó la nariz húmeda con el dorso de la mano.

—No se vaya a figurar que no sé lo que se llevan entre manos allí dentro —dijo bajando la voz—. Lo que hace la zorra y las tortilleras de sus amigas. Sé lo que hacen —había empezado a levantar la voz de nuevo, por lo que eché una mirada alrededor para ver a los tres o cuatro clientes, que lo miraban boquiabiertos y llenos de curiosidad. Le apreté el brazo como para ponerlo en guardia.

—No pierda las esperanzas, Muscat —le insté finalmente, luchando por vencer la repugnancia que me producía su proximidad—. No es ésta la manera de conseguir que vuelva. Recuerde que hay muchos matrimonios que pasan por momentos de duda, pero...

Se rió por lo bajo.

—¿Le parece que duda es la palabra? ¿Es duda? —soltó otra risita—. ¿Quiere que le diga una cosa, *père*? Déjeme pasar cinco minutos a solas con la zorra y verá cómo resuelvo el problema de una vez por todas. Verá cómo la hago volver, eso ni lo dude.

Sus palabras me sonaban tan agresivas como estúpidas, mera secuela de su sonrisita de tiburón. Lo agarré por los hombros y pronuncié las palabras articulándolas claramente, en la esperanza de que le llegara como mínimo una parte de su sentido.

—No lo hará —le dije mirándolo a la cara, pasando por alto a los clientes que nos observaban, boquiabiertos, desde la barra—. Usted se comportará como una persona decente, Muscat; usted seguirá los procedimientos correctos si quiere actuar de la manera que sea y se mantendrá alejado de las dos. ¿Está claro?

Mientras lo mantenía agarrado por los hombros, seguí oyendo sus protestas, no paraba de soltar obscenidades con voz quejumbrosa.

—Se lo advierto, Muscat —le dije—. Le he aguantado muchas cosas, pero no pienso tolerarle este... tipo de bravuconadas. ¿Me ha comprendido?

Le oí farfullar algunas frases, no sé si excusas o amenazas. Aunque en aquel momento me pareció que decía que lo sentía, pensándolo mejor quizá dijo que quién lo iba a sentir sería yo, porque sus ojos tenían un brillo perverso detrás de sus lágrimas de borracho mal reprimidas.

Había alguien que lo iba a sentir. ¿Quién? ¿Y por qué motivo?

Mientras bajaba por la ladera de la colina en dirección a Les Marauds hube de preguntarme una vez más si había interpretado mal los signos. ¿Sería Muscat capaz de ejercer algún tipo de violencia contra sí mismo? ¿No sería que, en mi avidez por evitar otras complicaciones, había pasado por alto la realidad, el hecho de que aquel hombre se encontraba al borde de la desesperación? Al llegar al Café de la République vi que estaba cerrado, pese a que fuera del local se había formado un pequeño corro de personas que por lo visto observaban una de las ventanas del primer piso. Reconocí entre ellas a Caro Clairmont y a Joline Drou. También a Duplessis, una figura pequeña y comedida con un sombrero de fieltro y el perro retozando a sus pies. Por encima del griterío creí distinguir un sonido más agudo y estridente que no hacía más que subir y bajar siguiendo una cadencia inestable y que de cuando en cuando se resolvía en palabras, frases y algún que otro grito...

—*Père* —la voz de Caro era jadeante, tenía el rostro como la grana. Su expresión recordaba la de ciertas beldades de ojos desorbitados y jadeantes cuya foto es habitual en las revistas de papel brillante colocadas siempre en el estante más alto, lo que hizo que me pusiera colorado.

—¿Qué pasa? —le pregunté con voz tensa—. ¿Muscat?

—No, Joséphine —dijo Caro muy excitada—. Está en la habitación del piso de arriba y está gritando, *père.*

A sus palabras se impuso una nueva andanada de ruidos —una mezcla de gritos, insultos y del estrépito provocado por el lanzamiento de objetos— procedente de una ventana, unida a una lluvia de cosas que caían diseminadas sobre el empedrado. Una voz de mujer, tan estridente como para hacer añicos el cristal, resonó —no a causa del terror, creo yo, sino obedeciendo a la simple y pura rabia— seguida por otro estallido de metralla casera. Libros, ropa, discos, ornamentos de las repisas... la artillería habitual de las peleas domésticas.

Me acerqué a la ventana.

—¿Muscat? ¿Me oye? ¡Muscat!

Salió despedida por la ventana la jaula de un canario pero sin canario.

—¡Muscat!

No llegó respuesta alguna del interior de la casa. Los gritos de los dos adversarios —un gnomo y una arpía— eran inhumanos y por espacio de un momento sentí una gran inquietud, como si el mundo acabase de penetrar un poco más en el seno de las sombras y hubiese ampliado ese resquicio de tinieblas que nos mantiene separados de la luz. Si abría la puerta, ¿qué vería?

Durante un terrible momento me sobrecogió un antiguo recuerdo y volví a tener trece años. Abrí la puerta del anexo de la iglesia vieja, a la que algunos todavía hacen referencia con el nombre de cancillería, pasé de la lóbrega penumbra de la iglesia a una oscuridad más intensa; mis pies apenas levantan sonidos de las lisas tablas, aunque hasta mis oídos llega un extraño golpeteo y el gruñido de un monstruo invisible. Al abrir la puerta, el corazón se me convierte en martillo que me aporrea la garganta, las manos en puños, se me desorbitan los ojos... Ante mí, en el suelo, veo agazapada la bestia pálida, sus proporciones familiares a medias se me aparecen extrañamente duplicadas, y también dos rostros que me observan con esa expresión hierática en la que queda congelada la rabia, el horror, la desesperación...

«Maman! Père!»

Sé que es absurdo. No hay conexión posible. Sin embargo, al observar esa predisposición llorosa y febril de Caro Clairmont, me pregunto si quizá también ella siente ese estremecimiento erótico en el vientre que desemboca en violencia, ese momento de potencia que se produce cuando se inicia el combate, se descarga el golpe, prende el petróleo...

No fue sólo la traición de usted, *père*, lo que heló la sangre en mis venas y me tensó las sienes como la piel de un tambor. Yo sabía del pecado —sabía de los pecados de la carne— y lo tenía por algo repugnante, como la cópula con animales. Que ese tipo de cosas pudieran causar placer era para mí casi incomprensible. Y sin embargo, usted y mi madre, calenturientos, excitados, abocados a la faena de una manera tan mecánica, lubrificados con el movimiento, restregando los cuerpos uno contra otro como pistones, no totalmente desnudos, eso no, ni hablar, pero más motivados si cabe por los vestigios de vestimenta, la blusa, la falda arremangada, la sotana levantada... No, no fue la carne lo que más me repugnó, ya que contemplé la escena con un desinterés distante del que no estaba ajeno el asco. Lo que más me repugnó fue que yo me hubiera comprometido por usted, *père*, no hacía ni dos semanas siquiera. Lo que más me repugnó fue que en aquello me hubiera jugado el alma: el petróleo que me resbalaba por la palma de la mano, la exaltación del que se siente poseedor de la verdad, el suspiro de embeleso que se exhala cuando la botella hiende el aire y prende el fuego al estrellarse contra la cubierta de la miserable embarcación levantando una deslumbrante oleada de llamas hambrientas que aletean, aletean, aletean hasta alcanzar la tela alquitranada y reseca, se estrellan contra la madera crujiente y agrietada y la lamen con apetencia lasciva... Se sospechó que el incendio hubiera sido intencionado, *père*, pero nunca que el autor pudiera ser el bueno, el tranquilo Reynaud, jamás Francis, el que cantaba en el coro de la iglesia, el que estaba sentado tan pálido él, tan buen niño él, escuchando los sermones que usted pronunciaba. Jamás se habría sospechado del pálido Francis, que ni siquiera había roto una ventana en su vida. ¿De Muscat, quizá? El viejo Muscat y aquel hijo suyo tan de rompe y rasga podían ser los autores. Al hecho siguió un tiempo en que se les mostró un trato frío, se les opuso una actitud de enemistad concentrada. Esta vez las cosas habían llegado demasiado lejos. Ellos, sin embargo, lo negaron de plano y, además, no había pruebas. Las víctimas no eran de los nuestros. No hubo nadie que estableciera conexión alguna entre el incendio y los cambios que se operaron en la situación de Reynaud, la separación de sus padres, el ingreso del chico en una selecta escuela del norte... Yo lo hice por usted, *père*. Lo hice por amor a usted. La embarcación incendiada en los resecos marjales puebla de luminarias la oscuridad de la noche, la gente huye a la desbandada, gritando, arrastrándose por las orillas de tierra requemada del árido Tannes, algunos incluso intentando desesperadamente sacar del lecho del río los pocos cubos de barro que aún quedaban en él para arrojarlos sobre la barca en llamas mientras yo aguardaba entre los matorrales con la boca seca pero con una ardorosa alegría en el vientre.

¿Cómo iba a saber que en la embarcación había alguien que estaba durmiendo, hube de decirme? Tan fuertemente arropados en la embriagadora oscuridad que ni el fuego consiguió despertarlos. Más tarde pensé en ellos, calcinados hasta fusionarse el uno en el otro, amalgamados como amantes perfectos... Pasé meses oyéndolos gritar por la noche, viendo aquellos brazos que se tendían llenos de ansiedad hacia mí, oyendo sus voces —hálito de ceniza— que pronunciaban mi nombre con sus labios descoloridos.

Pero usted me absolvió, *père*. Usted me dijo que no eran más que un borracho y la arpía que estaba con él. Pecio sin valor en el río inmundo. Veinte *pater* y otras tantas *ave* a cambio de sus vidas. No eran más que ladrones que habían profanado nuestra iglesia, insultado a nuestro sacerdote y, por consiguiente, no merecían otra cosa. Yo era un joven con un brillante futuro, con unos padres amantes que se habrían sentido desolados, terriblemente infelices, de haberlo sabido... Por otra parte, usted me decía con acento persuasivo que igual podría no ser un accidente. Usted decía que nunca se sabe, que tal vez Dios lo había querido así.

Lo creí. O hice como que lo creía. Y todavía me siento muy agradecido.

Alguien me toca el brazo. Me sobresalto, alarmado. Al penetrar con la mirada en el pozo de la memoria siento un vértigo momentáneo. Armande Voizin está detrás de mí, sus ojos negros e inteligentes fijos en mí. Duplessis se encuentra a su lado.

—¿Piensa hacer algo, Francis, o va a dejar que ese bruto de Muscat la asesine?

Su voz es tensa y glacial. Con una mano tiene agarrado el bastón mientras que con la otra hace un gesto de bruja en dirección a la puerta cerrada.

—Yo no soy quién... —la voz me ha sonado estridente e infantil, no es mi voz ni de lejos—... no soy quién para preguntar...

—¡Pamplinas! —dice dándome unos golpes en los nudillos con el bastón—. Voy a poner coto a esto, Francis. ¿Piensa acompañarme o piensa quedarse todo el día ahí fuera contemplando las musarañas?

Sin esperar respuesta, Armande empuja la puerta del bar.

—Está cerrada con llave —dice con voz débil.

Se encoge de hombros y basta un golpe dado con el puño del bastón para romper uno de los cristales de la puerta.

—La llave está metida en la cerradura —anuncia con viveza—. Alcáncemela, Guillaume.

La puerta se abre de par en par al hacer girar la llave. La sigo escaleras arriba. Amplificados por el hueco de la escalera, las voces y los ruidos de cristales rotos resuenan aquí con más fuerza. Muscat está ante la puerta que da entrada a la habitación del piso superior, su voluminoso cuerpo bloquea el paso. La habitación está cerrada, aunque entre la puerta y la jamba hay una rendija que deja pasar un exiguo haz de luz que se proyecta hacia la escalera. Mientras observo, Muscat vuelve a lanzarse contra la puerta bloqueada y se oye el estruendo de la colisión y del derrumbamiento, después él entra en la habitación con un gruñido satisfecho.

Una mujer grita.

Se ha retirado contra la pared opuesta de la habitación. Había amontonado contra la puerta todo el mobiliario —un tocador, un armario y unas sillas—, pero Muscat ha sabido arreglárselas para abrirse paso. No había conseguido arrimar también la cama porque era un pesado mueble de hierro forjado, pero sigue escudándose detrás del colchón, agachada en el suelo con un montón de proyectiles a mano. Con cierta admiración advierto que ya había despachado toda la vajilla. Veo el rastro de su huida escaleras arriba, los fragmentos de vidrio que cubren los escalones, las marcas del instrumento con que él ha tratado de hacer palanca para forzar la puerta del dormitorio, la mesilla baja que Muscat utilizó a manera de ariete. Y cuando él se vuelve hacia mí, también las marcas que tiene en la cara, señales de arañazos desesperados, una herida como una media luna en la sien, la nariz tumefacta, la camisa desgarrada. Hay sangre en la escalera, una mancha, la marca de un reguero, un goteo. En la puerta ha quedado la impresión de las palmas.

—¡Muscat!

Lo he llamado gritando su nombre pero con voz temblorosa.

—¡Muscat!

Se vuelve hacia mí con mirada ausente, sus ojos son puntas de aguja en la masa de su cara.

Tengo a Armande a mi lado; sostiene el bastón como si blandiera una espada. El espadachín más viejo del mundo. Llama a Joséphine.

—¿Te encuentras bien, cariño?

—¡Sacadlo de aquí! ¡Que se vaya!

Muscat me enseña sus manos ensangrentadas. Es evidente que está furioso, aunque también confundido, agotado, como un niño pequeño a quien hubieran atrapado peleándose con chicos mucho mayores que él.

—¿Ve ahora a lo que me refería, *père*? —se lamenta—. ¿Ve lo que le dije? ¿Ve a qué me refería?

Armande me empuja para abrirse paso.

—No te saldrás con la tuya, Muscat —parece más joven y más fuerte que yo, tengo que recordar que no es más que una vieja y que está enferma—. No vas a conseguir que las cosas vuelvan a ser como antes. No insistas, déjala en paz de una vez.

Muscat le lanza un escupitajo pero se queda estupefacto cuando ella, con la celeridad y la puntería de una cobra, se lo devuelve a su vez. El hombre se limpia la cara, furioso.

—¡Vieja! —le grita.

Sin embargo, Guillaume da un paso adelante y se coloca delante de ella amparándola absurdamente con gesto protector. El perro emite un gruñido discordante, pero Armande avanza y suelta una carcajada.

—¡Déjate de bravuconadas, Paul-Marie Muscat! —le suelta Armande—. Todavía me acuerdo de cuando eras un mocoso y venías a Les Marauds para huir del borracho de tu padre. No has cambiado tanto como eso, salvo que ahora abultas más y eres más feo. ¡Venga, déjala ya!

Muscat se ha quedado descolocado y no se mueve de su sitio. Tengo la impresión de que quiere recurrir a mí.

—*Père*, dígaselo —tiene los ojos que parece que se los ha frotado con sal—. Usted sabe a qué me refiero, ¿verdad?

Hago como que no lo he oído. Entre este hombre y yo no hay nada. ¿Cómo vamos a compararnos? Percibo su hedor, ese olor rancio a ropa sucia que desprende su camisa, el aliento que apesta a cerveza. Me agarra del brazo.

—Usted me entiende, *père* —repite con desesperación—. Yo le ayudé en lo de los gitanos, ¿no recuerda? Le ayudé...

Esa mujer será medio ciega, maldita sea, pero la verdad es que lo ve todo. ¡Todo! Veo que sus ojos se fijan rápidamente en mí.

—Conque, ¿fue usted? —suelta una sonrisita por lo bajo—. Los dos de la misma calaña, ¿verdad, *curé*?

—No sé de qué me habla —digo con voz tajante—. Este hombre está como una cuba.

—Pero, *père*... —lucha por encontrar las palabras adecuadas, tiene el rostro contraído, rojo como un pimiento—, *père*, usted mismo dijo que...

Y yo como una piedra:

—Yo no dije nada.

Se queda con la boca abierta como esos pobres pececillos que, en verano, quedan atrapados en el barro de los marjales del Tannes.

—¡Nada!

Armande y Guillaume se llevan del lugar a Joséphine, uno a cada lado y rodeándole los hombros con gesto protector. Joséphine me dirige una mirada extraña y tan cargada de intención que casi llega a asustarme. Pese a que tiene la cara sucia y las manos manchadas de sangre, en aquel momento me parece hermosa, turbadora. Me ha mirado como si me atravesara el cuerpo con la mirada. Intento decirle que no debe culparme, que yo no soy como él, que yo en realidad no soy un hombre sino un sacerdote, pertenezco a una especie diferente... una idea tan absurda, sin embargo, casi una herejía.

Pero entonces Armande se la lleva y me quedo solo con Muscat, sus lágrimas me mojan el cuello, me echa sus brazos calientes al cuello. Por un momento me siento desorientado, me ahogo con él en el mar de mis recuerdos. Pero me aparto, primero intento ser amable pero acabo mostrándome violento y arremeto contra su fláccida barriga con las palmas de las manos y ya después con los puños y los codos... Y entretanto grito para acallar sus lamentaciones y me oigo una voz que no me parece la mía, una voz estentórea pero preñada de amargura...

—Apártese de mí, imbécil, lo ha estropeado todo, lo ha...

—Francis, lo siento, yo... *père!*

—Lo ha estropeado todo... todo... ¡déjeme! —la voz se me enronquece por el esfuerzo y por fin logro deshacerme de su abrazo agobiante y férreo y me libro de él con súbita y desesperada alegría. ¡Por fin libre!, y después ya me voy corriendo escaleras hacia abajo, la alfombra arrugada me roza el tobillo, ya sólo me van siguiendo sus lágrimas, su estúpido gimoteo, como el de un niño importuno...

Más adelante ya habrá tiempo para conversar con Caro y Georges. No pienso hablar con Muscat. Además, circulan rumores de que se ha ido, ha metido todas sus cosas en su vetusto coche y se ha largado. El bar está cerrado, el cristal roto es el testimonio de lo ocurrido esta mañana. He vuelto cuando ya era noche cerrada y me he quedado largo rato delante de la ventana. El cielo en Les Marauds era frío y tenía una tonalidad verde sepia y un único filamento lechoso en el horizonte. El río estaba oscuro y silencioso.

He dicho a Caro que la Iglesia no respaldaría su campaña contra el festival del chocolate. Yo no pienso respaldarlo. Después de lo que ha hecho este hombre, el Comité ya no tiene credibilidad ninguna. Esta vez ha sido demasiado público, demasiado brutal. También ellos deben de haber visto su rostro como lo he visto yo, encendido de odio y de locura. Una cosa es saber que un hombre pega a su mujer... saberlo en secreto, pero contemplar el hecho con todo lo que tiene de sórdido... ¡No, ese hombre no sobrevivirá a esto! Caro ya está diciendo a todo el mundo que ella estaba al tanto de todo, que sabía cómo las gastaba. Procura salir lo mejor librada posible del asunto —«¡Qué engañada estuvo esa pobre mujer!»—, lo mismo que yo. Digo a Caro que hemos estado siempre demasiado involucrados. Que nos servimos de él siempre que nos pareció oportuno. Que ahora no debemos caer en lo mismo. Si queremos protegernos, debemos mantenernos en la retaguardia. No le hablo del otro asunto, lo de la gente del río, aunque la verdad es que lo tengo muy presente. Armande sospecha. Podría irse de la lengua por simple malicia. Y además está lo otro, tanto tiempo sumido en el olvido pero todavía vivo en sus viejos pensamientos... No, me siento indefenso. Peor, tienen que ver que contemplo el festival con indulgencia. De lo contrario comenzarán las habladurías y, ¿quién sabe en lo que podrían acabar? Mañana, en el sermón, predicaré sobre la tolerancia, daré la vuelta a esa corriente que yo mismo puse en marcha y trataré de cambiarles las ideas. Quemaré los folletos restantes. También tengo que destruir los carteles que había que distribuir desde Lansquenet a Montauban. Es algo que me parte el corazón, *père*, pero ¿qué otra cosa puedo hacer?

El escándalo acabaría conmigo.

Estamos en Semana Santa. Sólo falta una semana para el festival. Y ha salido vencedora ella, *père*, sólo ella. Un milagro es lo único que puede salvarnos.

34

Miércoles, 26 de marzo

Siguen sin llegar noticias de Muscat. Joséphine permaneció en La Praline casi todo el domingo, pero ayer por la mañana decidió volver al café. Esta vez la acompañó Roux, pero lo único que encontraron fue el caos en que había quedado todo. Al parecer se confirman los rumores. Muscat ha desaparecido. Roux, que ya ha terminado la nueva habitación que espera a Anouk en el desván, se ha puesto a trabajar ahora en el café. Ha colocado cerraduras nuevas en la puerta, ha arrancado el viejo linóleo del suelo y ha retirado de las ventanas las mugrientas cortinas. Cree que con un poco de esfuerzo —una capa de cal en las ásperas paredes, unas ligeras pinceladas en los baqueteados muebles y agua y jabón en abundancia— el bar podría convertirse en un lugar acogedor y agradable. Se ofreció a hacer el trabajo de balde, pero Joséphine no quiere ni oír hablar del asunto. Muscat, como no podía ser de otro modo, ha dejado a cero la cuenta que tenía conjuntamente con su mujer, pero Joséphine tiene algo de dinero propio y está segura de que el nuevo café será un éxito. Se ha retirado el deslucido letrero que durante los últimos treinta y cinco años ha anunciado el nombre del bar —Café de la République— y en su lugar se ha colocado un flamante toldo rojo y blanco, gemelo del mío, y un letrero pintado a mano procedente del almacén de Clairmont que reza Café des Marauds. Narcisse ha plantado geranios en las macetas de hierro forjado de las ventanas, que desbordan las paredes y cuyas flores escarlata estallan bajo el repentino calor. Armande contempla la casa con mirada de aprobación desde su jardín al pie de la colina.

—Es una buena chica —me dice súbitamente con sus maneras bruscas—. Se abrirá camino en la vida ahora que se ha sacudido a aquel indeseable de encima.

Roux se ha instalado provisionalmente en una de las habitaciones del bar, en tanto que Luc, para contrariedad de su madre, ha ocupado aquella donde él dormía en casa de Armande.

—No es sitio para ti —le espeta Caro con voz chillona.

Estoy en la plaza cuando salen de la iglesia, él con su traje de los domingos y ella con otro más de sus innumerables conjuntos color pastel y un pañuelo de seda sobre los cabellos.

La respuesta del chico es cortés pero inamovible.

—Sólo hasta la fi-fiesta —le dice—. No tie-tiene a nadie que se ocupe de ella. Po-podría tener otro ataque.

—¡Todo eso son cuentos! —dice su madre en tono tajante—. ¿Sabes lo que pretende? Quiere poner una cuña entre los dos. Te prohíbo, escucha bien lo que te digo, te prohíbo que te quedes con ella esta semana. Y en cuanto a esa ridícula fiesta...

—No creo que debas pro-prohibirme nada, *ma-maman*.

—¿Se puede saber por qué? No sé si lo sabes, pero eres mi hijo, nene, o sea que no te quedes ahí diciéndome que piensas obedecer a esa vieja loca antes que a mí.

La rabia llena sus ojos de lágrimas, le tiembla la voz.

—De acuerdo, *maman* —parece que toda esta exhibición no lo ha afectado en lo más mínimo, aunque rodea la espalda de su madre con el brazo—. No durará mucho tiempo. Sólo hasta la fiesta. Te lo pro-prometo. Tú también estás invi-vitada, ¿sabes? Ella se pondría muy contenta si vi-vinieras.

—Pero es que yo no quiero ir —dice con voz desdeñosa y lastimera a la vez, como una niña cansada.

—No vayas si no quieres —acepta con resignación, pero después no te que-quejes si no te hace caso cuando le pidas algo.

Se queda mirándolo.

—¿Qué quieres decir?

—Me refiero a que yo po-podría hablar con ella, con-convencerla —ese chico es muy listo y conoce a su madre, la entiende más de lo que ella se figura—. Yo podría dar-darle la vuelta —dice—. Pero si no quieres probar...

—Yo no he dicho eso —obedeciendo a un impulso súbito, también ella lo rodea con los brazos—. Tú eres mi niño inteligente —dice, ya recobrada la compostura—. Tú podrías conseguirlo, ¿verdad? —le da un beso ruidoso en la mejilla y él lo acepta con paciencia—. Mi niño bueno e inteligente —le repite con voz dulce y se van paseando juntos y cogidos del brazo, el chico ya más alto que su madre y ella observándolo con la mirada atenta y tolerante que se dirige a un hijo casquivano.

Pero él sabe de qué va.

Como Joséphine está ocupada con sus asuntos, actualmente tengo poca ayuda en los preparativos de Pascua. Suerte que ya tengo casi todo el trabajo ultimado y sólo me quedan unas pocas docenas de cajas. Trabajo por las noches y me dedico a hacer pasteles y trufas, campanas de pan de jengibre y *pains d'épices* dorados. Echo de menos el leve toque de Joséphine para los envoltorios y adornos, pero Anouk me ayuda lo mejor que puede y se dedica a ahuecar los ringorrangos de celofán y a prender rosas de seda en innumerables bolsitas.

He cubierto el escaparate mientras preparo los artículos que expondré el domingo, por lo que la tienda se parece bastante a como era cuando llegamos, con la hoja de papel de plata cubriendo todo el cristal. Anouk la ha decorado con recortes de papel de colores que representan huevos y diversos animales y en el centro hay un gran letrero que anuncia:

GRAN FESTIVAL DEL CHOCOLATE
Domingo, Place Saint-Jérôme.

Como han empezado las vacaciones escolares, la plaza está llena de niños que se acercan a la tienda y aplastan las narices contra el cristal con la esperanza de atisbar los preparativos.

Ya he recibido encargos por valor de ocho mil francos —algunos de lugares tan apartados como Montauban y Agen— y siguen llegando, razón por la cual la tienda rara vez está vacía. Creo que la campaña promovida por Caro se encuentra en punto muerto. Guillaume me dice que Reynaud ha comunicado a la congregación de feligreses que el festival del chocolate goza de su apoyo incondicional pese a los rumores propagados por malévolos chismosos. A pesar de esto, a veces lo veo observándome desde su pequeña ventana con ojos ávidos y cargados de odio. Sé que no me quiere bien, pero en cierto modo el veneno que destilaba parece haberse secado. Hago unas preguntas a Armande, que sabe más de lo que dice, aunque se limita a mover negativamente la cabeza.

—¡Huy, son cosas que ocurrieron hace mucho tiempo! —me dice con aire deliberadamente vago—. Mi memoria ya no es lo que era.

Rompe a hablar, en cambio, de todos los detalles del menú que he planeado para la fiesta, disfrutando por adelantado de todo lo que le espera. Desborda sugerencias: *brandade truffée, vol-au-vents aux trois champignons* cocidos en vino, acompañados de crema con *chantrelles* silvestres como guarnición, *langoustines* asados con ensalada de ruca, cinco tipos diferentes de pastel de chocolate, todos ellos favoritos suyos, helado de chocolate de confección casera... Le brillan los ojos llenos de deleite y de malicia.

—Yo no fui nunca a fiestas cuando era joven —me explica—. Ni a una sola. Una vez fui a bailar a Montauban con un chico que venía de la costa. ¡Uf! —hace un gesto lascivo muy expresivo—. Moreno como la melaza el chico, e igual de dulce. Tomamos champán y sorbete de fresa y bailamos... —lanza un suspiro—.

Tendría que haberme visto, Vianne. No le parecería la misma. Para camelarme me dijo que me parecía a Greta Garbo y los dos hicimos como que nos lo tragábamos —soltó una risita por lo bajo—. Por supuesto que no era de los que se casan —dijo con aire filosófico—. Ésos no lo son nunca.

Ahora me paso casi todas las noches en blanco, veo bailar bombones ante mis ojos. Anouk ya duerme en su nueva habitación del desván y yo sueño despierta, dormito, me despierto en pleno sueño, dormito de nuevo hasta que los párpados se me iluminan con la falta de sueño y toda la habitación empieza a dar vueltas a mi alrededor como un barco que navegase. Sólo falta un día, me digo. Un día más.

Anoche me levanté y cogí las cartas de la caja donde prometí que las tendría guardadas. Las noté frías al tacto, frías y lisas como el marfil, sus colores se desplegaban en las palmas de mis manos —azul-morado-verde-negro—, los dibujos familiares se deslizaban tan pronto entrando como saliendo de mi campo de visión, eran como flores presionadas entre dos negras hojas de vidrio. La Torre. Muerte. Los Amantes. Muerte. El Seis de Espadas. Muerte. El Ermitaño. Muerte. Me digo que no significan nada. Mi madre creía en las cartas pero ¿adónde la llevaron? A correr, a correr. La veleta de Saint-Jérôme ahora guarda silencio, fantasmagóricamente quieta. El viento se ha calmado. Me intranquiliza más la quietud que el chirrido del hierro oxidado. El aire es cálido y suave, impregnado de los nuevos aromas del verano que ya se acerca. El verano llega rápidamente a Lansquenet siguiendo la estela de los vientos de marzo, el verano huele a circo, a serrín, a fritanga de harina pastelera, a leña verde recién cortada y a excrementos de animales. Dentro de mí, mi madre me dice en un murmullo: «Es tiempo de cambiar». La casa de Armande tiene las luces encendidas, desde aquí veo el pequeño cuadrado amarillo de la ventana proyectando su luz ajedrezada sobre el Tannes. Me pregunto qué estará haciendo. No me ha expuesto abiertamente sus planes desde aquella vez. En lugar de ello me habla de recetas de cocina, de la mejor manera de esponjar el bizcocho, de la proporción de azúcar y alcohol para macerar cerezas en coñac. Busco en mi diccionario médico su estado de salud. La jerga médica es una forma más de evasión, oscura e hipotética como los dibujos de las cartas. Parece inconcebible que puedan aplicarse esas palabras a la carne humana. Su vista va mermando de forma ostensible, en su campo de visión ya flotan islotes de oscuridad que lo motean todo, lo salpican y desdibujan. Las tinieblas acechan.

Comprendo su situación. ¿Por qué debe luchar para preservar por más tiempo una condición condenada a lo inevitable? El temor al despilfarro —aquella idea de mi madre, nacida como resultado de años de ahorros e incertidumbres— es aquí inapropiado, me digo. Aquí cuadra mejor el gesto estrafalario, la explosión, primero luces deslumbrantes y después la oscuridad súbita. Sin embargo, hay algo en mí que se lamenta de manera infantil —¡no, no hay derecho!—, quizás esperando aún el milagro. Una vez más, la idea de mi madre. Armande sabe mejor que yo lo que se lleva entre manos.

En las últimas semanas —la morfina empezaba a invadir todos sus momentos y sus ojos estaban sumidos en perpetua neblina— ya comenzó a estar desconectada de la realidad durante horas, y revoloteaba entre fantasías como una mariposa entre flores. Algunas eran agradables, sueños en los que flotaba, luces, encuentros extracorpóreos con actores de cine muertos y con seres de planos etéreos. Algunas estaban entreveradas de paranoia. De ellas no estaba nunca lejos el Hombre Negro, siempre acechaba desde las esquinas o estaba sentado en la ventana de algún restaurante popular o detrás del mostrador de una tienda de baratijas. A veces era un taxista, conducía uno de esos armatostes negros que aún se ven en Londres y llevaba una gorra de béisbol con la visera bajada sobre los ojos. Llevaba escrita en la gorra la palabra TRAMPOSOS, decía ella, debido a que iba tras aquellos que lo habían burlado en otros tiempos, aunque no de manera definitiva, no para siempre, según decía moviendo sabiamente la cabeza, no para siempre. En el curso de uno de sus conjuros, mi madre sacó una cartera de plástico amarillo y me la mostró. Estaba repleta de recortes de periódico, la mayoría fechados a finales de los sesenta o principios de los setenta. Casi todos estaban en francés, aunque había algunos en italiano, alemán y griego. Todos trataban de raptos, desapariciones y ataques a niños.

—¡Es tan fácil! —afirmó con ojos desorbitados y mirada perdida—. Hay espacios muy dilatados donde es muy fácil perder a un niño. Es tan fácil perder a una niña como tú... —parpadeó como si se le nublase la vista. Yo le di unas palmadas en la mano para tranquilizarla.

—¡Está bien, está bien, *maman*! —le dije—. Pero tú siempre has estado atenta conmigo. Tú te has ocupado siempre de mí y por eso no me he perdido nunca.

Volvió a parpadear.

—¡Oh, sí! Tú te perdiste una vez —me dijo con una mueca—. Tú te perdiste —su mirada vagó por el espacio, en su cara había una sonrisa o una mueca, su mano era un manojo de ramas secas que yo asía con la mía—. ¡Te perdiste! —repitió con voz acongojada y seguidamente se echó a llorar. La consolé como pude y volví a guardar los recortes de periódico en su escondrijo. Al hacerlo me di cuenta de que varios se ocupaban del mismo caso: la desaparición en París de Sylviane Caillou, una niña de dieciocho meses. Su madre la había dejado desatendida dos minutos en su cochecito, perfectamente sujeta con una correa, mientras ella entraba en una farmacia y, al volver, la niña había desaparecido. Había desaparecido igualmente la bolsa donde llevaba la ropa de repuesto y sus juguetes, un elefante de peluche de color rojo y un osito marrón.

Mi madre observó que yo leía la noticia y volvió a sonreír.

—Creo que entonces tenías dos años —dijo con voz marrullera—, o casi. Y aquella niña era mucho más guapa que tú. No puedes ser tú, ¿no te parece? Y además, yo era mejor madre que la suya.

—¡Claro que sí! —dije—. Tú eras una buena madre, una madre maravillosa. No te preocupes. Tú jamás habrías hecho nada que me pusiera en riesgo.

Mi madre se limitó a moverse con un balanceo y sonrió.

—Su madre era una descuidada —dijo con un canturreo—, una descuidada y nada más que eso. No se merecía una niña tan guapa como aquella, ¿no crees?

Le di la razón con un gesto de la cabeza y de pronto sentí frío. Con voz infantil me preguntó:

—No he sido mala contigo, ¿verdad, Vianne?

Me estremecí. Los recortes de periódico eran rasposos al tacto.

—No —la tranquilicé—. No fuiste mala.

—Yo te cuidé, ¿verdad? No te abandoné nunca. Ni siquiera cuando el cura aquel dijo... dijo lo que dijo. ¡Nunca!

—No, *maman*. Tú no me abandonaste nunca.

El frío de pronto me había dejado paralizada, me hacía difícil pensar. No podía sacarme de la cabeza aquel nombre tan parecido al mío, ni tampoco las fechas... ¿Acaso no recordaba aquel oso y aquel elefante, el peluche tan gastado que había acabado por convertirse en una tela roja y pelada, transportados incansablemente de París a Roma, de Roma a Viena...?

Sin duda que podía tratarse de una más de sus fantasías. Hubo otras, como la serpiente escondida en la ropa de la cama y la mujer de los espejos. Podía ser un engaño. En la vida de mi madre había muchas cosas así. Y además, había pasado tanto tiempo que ahora, ¿importaba ya algo?

A las tres me he levantado. La cama estaba caliente y llena de bultos. El sueño vagaba a un millón de kilómetros de distancia. He encendido una vela y la he llevado a la habitación vacía de Joséphine. Las cartas de mi madre volvían a estar en el antiguo sitio de siempre, metidas en su caja, y se deslizaban ágiles entre mis dedos. Los Amantes. La Torre. El Ermitaño. Muerte. Sentada con las piernas cruzadas en el suelo desnudo, las he barajado con algo más que mera pereza. La Torre con la gente que cae de ella, muros que se desmoronan, cosas que entiendo. Es mi constante miedo a tener que cambiar de sitio, el miedo a los caminos, a la desposesión. El Ermitaño con su capucha y su farol se parece mucho a Reynaud, su rostro taimado está medio oculto en las sombras. A la Muerte la conozco muy bien, por lo que abro los dedos ante la carta —¡fuera!— haciendo el antiguo gesto automático. Pero, ¿y los Amantes? He pensado en Roux y Joséphine, tan parecidos sin saberlo, y no he podido evitar una punzada de envidia. Sin embargo, me acomete la convicción repentina de que la carta no me ha librado todos sus secretos. La habitación se ha impregnado de perfume de lilas. Tal vez haya roto el tapón de uno de los frascos de mi madre. Pese al frío de la noche me siento inundada de calor, hay vetas de calor que me penetran en el estómago. ¿Roux? ¿Roux?

Vuelvo precipitadamente la carta con dedos temblorosos.

Un día más. Sea lo que fuere lo que tenga que venir puede esperar un día más. Vuelvo a barajar las cartas pero carezco de la destreza de mi madre y se me deslizan de las manos, se desparraman sobre las tablas de madera. El Ermitaño cae boca arriba. A la luz de la vela parpadeante se parece más a Reynaud que nunca. Su cara dibuja una mueca agresiva entre las sombras. «Encontraré el camino —me dice con expresión taimada—, te figuras que has salido vencedora, pero yo encontraré el camino.» Noto su maldad en las yemas de los dedos.

Mi madre lo habría llamado una señal.

De pronto, obedeciendo a un impulso que sólo entiendo a medias, cojo el Ermitaño y lo acerco a la llama de la vela. La llama coquetea un instante con la carta tiesa hasta que la superficie comienza a arrugarse. La cara pálida esboza una mueca y se ennegrece.

—¡Ya te enseñaré yo! —le digo con un hilo de voz—. Trata de meter las narices en esto y verás...

Un lengüetazo de fuego prende de forma alarmante y suelto la carta, que cae sobre las tablas. La llama se extingue y desparrama chispas y ceniza sobre la madera.

Siento una gran alegría.

«¿Y ahora quién cambia las cosas, madre?»

Esta noche, sin embargo, no puedo sacarme de la cabeza la sensación de que en cierto modo me han manipulado, me he visto empujada a revelar algo que habría hecho mejor dejando en su sitio. No he hecho nada, me digo. No había malicia.

Pero esta noche no me puedo sacar esta idea de la cabeza. Me siento ligera, ingrávida como pelusilla de asclepiadea que un viento cualquiera puede llevarse volando.

35

Tendría que estar con mi rebaño, *père*, lo sé. La iglesia está llena de incienso, engalanada con colgaduras funerarias negras y moradas, no reluce ni una sola pieza de plata, no hay ni una sola guirnalda de flores... Yo debería estar en la iglesia. Hoy es mi día grande, *père*, la solemnidad, la piedad, el sonido del órgano que parece una gigantesca campana submarina mientras las campanas de verdad están en silencio, como no puede ser de otro modo, en señal de luto por Cristo crucificado. Yo con las vestiduras negras y moradas, mi voz convertida en la nota media del órgano entonando las palabras. Todos me miran con ojos muy abiertos, una mirada oscura. Hoy hasta los renegados van a la iglesia, de negro y con el cabello engominado. Sus necesidades, sus esperanzas llenan el hueco que hay dentro de mí. Durante un brevísimo espacio de tiempo me inspiran amor, siento amor por sus pecados, por su redención última, por sus mezquinas preocupaciones, por su insignificancia misma. Sé que usted me entiende, porque también usted fue su padre. En un sentido que tiene mucho de real usted murió por ellos de la misma manera que Nuestro Señor. Para protegerlos de sus pecados y de sí mismos. Ellos no llegaron a saberlo nunca, ¿no es verdad, *père*? Por mí no lo han sabido nunca. Pero aquel día en que me lo encontré a usted con mi madre en la cancillería... Un ataque al corazón, dijo el médico. Seguramente la impresión fue excesiva. Usted se retrajo entonces. Se encerró dentro de sí mismo. Sé que me oye, sé que ve mejor ahora que en toda su vida. Y sé que llegará el día en que vol-

337

verá a nuestro lado. He ayunado y he rezado, *père*. Me he humilla-
do. Pese a todo, me siento indigno. Todavía tengo algo pendiente.

Después de la ceremonia se me ha acercado una niña, Mathilde
Arnaud, y poniendo una mano en la mía ha murmurado con una
sonrisa:

—¿A usted también le traerán bombones, *monsieur le curé*?

—¿Quién va a traer bombones? —he preguntado, confundido.
Y en tono impaciente ha añadido:

—¡Las campanas, por supuesto! —ha reprimido una sonrisita—.
¡Las campanas voladoras!

—¡Ah, sí, las campanas! ¡Claro!

Me he quedado estupefacto y por un momento no he sabido
qué responder. Entonces me ha tirado de la sotana y ha insistido:

—Ya sabe, las campanas. Van volando hasta Roma para ver al
Papa y traen bombones...

Esto se ha convertido en obsesión. Un refrán de una sola palabra, coro murmurado o gritado tras cada pensamiento. No consigo impedir que la indignación me haga levantar la voz ni que la
avidez que denota su expresión se convierta en desaliento y en terror cuando le grito:

—¿Se puede saber por qué la gente sólo piensa en el chocolate?

Pero lo único que consigo con esto es que la niña escape corriendo y atraviese la plaza llorando mientras la tienda de enfrente,
con el escaparate cubierto de papel para envolver regalos, parece
que se ríe de mí con aire de triunfo y yo, demasiado tarde, llamo a
la niña para que vuelva.

Esta noche se celebrará la ceremonia del santo entierro de la
Hostia en el sepulcro, la representación de los últimos momentos
de Nuestro Señor por obra de los niños de la parroquia, el encendido de los cirios cuando merma la luz. Normalmente para mí este
es uno de los momentos más intensos del año, el momento en que
los siento más míos, mis hijos, todos vestidos de negro y con su
aire grave. Este año, sin embargo, ¿pensarán en la Pasión, en la so-

lemnidad de la Eucaristía o ya se les hace la boca agua por anticipado? Las historias que ella les cuenta —campanas voladoras y festejos— son invasoras, seductoras. Trato de impregnar el sermón de seducciones parecidas, pero las glorias oscuras de la Iglesia no pueden compararse con esos viajes en alfombras mágicas que ella les propone.

Esta tarde he ido a visitar a Armande Voizin. Es su cumpleaños y la casa estaba toda conmocionada. Por supuesto que ya sabía que me encontraría con una fiesta, aunque jamás habría imaginado que tendría estas proporciones. Caro ya me había hablado una o dos veces del acontecimiento —ella no sabía aún si asistiría, pero esperaba la ocasión como una oportunidad para hacer las paces con su madre de manera defintiva—, aunque sospecho que ella tampoco se hacía idea de la magnitud del acontecimiento. Vianne Rocher estaba en la cocina, se había pasado todo el día preparando la comida. Joséphine Muscat también había ofrecido la cocina del café como zona suplementaria para la preparación del banquete debido a que la casa de Armande es demasiado pequeña para unos preparativos tan complejos y, cuando he llegado, me he encontrado a toda una falange de ayudantes dedicados a transportar platos, peroles y soperas desde el café a la casa de Armande. Por la ventana abierta se escapaba un aroma intenso y vinoso y, pese a mí mismo, he notado que se me hacía la boca agua. Narcisse estaba trabajando en el jardín, disponiendo unas flores en una especie de celosía colocada entre la casa y la puerta. El efecto es extraordinario: clemátides, dondiegos de día, lilas y siringas recorrían la estructura de madera y componían una masa de colores a través de la cual se filtraban suavemente los rayos de sol. No he visto a Armande en parte alguna.

He dado media vuelta, impresionado ante tanta ostentación. Es típico de Armande haber elegido el Viernes Santo para esta celebración. La prodigalidad —flores, comida, cajas de botellas de champán en la puerta, embaladas con hielo para que se mantengan frescas—

es casi una blasfemia, una mofa manifestada a voz en grito y en la misma cara de Dios en el momento de su sacrificio. Mañana hablaré con ella sobre el asunto. Ya iba a abandonar el sitio cuando he descubierto a Guillaume Duplessis junto a la puerta, acariciando a uno de los gatos de Armande. Se ha llevado cortésmente la mano al sombrero.

—¿Ha venido a ayudar? —le pregunté.

Guillaume ha asentido con un gesto.

—He pensado que podía echarles una mano —admitió—. Queda mucho por hacer hasta la noche.

—Me sorprende que participe de la fiesta —le he dicho con aspereza—. ¡Un día como hoy! De veras que me parece que esta vez Armande ha llevado las cosas demasiado lejos. Aparte de la falta de respeto que supone para la Iglesia, hay que tener en cuenta también el gasto que representa...

Guillaume se encogió de hombros.

—Armande también tiene derecho a celebrar una fiesta —ha dicho con voz tranquila.

—Pues con tanto comer lo único que conseguirá es matarse —le repliqué con viveza.

—Creo que tiene edad para hacer lo que se le antoje —ha dicho Guillaume.

Le dirigí una mirada de desaprobación. Desde que tiene tratos con esa tal Rocher, este hombre parece otro. De su rostro ha desaparecido aquel aire de sumisa humildad de otros tiempos y, en lugar de él, tiene un aspecto decidido, desafiante casi.

—No me gusta que la familia de Armande se crea con derecho a organizarle la vida —ha proseguido, testarudo.

Me encogí de hombros.

—Me sorprende que usted, precisamente usted, se ponga de parte de ella —le digo.

—La vida está llena de sorpresas —me respondió él.

Ojalá fuera verdad.

En un determinado momento, de hecho bastante pronto, he olvidado el motivo de la fiesta y he comenzado a pasármelo bien. Mientras Anouk estaba entretenida jugando en Les Marauds, he orquestado los preparativos de la comida más copiosa y suculenta que he preparado en mi vida y me he extraviado en los detalles más sabrosos. Disponía de tres cocinas: los enormes hornos de La Praline, donde he preparado los pasteles; el Café des Marauds, en lo alto del camino, para el marisco; y la minúscula cocina de Armande para la sopa, las verduras, las salsas y la guarnición. Aunque Joséphine se había ofrecido a prestar a Armande la vajilla y la cubertería que hiciera falta, ésta movió negativamente la cabeza con una sonrisa.

—Ese problema está resuelto —le replicó Armande.

Y efectivamente lo estaba, porque el jueves por la mañana llegó una furgoneta que ostentaba el nombre de una importante empresa de Limoges, que hizo entrega de dos cajas de cristalería y de servicio de mesa, amén de porcelana fina, todo transportado entre papeles desmenuzados. El hombre encargado del transporte se dirigió a Armande con una sonrisa al pedirle que le firmara el albarán de entrega.

—Se casa una nieta, ¿verdad? —le preguntó, jovial.

Armande le respondió con una risita.

—Podría ser —replicó—, podría ser.

Ha estado todo el viernes de excelente humor, haciendo como

que supervisaba los preparativos, pero en realidad estorbando más que otra cosa. Como una niña traviesa, mete los dedos en las salsas, inspecciona las bandejas que tengo tapadas y levanta las tapaderas de los peroles hasta que he acabado por pedir a Guillaume que me hiciera el favor de llevársela a la peluquería de Agen para que me dejara tranquila un par de horas. Cuando ha vuelto parecía otra: llevaba el cabello muy bien cortado, un sombrero nuevo y ladeado, guantes y zapatos nuevos. Los zapatos, los guantes y el sombrero eran del mismo tono rojo cereza, el color favorito de Armande.

—Voy arriba —me informó muy satisfecha, mientras se instalaba en la mecedora dispuesta a observar la marcha de los acontecimientos—. Es posible que a finales de esta misma semana me líe la manta a la cabeza y me compre un vestido rojo. ¿Me imagina entrando en la iglesia con un vestido rojo? ¡Yupi!

—Mire, descanse un rato —le dije muy seria—. Esta noche tiene una fiesta y no quiero que se caiga dormida al llegar a los postres.

—¡Qué va! —respondió, aunque ha accedido a dormir una horita a la caída de la tarde mientras yo preparaba la mesa y los demás se iban a sus casas a descansar un rato y a cambiarse de ropa para la cena.

La mesa es larga, lo que resulta bastante absurdo teniendo en cuenta las pequeñas dimensiones del comedor de Armande, pero con un poco de buena voluntad cabremos todos. Es un pesado mueble de roble negro y han sido necesarias cuatro personas para trasladarlo e instalarlo en la glorieta que ha preparado Narcisse, debajo de un baldaquín de follaje y flores. El mantel es de damasco rematado de delicada blonda y huele al espliego con el que Armande lo tenía guardado desde el día de su boda. Fue un regalo de su suegra y todavía estaba por estrenar. Los platos de porcelana de Limoges son blancos y con una pequeña cenefa de flores amarillas en el borde. Los vasos son de cristal y de tres tipos diferentes. El sol, al atravesar el cristal, proyecta sobre el blanco mantel manchas huidizas con todos los colores del arco iris. En medio de la mesa hay un centro de flores de primavera suministradas por Narcisse y junto a cada plato hay una servilleta cuidadosamente doblada. Sobre cada una de las servilletas hay una tarjeta con el nombre del comensal correspondiente: Armande Voizin, Vianne Rocher, Anouk Rocher, Caroline Clairmont, Georges Clairmont, Luc Clairmont, Guillaume Duplessis, Joséphine Bonnet, Julien Narcisse, Michel Roux, Blanche Dumand, Cerisette Plançon.

En un primer momento no identifico los dos últimos nombres, pero de pronto me acuerdo de Blanche y de Zézette, que siguen con sus barcas amarradas río arriba y todavía permanecen a la espera. Me doy cuenta de que hasta ahora no había sabido cuál era el nombre de pila de Roux y hasta había pensado que Roux era un apodo que podía hacer referencia al color de sus cabellos.

A las ocho han empezado a llegar los invitados. Yo he salido de la cocina a las siete para ducharme y cambiarme rápidamente de ropa y, al volver, me he encontrado la barca amarrada junto a la casa y a sus ocupantes en tierra. Blanche llevaba una falda acampanada de color rojo y una blusa de encaje, Zézette vestía un traje de noche antiguo de color negro que dejaba al descubierto sus brazos tatuados con henna y lucía un rubí en una ceja. Roux llevaba unos pantalones vaqueros limpios y una camiseta blanca. Todos traían regalos para Armande, envueltos en papel de regalo, papel de empapelar paredes o retales de ropa. A continuación ha llegado Narcisse con su traje de los domingos, seguido de Guillaume, con una flor amarilla en el ojal, y acto seguido los Clairmont, con aire francamente cordial, aunque Caro observaba a la gente del río con mirada desconfiada pese a que se había propuesto pasarlo bien ya que se exigía de ella aquel sacrificio... Mientras dábamos cuenta de los *apéritifs*, piñones salados y galletitas, hemos observado a Armande abrir los regalos: un dibujo de un gato metido en un sobre rojo de parte de Anouk, una jarra de miel de parte de Blanche, unas bolsitas de espliego en las que Zézette había bordado la letra B. «No me ha dado tiempo a bordar la inicial de su nombre —le explica con alegre despreocupación—, pero le prometo que el año que viene se la bordaré.» Una hoja de roble tallada en madera de parte de Roux, tan bien hecha que parece de verdad, con su manojito de bellotas colgadas del tallo, una gran cesta de frutas y flores de parte de Narcisse. Los regalos más caros son de los Clairmont: un pañuelo de Caro —veo que no es un Hermès pero es de seda—, un jarrón de plata para flores y de parte de Luc algo rojo y reluciente metido en un sobre de papel crujiente, que oculta a la mirada de su madre lo mejor que puede, escondiéndolo debajo de un montón de envoltorios desechados... Armande sonríe y sus labios dibujan una exclamación — «¡Yupi!»— antes de taparse la boca con la mano ahuecada. Joséphine le ha regalado un pequeño guardapelo de oro, que le entrega con una sonrisa como disculpándose:

—No es nuevo —dice.

Armande se lo cuelga del cuello, abraza a Joséphine torpemente y se sirve un St.-Raphaël con mano insegura. Oigo las conversaciones desde la cocina, la preparación de tanta cantidad de comida es cosa peliaguda, por lo que concentro en la actividad gran parte de mi atención, aun sin perderme nada de lo que ocurre fuera. Caro está amable, dispuesta a pasarlo bien; Joséphine guarda silencio; Roux y Narcisse han encontrado un tema de interés común y hablan de árboles frutales exóticos. Zézette canta un fragmento de una canción folklórica con su voz aflautada, tiene a su hijito acurrucado en sus brazos como la cosa más natural de este mundo. Observo que el crío también está pintarrajeado ceremonialmente con henna y que, con su piel moteada de oro y sus ojos verde gris, parece un meloncito *gris nantais*.

Se trasladan a la mesa. Armande está muy animada y lleva el peso de la conversación. Oigo la voz de Luc, que habla en tono bajo y comedido sobre un libro que ha leído recientemente. Noto un cierto encrespamiento en la voz de Caro y me entra la sospecha de que Armande se ha servido otro vasito de St.-Raphaël.

—*Maman*, ya sabes que no debes... —le oigo decir, a lo que Armande se limita a responder con una carcajada.

—Mira, esta fiesta es en mi honor —declara alegremente—. No quiero que nadie esté triste. Y yo menos que nadie.

A partir de ese momento ya no se vuelve a hablar del asunto. Veo que Zézette está coqueteando con Georges. Roux y Narcisse hablan de ciruelas.

—*Belle du Languedoc* —declara el último con pasión—. Para mi gusto, la mejor. Es dulce y pequeña y tiene un botón encima que parece el ala de una mariposa.

Pero a Roux no hay quien lo convenza.

—*Mirabelle* —insiste con firmeza—. Es la única ciruela amarilla que vale la pena cultivar: *mirabelle*.

Vuelvo a los fogones y me quedo un rato sin oír nada.

Se trata de una habilidad que he aprendido sola, nace de una obsesión. A mí nadie me ha enseñado a cocinar. Mi madre preparaba hechizos y filtros, pero yo sublimé sus habilidades convirtiéndolas en una alquimia más sabrosa. Mi madre y yo no nos parecimos nunca. Ella soñaba que volaba, perseguía encuentros astrales y esencias secretas; yo estudiaba las recetas y las cartas que afanaba en restaurantes en los que nuestros posibles no nos permitían comer. Ella se burlaba con aire bonachón de mis preocupaciones carnales.

—Tenemos suerte de no poder ir a esos sitios —solía decirme—. De otro modo te pondrías como una vaca.

¡Pobre madre! Cuando el cáncer se comió lo mejor de ella todavía se vanagloriaba de haber perdido peso. Y mientras se dedicaba a echarse las cartas y a farfullar no sé qué cosas en voz baja, yo revisaba mi colección de fichas de cocina y salmodiaba nombres de platos que no había probado en mi vida como quien entona mantras, igual que si fueran fórmulas secretas de vida eterna. *Boeuf en Daube. Champignons farcis à la grèque. Escalopes à la Reine. Crème caramel. Schokoladentorte. Tiramisú.* En la cocina secreta de mi imaginación los preparaba todos, los ensayaba, los cataba, iba ampliando la colección de recetas dondequiera que fuéramos, las pegaba en un álbum como fotografías de viejos amigos. Aquellas recetas daban sentido a mis vagabundeos, los brillantes recortes relucían en las páginas manchadas como señales de tráfico que jalonasen nuestro viajar errabundo.

Ahora vuelvo a revisarlas como amigos largo tiempo olvidados. *Soupe de tomates à la gasconne*, servida con albahaca fresca y una tajadita de *tartelette méridionale*, hecha con *pâte brisée* de bizcocho y aderezada con aceite de oliva, anchoas y sabrosos tomates locales, guarnecida con aceitunas y cocida lentamente hasta que los sabores se concentran y alcanzan un nivel casi imposible. Vierto el Chablis del ochenta y cinco en vasos altos. Anouk bebe limonada del suyo con un aire exagerado de mundanidad. Narcisse se interesa por los ingredientes que he empleado en la tartaleta y ensalza las virtudes del grotesco tomate *Roussette* frente a la insulsa uniformidad del *Moneyspinner* europeo. Roux enciende los braseros colocados a ambos lados de la mesa y los rocía con limoncillo para ahuyentar a los insectos. Descubro a Caro observando a Armande con mirada de desaprobación. Como poco. Saturada de los aromas de la comida en los que he estado inmersa todo el día, esta noche me siento mareada, aunque excitada y extrañamente sensible, hasta el punto de que al notar el roce de la mano de Joséphine en el muslo durante la cena me sobresalto y estoy a punto de gritar. El Chablis está fresco y ácido y tomo más del que debiera. Los colores comienzan a parecer más vivos, los sonidos adquieren una claridad cristalina. Oigo a Armande alabando la cocina. Sirvo una ensalada verde para limpiar el paladar y seguidamente *foie gras* con tostadas calientes. Advierto que Guillaume ha traído a su perro y que lo obsequia subrepticiamente con migajas de comida por debajo del impoluto mantel. Pasamos a hablar de la situación política y desembocamos en la cuestión de los separatistas vascos y de la moda femenina, sin olvidarnos de cuál es la mejor manera de cultivar oruga ni de debatir la superior calidad de la lechuga silvestre sobre la cultivada. El Chablis pasa muy bien. Sigue después el *vol-aux-vents*, leve como un soplo de brisa veraniega, a continuación viene el sorbete de flor de saúco seguido del *plateau de fruits de mer* con cigalas a la parrilla, gambas grises, camarones, ostras, *berniques*, centollos y los grandes *tourteaux*, capaces de cercenar los dedos de un hombre con la misma facilidad con que yo corto una rama de romero, además de caracoles marinos, *palourdes* y, como remate de todo, una gigantesca langosta negra, presentada en un lecho regio de algas marinas. La enorme bandeja centellea de colores: rojo, rosa, verde mar, blanco perláceo y morado, tesoro de las exquisiteces que puede guardar la gruta de una sirena y que nos devuelve a todos ese nostálgico olor a sal, que nos retrotrae a los días de la infancia pasados junto a la orilla del mar. Distribuimos tenacillas para las patas del centollo, minúsculos tenedores para los caracoles, platos con rodajas de limón y mayonesa. Imposible mantenerse a distancia ante un plato como éste, exige atención, ausencia de formalismo. Los vasos y la cubertería relucen a la luz de los faroles colgados de la celosía que tenemos sobre nuestras cabezas. La noche huele a flores y a río. Los dedos de Armande se mueven ágiles como los de una encajera con los bolillos y el contenido de la bandeja que tiene delante, en la que va arrojando los desechos, está creciendo a ojos vistas. Voy a buscar más Chablis. Los ojos centellean, las caras se han puesto sonrosadas con el esfuerzo de extraer la evasiva carne de los caracoles de mar. Son manjares que exigen esfuerzo, tiempo. Joséphine ha empezado a distenderse un poco, incluso habla con Caro mientras se pelea con una pata de cangrejo. A Caro se le escapa la mano y un chorretón de agua salada le inunda un ojo. Joséphine se echa a reír. Un momento después Caro se suma a la risa. También yo rompo a hablar. El vino es pálido y engañoso, en su aparente levedad se esconde la embriaguez. Caro está un poco borracha, tiene la cara arrebolada y del cabello se le sueltan mechones que parecen zarcillos. Georges me oprime el muslo por debajo del mantel y me hace un guiño salaz. Blanche habla de viajes, tenemos algunas ciudades en común: Niza, Viena, Turín. El chiquitín de Zézette empieza a quejarse y ella moja un dedo en el Chablis y se lo mete en la boca para que lo chupe. Armande habla de Musset con Luc, que cuanto más bebe menos tartamudea. Finalmente retiro el saqueado *plateau*, reducido ahora a montañas de cascajo perlado distribuido en doce platos. Circulan cuencos de agua con limón y ensalada de menta para lavar los dedos y el paladar. Retiro los vasos y los sustituyo por *coupes à champagne*. Caro vuelve a parecer alarmada. Cuando vuelvo a la cocina la oigo hablar con Armande en voz baja pero perentoria.

Armande la hace callar.

—Ya hablaremos después. Ahora quiero celebrarlo.

Armande saluda el champán con una exclamación de satisfacción.

El postre es una *fondue* de chocolate. Es una *fondue* que hay que preparar en un día despejado porque, si está nublado, el brillo del chocolate fundido se empaña. Se confecciona con un setenta por ciento de chocolate negro, mantequilla, un poco de aceite de almendras, una crema doble incorporada en el último momento y después se calienta suavemente la mezcla a la llama de un quemador. Después se ensartan en un espetón unos trozos de pastel o de fruta y se sumergen en la mezcla de chocolate. Esta noche he traído toda su repostería favorita, pero lo único apropiado para mojar en el chocolate es el *gâteau de Savoie*. Caro alega que no puede comer ni un bocado más, pese a lo cual se sirve dos tajadas de *roulade bicolore* a base de chocolate blanco y negro. Armande lo prueba todo, está roja como la grana y más expansiva tras cada minuto que pasa. Joséphine cuenta a Blanche por qué abandonó a su marido. Georges me sonríe lascivamente por detrás de sus dedos emporcados de chocolate. Luc bromea con Anouk, que está medio dormida en la silla. El perro mordisquea, feliz, la pata de la mesa. Zézette, como la cosa más natural del mundo, se saca un pecho y le da de mamar a su hijito. Parece que Caro está a punto de hacer un comentario pero, como pensándolo mejor, se encoge de hombros y no dice nada. Entonces abro otra botella de champán.

—¿Seguro que estás bien? —pregunta Luc con voz tranquila a Armande—. Quiero decir que no te encuentras mal ni nada, ¿verdad? ¿Te has tomado el medicamento?

Armande se echa a reír.

—Te preocupas demasiado para un niño de tu edad —le dice ella—. Lo que tendrías que hacer sería poner el mundo patas arriba y hacer sufrir a tu madre en lugar de querer enseñar a tu abuela cómo se hacen los niños.

Armande sigue con su buen humor, aunque ahora parece un poco cansada. Hace casi cuatro horas que estamos sentados a la mesa. Faltan diez minutos para la medianoche.

—Ya lo sé —dice Luc con una sonrisa—, pe-pero es que no tengo prisa pa-para heredar.

Armande le da una palmada en la mano y le llena otra vez el vaso. Como no tiene la mano muy firme, derrama un poco de vino sobre el mantel.

—No te preocupes —le dice con viveza—, hay más.

Rematamos el banquete con mis helados de chocolate, unas trufas y el café servido en minúsculas tacitas, acompañado de un *calvados* servido en un cuenco caliente y que es como una explosión de flores. Anouk reclama su *canard*, un terroncillo de azúcar mojado con unas gotas de licor, y después pide otro para *Pantoufle*. Se apuran las tazas y se retiran los platos. Los braseros queman a fuego lento. Miro a Armande, que sigue hablando y riendo pero que ahora parece menos animada que unos momentos antes, ya que se le entrecierran los ojos aunque, debajo de la mesa, tiene asida una mano de Luc.

—¿Qué hora es? —pregunta al poco rato.

—Casi la una —dice Guillaume.

Armande suspira.

—Hora de que me vaya a la cama —declara—. No soy tan joven como en otros tiempos, ¿sabéis?

Hurga entre los pies y saca toda una brazada de regalos que había dejado debajo de la silla. Veo que Guillaume la observa con atención. Él sabe. Ella le dirige una sonrisa de una dulzura peculiar y enigmática.

—No vayáis a figuraros que pronunciaré un discurso —dice con cómica brusquedad—. No soporto los discursos. Lo único que quiero es daros las gracias a todos... a todos... y deciros que lo he pasado de maravilla. No recuerdo haberlo pasado nunca así de bien. Creo que nunca ha habido una ocasión mejor. La gente se figura que cuando uno es viejo ya no tiene que divertirse. Pues no, no es así.

Se oyen gritos de Roux, Georges y Zézette para manifestarle que están de acuerdo. Armande asiente con expresión juiciosa.

—Mañana no me despertéis muy temprano —aconseja haciendo una mueca—. Me parece que no había bebido tanto desde que tenía veinte años, necesito dormir —me dirige una mirada furtiva, casi a modo de advertencia—. Necesito dormir —repite vagamente, mientras va alejándose de la mesa.

Caro se levanta para ayudarla, pero ella la aparta con gesto perentorio.

—No fastidies, nena —le dice—. Tú siempre lo mismo, siempre fastidiando —me dirige una de sus miradas cargadas de intención—. Que me ayude Vianne —declara—. Lo demás puede esperar a mañana.

La acompaño a su habitación mientras los invitados comienzan a desfilar lentamente y desaparecen riendo y charlando. Caro da el brazo a Georges y tiene a Luc cogido del otro. Se había dejado el cabello suelto, lo que le da un aire más joven e infunde más suavidad a sus rasgos. Al abrir la puerta del cuarto de Armande oigo que dice:

—... casi me ha prometido que iría a Les Mimosas... menudo peso me he sacado de encima...

Armande también ha oído sus palabras y se ha reído por lo bajo con aire ausente.

—Eso de tener a una madre delincuente tiene que ser muy difícil de sobrellevar —me dice—. Ponme en la cama, Vianne, antes de que me caiga.

La ayudo a desnudarse. Junto a la almohada ya tenía preparado un camisón de lino. Mientras se lo ponía le he arreglado la ropa de la cama.

—Mira, Vianne —me indica—. Déjame allí los regalos para que pueda verlos —y con un gesto vago me indica la cómoda—. ¡Mmmmm! ¡Qué bien!

He obedecido sus instrucciones mecánicamente, me sentía como en trance. Quizá yo también he bebido más de la cuenta porque me siento poseída de una enorme paz. He contado las ampollas de insulina de la nevera y he visto que hacía unos días que Armande había dejado de tomarlas. Habría querido preguntarle si estaba plenamente segura de lo que hacía, pero me he limitado a desenvolver el regalo de Luc —una combinación de seda de un espléndido, descarado e indiscutible color rojo— que he dejado en el respaldo de la silla para que pudiera verla bien. Armande ha vuelto a soltar una de sus risitas ahogadas y ha extendido la mano para tocar la seda.

—Ya te puedes marchar, Vianne —ha dicho con voz suave pero firme—. Ha sido estupendo.

He vacilado. He tenido la visión fugaz de nuestras imágenes en el espejo del tocador. He tenido la impresión de que Armande, con el cabello recién cortado, era aquel viejo de mi visión, aunque las manos de ella eran una mancha carmesí y Armande sonreía. Tenía cerrados los ojos.

—Deja la luz encendida, Vianne —han sido sus últimas palabras—. Buenas noches.

Le di un beso suave en la mejilla. Olía a espliego y a chocolate. Fui a la cocina a terminar de lavar los platos.

Roux se había quedado para ayudarme. Los demás invitados ya se habían ido. Anouk estaba dormida en el sofá y tenía el pulgar metido en la boca. Lavamos los platos sin decir palabra y guardamos los vasos y la vajilla nueva en los armarios de la cocina de Armande. En una o dos ocasiones Roux intentó iniciar una conversación, pero yo no tenía ganas de hablar con él. Nuestro silencio sólo estaba salpicado por los leves y secos ruidos de la porcelana y el cristal.

—¿Te encuentras bien? —me dijo finalmente Roux poniéndome la mano en el hombro con un gesto suave. Sus cabellos parecían caléndulas. Respondí lo primero que me vino a las mientes.

—Estaba pensando en mi madre —por extraño que parezca, había dicho la verdad—. A ella le hubiera gustado esto. Le gustaban... los fuegos artificiales.

Me miró. Sus extraños ojos brillantes se oscurecieron hasta volverse casi morados en la difusa luz amarillenta de la cocina. Me han entrado ganas de hablarle de Armande.

—No sabía que te llamabas Michel —le dije finalmente.

Se encogió de hombros.

—¡Qué importan los nombres!

—Estás perdiendo el acento —le digo no sin sorpresa—. Antes tenías un acento marsellés muy fuerte, pero ahora...

Me pareció que su sonrisa era extrañamente dulce.

—Los acentos tampoco importan —dice.

Me coge la cara entre sus manos. Son suaves para ser las manos de un obrero, pálidas y suaves como manos de mujer. Me pregunto si habrá algo de verdad en lo que me ha contado. Pero de momento eso importa poco. Lo he besado. Huele a pintura, a jabón y a chocolate. He saboreado el chocolate en su boca y he pensado en Armande. Estoy convencida de que a Roux le gusta Joséphine. Incluso mientras lo estoy besando, pienso que Roux la ama a ella, pero ésta es la única magia que tenemos a nuestro alcance para combatir la noche. Es la magia más sencilla, el fuego que bajamos por la ladera de la montaña en Beltane, este año un poco antes. Modestos consuelos para desafiar la oscuridad. Sus manos buscan mis pechos debajo del jersey.

Vacilo un momento. He encontrado a muchos como él en mi camino, hombres como éste, hombres buenos que me importaban pero que no amaba. Aunque yo estuviera en lo cierto y él y Joséphine se quisieran, ¿qué daño podría hacerles esto? ¿O a mí? Su boca es leve, su contacto sencillo. De las flores del exterior me llega un aroma de lilas que ha entrado en la casa con el aire caliente de los braseros.

—Vamos fuera —le digo—. Al jardín.

Roux mira a Anouk, que seguía dormida en el sofá, y asiente. Salimos lentamente al exterior, el cielo era morado y estaba cuajado de estrellas. El jardín conservaba el calor de los braseros, que seguían despidiendo su fulgor. Las siringas y las lilas emparradas en la celosía de Narcisse nos envolvían desde arriba con su perfume. Como niños, nos tumbamos en la hierba. No nos hemos hecho promesas, no nos hemos dicho palabras de amor, aunque él se ha mostrado cariñoso conmigo; casi sin pasión, aunque se ha movido lenta y dulcemente en mi cuerpo y me ha lamido la piel con rápidos movimientos de la lengua. Sobre su cabeza el cielo, como sus ojos, era morado, negro casi, y yo contemplaba la amplia franja de la Vía Láctea como un camino que rodeara el mundo. Sabía que a lo mejor esa sería la única vez entre los dos, un pensamiento que me producía una dulce melancolía. Lo que me llenaba en cambio era una sensación creciente de su presencia, de plenitud, algo que superaba mi soledad y hasta la pena que me había producido Armande. Ya habría tiempo para entristecerse. De momento lo único que sentía era pura fascinación al verme tumbada desnuda en la hierba, al ver a aquel hombre que estaba en silencio a mi lado, al ver aquella inmensidad sobre mí y dentro de mí. Roux y yo nos quedamos largo rato tumbados en la hierba hasta que el sudor de nuestros cuerpos se fue enfriando y sentimos cómo los recorrían pequeños insectos y desde los pies nos envolvía el olor a espliego y tomillo que subía de un lecho de flores. Mientras, nosotros, con las manos enlazadas, contemplábamos el insoportable y lento rodar del cielo.

Roux cantaba por lo bajo una cancioncilla:

> *V'là l'bon vent, v'là l'joli vent,*
> *V'là l'bon vent, ma mie m'appelle...*

Después he sentido el viento dentro de mí y cómo me abrazaba con su fuerza implacable. En su mismo centro había un minúsculo espacio quieto, milagrosamente tranquilo, y una sensación casi familiar de que allí estaba ocurriendo algo nuevo... También esto es magia, una magia que mi madre no llegó a entender nunca; sin embargo, estoy más segura de esto —de este nuevo, milagroso y vivo calor dentro de mí— que de todo lo que he hecho en mi vida. Por fin he entendido por qué me salieron los Amantes aquella noche. Guardando celosamente esta certidumbre, cerré los ojos e intenté soñar en ella, como en aquellos meses que precedieron al nacimiento de Anouk, una desconocida de hermosas mejillas y vivos ojos negros.

Cuando me desperté Roux ya se había ido y el viento había vuelto a cambiar.

37

Ayúdeme, *père*. ¿No he rezado bastante? ¿No he sufrido bastante por nuestros pecados? Mi penitencia ha sido ejemplar. Siento como un mareo por la falta de alimento y de sueño. ¿No estamos en tiempo de Redención, la época en que todos mis pecados me pueden ser perdonados? He restituido la plata al altar, he encendido los cirios a manera de preámbulo. Las flores, por vez primera desde el principio de la Cuaresma, adornan la capilla. Hasta el chiflado de san Francisco está coronado de lirios que huelen a carne limpia. Hace mucho que usted y yo esperamos. Han pasado seis años desde que sufrió el primer ataque. Entonces usted no hablaba conmigo, aunque sí con otros. Después, el año pasado, el segundo ataque. Me dicen que no es posible establecer contacto con usted, pero yo sé que esto es fingimiento, un compás de espera. Usted volverá al mundo cuando quiera.

Esta mañana han encontrado muerta a Armande Voizin. Estaba rígida y sonreía tendida en la cama. *Père*, otra persona que se nos va. Pese a que no me lo habría agradecido si se hubiera enterado, le he administrado los últimos auxilios. Tal vez yo sea la única persona que todavía encuentra consuelo en estas cosas.

Armande se había propuesto morir esa noche y lo había preparado hasta el mínimo detalle: la comida, la bebida, los amigos. Estaba rodeada de su familia, que había acudido engañada por sus promesas de enmienda. ¡Condenada arrogancia! Caro ha prometido que pagará veinte o treinta misas por la intercesión de su alma. Rece

355

por ella. Rece por nosotros. Todavía tiemblo de rabia. No puedo responder a Caro con moderación. El entierro será el martes. Me la imagino ahora, reposando en la capilla ardiente del hospital, con peonías en la cabecera y aquella sonrisa suya detenida para siempre en sus labios blancos, y no siento pena, ni tampoco satisfacción, sino una furia terrible e impotente.

Ni que decir tiene que los dos sabemos quién hay tras esto: esa tal Rocher. Caro me lo ha contado todo. Ella es la influencia, *père*, el parásito que ha invadido nuestro jardín. Yo habría debido escuchar la voz de mis instintos. Habría debido arrancarla de raíz así que posé mis ojos en ella, pero se me ha escabullido siempre, se ha reído de mí escondida detrás de su bien protegido escaparate mientras iba distribuyendo corruptoras golosinas a su alrededor. ¡Qué incauto he sido, *père*! Si Armande Voizin ha muerto ha sido por culpa de mi insensatez. El mal cohabita entre nosotros. El mal muestra una sonrisa halagadora y se atavía de vistosos colores. Cuando yo era niño escuchaba aterrado la historia de la casa de pan de jengibre, de la bruja que la habitaba y que atraía a ella a niños pequeños para comérselos después. Miro su tienda, toda recubierta de papeles brillantes como si aguardara a que alguien la desenvolviera y me pregunto cuántas personas, cuántas almas habrá tentado ya sin esperanza de redención: Armande Voizin, Joséphine Muscat, Paul-Marie Muscat, Julien Narcisse, Luc Clairmont. Hay que desarraigarla de aquí. Y también a la mocosa de su hija. De la forma que sea. Es demasiado tarde para andarse con delicadezas, *père*. Mi alma ya está comprometida. Ojalá volviera a tener doce años. Intento recordar lo salvaje que era cuando tenía doce años, la inventiva que tenía de niño. Yo era el que arrojaba la piedra y escondía la mano. Pero aquellos tiempos han pasado. Ahora debo andarme con cautela. No puedo cubrir de descrédito el cargo que desempeño. Pero si fracaso...

¿Qué haría Muscat? Es brutal, despreciable por méritos propios. Pero él vio el peligro mucho antes que yo. ¿Qué haría él?

Debo tomar a Muscat como modelo, Muscat es un cerdo, un bruto, pero un cerdo taimado.

¿Qué haría él en mi caso?

Mañana empieza el festival del chocolate. De él depende el éxito o el fracaso de esa mujer. Ya es demasiado tarde para hacer girar contra ella la marea de la opinión pública. Yo debo quedar incólume. Detrás del escaparate secreto hay millares de bombones de chocolate que esperan ser vendidos. Huevos, figuras de animales, nidos de Pascua engalanados con cintas, cajas para regalo, conejitos con llamativos ringorrangos de celofán... Mañana habrá cien niños que despertarán con el sonido de las campanas de Pascua y lo primero que pensarán no será «¡Ha subido a los cielos!», sino «¡Chocolate! ¡El chocolate de Pascua!». Pero ¿y si no hubiera chocolate?

Sólo pensarlo me paraliza. Por espacio de un segundo me siento invadido de ardor. Ese cerdo inteligente que llevo dentro no hace más que reír y hacer corvetas. Yo podría introducirme en su casa, me dice. La puerta trasera de la casa es vieja y está medio podrida. Yo podría forzarla. Colarme en la tienda armado con un garrote. El chocolate es una materia frágil, es fácil destrozarlo. Bastarían cinco minutos entre sus cajas de regalos para conseguir mis propósitos. Ella duerme en el piso de arriba. Seguramente no lo oiría. Además, yo actuaría con rapidez. También podría ponerme una máscara, de modo que aunque me viera... Todos sospecharían de Muscat, dirían que el ataque era una venganza. Y él no está aquí para desmentirlo y por otra parte...

Père, ¿se ha movido? Por un momento me ha parecido que la mano de usted se había crispado, he visto que se le retorcían dos dedos como si fuera a darme la bendición. Otra vez ese espasmo, como un fusilero que recordase antiguas batallas. Una señal.

¡Alabado sea Dios! Una señal.

4 de la madrugada

Anoche apenas pude dormir. Ella tuvo luz en la ventana hasta las dos y ni siquiera entonces me atreví a moverme por si seguía despierta a pesar de la oscuridad. Estuve dormitando un par de horas en la butaca, aunque puse el despertador para no quedarme dormido del todo. Pero no había necesidad de preocuparse. Dormí de tal modo que sólo tuve algunos alfilerazos fugaces de sueños que, pese a despertarme, ni siquiera entonces logré recordar. Creo que soñé con Armande —una Armande joven, aunque como es lógico no la haya conocido de joven—, que corría a través de los campos que se extienden detrás de Les Marauds con un vestido rojo y los negros cabellos al viento. O quizás era Vianne y las confundí. Después soñé con el incendio de Les Marauds, soñé con la arpía y su hombre, soñé con las inhóspitas orillas rojas del Tannes y soñé con usted, *père*, y con mi madre en la cancillería... En mis sueños se filtró, entera, la amarga vendimia de aquel verano y, como un cerdo que hoza la tierra en busca de trufas, fui revolviendo una y otra vez las podridas exquisiteces y me atiborré de ellas hasta hartarme.

A las cuatro me levanté de la butaca. Había dormido vestido, así que me quité la sotana y el alzacuello. La Iglesia no tiene nada que ver con este asunto. He preparado café muy fuerte pero sin azúcar, aunque técnicamente ya han terminado mis privaciones. He dicho técnicamente. En el fondo de mi corazón sé que todavía no ha llegado la Pascua. Todavía no ha subido a los cielos. Si hoy tengo éxito en mis planes, entonces Él subirá a los cielos.

Descubro que estoy temblando. Como pan seco para infundirme valor. El café está caliente y amargo. Prometo resarcirme con una buena comida así que haya terminado la tarea: huevos, jamón, bollos azucarados de la tienda de Arnauld. Se me hace la boca agua sólo pensarlo. Pongo la radio y localizo una emisora que da música clásica. *Que las ovejas puedan pacer en paz.* Pero mis labios se tuercen en una mueca dura y seca de desdén. No es momento de pastorales. Ésta es la hora del cerdo, del cerdo taimado. Fuera música.

Faltan cinco minutos para las cinco de la madrugada. Me acerco a la ventana y contemplo la primera rendija de luz en el horizonte. Tengo tiempo sobrado. A las seis vendrá el coadjutor para hacer sonar el carillón de Pascua, me queda tiempo para realizar lo que me he propuesto. Me pongo el pasamontañas que he dejado aparte para ponérmelo en el momento de realizar mi plan. Me miro en el espejo y me veo diferente, doy miedo. Un terrorista. Sonrío de nuevo. La boca, debajo de la máscara, tiene una expresión dura y cínica. Casi me gustaría que ella me viese.

5.10 horas

La puerta no está cerrada con llave. Apenas puedo creer en mi suerte. Así hace ella gala de su confianza, de su insolencia al creer que nadie puede oponérsele. Desecho el grueso destornillador con el que me proponía hacer palanca para forzar la puerta y levanto con las dos manos el grueso madero, que no es otra cosa, *père,* que parte del dintel que se desprendió durante la guerra. La puerta se abre con sigilo. De la parte superior del vano de la puerta cuelga y se balancea otra de sus bolsitas rojas, tiro de ella y, tras arrancarla, la arrojo despreciativamente al suelo. Durante un breve instante me siento desorientado. Desde los tiempos en que era una panadería el establecimiento ha cambiado y, en cualquier caso, estoy me-

nos familiarizado con la parte trasera de la casa. En las superficies
embaldosadas brilla un levísimo reflejo de luz y me alegra haberme
acordado de proveerme de una linterna. La enciendo y por un momento me ciega la blancura de las superficies esmaltadas, las repisas, las pilas y hornos viejos, todo centellea con un brillo lunar bajo
el delgado haz de luz de la linterna. No se ven bombones en parte
alguna. No podía ser de otro modo. Aquí se confeccionan. No sé
muy bien por qué me sorprende tanto verlo todo tan limpio. Imaginaba que esa arpía tendría un montón de pucheros sucios y la
pila llena de cacharros, y que habría largos cabellos enredados en la
masa de hacer pasteles. En cambio, todo está escrupulosamente
limpio, en las repisas se alinean los peroles por orden de tamaño, el
cobre con el cobre, el esmalte con el esmalte, cuencos de porcelana
al alcance de la mano además de utensilios —cucharas, cazos— colgados de las paredes encaladas. En la vieja mesa mellada hay varios
recipientes de piedra para preparar el pan. En el centro, un jarrón
con dalias amarillas despeinadas proyecta una masa de sombras.
Por alguna razón, las flores me atacan los nervios. ¿Cómo se permite tener flores sabiendo que Armande Voizin está muerta? El
cerdo que llevo dentro vuelca las flores sobre la mesa con risa sarcástica. Le dejo hacer. Necesito su ferocidad para llevar a cabo la tarea que tengo entre manos.

5.20 horas

Los bombones deben de estar en la tienda. Atravieso sigilosa-
mente la cocina y abro la gruesa puerta de pino que da acceso a la
parte delantera del edificio. A mi izquierda, una escalera conduce
a la vivienda. A mi derecha, el mostrador, los estantes, los exposito-
res, las cajas... El olor a chocolate, aunque esperado, me turba. La
oscuridad parece hacerlo más intenso, si bien por un instante el
olor es la propia oscuridad, que se disemina a mi alrededor como
un precioso polvo oscuro que me sofoca los pensamientos. La luz
de la linterna arranca haces de fulgores del papel metálico, de las

cintas, de los centelleantes pelotones de celofán. Estoy en la cueva del tesoro. Siento un estremecimiento que me recorre el cuerpo. Pensar que estoy aquí, en la casa de la bruja, pensar que nadie me ve, que soy un intruso. Tocar sus cosas en secreto mientras ella duerme... Siento una compulsión al ver el escaparate, querría arrancar esa pantalla de papel que lo cela y ser así el primero. Un deseo absurdo, puesto que a lo único que aspiro es a destruirlo todo. Pero no puedo negarme a la compulsión. Camino sin que mis pisadas levanten ningún ruido, puesto que llevo zapatos con suela de goma, y sostengo en la mano el pesado artefacto de madera. Tengo tiempo sobrado. Tiempo suficiente para saciar mi curiosidad, si lo deseo. Por otra parte, este momento es demasiado precioso para dilapidarlo. Quiero saborearlo.

5.30 horas

Procurando no hacer ruido, levanto el papel que cubre el escaparate. Al retirarlo produce un leve ruido y no lo toco más, mientras me esfuerzo por captar cualquier indicio de movimiento del piso de arriba. No oigo ninguno. La luz de la linterna ilumina el escaparate y por un momento llego casi a olvidar qué he venido a hacer. Me quedo asombrado al contemplar esa profusión de exquisiteces, frutas *glacé*, flores de mazapán y montañas de bombones de todas las formas y tamaños posibles, además de conejos, patos, gallinas, polluelos, corderitos, muchos animales que me miran con sus ojillos de chocolate con expresión entre tristona y feliz, como esos ejércitos de soldados del Japón antiguo, esculpidos en barro cocido, y por encima de todo descuella una estatua de mujer, cuyos brazos morenos y gráciles sostienen una gavilla de trigo también de chocolate, el viento agita sus cabellos. Todo está realizado fielmente hasta los más mínimos detalles, los cabellos son de una tonalidad de chocolate más oscura, los ojos pintados de blanco. El olor a chocolate es agobiante, su aroma rico y sensual se introduce por la garganta y deja en ella un rastro dulce y exquisito. La mujer de la gavilla de trigo sonríe apenas, como si celara algún misterio.

«Pruébame. Saboréame. Cátame.»

Es una salmodia que suena con más fuerza que nunca, estoy en el cogollo mismo de la tentación. Podría tender una mano en cualquier dirección y coger uno de esos frutos prohibidos, paladear el secreto de su carne. Es una idea que me taladra por mil sitios distintos.

«Pruébame. Saboréame. Cátame.»

Nadie se daría cuenta.

«Pruébame. Saboréame. Cátame.»

¿Por qué no?

5.40 horas

Cogeré lo primero que caiga en mis manos. No debo extraviarme en devaneos. Sólo va a ser un bombón... no será un robo precisamente, sino una operación de salvamento, de entre todos sus hermanos será el único que sobrevivirá al naufragio. La mano vacila aún en contra de sí misma, titubeante libélula que planea sobre un montón de golosinas. Están en bandejas de plexiglás protegidas con una tapadera, sobre cada pieza figura su nombre en cuidada letra cursiva. los nombres son fascinantes: roscos de naranja amarga, bollos de mazapán de albaricoque, cerezas rusas, trufas blancas al ron, manón blanco, pezones de Venus. Siento que me ruborizo debajo de la máscara. ¿Cómo es posible que una persona compre una cosa que lleva ese nombre? Hay que reconocer, sin embargo, que tienen un aspecto maravilloso, tan blancos a la luz de la linterna, rematados con un topo de chocolate más oscuro. Cojo uno de lo alto de la bandeja. Me lo acerco a la nariz y lo retengo un momento: huele a crema y a vainilla. No va a saberlo nadie. Me hago la reflexión de que no he comido chocolate desde que era niño, tanto tiempo que ni la memoria lo alcanza, y aun entonces se trataba de un tipo barato de *chocolat à croquer*, con un quince por ciento de materias sólidas de cacao —un veinte por ciento en el caso del chocolate negro— que dejaban en la boca un regusto de grasa y azúcar. En una o dos ocasiones había comprado chocolate Nestlé en el supermercado, pero se trataba de un lujo que raras veces podía permitirme. Pero esto no tiene nada que ver, esa efímera resistencia del caparazón de chocolate al tocar los labios y el encuentro de la suave trufa del interior... Son diferentes capas de gustos, el aroma del vino bueno, un ligero amargor, la riqueza del café molido, ese sabor a vida que me colma el olfato al revelarse con el calor, ese súcubo del paladar que me arranca un gemido.

5.45 horas

Después de aquel, pruebo otro porque me digo que no se notará. Vuelvo a titubear ante los nombres: crema de grosella, manojito de tres nueces. Elijo una pepita oscura de una bandeja rotulada con el nombre de «Viaje de Pascua». Es jengibre cristalizado y recubierto de un caparazón duro de azúcar que, al romperse, te llena la boca de licor que es como una concentración de especias, un hálito impregnado de aromas en que la madera de sándalo, el cinamomo y la lima contienden con el cedro y el tabasco pugnando por imponerse... Cojo otro de una bandeja que dice «Melocotón con miel de mil flores». Una tajada de melocotón empapada de miel y aguardiente, una pizca de melocotón cristalizado sobre la envoltura de chocolate. Miro el reloj. Todavía queda tiempo.

Sé que tengo que empezar a cumplir la misión que me ha llevado hasta aquí. Todo lo expuesto en la tienda, por mucho que me turbe, no basta para cubrir los centenares de pedidos que ha recibido. Tiene que haber otro lugar donde guarde las cajas para regalo, donde lo almacene todo, donde tenga el grueso del negocio. Aquí sólo hay las cosas que tiene expuestas. Cojo una *amandine* y me la meto en la boca para ayudarme a pensar. Después viene el *fondant* de caramelo. A continuación un *Manon blanc*, esponjado y con su crema fresca y sus almendras. Qué poco tiempo me queda y cuántas cosas todavía por probar... Seguramente no tardaré ni cinco minutos en hacer lo mío, bastante menos. Siempre que sepa dónde tengo que buscar, claro. Voy a tomar otro bombón antes de ponerme a buscar, aunque sólo sea para que me dé suerte. Uno más y basta.

5.55 horas

Como en uno de mis sueños, me revuelco en chocolate. Me imagino en un campo de bombones, en una playa de bombones, bronceándome-echando raíces-atiborrándome de comida. Ya no me doy tiempo a leer las etiquetas, me atraco de chocolates al azar. El cerdo se olvida de su inteligencia frente a tanto deleite, vuelve a convertirse en cerdo y, aunque algo en mí me grita que pare de una vez, no lo puedo remediar. Así que empiezo, no puedo terminar. Es algo que no tiene nada que ver con el hambre, una compulsión de tragar, tengo la boca a rebosar, las manos llenas. Durante un instante terrible me imagino que se me aparece Armande, que me maldice quizá con su debilidad peculiar, la muerte a causa del pecado de glotonería. Oigo los ruidos que emito mientras como, penetrantes exclamaciones de éxtasis y desesperación, como si el cerdo que llevo dentro hubiese acabado por encontrar voz.

6.00 horas

«¡Ya ha subido!» La voz de las campanas me arranca de ese hechizo que me posee. Me veo sentado en el suelo con todos los bombones desparramados a mi alrededor como si, en efecto, tal como vi en mi imaginación, me hubiera revolcado en ellos. El garrote ha quedado olvidado a mi lado. Me he quitado la molesta máscara. El escaparate, liberado de su envoltorio, muestra su desnudez bajo los primeros rayos de la mañana.

«¡Ya ha subido!» Embriagado, hago esfuerzos para ponerme de pie. Dentro de cinco minutos comenzarán a llegar los primeros feligreses para asistir a la misa. Seguro que ya me echan en falta. Con las manos embadurnadas de chocolate, cojo el garrote. He caído de pronto en la cuenta del lugar donde tiene guardadas sus provisiones de chocolate. Están en la vieja bodega, un lugar fresco y seco donde en otro tiempo se amontonaban los sacos de harina. Sé cómo se accede a la bodega. Lo sé.

«¡Ya ha subido!»

Me vuelvo y cojo el garrote, el tiempo se agota de forma desesperante, el tiempo...

Sin embargo, ella me espera, me está acechando desde el otro lado de la cortina de abalorios. No tengo forma de saber cuánto rato lleva espiándome. Sus labios dibujan una leve sonrisa. Con gran suavidad me quita el garrote de la mano. Sostiene entre los dedos algo que parece un trozo de cartulina chamuscada. Podría ser una carta.

... Así me han encontrado, *père*, agazapado junto a los destrozos del escaparate, la cara embadurnada de chocolate, ojeroso. No sé de dónde han salido tantas personas que acuden en su ayuda. Duplessis con la traílla del perro en una mano parece montar guardia en la puerta. La Rocher está junto a la puerta trasera de la casa con el garrote retorcido debajo del brazo. Arnauld viene del otro lado de la calle, se ha levantado temprano para cocer el pan y llama a los curiosos para que vean lo que ha pasado. Los Clairmont, como carpas fuera del agua, me observan con ojos desorbitados. Narcisse agita el puño. ¡Y las risas! ¡Oh, Dios! ¡Cómo se ríen! Y entretanto las campanas no han parado de tocar porque, en el otro lado de la plaza de Saint-Jérôme, «ya ha subido a los cielos».

¡Ya ha subido!

Así que las campanas han parado de tocar he dicho a Reynaud que se fuera. Pero no ha dicho misa. En lugar de dirigirse a la iglesia se ha encaminado a Les Marauds sin pronunciar palabra. Casi nadie lo ha echado de menos. La fiesta empezó temprano. Lo primero que hemos hecho ha sido servir chocolate y pasteles en la calle, delante de La Praline, mientras yo me apresuraba a poner un poco de orden en todo aquel desbarajuste. Por fortuna los quebrantos no han sido tantos: sólo centenares de bombones desparramados por el suelo, pero las cajas de regalo estaban incólumes. Después de algunos toques, el escaparate ha vuelto a quedar como si no hubiera ocurrido nada.

Teníamos todas las esperanzas puestas en el festival. Tenderetes con objetos de artesanía, fanfarrias, la banda de Narcisse —nos ha dado la sorpresa de tocar el saxofón como un virtuoso—, malabaristas, tragafuegos. Ha vuelto la gente del río —sólo para la fiesta— y las calles se han llenado de vida con sus ropas de colores llamativos. Algunos han instalado también sus puestos, ensartan abalorios en los cabellos, venden mermelada y miel, hacen tatuajes con henna o dicen la buenaventura. Roux vende muñecas que ha tallado él mismo con trozos de madera encontrados en el agua. Los únicos que faltan son los Clairmont, pese a que mentalmente no dejo un momento de ver a Armande, como si me fuera imposible imaginarla ausente de una fiesta como ésta: es una mujer que lleva un pañuelo rojo, la curva redonda de la

encorvada espalda cubierta por una bata gris sin mangas, un gorro de paja alegremente decorado còn cerezas, se mueve entre la
multitud. Parece estar en todas partes. Es extraño, pero no siento pena, sino la seguridad cada vez mayor de que aparecerá en el
momento más impensado, que levantará entonces las tapaderas
de las cajas para ver lo que hay dentro, se lamerá los dedos con
glotonería o jaleará el alboroto con entusiasmo, se sumará a la
alegría y al jolgorio de la fiesta. En determinado momento hasta me parece oír su voz —¡huyyyyy!— justo a mi lado al tender la
mano para alcanzar un paquete de pasas de chocolate pero, cuando la busco, no veo más que aire. Mi madre lo habría entendido.

He podido servir todos los pedidos y a las cuatro y cuarto
vendí la última caja de regalo. La ganadora de la búsqueda del
huevo de Pascua fue Lucie Prudhomme, pero todos los participantes han salido con sus *cornets-surprise*, además de trompetas
de juguete, panderetas y banderines. Hubo un solo *char*, con flores de verdad, que hacía publicidad del vivero de plantas de Narcisse. Algunos de los más jóvenes osaron iniciar una danza bajo
la severa mirada de Saint-Jérôme; el sol ha brillado todo el día.

Ahora, sin embargo, sentada con Anouk en medio de la tranquilidad que reina en estos momentos en nuestra casa, con un libro de cuentos en una mano, siento una gran inquietud. Me digo
que no es más que la resaca que sigue de manera inevitable a cualquier acontecimiento largamente esperado. Será fatiga, angustia quizá, la intromisión de Reynaud en el último momento, el calor del sol, la gente... y también el dolor que me produce la muerte de Armande, que emerge ahora cuando ya se extinguen los últimos sonidos que han acompañado la alegría, una tristeza teñida
por muchos sentimientos conflictivos, la soledad, la desposesión,
la incredulidad y un sentimiento tranquilo que es fruto de la convicción de haber obrado bien... ¡Mi querida Armande! ¡Cómo te

habría gustado estar aquí! Pero también ella tuvo sus fuegos artificiales, ¿o no? A última hora de la tarde vino Guillaume, mucho después de que hubiéramos retirado los últimos restos del festival. Anouk ya se estaba preparando para ir a la cama, los ojos llenos todavía de las luces de carnaval.

—¿Puedo entrar?

El perro ha aprendido a sentarse cuando se le ordena y espera con aire solemne junto a la puerta. Guillaume tiene algo en una mano, un sobre.

—Armande me encargó que le diera esta carta... ya sabe, después de...

Cojo la carta. Dentro del sobre hay algo pequeño y duro que resuena.

—Gracias —le digo.

—No me quedo —me mira un momento y hace un gesto con la mano, un gesto un tanto ampuloso pero extrañamente conmovedor.

Después me estrecha la mano con firmeza y gesto sereno. Siento que me pican los ojos y veo algo brillante que ha caído, suyo o mío, no sé muy bien de quién.

—Buenas noches, Vianne.

—Buenas noches, Guillaume.

Dentro del sobre hay una hoja de papel. La saco y algo rueda sobre la mesa... creo que son monedas. La caligrafía es grande y trazada con esfuerzo.

Querida Vianne:

Gracias por todo. Sé cómo se debe de sentir. Hable, si quiere, con Guillaume... él lo entiende mejor que nadie. Siento no haber podido asistir a su fiesta, pero me la he imaginado tantas veces que en realidad importa poco que haya estado o no. Dé un beso a Anouk de mi parte y también una de las dos cosas que encontrará aquí dentro... la otra es para el que vendrá. Usted ya me entiende.

Ahora estoy cansada, huelo el cambio que viene con el viento. Creo que dormir me hará bien. Y quién sabe, a lo mejor volvemos a encontrarnos algún día.

Suya,
ARMANDE VOIZIN

P.S. Que ninguna de las dos se moleste en ir al entierro. El entierro es la fiesta de Caro y, ya que le gusta, dejemos que lo disfrute. Está en su derecho. Invite, por contra, a todos nuestros amigos a tomar chocolate en La Praline. Los quiero a todos.

A.

Al terminar la lectura de la carta, he dejado la hoja de papel y he buscado las monedas que habían caído rodando. Una estaba sobre la mesa y la otra en una silla, dos soberanos de oro que relucían con un brillo rojizo en mi mano. Uno era para Anouk. Pero ¿y el otro? Acerco instintivamente la mano hacia ese lugar caliente y tranquilo encerrado dentro de mí, un lugar secreto que no he revelado totalmente a nadie, ni siquiera a mí misma.

Anouk tiene la cabeza apoyada suavemente en mi hombro. Canturrea, medio dormida, una canción a *Pantoufle* mientras yo leo en voz alta. Durante las pasadas semanas hemos sabido poco de *Pantoufle*, que ha visto usurpado su puesto por compañeros más tangibles. Parece significativo que haya vuelto ahora que ha cambiado el viento. Algo en mí siente la inevitabilidad del cambio. Mi fantasía de permanencia tan cuidadosamente elaborada es como esos castillos de arena que solíamos construir en la playa mientras esperábamos a que subiera la marea. Pero, aun sin el mar, el sol los va erosionando y, transcurrido un día, casi se han desmoronado. Pese a todo siento una cierta ira, me siento un poco herida. Pero el aroma del carnaval me arrastra, ese viento que sopla, el viento cálido de... ¿de dónde viene? ¿Del sur? ¿Del este? ¿De América? ¿De Inglaterra? Todo es cuestión de tiempo. Lansquenet, con todas las connotaciones que lleva implícitas, me parece ahora un poco menos real, ya está retirándose en la memoria. La maquinaria se está parando, el mecanismo se ha quedado en silencio. Tal vez sea lo que ya sospeché en un primer momento, que Reynaud y yo estábamos vinculados de alguna manera, que uno contrapesaba al otro y que yo aquí, sin él, no tengo objeto. Sea como fuere, la necesidad imperativa de esta población ya no existe. Siento en cambio una satisfacción, una saciedad que me llena la barriga hasta no dejar sitio para mí. En las casas de Lansquenet hay parejas que hacen el amor, niños que juegan, perros que ladran, televisores que suenan estruendosos... sin nosotras. Guillaume acaricia a su perro mientras ve *Casablanca*. Solo en su cuarto, Luc lee a Rimbaud en voz alta sin rastro alguno de tartamudeo. Roux y Joséphine, solos en su casa recién pintada, van descubriéndose poco a poco el uno al otro y sacando todo lo que llevan dentro. Radio Gascogne transmite esta noche un reportaje sobre el festival del chocolate y anuncia orgullosamente la celebración del «festival de Lansquenet-sur-Tannes, una encantadora tradición local». Los turistas ya no atravesarán en coche Lansquenet camino de otras poblaciones. He hecho aparecer esta ciudad invisible en el mapa.

El viento huele a mar, a ozono y a fritura, a muelle de Juan-les-Pins, a tortas y a aceite de coco y a carbón y a sudor. Hay muchos lugares que esperan a que cambie el viento. Hay mucha gente necesitada. ¿Cuánto tiempo esta vez? ¿Seis meses? ¿Un año? Anouk acomoda su carita en mi hombro y yo la estrecho con fuerza, demasiado fuerte, porque se despierta un poco y murmura unas palabras de protesta. La Céleste Praline volverá a ser la panadería que fue en otro tiempo. O tal vez una *confiserie-pâtisserie*, con *guimauves* colgados del techo como ristras de salchichas dulces y cajas de *pains d'épices* en cuya tapadera se leerá *Souvenir de Lansquenet-sur-Tannes*. Tenemos dinero, ya que no otra cosa, más del necesario para empezar en algún otro sitio. Tal vez en Niza o en Cannes, en Londres o en París. Anouk murmura algo en sueños. También ella está preparada.

Algo hemos ganado, de todos modos. Ya no son para nosotras las habitaciones anónimas de los hoteles, los parpadeos de neón, el cambio de rumbo de norte a sur al volver una carta. Por fin hemos derrotado al Hombre Negro, Anouk y yo, por fin lo hemos visto tal como es, un bufón, una máscara de carnaval. No podemos quedarnos aquí para siempre. Quizás él nos ha preparado el camino para que vayamos a otra parte. Tal vez un pueblo a la orilla del mar. O junto a un río, con maizales y viñedos. Cambiaremos de nombre. También el de la tienda que abramos. Se podría llamar La Truffe Enchantée, o quizá Tentations Divines en memoria de Reynaud. Esta vez nos llevamos con nosotros muchas cosas de Lansquenet. Tengo en la palma de la mano el regalo de Armande. Las monedas son pesadas, sólidas al tacto. El oro es rojizo, casi del mismo color que los cabellos de Roux. Me pregunto una vez más cómo pudo saberlo... hasta dónde pudo ver. Será otra hija, aunque esta vez tendrá un padre, será la hija de un hombre bueno que no sabrá nunca que la ha tenido. ¿Tendrá sus cabellos, sus ojos color de humo? Estoy casi segura de que será una niña. Incluso sé su nombre.

Quedan atrás otras cosas. El Hombre Negro ha desaparecido. Mi voz ahora suena diferente, más osada, más fuerte. Percibo en ella una nota que, si presto atención, casi identifico. Una nota de desafío, de júbilo incluso. Se han desvanecido mis temores. También tú te fuiste, *maman*, pero siempre te oiré cuando me hables. Ya no volveré a tener miedo cuando contemple mi cara en el espejo. Anouk sonríe en sueños. Podríamos quedarnos aquí, *maman*, tenemos una casa, amigos. La veleta más allá de mi ventana gira, gira. ¿Qué sería oírla cada semana, cada año, cada estación? Asomarme a la ventana una mañana de invierno y verla. La voz nueva dentro de mí se ríe, un sonido que es como un regreso a casa. La nueva vida que llevo en mí se remueve con suavidad y dulzura. Anouk habla en sueños, sílabas sin sentido. Tengo sus manitas agarradas al brazo.

—*Maman*, por favor, cántame una canción —me dice con voz sofocada por el jersey. Abre los ojos. Vista desde inmensa altura, la tierra tiene ese mismo color verde azulado.

—Está bien —le digo.

Vuelve a cerrar los ojos y yo le canto muy bajito:

> *V'là l'bon vent, v'là l'joli vent.*
> *V'là l'bon vent, ma mie m'appelle...*

Tengo la esperanza de que esta vez volverá a ser canción de cuna. Quiero que esta vez el viento no la oiga. Que esta vez —«por favor, sólo esta vez»— pase el viento y no nos lleve con él.